KNAUR

Von Sebastian Fitzek sind bereits
folgende Titel erschienen:
Die Therapie
Amokspiel
Das Kind
Der Seelenbrecher
Splitter
Der Augensammler
Der Augenjäger
Der Nachtwandler
P.S. Ich töte dich
Abgeschnitten

Zum Buch:
Martin Schwartz, Polizeipsychologe, hat vor fünf Jahren Frau und Sohn verloren. Es passierte während eines Urlaubs auf dem Kreuzfahrtschiff »Sultan of the Seas« – niemand konnte ihm sagen, was genau geschah. Martin ist seither ein psychisches Wrack und betäubt sich mit Himmelfahrtskommandos als verdeckter Ermittler. Mitten in einem Einsatz bekommt er den Anruf einer seltsamen alten Dame, die sich als Thrillerautorin bezeichnet: Er müsse unbedingt an Bord der »Sultan« kommen, es gebe Beweise dafür, was seiner Familie zugestoßen ist. Nie wieder wollte Martin den Fuß auf ein Schiff setzen – und doch folgt er dem Hinweis und erfährt, dass ein vor Wochen auf der »Sultan« verschwundenes Mädchen wieder aufgetaucht ist. Mit dem Teddy seines Sohnes im Arm ...

Sebastian Fitzek

PASSAGIER 23

Psychothriller

Besuchen Sie uns im Internet:
www.knaur.de

Vollständige Taschenbuchausgabe Oktober 2015
Knaur Taschenbuch
© 2015 Droemer Verlag
Ein Imprint der Verlagsgruppe
Droemer Knaur GmbH & Co. KG, München
Ein Projekt der AVA International GmbH
Autoren- und Verlagsagentur
www.ava-international.de

Redaktion: Regine Weisbrod
Covergestaltung: ZERO Werbeagentur, München
Coverabbildung: FinePic®, München
Satz: Adobe InDesign im Verlag
Druck und Bindung: CPI books GmbH, Leck
ISBN 978-3-426-51017-9

Seit dem Jahr 2000 sind weltweit auf Kreuzfahrtschiffen und Fähren mindestens 200 Passagiere und Crewmitglieder über Bord gegangen.

»Spurlos verschwunden«,
Der Tagesspiegel, 25. 08. 2013

Ein Kreuzfahrtschiff ist wie eine kleine Stadt. Aber (…) keiner geht in einer Stadt über Bord, ohne dass man jemals wieder von ihm hört.

Der US-Abgeordnete Christopher Says,
Londoner Guardian 2010

Passagierrekord: Kreuzfahrtbranche knackt 20-Millionen-Marke. (…) Die Branche feiert einen Zuwachs von zehn Prozent – und hält das Potenzial noch für lange nicht ausgeschöpft.

Spiegel Online, 11. 09. 2012

Prolog

Menschliches Blut:

- 44 Prozent Hämatokrit.
- 55 Prozent Plasma.
- Und eine hundertprozentige Sauerei, wenn es aus einer punktierten Ader unkontrolliert durch den Raum spritzt.

Der *Doktor*, wie er sich selbst gerne nannte, obwohl er nie promoviert hatte, wischte sich mit dem Handrücken über die Stirn. Zwar verteilte er damit nur die Spritzer, die ihn getroffen hatten, was vermutlich ziemlich widerlich aussah, aber wenigstens lief ihm jetzt nichts mehr von der Suppe ins Auge; so wie letztes Jahr, bei der *Behandlung* der Prostituierten, nach der er sechs Wochen lang Angst gehabt hatte, sich mit HIV, Hepatitis C oder sonst einem Dreck angesteckt zu haben.

Er hasste es, wenn die Dinge nicht nach Plan liefen. Wenn das Betäubungsmittel falsch dosiert war. Oder die *Auserwählten* sich in letzter Sekunde wehrten und den Zugang aus dem Arm rissen.

»Bitte nischt … nein«, lallte sein *Mandant*. Der *Doktor* bevorzugte diese Bezeichnung. *Auserwählt* war zu hochtrabend, und *Patient* klang irgendwie falsch in seinen Ohren, denn wirklich krank waren die wenigsten, die er behandelte. Auch der Kerl auf dem Tisch war kerngesund, selbst wenn er im Moment so aussah, als wäre er an eine Starkstromleitung angeschlossen. Der schwarze Athlet verdrehte die Augen, spuckte Schaum und drückte den Rücken durch, während er verzweifelt an seinen Fesseln riss, die ihn auf der Liege hielten. Er war ein Sportler, durchtrainiert und mit vierundzwanzig Jahren auf dem Höhepunkt seiner Leistungskraft. Doch was nutzten all die Jahre harten Trainings, wenn einem ein Narkotikum durch die Adern strömte? Nicht genug, um ihn komplett auszuschalten, denn der Zugang war ja abgerissen, aber immerhin so viel, dass der Doktor ihn mühelos wieder auf die Pritsche drücken konnte, nachdem der schlimmste Anfall vorbei war. Auch das Blut spritzte nicht mehr, seitdem es ihm gelungen war, einen Druckverband anzulegen.

»Sch, sch, sch, sch, sch.«

Er legte dem Mann beruhigend die Hand auf die Stirn. Sie fühlte sich fiebrig an, und der Schweiß glänzte unter der Halogenlampe.

»Was ist denn auf einmal los mit Ihnen?«

Der Mandant öffnete den Mund. Die Angst sprang ihm wie ein Klappmesser aus den Pupillen. Was er sagte, war kaum zu verstehen. »Ich … will … nicht … ster…«

»Aber, aber, wir waren uns doch einig«, lächelte der Doktor beruhigend. »Alles ist arrangiert. Jetzt machen Sie mir ja keinen Rückzieher, so kurz vor dem perfekten Tod.«

Er sah zur Seite, durch die offene Tür in den Nebenraum, zu dem Instrumententisch mit den Skalpellen und der elektrischen Knochenfräse, die einsatzbereit an der Steckdose hing.

»Hab ich es Ihnen denn nicht deutlich erklärt?« Er seufzte. Natürlich hatte er das. Stundenlang. Immer und immer wieder, doch dieser undankbare Trottel hatte es offenbar einfach nicht begriffen.

»Es wird sehr unangenehm werden, natürlich. Aber ich kann Sie nur auf diese Art sterben lassen. Anders funktioniert das nicht.«

Der Leichtathlet wimmerte. Zerrte an den Schlaufen, in denen seine Hände steckten, allerdings mit weitaus weniger Kraft als zuvor.

Zufrieden registrierte der Doktor, dass die Betäubung nun doch die gewünschte Wirkung entfaltete. Nicht mehr lange, und die Behandlung konnte beginnen.

»Sehen Sie, ich könnte die Sache hier abbrechen«, sagte er, eine Hand immer noch auf der Stirn des Sportlers. Mit der anderen rückte er sich den Mundschutz gerade. »Doch danach bestünde Ihre Welt nur noch aus Angst und Schmerzen. Unvorstellbaren Schmerzen.«

Der Schwarze blinzelte. Seine Atmung wurde ruhiger.

»Ich hab Ihnen die Fotos gezeigt. Und das Video. Das mit dem Korkenzieher und dem halben Auge. So etwas wollen Sie doch nicht, oder?«

»Hmhmhhmmm«, stöhnte der Mandant, als hätte er einen Knebel im Mund, dann erschlafften seine Gesichtszüge, und die Atmung wurde flacher.

»Ich nehme das mal als ein Nein«, sagte der Doktor und löste mit dem Fuß die Feststellbremse der Liege, um den Mandanten in den Nebenraum zu rollen.

In den OP.

Eine Dreiviertelstunde später war der erste und wichtigste Teil der Behandlung vollzogen. Der Doktor trug keine Latexhandschuhe mehr, keinen Mundschutz, und den grünen Wegwerfkittel, den man wie eine Zwangsjacke auf dem Rücken zusammenbinden musste, hatte er in den Müllschlucker geworfen. Dennoch fühlte er sich in dem Smoking und den dunklen Lacklederschuhen, in denen er jetzt steckte, viel mehr kostümiert als in seinem OP-Outfit.

Kostümiert und beschwipst.

Er wusste nicht, wann es damit angefangen hatte, dass er sich nach jeder erfolgreichen Behandlung einen Schluck genehmigte. Oder zehn, so wie gerade eben. Verdammt, er musste damit aufhören, auch wenn er noch nie davor, sondern immer nur hinterher getrunken hatte. Dennoch. Der Fusel machte ihn leichtsinnig.

Brachte ihn auf dumme Gedanken.

Wie zum Beispiel, das Bein mitzunehmen.

Er sah kichernd auf seine Uhr.

Es war zwanzig Uhr dreiunddreißig; er musste sich beeilen, wenn er nicht zu spät zum Hauptgang kommen wollte. Die Vorspeise hatte er bereits verpasst. Doch bevor er sich dem Perlhuhn widmen konnte, das heute auf der Speisekarte stand, musste er erst einmal die biologischen Abfälle entsorgen – die nicht benötigten Blutkonserven und den rechten Unterschenkel, den er in einer hervorragend sauberen Arbeit direkt unter dem Knie abgesägt hatte.

Der Schenkel war in einer kompostierbaren Plastiktüte eingewickelt, die er auf seinem Weg durch das Treppenhaus mit beiden Händen tragen musste, so schwer war sie.

Der Doktor fühlte sich benebelt, aber nicht so sehr, dass er nicht wusste, dass er im nüchternen Zustand nie auf die Idee gekommen wäre, Körperteile in der Öffentlichkeit mit sich herumzuschleppen, anstatt sie einfach in die Müllverbrennungsanlage zu schmeißen. Aber er hatte sich so sehr über seinen Mandanten geärgert, der Spaß jetzt war das Risiko wert. Und das war gering. Sehr gering.

Es gab eine Sturmwarnung. Sobald er die verschlungenen Pfade hinter sich gelassen hatte, den engen Schacht, durch den man nur gebückt gehen konnte, den Gang mit den gelben Lüftungsrohren hindurch bis zum Lastenaufzug, würde er draußen garantiert keiner Menschenseele begegnen.

Außerdem wurde die Stelle, die er sich für die Entsorgung ausgesucht hatte, von keiner Kamera erfasst.

Ich bin vielleicht angetrunken, aber nicht blöd.

Er hatte den letzten Abschnitt erreicht, die Plattform am oberen Ende der Treppe, die – wenn überhaupt – nur der Wartungstrupp einmal im Monat benutzte, und zog an einer schweren Tür mit Bullaugenfenster.

Heftiger Wind wehte ihm ins Gesicht, und er hatte das Gefühl, sich gegen eine Wand stemmen zu müssen, um nach draußen zu gelangen.

Die frische Luft ließ seinen Kreislauf absacken. Im ersten Moment wurde ihm übel, rasch hatte er sich aber wieder im Griff, und der nach Salz schmeckende Wind fing an, ihn zu beleben.

Er wankte nun nicht mehr wegen des Alkohols, sondern wegen des heftigen Seegangs, der im Inneren der *Sultan of the Seas* wegen der Stabilisatoren nicht so spürbar gewesen war.

Breitbeinig schwankte er über die Planken. Er war auf Deck 8½, einer Zwischenplattform, die aus rein optischen Gründen existierte. Aus der Ferne betrachtet, verlieh sie dem Kreuzfahrtschiff ein etwas schnittigeres Hinterteil, so wie ein Spoiler bei einem Sportwagen.

Der Doktor erreichte die äußerste Backbordseite des Hecks und beugte sich über die Brüstung. Unter ihm toste der Indische Ozean. Die rückwärts gerichteten Scheinwerfer strahlten die weißen Schaumberge an, die das Kreuzfahrtschiff hinter sich herzog.

Eigentlich hatte er noch einen Spruch aufsagen wollen, so

etwas wie »Hasta la vista, Baby« oder »Bereit, wenn Sie es sind«, aber ihm wollte nichts Lustiges einfallen, daher warf er die Tüte mit dem Unterschenkel wortlos im hohen Bogen über Bord.

In der Theorie hat sich das irgendwie besser angefühlt, dachte er, langsam wieder etwas nüchterner.

Der Wind zerrte so laut an seinen Ohren, dass er das Geräusch nicht hören konnte, als der Schenkel fünfzig Meter unter ihm in die Wellen klatschte. Wohl aber die Stimme in seinem Rücken.

»Was machen Sie denn da?«

Er fuhr herum.

Die Person, die ihn bis ins Mark erschreckt hatte, war kein erwachsener Angestellter, *Gott sei Dank*, etwa von der Security, sondern ein junges Mädchen; nicht älter als die Kleine, die er vor zwei Jahren vor der Westküste Afrikas gemeinsam mit ihrer gesamten Familie behandelt hatte. Sie kauerte im Schneidersitz neben dem Kasten einer Klimaanlage oder sonst eines Aggregats. Mit Technik kannte sich der Doktor nicht so gut aus wie mit Messern.

Da das Mädchen so klein und die Umgebung so dunkel war, hatte er sie übersehen. Und auch jetzt, wo er in die Dunkelheit starrte, konnte er nur Umrisse von ihr ausmachen.

»Ich füttere die Fische«, sagte er, froh darüber, dass er wesentlich ruhiger klang, als er sich fühlte. Das Mädchen war keine körperliche Bedrohung, aber als Zeugin konnte er sie trotzdem nicht gebrauchen.

»Ist Ihnen schlecht?«, fragte sie. Sie trug einen hellen Rock mit dunklen Strumpfhosen, darüber einen Anorak. Aus Vorsichtsgründen hatte sie die rote Schwimmweste angezogen, die auf allen Kabinen im Schrank lag.

Braves Mädchen.
»Nein«, antwortete er und grinste. »Mir geht es gut. Wie heißt du denn?«

Langsam gewöhnten sich seine Augen an das Dämmerlicht. Das Mädchen hatte schulterlange Haare und etwas abstehende Ohren, was sie aber nicht entstellte. Im Gegenteil. Er wettete darauf, dass man, bei Lichte betrachtet, die aparte junge Frau erkannte, die sie einmal werden würde.

»Ich heiße Anouk Lamar.«

»Anouk? Das ist die französische Koseform von Anna, richtig?«

Das Mädchen lächelte. »Wow, Sie wissen das?«

»Ich weiß vieles.«

»Ach ja? Wissen Sie denn auch, wieso ich hier sitze?«

Ihre freche Stimme klang sehr hoch, weil sie laut gegen den Wind ansprechen musste.

»Du malst das Meer«, sagte der Doktor.

Sie presste sich den Malblock an die Brust und grinste. »Das war einfach. Was wissen Sie noch?«

»Dass du hier nichts zu suchen hast und schon längst im Bett sein müsstet. Wo stecken denn deine Eltern?«

Sie seufzte. »Mein Vater lebt nicht mehr. Und wo meine Mutter ist, weiß ich nicht. Sie lässt mich abends oft allein in der Kabine.«

»Und da ist dir langweilig?«

Sie nickte. »Sie kommt immer erst ganz spät zurück, und dann stinkt sie.« Ihre Stimme wurde leise. »Nach Rauch. Und Trinken. Und sie schnarcht.«

Der Doktor musste lachen. »Das tun Erwachsene manchmal.«

Du müsstest mich mal hören. Er zeigte auf ihren Block.

»Aber konntest du denn heute überhaupt etwas zeichnen?«

»Nee.« Sie schüttelte den Kopf. »Gestern gab es schöne Sterne, aber heute ist alles dunkel.«

»Und kalt«, stimmte der Doktor ihr zu. »Was meinst du, wollen wir deine Mami suchen gehen?«

Anouk zuckte mit den Achseln. Sie wirkte nicht sehr erfreut, sagte aber: »Okay, warum nicht.«

Sie schaffte es, aus dem Schneidersitz aufzustehen, ohne die Hände zu benutzen. »Manchmal ist sie im Kasino«, sagte sie.

»Oh, das trifft sich aber gut.«

»Wieso?«

»Weil ich eine Abkürzung dorthin kenne«, sagte der Doktor lächelnd.

Er warf einen letzten Blick über die Reling auf das Meer, das an dieser Stelle so tief war, dass das Bein des Athleten wahrscheinlich noch nicht einmal den Grund des Ozeans erreicht hatte, dann griff er nach der Hand des Mädchens und führte sie zu dem Treppenhaus zurück, aus dem er eben gekommen war.

1. Kapitel

Das Haus, in dem die tödliche Party steigen sollte, sah so aus wie das, von dem sie früher einmal geträumt hatten. Frei stehend, mit einem roten Ziegeldach und einem großen Vorgarten hinter dem weißen Palisadenzaun. Hier hätten sie am Wochenende gegrillt und im Sommer einen aufblasbaren Pool auf den Rasen gestellt. Er hätte Freunde eingeladen, und sie hätten einander Geschichten erzählt über den Job, die Macken ihrer Partner oder einfach nur unter dem Sonnenschirm auf der Liege gelegen, während sie ihren Kindern beim Spielen zuschauten.

Nadja und er hatten sich so ein Haus angesehen, da war Timmy gerade eingeschult worden. Vier Zimmer, zwei Bäder, ein Kamin. Mit cremefarbenem Putz und grünen Fensterläden. Gar nicht weit von hier entfernt, an der Grenze von Westend zu Spandau, nur fünf Minuten mit dem Fahrrad bis zur Wald-Grundschule, wo Nadja damals unterrichtete. Ein Steinwurf entfernt von den Sportanlagen, auf denen sein Sohn hätte Fußball spielen können. Oder Tennis. Oder was auch immer.

Damals war es für sie unbezahlbar gewesen.

Heute gab es niemanden mehr, der mit ihm irgendwo einziehen konnte. Nadja und Timmy waren tot.

Und der zwölfjährige Junge in dem Haus, das sie gerade observierten und das einem Mann namens Detlev Pryga gehörte, würde es auch bald sein, sollten sie noch länger hier draußen in dem schwarzen Van ihre Zeit vertrödeln.

»Ich geh da jetzt rein«, sagte Martin Schwartz. Er saß hinten, im fensterlosen Innenraum des Kastenwagens, und warf die Spritze, deren milchigen Inhalt er sich gerade injiziert hatte, in einen Plastikmülleimer. Dann stand er von dem Monitortisch auf, dessen Bildschirm die Außenansicht des Einsatzobjekts zeigte. Sein Gesicht spiegelte sich in den abgedunkelten Scheiben des Fahrzeugs. *Ich seh aus wie ein Junkie auf Drogenentzug*, dachte Martin, und das war eine Beleidigung. Für jeden Junkie.

Er hatte abgenommen in den letzten Jahren, mehr als man als gesund bezeichnen konnte. Nur seine Nase war noch so dick wie eh und je. Der Schwartz-Zinken, mit dem seit Generationen alle männlichen Familiennachkommen ausgestattet waren und den seine verstorbene Frau für sexy gehalten hatte, was er für den endgültigen Beweis hielt, dass Liebe tatsächlich blind machte. Wenn überhaupt, dann verlieh ihm der Kolben einen gutmütigen, vertrauenswürdigen Gesichtsausdruck; es kam hin und wieder vor, dass ihm Fremde auf der Straße zunickten, Babys lächelten, wenn er sich über den Kinderwagen beugte (vermutlich, weil sie ihn mit einem Clown verwechselten), und Frauen ganz offen, manchmal sogar in Gegenwart ihrer Partner, mit ihm flirteten.

Nun, heute würden sie das ganz sicher nicht tun, nicht, solange er in diesen Klamotten steckte. Der eng anliegende, schwarze Lederanzug, in den er sich gezwängt hatte, erzeugte schon beim Atmen unangenehme Knautschgeräusche. Auf dem Weg zu dem Ausstieg hörte es sich an, als würde er einen riesigen Luftballon verknoten.

»Halt, warte«, sagte Armin Kramer, der die Einsatzleitung innehatte und ihm seit Stunden am Computertisch gegenübersaß.

»Worauf?«

»Auf …«

Kramers Handy klingelte, und er musste seinen Satz nicht mehr vollenden.

Der etwas übergewichtige Kommissar begrüßte den Anrufer mit einem eloquenten »Hm?« und sagte im weiteren Verlauf des Gesprächs nicht sehr viel mehr außer: »Was?«, »Nein!«, »Du verscheißerst mich!« und: »Sag dem Arsch, der das verbockt hat, er soll sich warm anziehen. Wieso? Weil es im Oktober verdammt kalt werden kann, wenn er gleich für einige Stunden vor dem Revier liegt, sobald ich mit ihm fertig bin.« Kramer legte auf.

»Fuck.«

Er liebte es, sich wie ein amerikanischer Drogencop anzuhören. Und auch so auszusehen. Er trug ausgelatschte Cowboystiefel, löchrige Jeans und ein Hemd, dessen rotweißes Karomuster an Geschirrspültücher erinnerte.

»Wo liegt das Problem?«, wollte Schwartz wissen.

»Jensen.«

»Was ist mit ihm?«

Und wie kann der Typ Probleme machen? Er sitzt bei uns in einer Isolierzelle.

»Frag mich nicht, wie, aber der Bastard hat es geschafft, Pryga eine SMS zu schicken.«

Schwartz nickte. Gefühlsausbrüche wie die seines Vorgesetzten, der sich gerade die Haare raufte, waren ihm fremd. Außer einer Spritze Adrenalin direkt in die Herzkammer gab es kaum noch etwas, was seinen Puls in die Höhe treiben konnte. Schon gar nicht die Nachricht, dass es einem Knacki mal wieder gelungen war, an Drogen, Waffen oder, wie Jensen, an ein Handy zu kommen. Das Gefängnis war besser organisiert als ein Supermarkt, mit einer größeren

Auswahl und kundenfreundlicheren Öffnungszeiten. Auch sonn- und feiertags.

»Hat er Pryga gewarnt?«, fragte er Kramer.

»Nein. Der Pisser hat sich einen Scherz erlaubt, der aufs Gleiche rauskommt. Er wollte dich in die Falle laufen lassen.« Der Kommissar massierte sich seine Tränensäcke, die von Einsatz zu Einsatz größer wurden. *»Wollte ich sie per Post verschicken, müsste ich sie als Päckchen aufgeben«*, hatte Kramer letztens erst gewitzelt.

»Wie das?«, fragte Schwartz.

»Er hat ihm geschrieben, dass Pryga nicht erschrecken soll, wenn er gleich zur Party erscheint.«

»Weshalb erschrecken?«

»Weil er gestolpert ist und sich einen Schneidezahn ausgeschlagen hat. Oben links.«

Kramer tippte mit seinen Wurstfingern an die entsprechende Stelle im Mund.

Schwartz nickte. So viel Kreativität hätte er dem Perversen gar nicht zugetraut.

Er sah auf seine Armbanduhr. Es war kurz nach siebzehn Uhr.

Kurz nach »zu spät«.

»Verdammt!« Kramer schlug wütend auf den Computertisch. »So lange Vorbereitung, und alles für die Katz. Wir müssen die Sache abblasen.«

Er machte Anstalten, zu den Vordersitzen zu klettern.

Schwartz öffnete den Mund, um zu widersprechen, wusste aber, dass Kramer recht hatte. Seit einem halben Jahr arbeiteten sie auf diesen Tag hin. Angefangen hatte es mit einem Gerücht in der Szene, das so unglaublich war, dass man es lange Zeit für eine urbane Legende hielt. Allerdings waren »Bug-Partys«, wie sich herausstellte, keine Schauermärchen, sondern existierten tatsächlich. Sogenannte Wanzen-feiern, auf denen HIV-Infizierte ungeschützten Sex mit gesunden Menschen hatten. Meistens einvernehmlich, was solche Events, bei denen die Ansteckungsgefahr für den besonderen Kick sorgen sollte, eher zu einem Fall für den Psychiater als für die Staatsanwaltschaft machte.

Schwartz' Meinung nach konnten erwachsene Menschen mit sich anstellen, was sie wollten, solange es freiwillig geschah. Es ärgerte ihn dabei nur, dass durch das irrsinnige Verhalten einer Minderheit die dummen Vorurteile, die viele immer noch gegenüber Aidskranken hegten, unnötig verstärkt wurden. Denn selbstverständlich waren Bug-Partys die absolute Ausnahme, während die überwiegende Mehrheit der Infizierten ein verantwortungsbewusstes Leben führte, viele sogar im aktiven Kampf gegen die Krankheit und die Stigmatisierung ihrer Opfer organisiert.

Ein Kampf, den selbstmörderische Bug-Partys zunichtemachen.

Erst recht solche der psychopathischen Variante.

Der neueste Trend in der Perversoszene waren »Events«, auf denen Unschuldige vergewaltigt und mit dem Virus infiziert wurden. Meistens Minderjährige. Vor zahlendem Publikum. Eine neue Attraktion in dem Jahrmarkt der Abscheulichkeiten, der in Berlin rund um die Uhr seine Zelte geöffnet hielt. Oft in gediegenen Häusern in spießigen Gegenden, in denen man so etwas niemals vermutete. So wie hier und heute im Westend.

Detlev Pryga, ein Mann, der im normalen Leben Sanitärbedarf verkaufte, war ein beliebter Partner des Jugendamts, nahm er doch regelmäßig die schwierigsten Pflegekinder auf. Drogen-, Missbrauchs- und andere Problemfälle, die mehr Kinderheime als Klassenzimmer von innen gesehen hatten. Gestörte Seelen, die es oft gar nicht anders kannten, als dass sie nur gegen Sex irgendwo übernachten durften, und bei denen es nicht auffiel, wenn sie bald wieder abhauten und nach einiger Zeit verwahrlost und krank erneut aufgegriffen wurden. Sie waren die perfekten Opfer, polizeischeue Störenfriede, denen man nur selten Glauben schenkte, sollten sie sich doch einmal um Hilfe bemühen.

Auch Liam, das zwölfjährige Straßenkind, das seit einem Monat im Hause Pryga lebte, würde sehr bald nach dem heutigen Abend wieder in die Gosse abgeschoben werden. Aber zuvor würde er vor den anwesenden Gästen mit Kurt Jensen, einem dreiundvierzigjährigen, HIV-infizierten Pädophilen, Sex haben müssen.

Pryga hatte Jensen über einschlägige Chatrooms im Internet kennengelernt, und so war er der Polizei ins Netz gegangen.

Der Kinderschänder saß mittlerweile seit zwei Wochen in Untersuchungshaft. In dieser Zeit hatte Schwartz sich darauf vorbereitet, Jensens Identität anzunehmen, was relativ einfach war, da es zwischen ihm und Pryga keinen Austausch von Fotos gegeben hatte. Er musste nur die Lederkleidung tragen, die Pryga sich für die Filmaufnahmen wünschte, und den Kopf kahlscheren, weil Jensen sich als groß, schlank, grünäugig und glatzköpfig beschrieben hatte. Merkmale, die nach der Rasur und dank der Kontaktlinsen nun auch auf Martin Schwartz zutrafen.

Als größte Schwierigkeit in der Tarnung hatte sich der positive Aidstest erwiesen, den Pryga verlangte. Nicht im Voraus. Sondern direkt auf der Party. Er hatte angekündigt, Schnelltests aus einer niederländischen Onlineapotheke bereitzuhalten. Ein Tropfen Blut, und das Ergebnis zeigt sich in drei Minuten im Sichtfeld des Teststreifens.

Schwartz wusste, es war dieses an und für sich unlösbare Problem, weshalb er überhaupt für diesen Einsatz ausgewählt worden war. Seit dem Tod seiner Familie galt er in Polizeikreisen als tickende Zeitbombe. Ein verdeckter Ermittler, der mit achtunddreißig Jahren in seinem Beruf stramm dem Rentenalter entgegenmarschierte und dem das Wichtigste fehlte, was ihn und sein Team im Notfall am Leben hielt: das Angstempfinden.

Vier Mal schon war er von Polizeipsychologen durchgecheckt worden. Vier Mal schon waren sie zu dem Ergebnis gelangt, dass er den Selbstmord seiner Frau nicht verkraftet habe – und erst recht nicht, dass sie zuvor das Leben ihres gemeinsamen Sohnes ausgelöscht hatte. Vier Mal sprachen sie die Empfehlung aus, ihn in den vorzeitigen Ruhestand zu versetzen, weil ein Mensch, der keinen Sinn mehr in seinem Leben sah, bei seiner Dienstausübung unverantwortliche Risiken eingehen würde.

Vier Mal hatten sie recht gehabt.

Und dennoch saß er heute wieder in einem Einsatzfahrzeug, nicht nur, weil er der Beste im Job war. Sondern vor allen Dingen, weil sich kein anderer freiwillig HIV-Antikörper in die Blutbahn jagen lassen wollte, um den Schnelltest zu manipulieren. Das Blutserum war zwar durch ein spezielles Sterilisationsverfahren von den Aids auslösenden Erregern gereinigt worden, aber eine hundertprozentige Sicherheit hatte der Teamarzt ihm nicht geben wollen, weswegen Schwartz, sobald das hier vorbei war, eine vierwöchige Medikamententherapie starten musste, die sogenannte Postexpositionsprophylaxe, kurz PEP genannt. Ein Verfahren, das er schon einmal durchlitten hatte, nachdem ihm ein Fixer in der Hasenheide eine blutige Spritze in den Nacken gerammt hatte. Im Beipackzettel der »Pillen danach«, die man spätestens zwei Stunden nach der Ansteckungsgefährdung schlucken sollte, stand, man müsse mit Kopfschmerzen, Durchfall und Erbrechen rechnen. Schwartz war anscheinend empfindlicher als andere Testpersonen. Sehr viel empfindlicher. Zwar hatte er weder gekotzt noch länger als sonst auf dem Klo hocken müssen, dafür hatten ihn heftige Migräneschübe an den Rand der Ohnmacht getrieben. Und teilweise darüber hinaus.

»Ich muss loslegen«, sagte er zu Kramer mit Blick auf den Monitor. Seit zehn Minuten war niemand mehr ins Haus gegangen.

Sie hatten sieben Gäste gezählt, fünf Männer, zwei Frauen. Alle waren mit dem Taxi gekommen. Praktisch, wenn man nicht wollte, dass sich jemand die Nummernschilder parkender Autos notierte.

»Was, wenn Pryga alle Eventualitäten berücksichtigt und einen Ersatz für mich bereithält, für den Fall, dass ich einen Rückzieher mache?«, fragte Schwartz. Die Gäste waren höchstwahrscheinlich gesund. Ganz sicher nicht im geistigen, aber im körperlichen Sinne. Doch genau wussten sie das natürlich nicht.

Kramer schüttelte den Kopf. »So viele infizierte Pädophile, die zu so etwas bereit sind, gibt es nicht. Du weißt, wie lange Pryga nach Jensen suchen musste.«

Ja. Wusste er.

Trotzdem. Das Risiko war zu hoch.

Sie konnten auch nicht einfach das Haus stürmen. Dafür würden sie keinen Grund vorweisen können. Die Vergewaltigung sollte im Keller stattfinden. Pryga hatte Hunde, die jeden Besucher ankündigten. Selbst wenn sie blitzschnell wären, würde es ihnen nicht gelingen, die Türen aufzubrechen und die Täter in flagranti zu erwischen. Und wofür sollten sie die Anwesenden dann verhaften? Es war kein Verbrechen, sich in einem Heizungsraum einzuschließen und eine Kamera vor eine Matratze zu stellen. Selbst dann nicht, wenn darauf ein Junge mit nacktem Oberkörper lag.

Im besten Fall könnten sie Pryga und seine Gäste für einige Stunden in Gewahrsam nehmen. Im schlimmsten Fall hätten sie die kranken Psychopathen nur gewarnt.

»Wir können nicht riskieren, dass ein zwölfjähriger Junge vergewaltigt und mit HIV infiziert wird«, protestierte Schwartz.

»Ich weiß nicht, ob ich vorhin zu schnell gesprochen habe«, sagte Kramer und betonte jedes Wort so langsam, als redete er mit einem Schwachsinnigen: »Du kommst da nicht rein. Du. Hast. Noch. Alle. Zähne!«

Schwartz rieb sich den Drei- oder Siebentagebart. So genau konnte er nicht sagen, wann er das letzte Mal zu Hause geschlafen hatte.

»Was ist mit Doc Malchow?«

»Unser Teamarzt?« Kramer sah ihn an, als habe er ihn nach einer Erwachsenenwindel gefragt. »Hör mal, ich weiß ja, dass bei dir nicht alle Nadeln an der Tanne kleben, aber selbst du kannst doch nicht so verrückt sein, dir die Zähne raushobeln zu lassen. Und selbst wenn …« Kramer sah auf seine Uhr. »Malchow ist frühestens in zwanzig Minuten hier, die Betäubung dauert noch mal drei, die OP weitere fünf.« Er deutete auf den Monitor mit der Vorderansicht des Hauses. »Wer sagt dir, dass in einer knappen halben Stunde die Party nicht schon längst vorbei ist?«

»Du hast recht«, sagte Schwartz und setzte sich erschöpft auf eine gepolsterte Sitzbank an der Seitenwand.

»Also Abbruch?«, fragte Kramer.

Schwartz antwortete nicht und griff unter seinen Sitz. Er

zog seinen armeegrünen Seesack hervor, der ihn auf jeden Einsatz begleitete.

»Was wird denn das?«, fragte der Einsatzleiter.

Schwartz warf die Klamotten, die er vorhin gegen die Lederkluft getauscht hatte, auf den Boden und kramte in den Tiefen der Tasche.

Es dauerte nur wenige Sekunden, da hatte er zwischen Kabel- und Kleberollen, Batterien und Werkzeugen den gesuchten Gegenstand gefunden.

»Sag mir bitte, dass das nur ein Scherz ist«, sagte Kramer, als er ihn um einen Spiegel bat.

»Vergiss es«, antwortete Schwartz achselzuckend. »Es geht auch ohne.«

Dann setzte er die Zange am linken oberen Schneidezahn an.

2. Kapitel

Sie sind komplett verrückt.«

»Danke, dass Sie mir das so schonend beibringen, Frau Doktor.«

»Nein, wirklich.«

Die sonnengebräunte junge Zahnärztin sah so aus, als wollte sie ihm eine scheuern. Gleich würde sie ihn fragen, ob er sich für Rambo hielt, so wie Kramer, der SEK-Leiter, die beiden Rettungssanitäter und ein halbes Dutzend andere es schon getan hatten, seitdem der Einsatz vorbei war.

Die Ärztin, laut dem Schild an ihrem Charité-Kittel Dr. Marlies Fendrich, atmete gestresst durch ihren himmelblauen Einweg-Mundschutz.

»Für wen halten Sie sich? Für Rambo?«

Er lächelte, was ein Fehler war, weil dadurch kalte Luft an den frei liegenden Nerv gelangte. Er hatte sich den Zahn kurz über dem Kieferknochen abgebrochen, Schmerzblitze durchzuckten seinen Kopf, wann immer er mit der Zunge den Stumpf berührte.

Der Stuhl, auf dem er lag, senkte sich in Rückenlage. Eine breite Bogenlampe tauchte über seinem Kopf auf und blendete ihn.

»Mund auf!«, befahl die Ärztin, und er gehorchte.

»Wissen Sie, was das für ein Aufwand ist, den Zahn wiederherzustellen?«, hörte er sie fragen. Sie war so nah an seinem Gesicht, dass er ihre Poren sehen konnte. Im Gegensatz zu ihm legte sie großen Wert auf Körperpflege. Sein letztes

Peeling lag ein Jahr zurück. Damals hatten die beiden Slowenen ihn mit dem Gesicht über den Asphalt der Autobahnraststätte gezogen.

Es war nie gut, wenn die Tarnung aufflog.

»Sie haben mir kaum einen Millimeter Substanz gelassen, viel zu wenig, um da eine Krone drauf aufzubauen«, schimpfte Marlies weiter. »Wir können eine Extrusion versuchen, also die Wurzel, die noch im Kiefer steckt, hervorziehen. Besser wäre eine chirurgische Kronenverlängerung, dann kommen wir vielleicht um eine Implantation herum, vorher muss allerdings der Wurzelkanal gründlich gereinigt werden. Nach dem, was Sie sich angetan haben, brauchen Sie ja wohl keine Betäubung, wenn ich etwas am Knochen fräse …«

»Zwölf!«, stoppte Martin ihren Redeschwall.

»Was zwölf?«

»So alt war der Junge, den sie in eine Schaukel gekettet hatten. Er trug eine Klemme, die ihm den Mund offen hielt, damit er sich beim Oralverkehr nicht wehren kann. Ich sollte ihn mit HIV infizieren.«

»Großer Gott!« Das Gesicht der Ärztin verlor einen Großteil ihrer Urlaubsbräune. Schwartz fragte sich, wo sie gewesen war. Mitte Oktober musste man schon weiter wegfliegen, um sich in die Sonne legen zu können. Oder man hatte Glück. Nadja und er hatten es einmal gehabt, vor sechs Jahren. Ihre letzte Fahrt nach Mallorca. Sie hatten Timmys zehnten Geburtstag am Strand feiern können, und er hatte sich dabei einen Sonnenbrand geholt. Den letzten seines Lebens. Ein Jahr später waren seine Frau und sein Sohn tot, und er hatte nie wieder Urlaub gemacht.

»Der Täter hat einen Glatzkopf mit fehlendem Schneidezahn erwartet. Was soll ich sagen …« Er tätschelte sich den kahlen Schädel. »… mein Frisör hat ungefähr die gleiche Laune wie Sie.«

Die Zahnärztin rang sich ein nervöses Lächeln ab. Man sah ihr an, dass sie nicht wusste, ob Schwartz einen Scherz gemacht hatte.

»Hat er, ich meine, der Junge, wurde er …?«

»Es geht ihm gut«, antwortete er ihr. Zumindest so gut, wie es einem Pflegekind gehen konnte, das sich wieder in einem Heim befand, kurz nachdem es aus den Fängen perverser Wahnsinniger befreit worden war. Schwartz hatte gewartet, bis er den Befehl Prygas auf Band hatte, »es dem Jungen in alle Löcher zu besorgen«. Die Kamera in den Nieten seiner Lederjacke, fing das erwartungsvolle Grinsen aller Gäste ein, zu denen er sich umdrehte, bevor er »Toaster« sagte, das vereinbarte Zugriffswort für das SEK. Gemeinsam mit dem scheinbar positiven HIV-Test und dem Video aus Prygas selbst aufgebauter Standkamera hatten sie genügend Beweismaterial, um die Schweine für eine sehr, sehr lange Zeit hinter Gittern zu bringen.

»Mit etwas Glück sogar für zweieinhalb Jahre«, hatte Kramer geunkt, als er ihn ins Virchow fuhr, wo sie ihm erst einmal die PEP-Mittel aushändigten: drei Pillen täglich, fünf Wochen lang. Kramer hatte sich um den Schriftkram kümmern müssen, weshalb Martin sich alleine zur Zahnklinik durchgefragt hatte, wo er jetzt, nach weiteren zwei Stunden Wartezeit, endlich drangekommen war.

»Es tut mir leid«, entschuldigte sich die Ärztin. Sie hatte ein kleines Gesicht mit etwas zu großen Ohren und niedlichen Sommersprossen auf der Nase. In einem anderen Leben hätte Schwartz überlegt, ob er sie nach ihrer Telefonnummer fragen sollte, um es dann doch nicht zu tun, da er ja verheiratet war. Das war das Problem mit dem Leben. Nie stimmte das Timing. Entweder traf man eine hübsche Frau und trug einen Ring am Finger. Oder der Ring war ab, und jede hübsche Frau erinnerte einen daran, was man verloren hatte.

»Man hat mir nur gesagt, Sie hätten sich im Dienst selbst verletzt. Sie wären einfach nur ein …«

»Ein Spinner?«, ergänzte Schwartz den Teil des Satzes, den die Zahnärztin nicht zu vollenden gewagt hatte.

»Ja. Ich wusste nicht, dass …«

»Schon okay. Holen Sie einfach den Rest raus und nähen Sie alles wieder zu.«

Dr. Fendrich schüttelte den Kopf. »So einfach geht das nicht. Sie wollen doch sicher einen Stiftaufbau …«

»Nein.« Schwartz hob abwehrend die Hand.

»Aber es kann Ihnen doch nicht egal sein, so entstellt …«

»Wenn Sie wüssten, was mir alles egal ist«, sagte er tonlos, da brummte das Handy in seiner Hosentasche. »Moment, bitte.«

Er musste sich etwas zur Seite drehen, um es aus seiner Gesäßtasche fingern zu können. Wer immer ihn anrief, tat es mit unterdrückter Nummer.

»Hören Sie, da draußen warten noch weitere Patienten auf …«, begann die Ärztin einen weiteren unvollendeten Satz und wandte sich verärgert ab, als Schwartz ihren Protest ignorierte. »Ja?«

Keine Antwort. Nur ein heftiges Rauschen, das ihn an alte Modems und die AOL-Werbung aus den neunziger Jahren erinnerte.

»Hallo?«

Er hörte ein Echo seiner eigenen Stimme und war kurz davor, die Verbindung wegzudrücken, als es in der Leitung klackerte, als würde jemand mit Murmeln auf einer Glasplatte spielen. Dann wurde das Rauschen leiser, es knackte zweimal laut, und plötzlich konnte er jedes Wort verstehen.

»Hallo? Mein Name ist Gerlinde Dobkowitz. Spreche ich mit einem gewissen Herrn Martin Schwartz?«

Er blinzelte alarmiert. Menschen, die diese Nummer wählten, hatten keine Veranlassung, nach seinem Namen zu fragen. Er hatte die private Geheimnummer nur wenigen anvertraut, und die wussten alle, wie er hieß.

»Hallo? Herr Schwartz?«

Die fremde Stimme am Telefon hatte einen Wiener Akzent und gehörte entweder einer alten Frau oder einer jungen Dame mit einem schweren Alkoholproblem. Schwartz tippte auf Ersteres, schon wegen des altertümlichen Vornamens und der antiquierten Ausdrucksweise.

»Woher haben Sie meine Nummer?«, wollte er von ihr wissen.

Selbst wenn die Dame von der Telefongesellschaft war, was er nicht glaubte, hätten sie ihn nicht mit seinem bürgerlichen Namen, sondern mit »Peter Pax« angesprochen, dem Pseudonym, unter dem er vor Jahren die Nummer beantragt hatte; sein Lieblingsdeckname, weil er ihn an Peter Pan erinnerte.

»Sagen wir einfach, ich bin ganz gut im Recherchieren«, sagte die Anruferin.

»Was wollen Sie von mir?«

»Das erkläre ich Ihnen, sobald wir uns sehen.« Gerlinde Dobkowitz hustete heiser. »Sie müssen so schnell wie möglich an Bord kommen.«

»An Bord? Wovon reden Sie?«

Schwartz bemerkte, wie die Zahnärztin, die auf einem Beistelltisch ihre Instrumente sortierte, fragend aufsah.

»Von der *Sultan of the Seas*«, hörte er die alte Frau sagen.

»Im Moment schippern wir einen Seetag von Hamburg entfernt Richtung Southampton irgendwo im Ärmelkanal. Sie sollten so schnell wie möglich zu uns stoßen.«

Schwartz wurde kalt. Vorhin, als er Pryga gegenübergestanden hatte, war er nicht nervös gewesen. Auch nicht, als er sich in dessen Hausflur mit der Nadel des HIV-Schnelltestsets gestochen und es doch länger als die drei veranschlagten Minuten gedauert hatte, bis endlich die zweite Linie im Sichtfenster des Teststreifens erschienen war. Nicht einmal, als er den nackten Jungen in der Schaukel gesehen hatte und sich hinter ihm die Feuerschutztüren schlossen. Doch jetzt schnellte sein Puls in die Höhe. Und die Wunde in seinem Mund pochte im Takt seines Herzschlags.

»Hallo? Herr Schwartz? Sie kennen doch das Schiff?«, fragte Gerlinde.

»Ja.«

Sicher.

Natürlich tat er das.

Es war das Kreuzfahrtschiff, auf dem seine Frau vor fünf Jahren in der dritten Nacht der Transatlantikpassage über die Brüstung ihrer Balkonkabine geklettert und fünfzig Meter in die Tiefe gesprungen war. Kurz nachdem sie Timmy einen in Chloroform getränkten Waschlappen aufs schlafende Gesicht gepresst und ihn anschließend über Bord geworfen hatte.

3. Kapitel

Naomi liebte Thriller. Je blutrünstiger, desto besser. Für die Kreuzfahrt auf dem Luxusliner hatte sie eine ganze Wagenladung mit an Bord der *Sultan of the Seas* geschleppt (an diese neumodischen E-Reader hatte sie sich noch nicht gewöhnen können), und an guten Tagen schaffte sie fast ein ganzes Buch, je nachdem, wie dick es war.

Oder wie blutig.

Manchmal war sie sich nicht sicher, wer die größere Macke hatte: der Autor, der sich diesen kranken Mist ausdachte, oder sie, die sie sogar Geld dafür bezahlte, um es sich mit Axtmördern und Psychopathen am Pool gemütlich machen zu können, in Reichweite der knackigen Kellner, die sie zwischen den Kapiteln je nach Tageszeit mit Kaffee, Softdrinks oder Cocktails versorgten.

In den sieben Jahren ihrer Ehe, bevor der liebe Gott der Meinung gewesen war, eine Urne auf dem Kamin würde besser zu ihr passen als ein Ring an ihrem Finger, hatte ihr Mann einmal zu ihr gesagt, er frage sich, weshalb es eine Altersbeschränkung für Filme und Computerspiele gebe, nicht aber für Bücher.

Wie recht er doch gehabt hatte.

Es gab Szenen, die hatte sie vor Jahren gelesen, und sie bekam sie seitdem nicht mehr aus dem Kopf, sosehr sie es sich auch wünschte. Beispielsweise jene aus »Der siebte Tod«, in der Joe sich auf ein wildes Sexabenteuer mit seiner Eroberung im Park freut und ihm stattdessen von der durchgeknallten Ziege mit einer Kneifzange ein Hoden abgerissen wird.

Sie schauderte.

Nach dieser Beschreibung musste man denken, der Autor wäre pervers, dabei war das Buch ein Riesenerfolg und sein Urheber Paul Cleave, den sie auf einem Krimifestival bei einer Lesung erlebt hatte, charmant, gutaussehend und amüsant. Lustig, wie weite Strecken des Buches selbst.

Kein Vergleich zu »Hannibal« von Thomas Harris, wo ihr schlecht geworden war, als Dr. Lecter seinem Widersacher bei lebendigem Leib das Gehirn aus dem geöffneten Schädel löffelte. Das Buch hatte fast siebenhundert Fünf-Sterne-Bewertungen!

Krank.

Fast so krank wie die Geschichte von der Siebenunddreißigjährigen, die von ihrem Entführer in einem Brunnen gefangen gehalten wird, bis ihr eines Tages ein Eimer mit einer Schüssel Reis herabgelassen wird. Auf der Schüssel stehen zwei Wörter, die die Frau, eine promovierte Biologin, in der Dunkelheit kaum lesen kann: *Spirometra mansoni.*

Der lateinische Name eines Parasiten, den es vor allem in Südostasien gibt, schnürsenkelbreit und bis zu dreißig Zentimeter lang, und der zu einem halbdurchsichtigen, gerieffelten Bandwurm heranwächst. Dieser schält sich unter der Haut des Menschen ins Gehirn. Oder hinter das Auge, so wie bei der Frau in der Geschichte, deren Hunger so unerträglich ist, dass sie am Ende den verseuchten Reis essen muss, um nicht elendig zu verrecken.

Blöder Mist, wie heißt das Buch noch gleich?

Sie dachte an ihr Regal zu Hause im Wintergarten, an die alphabetisch sortierten Autoren, doch sie kam nicht drauf.

Ja, ist das denn die Möglichkeit? Es ist gar nicht so lange her, dass … ah, jetzt weiß ich es wieder!

In dem Moment, in dem der Schmerz sie aus dem Sekundenschlaf zurück in die Realität trieb, fiel es Naomi Lamar wieder ein:

Das war kein Buch.

Sondern ihr Leben.

Irgendwo auf der *Sultan of the Seas*.

Und zu ihrem Leidwesen war es noch lange nicht vorbei.

4. Kapitel

Martin Schwartz stieg mit einem Seesack auf der Schulter mittschiffs die Treppen der *Sultan* nach oben und fühlte sich schlecht.

Er hasste dieses Schiff, die in dezenten Pastellfarben gehaltenen Wandverkleidungen, die Möbel aus Mahagoni oder Teak und die weichen Teppiche, auf denen man wie auf einer Wiese lief. Er hasste die lächerlichen Uniformen der Angestellten, die selbst die einfachsten Pagen trugen, als wären sie bei der Marine und nicht auf einem Jahrmarkt des Massentourismus angestellt. Er hasste den dezenten Vanilleduft, der der Klimaanlage beigemischt wurde; hasste die Euphorie in den Augen der Passagiere, mit denen er über die Gangway an Bord gegangen war. Frauen, Männer, Kinder, Familien. Sie freuten sich auf sieben Nächte im Luxus, auf 24-Stunden-All-inclusive-Buffets, erholsame Seetage an Deck oder im zweitausend Quadratmeter großen Spa mit Over-Water-Fitnesscenter. Sie planten, die Shows im modernsten Musicaltheater der Weltmeere zu besuchen und sich Cocktails in einer der elf Bars zu genehmigen, die sich auf die siebzehn Decks verteilten. Sie wollten ihre Kinder im Piratenclub abgeben, auf die längste Wasserrutsche klettern, die jemals auf einem Schiff gebaut worden war, ihr Geld im Kasino verzocken oder in der Shoppingmall ausgeben, die im Stile einer italienischen Piazza gestaltet war. Vielleicht betraten einige das Schiff mit gemischten Gefühlen wie ein Flugzeug, in respektvoller Sorge, ob die Technik, der man sich auslieferte, einen unbeschadet von A nach B brachte. Keiner der knapp dreitausend Passagiere aber, da war Martin sich sicher, verschwendete auch nur einen einzigen Gedanken daran, dass sie die kommenden Tage in einer Kleinstadt leben würden, in der Tausende Menschen verschiedenster Kulturen und Schichten aufeinanderprallten, angefangen von den Zwei-Dollar-pro-Stunde-Kräften unten in der Wäscherei bis hin zu den Millionären auf den windgeschützten Liegeinseln im Oberdeck. Eine Stadt, in der es *alles* gab, nur keine Ordnungshüter. In der, wenn man die 110 wählte, der Zimmerservice kam – und nicht die Polizei. Eine Stadt, in der man sich mit dem ersten Schritt an Bord der Rechtsordnung irgendeiner rückständigen Bananenrepublik unterwarf, unter deren Flagge das Schiff vom Stapel gelaufen war.

Martin hasste die *Sultan*, ihre Passagiere und die Crew.

Aber vor allem hasste er sich selbst.

Er hatte sich geschworen, niemals mehr im Leben einen Fuß auf ein Kreuzfahrtschiff zu setzen. Schon gar nicht auf dieses hier. Und ein einziger Anruf einer Rentnerin, die er noch nicht einmal kannte, hatte ihn alle Vorsätze über Bord werfen lassen.

Wie wahr!

Er lachte zynisch in sich hinein, und ein älteres, stark übergewichtiges Ehepaar, das ihm auf der Treppe entgegenkam, musterte ihn skeptisch.

»*Über Bord werfen.*«

Passender konnte man es kaum ausdrücken.

Er erreichte Deck 12 und studierte die Wegweiser mit den Kabinennummern. Für Suite 1211 musste er auf die Backbordseite.

Martin gähnte. Obwohl oder gerade weil die Zahnärztin

ihn gestern doch noch zu einem Stiftprovisorium überredet hatte, hatten die Zahnschmerzen ihn die ganze Nacht nicht zur Ruhe kommen lassen, und bis auf einen Zehnminutenschlaf im Flieger nach London hatte er keine Ruhepause gehabt.

Im Taxi von Heathrow nach Southampton hatte ihm dann sein Handy den letzten Nerv geraubt. Erst versuchte Kramer, ihn zu erreichen, dann der Chef persönlich, um ihn anzubrüllen, was ihm einfiele, ohne Entschuldigung der Einsatzbesprechung fernzubleiben. Wenn er nicht sofort aufs Revier käme, könne er sich seine Papiere abholen.

»Außerdem hast du Arsch versprochen, dich regelmäßig beim Doc zu melden. Das Teufelszeug, das du hoffentlich regelmäßig schluckst, kann zu zerebralen Ausfällen führen, obwohl ich bezweifle, dass man da bei dir überhaupt noch einen Unterschied bemerkt.«

Irgendwann hatte Martin die Beschimpfungen auf seine Mailbox laufen lassen. Er glaubte nicht, dass sie auf ihn verzichten konnten. Spätestens beim nächsten Himmelfahrtskommando war auch dieser Eintrag in seiner Personalakte wieder vergessen. Oder hatte er den Bogen tatsächlich ein wenig überspannt, indem er ohne Rücksprache mit seinen Vorgesetzten und ohne Urlaubsantrag einfach die Überfahrt auf der *Sultan* gebucht hatte? In einer 150-Quadratmeter-Suite auf Deck 11 für zweitausend Euro die Nacht, inklusive Business-Class-Rückflug von New York nach Berlin.

Dabei hatte Martin nicht vor, die Passage überhaupt anzutreten. Er wollte nur mit Gerlinde Dobkowitz sprechen, sich ihre angeblichen »Beweise« ansehen und dann sofort wieder runter vom Kahn. Doch die offenbar etwas verschrobene Alte hatte sich geweigert, das Schiff für ihn zu verlassen. Wie Martin gestern Nacht noch durch eine Internetrecherche herausgefunden hatte, wurde die 78-jährige Gerlinde Dobkowitz in den Kreuzfahrtforen als lebende Legende gehandelt. Sie hatte sich von ihrer Rente auf der *Sultan* eine der wenigen Dauerkabinen auf Lebenszeit geleistet. Und seit dem Stapellauf vor acht Jahren verließ sie das Schiff nur, wenn Wartungsarbeiten das zwingend erforderten.

Martin musste also zu ihr an Bord kommen, und da man ohne Passagierausweis nicht auf die *Sultan* gelassen wurde, war er gezwungen gewesen, selbst eine Kabine zu buchen. Die Verandasuite im Heck des Schiffes war die einzige, die so kurzfristig online noch verfügbar gewesen war, weswegen er jetzt für ein Zwanzigminutengespräch zwölftausend Euro bezahlte. Eigentlich war die Reisezeit so bemessen, dass er über zwei Stunden Zeit für die Unterredung gehabt hätte, aber der Taxifahrer hatte es sich auf der Herfahrt zur Aufgabe gemacht, ihm jeden Stau im Süden Großbritanniens zu zeigen.

Egal, der Preis würde ihn schon nicht ruinieren.

Zwar hielt sich sein Ermittlergehalt in überschaubaren Dimensionen, doch da er seit Jahren kaum etwas davon ausgab, war sein Konto mittlerweile so gut gefüllt, dass seine Bank ihm vor zwei Monaten sogar eine Karte zu seinem achtunddreißigsten Geburtstag geschickt hatte.

In diesem Moment allerdings, mit dem Finger auf der Klingel von Kabine 1211, fühlte er sich eher wie jenseits der fünfzig.

Er drückte den polierten Messingknopf und hörte ein dezentes Glockenspiel läuten. Es dauerte nur wenige Sekunden, bis die Tür geöffnet wurde und er sich einem devot lächelnden, jungen Bürschchen gegenübersah, das Frack und Lackschuhe trug. Martin erinnerte sich, dass die *Sultan* damit warb, jedem Gast, der eine überteuerte Suite buchte, einen Butler zur Verfügung zu stellen.

Das Exemplar vor ihm war Anfang zwanzig, hatte kurze, schwarze Haare, die wie mit dem Bügeleisen zum Mittelscheitel geplättet auf einem eher schmalen Schädel klebten. Er hatte wässrige Augen und ein fliehendes Kinn. *Mut* und *Durchsetzungskraft* waren nicht die ersten Vokabeln, die einem bei seinem Anblick in den Sinn kamen.

»Er soll reinkommen«, hörte Martin Gerlinde Dobkowitz aus dem Inneren ihrer Suite rufen, und der Butler trat zur Seite.

Martins Gehirn hatte große Mühe, alle Eindrücke, die daraufhin auf ihn einprasselten, zu verarbeiten.

Als Ermittler wusste er, dass die Grenze zwischen exzentrischem Lebensstil und therapiebedürftigem Wahnsinn oftmals nur mit einem gespitzten Bleistift gezogen werden konnte. Gerlinde Dobkowitz, das sah er auf den ersten Blick, wandelte auf beiden Seiten der Linie.

»Na endlich«, begrüßte sie ihn von ihrem Bett aus. Sie thronte in einem Meer aus Kissen, Zeitungen und ausgedruckten Computerseiten am Kopfende der Matratze. Ihr überladenes Bett stand in der Mitte eines Raumes, der von den Innenarchitekten der Werft ursprünglich als Salon geplant gewesen war. Doch die Architekten hatten ihre Rechnung ohne Gerlinde Dobkowitz gemacht. Zumindest konnte Martin sich nicht vorstellen, dass himbeerschaumfarbene Blümchentapeten, ein Zebrafellteppich oder ein künstliches Hirschgeweih über den Lüftungsschlitzen zur Grundausstattung jeder Dreizimmer-Eigentumssuite auf der *Sultan* gehörten.

»Sie sollten mal Ihren Tacho eichen lassen«, sagte die alte

Dame mit Blick auf eine hölzerne Standuhr im Eingangsbereich der Suite. »Es ist bald sechs!«

Mit einer unwirschen Bewegung scheuchte sie ihren Butler zurück an einen altertümlichen, filzbezogenen Sekretär, der im rechten Winkel zur Zwischenwand unter einem Ölgemälde stand, das vor langer Zeit vermutlich einmal Rembrandts Mann mit dem Goldhelm gezeigt hatte, jetzt aber mit Zetteln übersät war, die mit Reißzwecken auf der Leinwand befestigt waren.

Die alte Dame warf Martin einen bösen Blick zu. »Dachte schon, ich müsste bis New York warten, um meine Brownies ins Weiße Haus zu bringen.«

Gerlinde griff nach einer riesigen Brille auf ihrem Nachttisch. Er wunderte sich, dass sie nicht beide Hände brauchte, um sie sich auf die Nase zu setzen. Die Gläser waren blassrosa gefärbt und so dick wie die Unterseite eines Whiskeyschwenkers, wodurch die wachen Augen dahinter eulengleiche Ausmaße annahmen. Überhaupt erforderte der Vergleich mit einem Vogel bei Gerlindes Anblick keine allzu große Vorstellungskraft. Sie hatte Krallenfinger, und die lange, gekrümmte Nase stach wie ein Schnabel aus dem schmalen, nur aus Haut und Knochen bestehenden Krähengesicht der alten Dame.

»Hoffe, es ist nicht wieder Schmirgelklasse Z. Legen Sie es einfach neben die Biotonne, und dann auf Wiederkuscheln.«

Sie winkte in Martins Richtung, als wollte sie eine lästige Fliege verscheuchen.

»Ich fürchte, Sie verwechseln mich«, sagte er und stellte seinen Seesack ab.

Gerlinde zog verblüfft die Augenbrauen hoch.

»Sind Sie nicht der Mann mit dem Klopapier?«, fragte sie erstaunt.

Martin, dem langsam klarwurde, was mit *Biotonne, Brownies, Schmirgelklasse Z* und dem *Weißen Haus* gemeint war, fragte sich, wie er so blöd gewesen sein konnte, hierherzukommen. Welcher Teufel hatte ihn geritten, Salz in seine niemals heilenden Wunden zu streuen? Es war die Hoffnung gewesen, die Tragödie endlich zu einem Abschluss zu bringen. Und die Hoffnung, diese trügerische Schlange, hatte ihn in eine Sackgasse gelockt, an deren Ende eine im Bett liegende Oma auf ihn wartete.

Martin folgte Gerlindes verblüfftem Blick zu ihrem Butler. »Wer zum Henker ist das, Gregor?«

Gregor, der an dem Sekretär hinter einer Schreibmaschine Platz genommen hatte, die im Berliner Technikmuseum ein historischer Publikumsmagnet gewesen wäre, lugte ratlos über die Kante des eingespannten Papiers. »Ich fürchte, ich bin hier ebenso überfragt wie …«

»Wer sind Sie?«, unterbrach Gerlinde das vornehme Gestammel.

»Mein Name ist Martin Schwartz, wir haben gestern telefoniert.«

Sie schlug sich mit der Hand an die Stirn, dass es klatschte. »Ach du meine Güte, ja natürlich.«

Gerlinde schob einen Stapel Papier beiseite und schlug die Daunendecke zurück, unter der sie mit schneeweißen Turnschuhen gelegen hatte.

»Gut, dass Sie gekommen sind. Ich weiß, wie schwer es Ihnen fallen muss …«

Sie schob ihre Beinchen über die Bettkante. Gerlinde trug einen pinkfarbenen Jogginganzug, in den sie zweimal hineingepasst hätte.

»… wo Sie doch hier auf der *Sultan* Ihre Frau und Ihren Sohn …«

»Entschuldigen Sie bitte meine Ungeduld«, fiel Martin ihr ins Wort. Er hatte weder die Zeit noch die Kraft für Höflichkeiten. Selbst die Anwesenheit des Butlers war ihm gleichgültig. »Sie haben am Telefon gesagt, Sie hätten Beweise, dass meine Frau nicht freiwillig in den Tod gesprungen ist.«

Gerlinde nickte, nicht im Geringsten verärgert, dass er sie unterbrochen hatte, zog sich an einem neben ihrem Bett geparkten Rollstuhl auf die Beine und riss die Nachttischschublade auf.

»Nicht nur dafür, mein Lieber. Nicht nur dafür.«

Sie warf ihm einen verschwörerischen Blick zu, dann fügte sie hinzu: »Womöglich habe ich sogar einen Hinweis darauf gefunden, dass Ihre Familie noch am Leben ist.«

Mit diesen Worten reichte sie Martin einen kleinen, zerschlissenen Teddybären, der ursprünglich einmal weiß gewesen war und dessen Fell jetzt die Farbe dreckigen Sandes angenommen hatte.

In Martins Magen öffnete sich eine Faust, und ein langer Finger kitzelte von innen seine Speiseröhre. Ihm wurde übel. Dieses Schiff würde er so schnell nicht wieder verlassen können.

Dem alten, nach Schweiß und Schmieröl stinkenden Spielzeug fehlten ein Auge und die rechte Tatze, aber die Initialen waren noch an Ort und Stelle.

T.S.

Genau dort, wo Nadja sie vor Jahren mit der Maschine eingestickt hatte, kurz bevor Timmy auf seine erste Klassenfahrt ins Schullandheim aufgebrochen war.

5. Kapitel

Verlust. Trauer. Angst.

So oft, wie ihr Weg in den letzten Jahren mit Falltüren versehen gewesen war, hatte Julia Stiller gehofft, mittlerweile darauf trainiert zu sein, den dunklen Kellerlöchern aus dem Weg zu gehen, die das Leben für sie geöffnet hielt. Oder das nächste Mal wenigstens nicht wieder so tief in sie hineinzustürzen. Nur so weit, dass sie sich an den Kanten ihres seelischen Abwurfschachts aus eigener Kraft nach oben ziehen konnte.

Doch weit gefehlt.

Diesmal war es ein Anruf, der sie in Todesangst versetzte und der sie lehrte, dass man sich auf das Fallbeil des Schicksals nicht vorbereiten konnte. Es fiel ausgerechnet in dem Moment auf sie herab, in dem sie sich seit langer, langer Zeit endlich wieder glücklich fühlte, hier im Hafen von Southampton auf der *Sultan of the Seas*.

Drei freudlose Jahre war es nun her, seitdem ihr Mann sie betrogen hatte, ihr Freundeskreis zerbrochen war und ihre Tochter ihr die Schuld daran gab, nicht mehr in der Villa in Köpenick, sondern in einer Zweizimmerwohnung in Hermsdorf zu wohnen. Klein und beengt, aber doch so teuer, dass sie jede Nachtschicht in der Klinik übernehmen musste, die sie als Krankenschwester auf der Frühchenstation ergattern konnte, um irgendwie über die Runden zu kommen.

»Du hast überreagiert«, hatten selbst ihre Eltern gesagt. Als hätte sie mit Absicht nach der Abrechnung in der Altpapiertonne gesucht – zwei Flugtickets, aber nur ein Doppelzimmer. Nach Capri, obwohl Max ihr etwas von einer Fortbildung in Dresden erzählt hatte. Ein Ticket war auf seinen Namen ausgestellt und eines auf den seiner Assistentin. Die mit den billigen Haarextensions und den lächerlich hochgeschnürten Brüsten. Julia hatte nicht nachgedacht. Sie war in den Keller gegangen, hatte sich den vollen Wäschekorb gegriffen, war mit ihm in das Steuerbüro gefahren, in dem Max als Anwalt arbeitete, und hatte der verdutzten Geliebten die Schmutzwäsche auf den Schreibtisch gekippt mit den Worten: »Wenn Sie schon meinen Mann vögeln, können Sie auch seine dreckigen Unterhosen waschen.«

Das hatte sich gut angefühlt. Für ungefähr zwanzig Sekunden.

»Wo bist du?«, hörte sie Tom Schiwy nun fragen, und schon da begann sie sich zu ärgern, überhaupt ans Telefon gegangen zu sein. Sie hatte mit ihrer Tochter verabredet, mit Beginn des Urlaubs die Handys auszuschalten, doch in der Aufregung der Anreise musste sie es vergessen haben. Und jetzt hatte Julia einen der Fehltritte ihres erzwungenen Singlelebens am Ohr.

Wenn auch einen der angenehmeren.

»Ich hab dir doch gesagt, wo wir die Herbstferien über sind«, antwortete sie ihm und lächelte Lisa zu, die gerade an ihr vorbei durch die Durchgangstür in ihre eigene Kabine ging.

»Ich geh mich kurz auf dem Schiff umsehen«, flüsterte ihre fünfzehnjährige Tochter, und Julia nickte zustimmend.

Zu Tom sagte sie: »Wir sind gerade an Bord gegangen.«

»Verdammter Mist.«

Der Vertrauenslehrer ihrer Tochter klang ungewöhnlich aufgeregt, nahezu ängstlich.

»Was ist denn los?«, fragte Julia verwundert und ließ sich auf das unglaublich bequeme Boxspringbett sinken, das fast die gesamte Kabine einnahm.

Weshalb rufst du an? Hatten wir uns nicht darauf geeinigt, den Kontakt auf das Nötigste zu begrenzen?

»Wir müssen uns sehen. Sofort!«

»Ja, klar.« Julia tippte sich an die Stirn. Für keinen Mann der Welt würde sie die *Sultan of the Seas* jetzt wieder verlassen. Lisa bot gerade die ganze Palette an Problemen, die man in der Pubertät bekommen konnte. Sie verweigerte gemeinsame Mahlzeiten, wurde immer dünner, hatte sich die Nase gepierct, ruinierte mit schlechten Noten ihren Schnitt als ehemals Klassenbeste und traf sich nur noch mit Freundinnen, die ähnlich vampirhaft gekleidet waren wie sie selbst. Seit ihrem fünfzehnten Geburtstag pflegte sie eine Gothic-Phase, in der nur schwarze Secondhandklamotten erlaubt waren, möglichst zerrissen und so löchrig, dass selbst Motten in ihnen verhungerten. Ein ungeschriebenes Gesetz ihrer Clique war es wohl, nie zu lachen und niemals der Mutter einen Kuss zu geben. Ein Gesetz, das Lisa vor zehn Minuten zum ersten Mal seit Wochen gebrochen hatte.

»Das ist so geil, Mama«, hatte sie sich gefreut, als sie den Balkon ihrer Kabine betraten. Die Tränen in Lisas Augen mochten von dem Wind gerührt haben, der vom Hafen hoch auf Deck 5 wehte, aber Julia wollte lieber glauben, dass es die Freude über das riesige Kreuzfahrtschiff und die luxuriöse Außenkabine war, die sie für die kommenden sieben Tage beziehen würden. Und zwar jede ihre eigene.

In ihrer gegenwärtigen Situation, mit ihrem Einkommen als

alleinerziehende Krankenschwester, hätte Julia sich auf der *Sultan of the Seas* nicht einmal eine Innenkabine leisten können. Doch Daniel Bonhoeffer, der Kapitän der *Sultan* persönlich, hatte sie eingeladen. Sie kannte ihn seit Jahren, fast Jahrzehnten, und doch hätte sie große Probleme, Außenstehenden ihr Verhältnis zu Daniel zu beschreiben. Als Freunde standen sie einander nicht nahe genug, für eine lose Bekanntschaft waren ihre Familienverhältnisse zu eng miteinander verwoben, immerhin war Daniel Lisas Patenonkel. Ohne diese Verbindung hätte sie längst den Kontakt zu ihm abgebrochen, immerhin war Daniel ein Kindergartenfreund ihres Mannes, wobei Julia nie ganz verstanden hatte, weshalb ihr Ex über so viele Jahre die Freundschaft mit einem Mann pflegte, der sich im Grunde nur für eine einzige Person interessierte: für sich selbst. Keine fünf Minuten eines Gesprächs vergingen, ohne dass Daniel es irgendwie gelang, das Thema auf sich zu lenken. Wegen der exotischen Ziele, die er bereiste, konnte das für den außenstehenden Zuhörer mitunter sogar recht amüsant sein. Für eine auf Gegenseitigkeit ausgerichtete Freundschaft war das Julia aber eindeutig zu wenig. Außerdem erweckte er bei ihr stets den Eindruck, als wäre seine Höflichkeit nur aufgesetzt und er würde anderen nach dem Munde reden. Das alles zusammengenommen führte dazu, dass sie sich nach einem Treffen mit ihm immer so fühlte, als käme sie gerade aus einem Fastfood-Restaurant. Im Grunde war alles okay, dennoch hatte man ein komisches Gefühl im Magen.

Jetzt, da sie erstmals auf seinem Schiff war, fragte sie sich allerdings, ob sie mit Daniel nicht etwas zu hart ins Gericht ging. Immerhin hatte er wieder einmal bewiesen, wie abgöttisch er seine Patentochter liebte. Jedes Jahr bekam Lisa ein großes Geburtstagsgeschenk, und dieses Jahr war es die Transatlantikreise nach New York. »Bedank dich bei deinem Patenonkel«, hatte Julia gesagt, als ihre Tochter ihr auf dem Balkon in die Arme gefallen war. Lisa hatte nach Tabak gerochen, ihre bleiche Schminke hatte auf Julias Wangen abgefärbt, doch das hatte sie ebenso wenig gestört wie das Nietenhalsband, das sich ihr ins Gesicht drückte. Alles, was in diesem Moment für Julia zählte, war, ihre Tochter endlich wieder im Arm halten zu können. Sie konnte sich nicht erinnern, wann sie ihrem kleinen Mädchen das letzte Mal so nah gewesen war.

»Hier ist es traumhaft«, erklärte sie Tom.

Sie hatten sich nach einem Elternsprechtag angefreundet, zu dem sie wegen der abfallenden Leistungen und der mangelnden mündlichen Beteiligung ihrer Tochter am Unterricht gebeten worden war. Als sie nach einem Monat erfuhr, dass Lisa regelmäßig Toms Schülersprechstunde besuchte, beendete Julia die Affäre. Sie hatte sich nicht wohl bei dem Gedanken gefühlt, ein Verhältnis mit der aktuell einzigen Vertrauensperson ihrer Tochter zu haben. Außerdem hatte es ohnehin nicht so recht gepasst; nicht nur des Alters wegen – immerhin war Tom mit neunundzwanzig Jahren gut zehn Jahre jünger als sie –, sondern vor allem wegen seiner fordernden Art. Beinahe täglich hatte er sie sehen und ständig mit ihr schlafen wollen, und auch wenn ihr das Interesse eines so jungen und attraktiven Mannes schmeichelte, war dieser Anruf ein weiterer Beleg dafür, dass sie die richtige Entscheidung getroffen hatte.

Dachte Tom wirklich, er musste nur durchklingeln, und sie würde die Herbstferien mit ihrer Tochter sausenlassen?

»Keine zehn Pferde bekommen mich von diesem Schiff hier wieder runter.«

»Pferde sicher nicht, aber möglicherweise ein Video!«
Julia richtete sich auf.

»Was für ein Video?«, fragte sie und fühlte, wie das Hochgefühl der letzten halben Stunde sie wieder verlassen wollte.

»Ich finde, keine Mutter sollte sich so etwas ansehen«, hörte sie Tom sagen. »Aber es muss sein. Ich hab dir einen Link geschickt.«

6. Kapitel

Es dauerte nicht einmal eine Minute, bis Julia Stiller ihren kleinen Tablet-PC aus der Handtasche geholt und sich in das frei zugängliche WLAN des Schiffes eingeloggt hatte. Zuvor hatte sie die Balkontüren ihrer Kabine geschlossen und die Vorhänge zugezogen, damit die tief stehende Abendsonne den Bildschirm nicht verspiegelte.

»Du machst mir Angst«, sagte sie zu Tom und setzte sich vor den Schminktisch neben dem Fernseher.

Sie öffnete die E-Mail, die er ihr erst vor wenigen Minuten geschickt hatte, ohne Betreff und ohne Anschreiben, nur mit einem kurzen Link. Sie tippte mit dem Zeigefinger auf die blau unterstrichene Textzeile, und beinahe sofort öffnete sich eine schlicht gestaltete Website. Sie wirkte amateurhaft, so wie das privat organisierte Schilddrüsenforum, auf dem sich Julia hin und wieder mit anderen austauschte, die unter Gemütsschwankungen wegen einer Unterfunktion litten.

»Was ist das?«, fragte sie.

»Isharerumors«, antwortete Tom. »Die Prolo-Variante von Facebook. Viele Schüler nutzen dieses Portal, um über Lehrer oder Mitschüler zu lästern. Es ist so beliebt, weil man sich anonym anmelden kann und es keinerlei Kontrollen gibt.«

Julia konnte an seiner belegten Stimme hören, wie unangenehm ihm das Gespräch war. Und sie konnte sich den Gesichtsausdruck vorstellen, mit dem er zu Hause vor seinem

Computer saß, so wie sie jetzt vor ihrem iPad-Verschnitt, den sie in einem Lebensmitteldiscounter gekauft hatte.

Tom Schiwy besaß die Gabe, allein mit dem Blick seinem Gegenüber Zuneigung und Mitleid zu vermitteln. Keine schlechte Voraussetzung für einen Vertrauenslehrer, obwohl Julia sich in ihrer Schulzeit ganz sicher nicht an einen so gutaussehenden Mann gewandt hätte, um ihm anzuvertrauen, dass sie von der Klasse im Sportunterricht als Pummel verspottet wurde. Heute lag ihr Gewicht noch immer nördlich der bundesdeutschen Durchschnittslinie, doch die Jahre hatten ihr gutgetan. Aus dem mopsigen Backfisch war eine füllige, aber wohlproportionierte Frau geworden, die gelernt hatte, sich nicht über ihre kräftigen Oberarme und Schenkel, den dicken Po oder die Apfelbäckchen im Gesicht zu ärgern, sondern die Komplimente anzunehmen, die ihr nicht wenige Männer machten: für ihre lebenslustig funkelnden Augen, für ihren Schmollmund und ihre dunklen, leicht gelockten Haare, die ihr ovales Gesicht wie ein teures Gemälde rahmten, wenn sie sie nicht, wie jetzt gerade, hochgesteckt trug, was ihre hohe Stirn mit dem kleinen Schönheitsfleck über der rechten Augenbraue betonte.

»Und nun?«

Vor Julias Augen hatte sich ein postkartengroßes Videofenster geöffnet.

»Was ist das?«

»Das … das …« Tom stotterte. »Das ist schwer zu … Sieh's dir bitte an.«

»Du machst mir wirklich Angst«, wiederholte sie, tippte aber auf den großen Pfeil in der Mitte der Videodatei.

Die Aufnahmen, die sie startete, waren von der typischen Qualität versteckter Kameras, wie man sie von Reality-TV-Serien kennt, in denen amateurhaft schauspielernde Laiendetektive betrügerische Ehemänner überführen wollen. Ein Timecode in der unteren Bildecke verriet, dass die Aufnahmen bereits vor fünf Monaten, also im Frühling dieses Jahres gemacht worden waren.

Zuerst stimmten weder Belichtung noch Zoom, falls das Gerät, das für die verwackelten Bilder verantwortlich war, über so etwas überhaupt verfügte. Erst nach einer Weile erkannte Julia, dass hier jemand während der Fahrt aus dem Auto heraus filmte. Es war dunkel, Nieselregen fiel auf die Windschutzscheibe, weswegen die Rücklichter eines vorausfahrenden Autos vor dem Auge des Betrachters Schleier zogen.

Die Kamera schwenkte über ein schwarzes Armaturenbrett zur Beifahrerseite und fing die Fassadenfront einer tristen Mietshauskaserne ein; eine graue Betonbausünde, wie man sie im alten Westberlin an jeder zweiten Ecke findet.

»Und weshalb soll ich mir das anschauen?«, fragte Julia, als der Wagen langsamer wurde und im Schritttempo an dem Hof eines Gebrauchtwagenhändlers vorbeizog.

»Deshalb«, antwortete Tom in dem Moment, in dem das Auto vor einer Zufahrt stoppte und das elektrisch gesteuerte Beifahrerfenster in der Fahrzeugtür verschwand.

Zuerst sah Julia nichts als eine dicht gewachsene Baumreihe, die kaum den Blick auf den dahinterliegenden Spielplatz freigab. Wenn es hier eine Straßenlaterne gab, dann war sie entweder defekt oder stand weit entfernt, jedenfalls herrschte nicht einmal genügend Licht, um zu erkennen, wofür das Plakat warb, das auf einer übergroßen Reklametafel am Straßenrand prangte. Und auch die Frau, die sich auf einmal aus dem trüben Dämmerlicht herausschälte und mit wackelnden Hüften dem Wagen näherte, war zunächst nicht sehr viel mehr als ein Schatten. Selbst als sie sich zum

Beifahrerfenster herunterbeugte und damit in das Licht der Kamera trat, konnte Julia ihr Gesicht nicht erkennen, denn es war ausgepixelt, als sie mit gespielt verruchter Stimme in die Kamera hauchte: »Du kannst alles mit mir machen, Süßer, aber filmen kostet extra.«

»Großer Gott ...«, keuchte Julia und rückte etwas von dem Schminktisch ab. Sie drehte sich nach hinten um, doch Lisa hatte die Verbindungstür geschlossen. Sie war allein in der Kabine, außerdem hatte ihre Tochter ja gesagt, sie wolle sich das Schiff anschauen.

Ist das etwa ...?

Die Frau im Bild hatte die passende Größe, die passende schwarze Haarfarbe und die passende schlanke Statur. Und was am schlimmsten war: Sie hatte *ihre* Stimme.

»Ist das ...?«, keuchte Julia und brachte den Namen ihrer Tochter nicht über die Lippen.

Nein, das kann nicht sein. Das ist unmöglich.

Das Mädchen, das nun einen Schritt zurückgetreten war und sich zur Fleischbeschau um die eigene Achse drehen sollte, trug Klamotten, die auch bei Lisa im Schrank hängen konnten: Petticoat-Kleid, Netzstrümpfe, Peeptoes mit Pünktchen. So etwas hatte sie getragen, bevor sie ohne Übergang aus der Rockabilly- in die Gothic-Phase gewechselt war.

Aber so ähnlich waren ihre Stimmen nun auch wieder nicht, versuchte Julia sich einzureden.

»Sag mir, dass das nicht meine Tochter ist«, bat sie Tom, da folgte in der Aufnahme ein Schnitt, und die Kameraperspektive hatte sich radikal geändert.

»Nein ...«, stöhnte Julia leise, als sie das Lenkrad sah. Das dunkle Armaturenbrett. Und den Hinterkopf des Mädchens, der sich rhythmisch und unter schmatzenden Geräuschen auf und ab bewegte, während der gesichtslose Mann, in dessen Schoß ihr Kopf vergraben war, lustvoll aufstöhnte.

»Ist das Lisa?«, presste Julia hervor.

Sie hörte Tom ausatmen.

»Schwer zu sagen. Gut möglich.«

»*Möglich* ist nicht *sicher*. Also könnte es auch jemand anders sein? Ein Fake?«

»Ja, vielleicht. Man sieht ja keine Gesichter.«

»Himmel«, entfuhr es Julia. Sie schloss die Augen, wollte sich der Bedeutung dessen, was sie gerade gesehen hatte, nicht stellen.

»Also … also …« Sie setzte drei Mal an, um den Satz zu vollenden: »Das ist sie nicht!«

Das DARF sie nicht sein!

»Ich bin mir auch alles andere als sicher«, pflichtete Tom ihr bei. »Nur leider ist es völlig egal, was *wir* denken.«

Er forderte sie auf, die Kommentarspalte unter dem Video zu öffnen. Julia wurde schlecht. Der Bildschirm wurde mit widerwärtigen Einträgen von Usern überflutet, die sich hinter Pseudonymen versteckten, während ihre Tochter bei vollem Namen genannt wurde:

easyseast: Krass. Lisa Stiller, oder?

Happybln85: Jep. Hab ich auch schon mal geknallt.

Tao1: Die macht alles für Geld.

sventhebam030: Beschissene Quali. Nur blowen, kein Fick? Laaaangweilig.

JoeGeothe: Boah, was für eine Schlampe. Vot§$%e!

Gast1: Ja, eine dreckige Hure. Ich hasse solche Nutten-Bitches.

»Kann man das löschen?«, wollte Julia wissen. Sie fühlte sich wie betäubt.

»Kaum. Der Server steht in Togo. Und selbst wenn wir die Betreiber ausfindig machen sollten, was ich bezweifle, ist es noch auf einem halben Dutzend weiteren Portalen zu finden. Dieser Mist bleibt ewig im Netz.«

»Das ist ein Irrsinn. Das muss weg. Meine Tochter macht so etwas nicht. Sie ist doch keine Prostituierte! Das ist doch … Sie …«

Tom fiel ihr ins Wort: »Noch mal: Es ist völlig egal, ob sie so etwas macht oder nicht. Deine Tochter lebt in einer Welt, in der Gerüchte stärker sind als die Wahrheit.«

»Wie lange ist dieser Schmutz schon im Netz?« Julias Stimme zitterte.

»Sechs, sieben Wochen etwa, wenn das Datum stimmt, an dem das File hochgeladen wurde. Ich hab es aber erst heute auf dem Pausenhof mitbekommen, wie sich die Schüler ihrer Klasse das Handy weiterreichen, um sich den Dreck anzusehen.«

»Das erklärt alles!«, sagte Julia aufgeregt.

Ihre schlechten Noten, weshalb sie kaum noch etwas isst, ihre grässlichen Klamotten.

Sie schlug sich wütend gegen die Stirn. »Und ich dachte, es wären die ganz normalen Auswüchse der Pubertät!«

Oder die Spätwirkungen der Trennung. Oder beides. Aber doch nicht DAS!

»Du darfst dir keine Vorwürfe machen«, riet Tom, doch das half ihr nicht. Max hatte recht gehabt mit seiner Bemerkung, als sie das Sorgerecht zugesprochen bekam.

Ich bin dem nicht gewachsen.

Wieder einmal fühlte sie sich völlig hilflos. Die Welt um sie herum schwankte, sie hatte Gleichgewichtsstörungen. Kein

Wunder, war ihr doch gerade der Boden unter den Füßen weggezogen worden. Niemals zuvor war ihr mit so deutlicher Klarheit bewusst geworden, dass sie als Mutter versagt hatte. In jeder Hinsicht.

»Verstehst du jetzt, weshalb ihr sofort von diesem Schiff runter müsst?«, hörte sie Tom fragen.

Ja. Sicher. Das heißt ...

Die Gedanken in ihrem Kopf wollten sich nicht sortieren lassen.

»Ich weiß nicht, Lisa scheint sich hier wohl zu fühlen, vielleicht ...«

»Natürlich fühlt sie sich wohl!«, protestierte Tom.

»... ist dieser Urlaub gerade gut für sie!«

»Nein. Auf keinen Fall!«

»Wieso denn nicht? Ablenkung ist doch genau das Richtige ...«

»Nein!« Tom schrie beinahe. In diesem Moment gab es den ersten Knall.

Ein Schuss?

Julia zuckte zusammen und sah zur Balkontür. Die Explosionen im Hafen kamen in immer schnellerer Folge. Hinter den zugezogenen Scheiben hatte sich das Licht verändert. Draußen zuckte und blitzte es.

»Weil ich Teenager kenne, die sich schon bei sehr viel harmloserem Cybermobbing etwas angetan haben«, sagte Tom beschwörend.

Selbstmord?

Mühsam erhob sich Julia vom Schreibtisch, riss die Glastüren zum Balkon auf und starrte in das blau-goldene Lichtermeer am Abendhimmel, verursacht von dem Abschiedsfeuerwerk, das gerade in die Luft geschossen wurde.

»Ich kann sie nicht vom Schiff bringen«, hörte sie sich sagen.

»Du musst aber. Sollte Lisa planen, sich das Leben zu nehmen, gibt es dafür keinen besseren Ort als ein Kreuzfahrtschiff auf hoher See! Man muss nur springen. Es ist der perfekte Platz zum Sterben!«

Um Himmels willen. Nein.

Tränen schossen Julia in die Augen, und bei ihr war es ganz sicher nicht wegen des Windes.

Es ist zu spät.

Sie spürte die Vibrationen, die jetzt um ein Vielfaches stärker waren als beim Betreten des Schiffes. Blickte auf die winkenden Menschen am Landungssteg hinab. Sah nach unten und suchte vergeblich nach der Gangway, über die sie an Bord geklettert waren.

Vom Gang aus schallte Musik über die Deckenlautsprecher, ein orchestrales Thema wie aus einem Hollywoodfilm.

Und während sich das Kreuzfahrtschiff langsam von dem Landungssteg schob, mischte sich Toms Unheil verkündende Stimme mit dem Rauschen des Wassers, den Klängen der Abschiedsmusik und dem tiefen Dröhnen des Nebelhorns, das noch sechsmal erklang, bevor es schließlich für die Dauer der Transatlantikpassage verstummte.

So wie Julias Hoffnung auf einen sorglosen Urlaub mit ihrer Tochter, von der sie im Augenblick nicht einmal wusste, wo auf diesem gewaltigen Schiff sie sich überhaupt befand.

7. Kapitel

Martin stand auf der Veranda der Suite von Gerlinde Dobkowitz und nahm kaum wahr, dass sich der Abstand zwischen dem Schiff und der Kaimauer stetig vergrößerte.

Die *Sultan* hatte sich schon etwa hundert Meter vom Hafenbecken entfernt und drehte nun seitwärts. Ein riesiger Lastkran verschwand langsam aus dem Blickfeld.

Außergewöhnlich viele Motorboote flankierten das Schiff. Die Musik vom Oberdeck, das Abschiedsfeuerwerk, abgelöst vom Dröhnen des Nebelhorns, all das befand sich außerhalb seiner Wahrnehmung.

Seine Gedanken kreisten einzig und allein um die für ihn kaum zu begreifende Tatsache, dass er das Lieblingskuscheltier seines Sohnes in Händen hielt.

Timmy hatte ihn Luke genannt, vielleicht weil er kurz zuvor seinen ersten Star-Wars-Film gesehen hatte und ein großer Fan von Luke Skywalker gewesen war. Vielleicht aber auch aus keinem bestimmten Grund.

Nicht alles im Leben ergab einen Sinn.

Es hatte eine Zeit gegeben, da waren Timmy und Luke unzertrennlich gewesen. Timmy hatte ihn mit ins Bett, in die Schule und sogar zum Schwimmunterricht genommen, wo er ihn nur unter großem Protest im Spind einschloss, nachdem er mit ihm unter der Dusche erwischt worden war. Sein Interesse an dem Fellknäuel hatte kurz vor seinem Verschwinden etwas nachgelassen, aber nicht so sehr, dass

Luke nicht auch auf der Kreuzfahrt seinen festen Platz im Reisegepäck gehabt hätte. Die Kommission, die die Tragödie auf der *Sultan* untersuchte, hatte der Tatsache, dass Luke nicht mehr in der Kabine gefunden werden konnte, keine allzu große Bedeutung beigemessen. So wenig wie dem Umstand, dass einer von Nadjas Koffern gefehlt hatte. Sie hatten vermutet, die Mutter habe den Teddy ihrem bewusstlosen Sohn in die Hand gedrückt, bevor sie ihn über Bord warf. Aber das war ebenso seltsam wie der nicht vorhandene Abschiedsbrief.

Nadja hatte ihn immer wissen lassen, wo sie war. Wenn er nach Hause kam, fand er stets einen Zettel vor; wahlweise auf dem Küchentisch oder auf seinem Kopfkissen, je nachdem, ob sie nur mal kurz weg war (meistens einkaufen) oder länger (meistens nach einem Streit). Und ausgerechnet ihre letzte Reise sollte sie ohne ein einziges Wort des Abschieds angetreten haben?

Überhaupt war Nadja nicht der Typ für Selbstmord. Sicher, das behaupten alle Hinterbliebenen, die sich der Wahrheit nicht stellen wollen, aber Nadja war tatsächlich ein Leben lang das Gegenteil von lebensmüde gewesen. Eine Kämpferin. Das hatte Martin schon in der Sekunde gespürt, in der er sie in der Notaufnahme im Virchow-Klinikum kennenlernte, wo er auf einen Kollegen wartete, der bei einer Messerstecherei verletzt worden war. Nadja hatte mit einem geschwollenen Auge im Wartezimmer neben ihm gesessen und freimütig erzählt, wie ihr Freund sie verdroschen hatte. Aus Eifersucht. Nicht auf einen anderen Mann, sondern weil sein Sohn aus erster Ehe lieber mit der neuen Freundin morgens im Bett kuscheln wollte als mit seinem Papa. *»Er liebt seinen Jungen, er würde ihm nie etwas antun. Zum Glück hat er seine Wut an mir ausgelassen«*, hatte Nadja

Martin anvertraut und, als er sein Bedauern äußern wollte, lächelnd abgewinkt: »*Sie sollten mal sehen, wie der Scheißkerl jetzt aussieht.*«

Noch in der Nacht war sie bei ihrem Ex-Freund ausgezogen. Ein Jahr später hatten sie geheiratet. Nicht einen Tag war sie depressiv gewesen. Nie hatte er ein Zeichen gespürt, sie könnte vor Problemen davonlaufen oder sich etwas antun.

Und schon gar nicht Timmy, ihrem kleinen Prinzen, den sie vergöttert, geherzt und geknuddelt hatte, wann immer er es erlaubte.

Martin drückte sich den Teddy ans Gesicht, um in dem muffigen Gestank einen Geruch ausfindig zu machen, der ihn an seinen Sohn erinnerte. Vergeblich.

Er drehte sich zu dem Geräusch der sich in seinem Rücken öffnenden Schiebetür.

»Ah, hier stecken Sie«, sagte Gerlinde Dobkowitz. Mit dem Satz »Ich geh mir mal ein Stück Dreck aus dem Rücken drücken« hatte sie ihn vorhin mit dem leicht beschämt dreinblickenden Butler allein gelassen und war mit einer Packung Taschentücher in der Hand zum Badezimmer geschlurft. Jetzt, wo sie wieder zurück war, konnte Martin ihr endlich die wichtigste aller Fragen stellen: »Woher haben Sie ihn?«

Er hielt Luke mit beiden Händen, als habe er Angst, der Fahrtwind der *Sultan* könnte ihm den Teddy aus den Händen reißen und ins Hafenbecken wehen.

»Gefunden«, antwortete Gerlinde lapidar und nestelte in der Tasche ihres Jogginganzugs ein Feuerzeug und eine Packung Zigaretten hervor.

»Wo?«

»In der Hand eines kleinen Mädchens.«

Sie steckte sich eine filterlose Zigarette in den Mund. »Kommen Sie mit. Ich zeig sie Ihnen.«

8. Kapitel

Kapitänskabine, Deck 14 A

Anhalten? Das Schiff?«

Daniel Bonhoeffer löste ihre Umarmung und lachte schallend.

Julia fühlte sich wie eine Idiotin und wäre am liebsten wieder gegangen.

Es war ein Fehler gewesen, sofort zu ihm zu rennen.

Doch sie hatte nicht gewusst, was sie tun sollte. Lisa war nicht wieder aufgetaucht, vermutlich immer noch damit beschäftigt, das Schiff zu erkunden, was bei einem Luxusliner dieser Größenordnung Tage dauern konnte. Es war irrational, vermutlich war alles in bester Ordnung, doch seitdem Julia dieses schreckliche Video gesehen hatte, schien ihr gesamter Körper vor Sorge zu vibrieren, so wie das Schiff unter ihren Füßen, das seit dem Auslaufen unter Anspannung stand. Noch spürte man nur wenig von dem sanften Seegang im Ärmelkanal, aber überall brummte und rauschte und zischte es, die Dieselgeneratoren versetzten Wände und Böden in leichte Vibrationen, und von außen drangen die Geräusche der Wellen schallgedämmt durch eine große Fensterfront ins Innere der Kabine.

»Nun schau nicht so bedröppelt und lass uns erst mal einen Kaffee trinken«, sagte Daniel mit einem Augenzwinkern. »Eigentlich müsste ich noch auf der Brücke sein, aber ich hab zum Glück hervorragende Wachoffiziere.«

Er führte Julia in den Salon seiner Kapitänskabine, die – wenn sie sich nicht täuschte – auf der Steuerbordseite unter der Brücke lag. Auf dem Weg hierhin hatte sie etwas die Orientierung verloren. Kein Wunder bei einem Ozeandampfer, den man aus einem Kilometer Entfernung fotografieren musste, wenn man ihn komplett aufs Bild bekommen wollte. Von einem Ende zum anderen lief man drei Fußballfelder ab, und wenn man auf dem Oberdeck stand, konnte man beim Einlaufen in New York der Freiheitsstatue in die Augen blicken.

»Na, wie gefällt dir mein Reich?«, fragte Daniel.

»Hübsch«, sagte Julia, ohne richtig hinzusehen.

Wie in ihrer Kabine dominierten helle Teppiche und dunkle Ledermöbel den Raum, nur dass dieser sehr viel größer war. Eine luxuriöse, aber komplett unpersönliche Einrichtung. Perfekt für zehn Tage Urlaub, doch wenn Julia hier auf Dauer wohnen müsste, hätte sie die nichtssagenden Kunstdrucke an den Wänden längst gegen individuellere Bilder ausgetauscht.

»Wie lang ist das jetzt her, dass wir uns gesehen haben?«, fragte Daniel und stellte zwei Tassen unter einen Kaffeeautomaten in der Schrankwand.

Während die Maschine vibrierend zum Leben erwachte, fuhr er sich mit der anderen Hand durch die blonden, im Nacken ausrasierten Haare, die etwas heller wirkten als seine Augenbrauen, weswegen Julia sich fragte, ob ihre Farbe mittlerweile aus der Flasche kam. Lisas Patenonkel war schon immer unglaublich eitel gewesen. Sie kannte keinen zweiten Mann, der so regelmäßig zum Frisör ging, zur Maniküre und sogar ins Epilierstudio, um sich störende Haare von Brust, Beinen und anderen Körperstellen entfernen zu lassen, über die sie besser nicht nachdenken wollte.

»Vorletztes Weihnachten war ich zuletzt auf Landgang in Berlin, oder?«, überlegte er laut. Daniel lächelte nervös, und

Julia hatte mit einem Mal das Gefühl, als wäre sie nicht die Einzige, die etwas auf dem Herzen hatte.

Der Kapitän war blass, beinahe grau um die Mundwinkel herum, wie jemand, der nach einer langen Krankheit mal wieder dringend an die frische Luft muss. So verloren, wie er im Raum stand, vor einer Schrankwand aus schwerem Mahagoni, die sich über eine Tür spannte, die vermutlich zu seinem Schlafzimmer führte, wirkte er trotz seiner beachtlichen Statur wie ein Mann, dem die weiße Uniform mit den vier goldenen Streifen auf den Schulterklappen etwas zu groß geworden war. Dünne Äderchen zeichneten sich auf seinen Wangen ab und ließen die Haut unter den müden Augen wie Marmor wirken. Wenigstens waren sie nicht geschwollen, ein Anzeichen dafür, dass er immer noch trocken war.

Es war ein Wunder, dass er überhaupt wieder die Kapitänsmütze trug. Vor fünf Jahren hatte es einen Zwischenfall auf der *Sultan* gegeben, über den Daniel nie hatte reden wollen; auch weil sein Vertrag angeblich eine Geheimhaltungsklausel enthielt. Julia wusste nur, dass der Vorfall ihn so sehr mitgenommen hatte, dass er sich darüber beinahe komplett um den Verstand soff und für ein Jahr von seiner Arbeit suspendiert wurde. Nach seinem Entzug wäre er wohl auf einem klapprigen Frachter wieder aufgetaucht, wäre sein Chef, der Reeder Yegor Kalinin, nicht ebenfalls ein trockener Alkoholiker, der das Prinzip der zweiten Chance predigte.

»Also, jetzt noch mal ganz in Ruhe«, sagte Daniel. Er stellte das dampfende Hotelporzellan auf den Tisch einer Sitzecke. Der Duft frisch gemahlener Bohnen mischte sich wohltuend mit dem des an Bord allgegenwärtigen Raumsprays.

»Was hast du eben damit gemeint, ich sollte die *Sultan* stoppen und umkehren? Langweilst du dich schon an Bord?«

Er lächelte unsicher, während er sich auf einen lederbezogenen Stuhl mit geschwungenen Armlehnen setzte. Julia klemmte sich in die Sitzecke und überlegte, wie viel sie Daniel erzählen musste, damit er ihre Sorgen ernst nahm. Sie entschied sich für die ganze Wahrheit und berichtete knapp und sachlich von ihrer Affäre mit Tom, von Lisas Problemen. Und von dem Video.

»Und jetzt hast du Sorge, deine Tochter könnte sich bei mir an Bord das Leben nehmen?«, fragte Daniel, als sie fertig war. Sie hatte gehofft, er würde sie auslachen, so wie vorhin bei der Begrüßung. Würde ihr erzählen, dass sie Gespenster sähe, oder irgendetwas anderes, das ihr die Angst nahm. Doch Daniel war ungewöhnlich still geworden.

Er pustete in die dampfende Tasse vor sich und rieb mit dem Daumen über das Logo der Reederei, einen von goldenen Lorbeeren umringten Bären mit einer stilisierten Krone auf dem Kopf.

»Mach dir keine Sorgen«, sagte er schließlich seltsam bedrückt.

»Aber ...«

»Ich weiß, wo Lisa ist«, unterbrach er Julias zaghaften Versuch zu protestieren.

»Du weißt ...?«

Er nickte. »Sie hat mir bereits einen Besuch abgestattet, wollte beim Auslaufen auf der Brücke sein.«

»Das heißt, sie ist ...«

»In Sicherheit und in guten Händen, genau. Ich hab sie in die Obhut meiner Hoteldirektorin entlassen. Sie kümmert sich persönlich darum, dass Lisa in diesem Augenblick eine Schiffsführung bekommt.«

»Puh.« Julia atmete hörbar aus und schloss für einen kurzen Moment erleichtert die Augen. Ihr Puls ging noch schneller, aber nur, weil ihr ein Riesenstein vom Herzen gefallen war. Sie bedankte sich bei Daniel, der müde wirkte.

»Lisa und Selbstmord …«, sagte er kopfschüttelnd mit einem leisen Lächeln, als wiederhole er die Pointe eines absurden Witzes. Plötzlich fror sein Lächeln ein. Mit einem Blick, der jetzt so traurig war wie der eines kleinen Jungen, der gerade begriff, dass sein liebstes Haustier gestorben war, sagte er: »Vielleicht wäre es das Beste, *ich* würde springen.«

Julia blinzelte. Plötzlich hatte sie das unwirkliche Gefühl, einem Wildfremden gegenüberzusitzen.

»Was erzählst du da?«, fragte sie.

Daniel atmete schwer.

»Ich stecke in Schwierigkeiten. In *großen* Schwierigkeiten.«

Julia unterdrückte den Impuls, auf die Uhr zu sehen. Waren bereits fünf Minuten vergangen, oder hatte Daniel es diesmal noch schneller geschafft, das Thema auf seine eigenen Probleme zu lenken?

Der Kapitän seufzte, schob die Tasse von sich weg und sagte erschöpft: »Verdammt, ich darf eigentlich mit niemandem darüber reden. Aber du bist momentan fast die einzige Person auf dem Schiff, der ich vertrauen kann.«

»Was ist denn los?«, fragte Julia verwirrt.

»Du darfst es niemandem weitersagen: Wir haben einen Passagier 23 an Bord.«

9. Kapitel

Martin folgte Gerlinde Dobkowitz vom Balkon zurück in die Suite.

»Wenn Sie uns bitte entschuldigen würden«, sagte die alte Dame zum Butler und deutete mit einem Augenzwinkern auf ihr Bett. »Herr Schwartz will mir eine neue Kamasutra-Stellung zeigen.«

»Selbstverständlich«, antwortete Gregor, ohne mit der Wimper zu zucken, und erhob sich vom Schreibtisch.

Gerlinde warf Martin einen Blick zu, als wäre ihr Butler derjenige, um dessen Geisteszustand man sich sorgen müsste.

»Er ist vollkommen humorlos«, entschuldigte sie sich flüsternd, jedoch immer noch so laut, dass Gregor es hören konnte. »Aber er hilft mir, mein Lebenswerk zu vollenden, nicht wahr?«

»Ich freue mich sehr, Ihnen dabei behilflich sein zu dürfen, Frau Dobkowitz.«

»Ja, ja. Und Hühner sterben an Karies.«

Sie verdrehte die Augen und watschelte in gebückter Haltung zu einem im Boden verschraubten Globus, dessen Deckel sie öffnete, um eine Flasche Eierlikör herauszuziehen. Ihre Zigaretten steckte sie sich wieder in die Tasche.

»Ich weiß, was über mich geredet wird«, sagte sie, nachdem Martin ihre Frage, ob er auch etwas trinken wolle, abgelehnt hatte.

Er wollte Antworten, keinen Alkohol.

Gerlinde goss sich ein halbes Wasserglas voll und nippte genüsslich daran. »Die Menschen denken, ich würde das Erbe meines Mannes auf den Weltmeeren verplempern. Dabei war *ich* diejenige mit dem Geld in der Familie. Es war *meine* Baufirma. *Ich* hab sie dem armen Trottel nur aus Steuergründen überschrieben. Wissen Sie, mit welchem Slogan wir für den Straßenbau geworben haben?«

Sie lachte schon vor der Pointe: »Dobkowitz: Wir legen Ihnen Steine in den Weg!«

Martin verzog keine Miene. »Sehr interessant, aber Sie wollten mir …«

»Und wissen Sie auch, weshalb ich wirklich an Bord bin?« Gerlinde nahm einen weiteren Schluck von dem zähflüssigen Zeug, das Martin schon wegen seiner Eiterfarbe niemals herunterbekommen hätte.

»Nicht um Urlaub zu machen. Nicht um die letzten Tage zu verplempern, bevor sie mich in einen Holzpyjama stecken. Sondern um hier zu schuften.«

Sie wedelte mit der rechten Hand in der Luft herum. »Gregor, sagen Sie Ihm, woran ich arbeite.«

»Ich habe die Ehre, Ihnen helfen zu dürfen, ein Buch zu schreiben«, gehorchte der Butler, der unschlüssig zu sein schien, ob er jetzt gehen oder weitere Fragen beantworten sollte.

»Und nicht irgendein Buch!« Gerlinde klatschte triumphierend in die mit dicken Ringen geschmückten Hände. »Sondern einen Thriller über die vertuschten Verbrechen auf hoher See. Deswegen bin ich so gut informiert. Wegen meiner Recherchen. Ich habe überall meine Ohren und unternehme jede Nacht Kontrollgänge. Oder sollte ich besser sagen: ›Kontrollfahrten‹?« Sie zeigte auf ihren Rolli. »Wie auch immer … Nur deshalb hab ich es überhaupt gesehen.«

»*Was* haben Sie gesehen?«, fragte Martin. Mittlerweile war

er so ungeduldig, dass er die Alte am liebsten mit beiden Händen am faltigen Hals gepackt und die Wahrheit über den Fund des Teddys aus ihr herausgeschüttelt hätte.

»Das Mädchen. Die wollten mir erst weismachen, das wäre nur ein Wäschesack gewesen. Aber seit wann weinen Wäschesäcke nach Mitternacht auf Deck 3 und sehen dabei so blass aus wie Jesus am Karfreitag?« Sie stellte das Eierlikörglas auf einer Kommode ab und schob sich an Martin vorbei ins Nachbarzimmer, durch einen fliederfarbenen Fadenvorhang hindurch, der die beiden Kabinenräume der Suite voneinander trennte.

Martin folgte ihr und fand sich in einem Zimmer wieder, das ihn an den Vorspann eines Psychothrillers erinnerte, in dem der Killer Zeitungsausschnitte mit den Berichten über seine Taten zu einer Collage an die Wände pinnte und mit einem Teppichschneidemesser die Augen aus dem Gesicht seines nächsten Opfers kratzte.

»Das ist mein Rerchercheraum«, erklärte Gerlinde lapidar. Das Zimmer wurde von einem schwarzen Aktenschrank dominiert, der in der Mitte der Kabine stand wie ein Kochblock in einer modernen Küche. Mit Büchern und Aktenordnern zugestopfte Wandregale nahmen drei der vier Wände ein. Die Außenwand war mit einer grünen, beschreibbaren Tafelfolie verkleidet, die nur ein kleines Fenster aussparte. An ihr fanden sich Fotos, Grundrisse des Schiffes, Kabinenpläne, Zeitungsartikel, Post-its und handschriftliche Notizen, die Gerlinde mit weißem Edding zwischen die Unterlagen geschmiert hatte.

Martin sah Pfeile, Striche, das Wort »Killer« war fett umrandet, ebenso wie »Bermuda-Deck«, das er gleich drei Mal las.

Gerlinde öffnete eine der oberen Schubladen und griff sich

aus einem Hängesystem eine dünne Akte. Sie zog einen Zeitungsartikel daraus hervor.

»Vermisst auf hoher See«, lautete die Überschrift des *Annapolis Sentinel,* einer amerikanischen Lokalzeitschrift.

»Einer der Aktionäre der Reederei ist ein Medienmogul. Er hat alles getan, damit die Geschichte nicht an die große Glocke gehängt wird. Abgesehen von einigen Internetblogs ist das hier so ziemlich das einzige Käseblatt, das über den Fall berichtet hat.«

Gerlinde tippte mit dem Zeigefinger auf das Foto einer Mutter mit ihrer Tochter kurz vor dem Einstieg, am Fuß der Gangway, wo alle Passagiere der *Sultan* abgelichtet wurden, damit sie später für teures Geld ein Foto von sich erwerben konnten.

»Ihre Frau und Timmy sind vor fünf Jahren während der Transatlantiküberquerung auf der *Sultan* verschwunden?«, fragte Gerlinde.

Martin nickte wie in Trance.

»Tja, was soll ich sagen. Die Australienroute ist auch nicht sehr viel sicherer.«

Sie tippte erneut auf das Foto des Zeitungsartikels. »Naomi und Anouk Lamar haben sich vor knapp acht Wochen in Luft aufgelöst, vier Seetage von der australischen Küste entfernt.«

Martin riss ihr den Artikel aus der Hand.

»Es ist noch einmal passiert?«

Wieder eine Mutter mit ihrem Kind? Wieder auf der Sultan?

Die exzentrische Alte schüttelte den Kopf.

»Nicht noch einmal. Sondern immer noch.«

10. Kapitel

Julia setzte die Tasse ab, ohne einen Schluck getrunken zu haben, und sah Daniel schief an. »Einen Passagier *was?*« Der Kapitän lachte freudlos. »Du weißt nicht, wovon ich rede. Klar. Aber glaub mir, das wird sich sehr bald ändern. Dann wird der Begriff in aller Munde sein.«

Passagier 23?

»Ich hoffe, das ist nicht ansteckend«, versuchte sie es mit einem müden Witz, über den sie selbst nicht lachen wollte.

»Damit du verstehen kannst, was passiert ist, muss ich etwas ausholen.«

Daniel griff nach einem Pilotenkoffer, den er unter der Sitzbank postiert hatte. Julia hörte, wie die Schnappverschlüsse aufsprangen, und kurz darauf lag ein dünner, schwarzer Papphefter vor ihr auf dem Tisch.

Er löste das Gummiband, das die Deckel zusammenhielt, und schlug ihn auf.

»Es geschah vor zwei Monaten auf der Teilstrecke der Weltreise zwischen Freemantle und Port Louis«, sagte er, während er den Ordner so drehte, dass Julia die postkartengroße Farbkopie sehen konnte, die zwei Gesichter zeigte: eine lachende, braungebrannte Frau mit Pagenschnitt, der man ansah, dass sie einen Großteil ihrer Freizeit im Fitnessstudio verbrachte und einen Supermarkt niemals ohne Kalorientabelle betrat. Sie hielt ein junges, ebenfalls dünnes Mädchen im Arm, das Julia an Lisa erinnerte, als sie zehn Jahre alt gewesen war: ein ernstes, aber offenes Gesicht mit geröteten Wangen, vom Wind zerzauste, seidig glänzende Haare, jede Strähne schimmerte in einem anderen natürlichen Braunton, keine jedoch so dunkel wie die großen Augen, die den Blick des Betrachters einfingen. Das Mädchen hatte leicht abstehende Ohren, die sich noch »verwachsen« würden, um eine Vokabel zu benutzen, mit der sie Lisa zu beruhigen versuchte, wann immer ihre Tochter etwas Neues an ihrem Körper entdeckte, was ihr missfiel. Allerdings wirkte das Mädchen nicht so, als litte sie unter diesem Schönheitsfehler, so trotzig, wie sie in die Kamera sah.

»Das sind Naomi und Anouk Lamar«, erklärte Daniel. »Mutter und Tochter. Siebenunddreißig und elf Jahre alt, aus den Vereinigten Staaten. Beide sind in der Nacht vom siebzehnten auf den achtzehnten August aus ihrer Balkonkabine verschwunden.«

Julia blickte von dem Foto auf. »Sie sind verschwunden?«

Daniel nickte. »So wie all die anderen.«

Die anderen?

»Moment mal.« Julia sah ihn skeptisch an. »Du willst mir erzählen, auf der *Sultan* verschwinden Menschen?«

»Nicht nur auf der *Sultan*«, antwortete Daniel und pochte mit dem Zeigefinger auf die Tischoberfläche. »Auf *allen* Kreuzfahrtschiffen. Das ist ein gewaltiges Problem, über das du in keinem Katalog der Welt auch nur ein einziges Wort findest. Natürlich gibt es keine offizielle Statistik, so etwas soll nicht an die Öffentlichkeit gelangen, aber bei der letzten Anhörung vor dem US-Kongress musste die Industrie die Hosen herunterlassen. Nach langem Hin und Her haben wir die Zahl von 177 spurlos verschwundenen Passagieren in zehn Jahren zugegeben.«

177?

»So viele? Wo sind die alle hin?«

»Selbstmord«, sagte Daniel.

Ihr Puls beschleunigte sich, und sie hatte das Gefühl, schwerer atmen zu können.

»Das ist zumindest die offizielle Erklärung. Und in den meisten Fällen stimmt das auch. Lisas Vertrauenslehrer hat recht. Es gibt keinen besseren Ort für einen Suizid als ein Kreuzfahrtschiff. Man braucht keine Rasierklingen, keinen Strick, keine Tabletten.«

Julia schnürte es die Kehle zu.

Verstehst du jetzt, weshalb ihr sofort von diesem Schiff runtermüsst?

»Ein Sprung von der Reling, und das war's. Keine Leiche, keine Zeugen. Der perfekte Ort, um sich das Leben zu nehmen. Unbemerkt auf hoher See, am besten mitten in der Nacht, das kann gar nicht schiefgehen. Bei knapp sechzig Metern tötet dich schon der Aufprall, und wenn nicht ...« Daniel verzog schmerzhaft die Mundwinkel. »... dann viel Spaß mit der Schiffsschraube. Das Beste: Man muss sich noch nicht einmal Sorgen um die lieben Angehörigen machen, die vom Anblick der Leiche geschockt wären.«

Julia warf einen Blick auf das Foto von Naomi und Anouk. Irgendetwas stimme nicht an Daniels Ausführungen.

»Du willst mir erzählen, Mutter und Tochter haben sich gemeinsam von Bord gestürzt?«, fragte sie ihn.

»Nicht Hand in Hand natürlich. Wir haben auf der Kabine einen mit Chloroform getränkten Waschlappen sichergestellt. Vermutlich hat Mrs. Lamar ihre Tochter erst betäubt und ist gesprungen, nachdem sie sie zuvor über den Balkon geworfen hatte. Wäre nicht das erste Mal, dass so etwas passiert.«

Julia nickte. Sie erinnerte sich an einen Fernsehbericht über

Fälle, in denen Eltern erst ihre Kinder und dann sich selbst töteten, was angeblich so häufig vorkam, dass man mit der Bezeichnung »erweiterter Suizid« dafür in der Rechtsmedizin schon einen eigenen Begriff kannte. Sie versuchte sich vorzustellen, was in einer Mutter vorgehen musste, die ihre eigene Tochter ermordete, aber es wollte ihr nicht gelingen. »177 Suizide?«, dachte sie laut, noch immer erstaunt über diese unglaublich hohe Zahl.

Daniel nickte. »Und das sind nur die, die wir nicht verheimlichen konnten. Glaub mir, die Dunkelziffer liegt höher. Viel höher.«

»Wie hoch?«

»Auf allen Kreuzfahrtschiffen, die derzeit die Weltmeere durchkreuzen, gehen nach unseren Schätzungen jedes Jahr im Schnitt dreiundzwanzig Personen über Bord.«

Passagier 23!

Jetzt war ihr klar, worauf Daniel hinauswollte.

»Euch ist wieder einer verlorengegangen?«

Wir haben einen Passagier 23!

»Nein.« Daniel schüttelte den Kopf. »Das wäre kein Problem. Wir sind geübt darin, so etwas zu vertuschen.«

Vertuschen?

»Lass mich raten. Eine solche Vertuschung war es damals, die dich beinahe den Job und deine Gesundheit gekostet hat?«

»Ja«, gab Daniel unumwunden zu. »Aber diesmal ist der Schlamassel noch sehr viel komplizierter.«

Der Kapitän zeigte auf das Foto des niedlichen Mädchens mit den leicht abstehenden Ohren: »Anouk Lamar ist vor acht Wochen verschwunden. Wir haben das Schiff gestoppt, die Küstenstation informiert, achthunderttausend Dollar für eine völlig sinnlose Suche mit Booten und Flugzeugen bezahlt, sie für tot erklärt, das Begräbnis mit dem leeren Sarg organisiert und tief in die Kasse für Schweigegelder gelangt, damit die Geschichte in den Medien als Selbstmordfall deklariert wurde, bis wir den Fall schließlich zu den Akten gelegt haben.«

Daniel zog ein zweites Foto aus dem schwarzen Papphefter. Fast hätte Julia die Kleine nicht wiedererkannt, so alt war sie geworden. Nicht körperlich, sondern seelisch. Der selbstbewusste Ausdruck in ihren in dunklen Höhlen liegenden Augen war einer unheimlichen Leere gewichen. Anouks Blick war ebenso stumpf wie ihre Haare. Die Haut war von einer ungesunden Blässe, als hätte sie eine Ewigkeit die Sonne nicht mehr gesehen.

»Wann wurde dieses Foto aufgenommen?«, fragte Julia ängstlich.

»Vorgestern.«

Daniels Lippen umspielte ein verzweifeltes Lächeln. »Du hast richtig gehört. Die Kleine ist vorgestern Nacht wieder aufgetaucht.«

11. Kapitel

Sie war acht Wochen verschwunden?«
Martin konnte es immer noch nicht fassen.

Natürlich wusste er, dass vermisste Personen auf hoher See keine Seltenheit waren.

In der Zeit nach Nadjas und Timmys Tod hatte er jeden einzelnen Fall der letzten Jahre genauestens studiert, und das waren Dutzende.

Er hatte Selbsthilfegruppen besucht, die Angehörige von »Kreuzfahrtopfern« gegründet hatten; hatte mit Anwälten gesprochen, die sich auf Schadenersatzprozesse gegen die Verantwortlichen spezialisiert hatten, und hatte versucht, den Kapitän persönlich dafür haftbar zu machen, dass die Suchaktion ebenso ungenügend gewesen war wie die Beweissicherung in der Kabine seiner Frau.

Bis zum verlorenen Prozess gegen den Kapitän Daniel Bonhoeffer und die Reederei, Jahre nach dem Verschwinden von Nadja und Timmy, hatte er jede Meldung über Verbrechen auf Kreuzfahrtschiffen verfolgt. Dann wurde ihm klar, dass er sich mit seinem Feldzug gegen die Reedereien nur zu betäuben versuchte. Was auch immer er tat, nichts würde ihm jemals seine Familie wiederbringen. Als er diese Erkenntnis verinnerlicht hatte, hörte er auf, die Nachrichten über vermisste Personen auf hoher See zu verfolgen. Sie hatten jede Bedeutung für ihn verloren, so wie das Leben insgesamt. Deshalb hörte er den Namen Anouk Lamar heute zum ersten Mal.

»Und jetzt ist sie auf einmal wieder da?«, wiederholte er den Satz, mit dem Gerlinde Dobkowitz gerade einen langen Monolog beendet hatte.

»Ja. Ich hab es mit eigenen Augen gesehen. Es war am Ende meiner täglichen Kontrollrunde, mittschiffs beim Übergang zwischen Deck 2 und Deck 3, ich bog gerade um die Ecke, als das dürre Ding geradewegs auf mich zurannte, den Kopf nach hinten gedreht, als würde sie vor irgendwem fliehen. Ich hörte schnelle Schritte, gedämpft von diesem meterhohen Teppich, in dem mein Rolli immer wie im Treibsand versinkt, aber egal … Viel wichtiger ist, dass ich gesehen habe, wie Anouk stehen blieb, um irgendetwas in einen Messingmülleimer zu werfen, der an der Wand hing.« Gerlinde bekam hektische Flecken beim Reden, die Erinnerung schien sie zu beleben.

»Während sie sich danach nicht mehr von der Stelle rührte, rollte ich so schnell wie möglich hinter einen dieser elefantenbreiten Blumenkübel, mit denen sie hier auf dem Kahn die Gänge bepflanzen, gerade noch rechtzeitig, bevor der Kapitän mich sehen konnte.«

»Der Kapitän?«

»Keine Ahnung, was er um diese Uhrzeit dort verloren hatte, aber er lief dem Mädchen quasi in die Arme. Hier, sehen Sie selbst!«

Gerlinde zog ein Handy aus der Tasche ihrer Jogginghose und zeigte ihm ein Foto. Es war düster und verwackelt. »Ja, ja. Ich bin nicht gerade ein Helmut Newton an der Kamera.« Gerlinde zog einen Schmollmund. »Hätte mit Blitz schießen sollen, aber ich wollte nicht, dass man mich bemerkt. Musste mich auch so schon verrenken, um zwischen den Rabatten hindurch überhaupt etwas vor die Linse zu bekommen.«

»Wer ist da noch auf dem Bild?«, fragte Martin. Neben einem kleinen Mädchen und einem hochgewachsenen Mann zeigte das Foto eine dritte Person, die zwischen den beiden stand. Sie war kaum größer als Anouk und fast genauso dünn.

»Das ist Shahla, die gute Seele. Sie putzt manchmal auch bei mir in der Kabine. Shahla stieß zu den beiden, nachdem sie einen Schwung vollgekotzter Handtücher aus der Krankenstation abgeholt hatte. War 'ne wilde Nacht.«

Gerlinde imitierte mit den Bewegungen der rechten Hand ein schaukelndes Schiff.

»Ich gestehe, zu dem Zeitpunkt, als ich das Foto schoss, war mir nicht klar, um wen genau es sich bei dem Mädchen handelt. Das habe ich erst kapiert, als ich meine Rechercheakten durchging und auf Anouks Vermisstenfoto stieß. In jenem Augenblick wusste ich nur: Die Kleine braucht dringend Hilfe. Immerhin war es halb ein Uhr nachts, das Mädel hatte nicht mehr als T-Shirt und Slip am Leib und war komplett verheult. Auf die Frage des Kapitäns, ob sie sich verlaufen habe, gab sie keine Antwort. Auch nicht darauf, wo ihre Eltern wären.«

»Das haben Sie alles mitgehört?«

»Glauben Sie, ich sitze im Rolli, weil ich taub bin? Die Pflanzen haben mir zwar die Sicht versperrt, aber doch nicht meine Ohren. Ich hörte noch, wie der Kapitän Shahla eindringlich davor warnte, darüber mit irgendjemandem zu sprechen. Dann brachten sie das arme Ding auf die Krankenstation zu Dr. Beck. Als alle weg waren, habe ich das hier im Mülleimer gefunden.«

Gerlinde zeigte auf das Stoffspielzeug, das Martin noch immer fest umschlossen in der linken Hand hielt.

»Sie hat ihn dort reingeworfen?« Martin starrte auf den

Teddy, der ihm seltsam vertraut und fremd zugleich vorkam.

»Ich schwöre es im Schweiße meiner Thrombosestrümpfe.« Gerlinde hob die rechte Hand. »Sie erkennen ihn wieder, stimmt's?« Gerlinde sprach erst weiter, als er ihr direkt in die Augen sah. »Das ist doch der Teddy, den Ihr Sohn Timmy auf den Fotos umklammert hielt, die damals in den Medien zu sehen waren, oder nicht?«

Martin nickte. Streng genommen war es nur ein einziges Magazin gewesen, das ein Jahr nach der Tragödie unter der Überschrift »Lost – weshalb verschwinden immer mehr Menschen spurlos auf Kreuzfahrtschiffen?« auch über das Schicksal seiner Familie berichtet und dabei Timmys Foto abgedruckt hatte.

Erstaunlich, wie gut Gerlinde informiert war.

»Und das war vorgestern?«, fragte Martin.

»Ja. Auf der Strecke Oslo–Hamburg.«

»Weiß man schon, wo Anouk die ganzen Wochen über gesteckt hat?«

Gerlinde machte eine abwägende Bewegung mit ihrer knochigen Hand.

»Ich kann es mir nicht vorstellen, so aufgeregt, wie der Kapitän war, als ich ihm am nächsten Morgen einen Besuch abgestattet habe.« Sie lächelte verschmitzt.

»Erst hat er alles abgestritten und mir einzureden versucht, dass meine Betablocker wohl zu Halluzinationen geführt hätten. Dann, als er das Foto sah, bekam der Kapitän Arschwasser und ist zu Yegor gerannt.«

»Yegor Kalinin? Der Reeder? Er ist hier an Bord?«

»Hat vor vierzehn Tagen in Funchal die Maisonette-Suite bezogen. Sie kennen ihn?«

Martin nickte. Er war ihm einmal vor Gericht begegnet. Unter einem ehemaligen Mitglied der Fremdenlegion deutsch-russischer Abstammung stellten sich die meisten einen grobschlächtigen Hünen vor. Tatsächlich hatte der siebenundfünfzigjährige Self-made-Millionär, dem die zweitgrößte Kreuzfahrtflotte der Welt gehörte, eher das Aussehen eines intellektuellen Hochschullehrers. Krumme Haltung, rahmenlose Brille auf einer spitzen Nase und Geheimratsecken, die bis hinter die Ohren reichten.

Was machte der hier an Bord?

»Von ihm habe ich übrigens Ihre Handynummer«, erklärte Gerlinde.

»Was?«

»Yegor ist persönlich bei mir vorbeigekommen und hat mir was vom Pferd erzählt, wie schädlich ein falsches Gerücht über verschwundene und wieder aufgetauchte Passagiere sein könne. Wollte mir Angst einjagen und gab mir die Akte von dem Prozess, den Sie gegen ihn geführt haben, mit dem Hinweis, ich wollte doch nicht ebenso Schiffbruch erleiden mit falschen Anschuldigungen so wie Sie, Herr Schwartz.« Gerlinde lächelte schief. »Dabei hat er wohl übersehen, dass Ihre Geheimnummer in den Verfahrensnotizen aufgeführt wurde. So gesehen haben er und dieser beschränkte Bonhoeffer mich erst auf die Idee gebracht, Sie zu kontakt…«

»Bonhoeffer?«, unterbrach Martin sie entsetzt. »Daniel Bonhoeffer?«

Der Verbrecher, der es nicht einmal für nötig gehalten hatte, umzudrehen?

»Ja. Was schauen Sie denn auf einmal wie ein Kühlschrank?«

Das war unmöglich. Den Prozess hatte Martin zwar verloren, aber Bonhoeffer war nach den Vorfällen dennoch suspendiert worden.

»Ja, Daniel Bonhoeffer. Der Kapitän.«

Ein Blitz durchzuckte Martins Schädel, als würde jemand sein Gehirn mit einer heißen Nadel durchbohren.

»Ach du meine Güte, wussten Sie etwa nicht, das man ihn wieder eingesetzt hat?«, fragte Gerlinde bestürzt.

Martin verabschiedete sich nicht. Weder bei ihr noch bei dem Butler im Nebenzimmer. Er packte seinen Seesack, stopfte den Teddy in eine der Außentaschen, und so schnell, wie die Schmerzen in seinem Kopf sich ausbreiteten, stürmte er aus der Kabine.

12. Kapitel

Wir haben keinen blassen Schimmer, wo Anouk gewesen ist«, beantwortete Daniel die Frage, die Julia ihm gerade gestellt hatte. »Die Kleine redet kein Wort. Sie ist komplett stumm.«

»Das ist unglaublich!«, sagte sie.

So unglaublich, dass sie sich fragte, weshalb sie von diesem spektakulären Fall noch nichts in den Nachrichten gehört hatte. Auf dem Flug von Berlin nach London hatte sie alle Zeitungen durchgeblättert. Nicht eine einzige hatte von einem Jesusmädchen berichtet, das auf einem Kreuzfahrtschiff von den Toten wiederauferstanden war.

»Wir hatten unruhigen Seegang, und ich wollte zum Abschluss meiner Schicht auf der Krankenstation nach dem Rechten sehen, als die Kleine mir in die Arme lief. Zuerst habe ich gedacht, das Mädchen hätte sich nachts verlaufen, doch sie kam mir seltsam bekannt vor. Eigentümlich war auch, dass sie kein Bracelet hatte, das eigentlich alle Kinder hier an Bord an ihrem Handgelenk tragen, ein rosafarbenes Plastikbändchen mit einem kleinen Mikrochip. Damit können sie den Eingang zu dem für Kinder reservierten Bereich öffnen und an den Bars Softdrinks, Süßigkeiten oder Eis kaufen.«

»Und deshalb sind in dem Chip die Personendaten gespeichert?«, fragte Julia, ohne den Blick von Anouks Foto zu wenden, das Daniel ihr gereicht hatte. Es war in einem von künstlichem Licht gefluteten Raum aufgenommen, im Hintergrund sah sie einen weißen Schrank mit einem roten Kreuz.

»Ganz genau. Aber auf der Krankenstation gelang es uns auch ohne das Band sehr schnell, ihre Identität festzustellen. Auch Dr. Beck dachte sofort an Anouk Lamar, als ich sie zu ihr brachte, und ein Abgleich mit einem Passagierfoto von vor zwei Monaten brachte dann die Gewissheit.«

»Unglaublich.« Julia plusterte die Lippen beim Ausatmen. »Und was ist mit ihrer Mutter?«, fragte sie.

»Die ist weiterhin verschwunden.«

»Und der Vater?«

»Vor drei Jahren an Krebs gestorben. Es gibt nur noch einen Großvater in der Nähe von Washington.«

»Wie hat er auf die Nachricht reagiert, dass seine Enkelin noch lebt?«

»Der Opa? Gar nicht. Wir haben es ihm nicht gesagt.«

Julia kniff ungläubig die Augenbrauen zusammen. »Wieso *das* denn?«

»Aus dem gleichen Grund, weshalb wir auch noch nicht mit den Behörden gesprochen haben.«

»Wie bitte, die Polizei wurde *nicht* verständigt?«

»Nein. Nicht die Behörden in Deutschland und auch nicht in England oder den USA. Hätten wir das getan, wären wir jetzt kaum auf dem Weg nach New York.«

»Moment«, sagte Julia, wobei sie das o ungläubig in die Länge zog. »Ein junges Mädchen, das vor Wochen erst für vermisst und dann für tot erklärt worden ist, taucht plötzlich, wie aus dem Nichts, wieder auf – und das wird unter den Tisch gekehrt? Einfach so?«

Deshalb hat es keine Meldung in den Nachrichten gegeben.

»Nicht einfach so«, widersprach Daniel. »Es ist sehr kompliziert. Das verstehst du nicht.« Tränen traten in die Augen des Kapitäns. »Scheiße, du verstehst ja noch nicht einmal, wieso ich dir das alles erzähle.«

Das stimmte. Sie war zu ihm gekommen, um über ihre Sorgen um Lisa zu sprechen, und jetzt hatte sich die Unterhaltung zu einer Beichte ihres Patenonkels gewandelt.

»Dann klär mich auf«, sagte Julia sanft.

Hätten sie einander nähergestanden, hätte sie nach seiner Hand gegriffen.

»Tut mir leid, ich bin völlig am Ende. Ich werde erpresst. Und ich weiß nicht, was ich tun soll.«

»Inwiefern erpresst? Womit? Und von wem?«

»Von meinem Boss, Yegor Kalinin. Ich soll herausfinden, wo Anouk gewesen ist und was ihr angetan wurde. Dafür habe ich sechs Tage Zeit. Bis wir in New York ankommen.«

»Du allein?«

»Zumindest ohne Behörden, ohne offizielle Hilfe.«

»Aber wieso denn?« Julia verstand immer noch kein Wort.

»Weil wir uns in dieser Sache keine Öffentlichkeit erlauben können. Sie wäre unser Tod.«

Daniel stand auf und ging zu dem Schreibtisch, der aus einer geschliffenen Mahagoniplatte und zwei Unterschränken bestand, in denen Akten oder andere Unterlagen hinter einer abschließbaren Tür verstaut werden konnten. Im rechten Unterschrank befand sich ein Hoteltresor, dessen Volumen größer war, als es auf den ersten Blick den Anschein hatte, denn immerhin zog Daniel, nachdem er ihn mit einem Zahlencode geöffnet hatte, einen schweren Leitz-Ordner aus ihm heraus.

»Erinnerst du dich daran, dass ich gesagt habe, Selbstmord wäre in den meisten Fällen die Ursache für einen Passagier 23?«

»Ja.«

»Das war gelogen.«

Wieder bei der Sitzecke, schlug er den Ordner offenbar wahllos irgendwo im ersten Drittel auf.

Er tippte auf die Seite vor ihm, die wie das Deckblatt einer Polizeiakte aussah. »Hier, nur ein Beispiel. 2011, *The Princess Pride* auf Fahrt entlang der mexikanischen Riviera. Marla Key, dreiunddreißig Jahre alt, Amerikanerin. Sie verschwindet in der Nacht des vierten Dezember. Laut Crewbericht ist die junge Mutter betrunken über die Reling gekippt. Aber wieso ist ihr perlenbesetztes Portemonnaie beschädigt? Und das Geld verschwunden? Und weshalb wurde ein Pappkarton über die einzige Überwachungskamera gestülpt, die ihren Sturz hätte beweisen können?«

Daniel blätterte einige Seiten weiter.

»Und hier, ein Jahr später, wieder im Dezember, diesmal auf unserem Schwesterschiff, der *Poseidon of the Seas.* Kabine 5167. Eine zweiundfünfzigjährige Münchnerin wollte am Morgen ihres Hochzeitstages kurz ein Bad im Pool nehmen. Sie wurde nie wieder gesehen. Nach einer oberflächlichen Suche tippt die Crew auf Selbstmord. Obwohl die Dame einen Tag zuvor einen Frisörtermin für den Tag ihres Verschwindens gebucht hatte! Oder erst kürzlich …« Daniel hatte die letzte Seite aufgeschlagen. »… der Fall des Italieners Adriano Monetti, der vor Malta von der *Ultra Line 2* verschwand, nachdem er seinen Freunden in der Disco sagte, er müsse nur einmal schnell auf die Toilette.«

Mit einem Rums schloss Daniel den Aktendeckel.

»Ich könnte stundenlang so weitermachen. Es gibt ganze Websites, die sich mit dem Phänomen vermisster Passagiere beschäftigen: internationalcruisevictims.org, cruisejunkie. com oder cruisebruise.com, um nur die drei bekanntesten zu nennen. Und das sind keine Verschwörungsseiten von

Spinnern, sondern seriöse Anlaufstellen für Angehörige und *Cruise Victims,* wie sich die Menschen nennen, die glauben, einem Verbrechen auf hoher See zum Opfer gefallen zu sein.«

Julia entdeckte einen dünnen Schweißfilm auf Daniels Stirn.

»Viele der Websites werden von Anwälten betreut. Kein Wunder. Die Kreuzfahrtindustrie boomt, ein Milliardengeschäft. Momentan schippern dreihundertsechzig Schiffe über die Ozeane, allein in diesem Jahr kommen dreizehn neue hinzu. Logisch, dass sich amerikanische Großkanzleien darauf spezialisiert haben, die Eigner auf Schadenersatz zu verklagen, dass die Schwarte kracht. Nach der Flugzeug- und der Zigarettenindustrie sind Kreuzfahrtgesellschaften das nächste Ziel im Fadenkreuz der Prozessanwälte.«

»Also geht es um Geld?«, fragte Julia.

»Natürlich. Es geht immer um Geld. Sobald die Polizei von Anouk erfährt, wird die *Sultan* beschlagnahmt und durchsucht. Alle Passagiere müssen von Bord und verlangen ihr Geld zurück, plus Entschädigung. Jeder Tag, den wir festsitzen, kostet uns Millionen, und wir reden hier von Wochen! Und das sind noch Peanuts gegen das, was später mit den Sammelklagen auf uns zukommt.«

Julia sah, wie sich eine Schweißperle aus seinem Haaransatz löste und an den Schläfen herablief.

»Ich verstehe«, sagte sie und sah Daniel ernst in die Augen.

»All die Jahre ist es euch gelungen, jeden noch so merkwürdigen Vermisstenfall als Selbstmord zu deklarieren. Doch das ging nur, solange keiner der Verschwundenen wieder aufgetaucht ist.«

Daniel nickte. »Hunderte von Fällen. Jeder einzelne wird wieder aufgerollt werden. Das überleben wir nicht. Das überlebt die gesamte Industrie nicht.«

»Und deshalb soll dieses Mädchen jetzt dem Profit geopfert werden?«, fragte Julia und stand auf.

»Nein, natürlich nicht.« Daniel klang verzweifelt. »Ich tue alles, um das Schlimmste zu verhindern.«

»Das Schlimmste? Was wäre das, wenn es dir bis New York nicht gelingt, herauszufinden, was mit Anouk geschehen ist?«

Der Kapitän sah auf. Sein Blick wurde hart.

»Dann lassen sie das Mädchen noch einmal verschwinden. Aber diesmal für immer.«

13. Kapitel

Martin stand vor dem Eingang der Schiffsklinik auf Deck 3, las den Namen an der Tür und musste an eine andere Elena denken, die ebenfalls einen Doktortitel trug, jedoch nicht als Ärztin auf einem Schiff arbeitete, sondern in Berlin-Mitte als Psychologin; eine Eheberaterin in der Friedrichstraße, bei der Nadja einmal einen Termin vereinbart hatte, zu dem sie dann beide nicht hingegangen waren. Teils aus Feigheit, teils aus Überzeugung, dass sie es auch ohne fremde Hilfe schaffen würden.

Wie naiv.

In ihrer Ehe hatte es häufig gekriselt. Kein Wunder. Martins Job als verdeckter Ermittler brachte es mit sich, wochen-, manchmal sogar monatelang von zu Hause fernzubleiben, und vor fünf Jahren hatte es dann den großen Knall gegeben, der Martin überdeutlich vor Augen geführt hatte, dass es so nicht weiterging.

Er war von einem Vorbereitungsworkshop überraschend einen Tag früher nach Hause gekommen. Der Klassiker. Es war acht Uhr morgens, die Wohnung in Schmargendorf war leer, Nadja und Timmy waren in der Schule. Das Bett, in das er sich fallen ließ, war ungemacht und roch nach Schweiß. Nach Parfüm.

Und nach Kondom.

Er fand es auf Nadjas Seite zwischen den Laken. Leer, aber abgerollt.

Sie stritt es nicht ab, und er machte ihr keine Vorwürfe.

Auch er hatte Bedürfnisse in der langen Zeit, die sie seinetwegen getrennt waren. Doch bei ihm wurden sie mit Adrenalin ertränkt. Nadja blieb nur eine Affäre, um sich abzulenken.

Martin hatte nie erfahren, wer der Kerl gewesen war, und er wollte es bis heute nicht wissen. Zwei Wochen nach dem Kondomfund beschlossen sie, dass sein kommender Auftrag der letzte sein würde. Er hatte ihr sogar angeboten, sofort den Dienst zu quittieren, doch Nadja wusste, wie viel auf dem Spiel stand. Ein Vierteljahr lang hatte er daran gearbeitet, sich eine neue Identität als Drogensüchtiger und Intensivstraftäter zu verschaffen. Sein Arm war mit Einstichstellen übersät gewesen, von denen heute noch einige zu sehen waren. Die polnischen Behörden, mit denen sie zusammenarbeiteten, wollten ihn in einen Knast für Schwerverbrecher in Warschau einschleusen, in die Zelle eines berüchtigten Neonazis, des Chefs einer Schleuserbande. Dessen Vertrauen sollte Martin gewinnen, um Informationen über den von ihm kontrollierten Menschenhandelring zu erhalten. Er war sich sicher, dass das Heroin, das er sich damals unter den Augen des Nazis hatte spritzen müssen, für die Ohnmachtsanfälle mitverantwortlich war, die ihn manchmal in Momenten extremen körperlichen oder psychischen Stresses heimsuchten. Damals war es notwendig gewesen, damit seine Legende nicht aufflog.

Hätte er vorher gewusst, was geschehen würde, hätte er sich niemals auf den Einsatz eingelassen, der sein letzter werden sollte. Nadja und er hatten sich geeinigt, dass er sich danach um eine Stelle im Innendienst bewarb. Er hatte es ihr versprochen und ihr und Timmy die Kreuzfahrt bezahlt, eine einundzwanzigtägige Teilstrecke einer Weltreise, auf der sie sich so gut wie möglich von dem Gedanken ablenken sollte, dass ihr Mann zum letzten Mal sein Leben riskierte. Und zum letzten Mal seinem Sohn gegenüber behauptete, als Reiseleiter geschäftlich im Ausland zu sein.

Martin warf noch einmal einen Blick auf das Praxisschild, das die Erinnerungskette in Gang gesetzt hatte, klopfte an die Tür der Schiffsklinik und wartete, bis ihm aufgemacht wurde.

»Na, Sie sind aber früh dran«, lächelte die Schiffsärztin und gab ihm zur Begrüßung die Hand. Dr. Elena Beck war etwa Mitte dreißig, hatte blonde, zum Zopf gebundene Haare, die ihr bis auf die Schulterblätter fielen, und bis auf eine Spur hellroten Lippenstifts und einen Hauch an Lidschatten war sie ungeschminkt. Ihre Haut unterschied sich farblich kaum von ihrer schneeweißen Uniform und brauchte vermutlich selbst im Regen Sonnenschutzfaktor 50. Ihre Augen setzten einen interessanten Kontrapunkt in ihrem schon nahezu langweilig symmetrischen Gesicht. Sie funkelten wie blaue Mosaiksteinchen am Grunde eines Swimmingpools.

»Zwei Stunden nach dem Auslaufen, und Ihnen ist schon übel?«, fragte Dr. Beck in Bezug auf das Telefonat, das sie vor fünf Minuten geführt hatten. In seinem ersten Brass hatte Martin sich den Kapitän vorknöpfen wollen, dieses widerliche Dreckschwein, dem er eine Mitschuld durch Unterlassen am Tod seiner Familie gab. Doch die Kopfschmerzen, die ihn in Gerlindes Kabine überfallartig heimgesucht hatten, hatten ihn erst einmal an die frische Luft getrieben, und als er nach einer halben Stunde endlich wieder klar denken konnte, war ihm bewusst, dass er sich mit einem unüberlegten Besuch beim Kapitän nur lächerlich machen konnte. Außerdem war die Brücke ohnehin gegen den Zutritt Unbefugter gesichert.

Allerdings konnte er nach Gerlindes Enthüllungen nicht untätig bleiben. Und da er nicht wusste, wo die zweite Augenzeugin, das Zimmermädchen Shahla Afridi, im Moment steckte, hatte er einen Termin mit der Schiffsärztin vereinbart.

»Aber keine Sorge, Herr Schwartz, Sie sind nicht der Einzige mit flauem Magen.«

Dr. Elena Beck bat ihn, sich auf einen Drehstuhl zu setzen, und öffnete eine Glasvitrine. Sie musste sich auf die Zehenspitzen stellen, um einen Karton im obersten Fach zu erreichen. »Es ist gut, dass Sie gleich vorbeischauen. Auf dem Atlantik wird der Seegang nicht gerade ruhiger. Ich werde Ihnen etwas spritzen.«

Sie entnahm dem Karton eine Glasampulle und drehte sich wieder zu ihm um.

»Danke sehr, aber das hab ich selbst schon getan«, sagte Martin.

Es war, als hätte er für Dr. Becks bislang ununterbrochen aufgesetztes Lächeln einen Dimmer gedrückt. Es verschwand langsam, aber vollständig aus ihrem Gesicht.

»Sie haben sich etwas *gespritzt*?«

»Gestern, ja. HIV-Antikörper. Seitdem bin ich auf PEP.«

Und mir schießen hin und wieder Rasierklingen durch den Kopf.

»Wieso um Himmels willen haben Sie das denn getan?«, wollte Elena Beck wissen.

Sie war verunsichert, ihre Stimme zitterte ebenso wie die Hand, in der sie das flüssige Mittel gegen Reiseübelkeit hielt.

»Um einen HIV-Test zu manipulieren. Ist eine lange Geschichte.« Er winkte ab. »Fast so lang wie die von Anouk Lamar.«

Nach dem Dimmer hatte er den Schock-Frost-Schalter gefunden. Dr. Becks Mimik fror ein.

»Wer sind Sie?«, fragte sie mit zusammengekniffenen Augen.

»Der Mann, der Ihnen sagt, dass Sie jetzt zum Hörer greifen und die Nummer wählen.«

»Welche Nummer?«

»Die man Ihnen für den Fall gegeben hat, dass irgendjemand dumme Fragen stellt.«

Dr. Beck versuchte zu lachen, was ihr misslang. »Ich weiß nicht, wovon Sie sprechen!«, gab sie sich empört.

»Von Kindesentführung zum Beispiel. Von der Verschleierung einer Straftat, Beihilfe, eventuell auch Mittäterschaft. Auf jeden Fall aber rede ich von dem Verlust Ihrer Approbation, wenn herauskommt, dass Sie entgegen jeder ethischen Richtlinie Ihres Berufsstands ein kleines Mädchen gegen ihren Willen in Gewahrsam halten.«

Es war offenkundig, dass jedes seiner Worte sie wie eine Ohrfeige traf. Elenas helle Wangen wurden von Sekunde zu Sekunde rotbäckiger. Er hingegen wurde immer ruhiger auf dem bequemen Bchandlungsstuhl.

»Kommen Sie«, sagte er und schlug die Beine übereinander. »Ich habe mit meinem richtigen Namen eingecheckt. Der Kapitän kennt mich. Die Alarmglocken müssen immer noch schrillen, seitdem das Buchungssystem gestern Nacht meine Daten ausspuckte.«

Er zeigte auf ein Telefon auf einem makellos aufgeräumten Schreibtisch. »Rufen Sie ihn an.«

Die Ärztin griff sich nervös an ihr Ohrläppchen. Drehte an einem Perlenstecker, als wäre er der Lautstärkeregler für die innere Stimme, die ihr sagen sollte, was jetzt zu tun wäre. Sie seufzte.

Ohne Martin aus den Augen zu lassen, löste sie ein Handy aus der Gürteltasche ihrer Uniform.

Sie drückte eine Taste auf dem Nummernfeld und hielt sich den Hörer ans Ohr. Martin konnte es tuten hören. Nach dem dritten Freizeichen wurde abgenommen.

Dr. Elena Beck sagte nur drei Worte: »Er ist da.«

Dann reichte sie das Telefon weiter.

14. Kapitel

Willkommen an Bord, Herr Schwartz.«
Martin stand auf. Der Mann am anderen Ende der
Leitung hatte eine feste, leicht heisere Stimme. Er sprach
Deutsch mit einem kaum hörbaren slawischen Akzent. Mar-
tin schätzte ihn auf Mitte/Ende fünfzig. Die Stimme kam
ihm bekannt vor, erzeugte aber kein Bild vor seinem Auge.

»Wer sind Sie?« Martin hatte den Kapitän erwartet, aber der
Feigling traute sich vermutlich nicht einmal, ein Telefonat
mit ihm zu führen.

»Mein Name ist Yegor Kalinin«, antwortete der Reeder zu
Martins Verblüffung. »Ich hoffe, Ihnen gefällt mein Schiff.«

»Ihr Gefängnis, meinen Sie wohl. Wo ist das Mädchen?«

Yegor gluckste amüsiert. »Aha, Sie hatten also bereits Ihre
Unterredung mit Gerlinde Dobkowitz.«

Martin zögerte. Eine Pause, die der Schiffseigner dazu
nutzte, um ihm zu eröffnen, dass er über jeden seiner Schritte an Bord bestens Bescheid wusste.

»Sie dachten doch nicht wirklich, Sie wären von einer ver-
rückten, alten Schachtel zu Hilfe gerufen worden? In Wahrheit wollte *ich* Sie an Bord haben.« Das Glucksen wurde
lauter. »Die olle Dobkowitz denkt, sie hätte uns ein Ei ins
Nest gelegt, indem sie Sie konsultierte, dabei ist sie nur auf
einen meiner Taschenspielertricks hereingefallen.«

Martin nickte stumm. Das hatte er sich bereits gedacht. Zwar
hatte er seine Geheimnummer seit Jahren nicht geändert, das
aber auch nur, weil es dazu keinen Anlass gab. Sicher, seine

Anwälte kannten sie, hätten sie aber niemals in Prozessnotizen veröffentlicht. Der Milliardär musste über exzellente Quellen verfügen und hatte Gerlinde mit Absicht die Akte gegeben, auf die er zuvor seine Nummer notiert hatte.

»Weshalb erzählen Sie mir das alles?«, fragte Martin. Er kehrte der Ärztin den Rücken zu und trat an das Bullaugenfenster. Die Sonne ging gerade unter, und der Horizont über dem Meer schimmerte rötlich.

»Um Vertrauen zu schaffen.«

Martin lachte höhnisch auf. »Indem Sie gestehen, andere Menschen zu manipulieren?«

»Ja, ich bin eine ehrliche Haut«, lachte Yegor. »Und mal Hand aufs Herz, ich musste Gerlinde benutzen, um Sie als Mitarbeiter zu gewinnen. Hätten Bonhoeffer oder ich Sie angerufen, wären Sie niemals an Bord gekommen.«

»Sagten Sie gerade *Mitarbeiter*?«

»Ja. Ich will Sie anstellen.«

Nun lachte Martin.

»Als was?«

»Als Therapeuten. Behandeln Sie unseren Passagier 23.«

Martin tippte sich an den Kopf. »Ich bin kein Kinderpsychologe.«

»Aber Sie haben Psychologie studiert.«

»Das ist lange her.«

»Außerdem kennen Sie sich dank Ihres Berufs mit traumatisierten Opfern aus. Und mit Verstecken. Kümmern Sie sich um die Kleine. Finden Sie heraus, wo Anouk die letzten beiden Monate gesteckt hat.«

Martin presste eine Hand auf das kalte Bullauge und schüttelte den Kopf. »Wieso sollte ich Ihnen dabei helfen, ein Mädchen zu verschleppen?«

»Weil Sie keine andere Wahl haben.«

»Drohen Sie etwa damit, die Kleine verschwinden zu lassen, sollte ich den Fall offiziell machen?«, fragte Martin.

»Das haben *Sie* gesagt.«

Im Hintergrund glaubte er einen kleinen Hund bellen zu hören, war sich dessen aber nicht sicher.

»Bonhoeffer meint, seit Ihrer Tragödie wären Sie nicht ganz richtig im Kopf«, sagte Yegor. »Aber Sie wären trotzdem Manns genug, das Rätsel um Anouk Lamar zu lösen. Und damit vielleicht auch Ihr eigenes Trauma. Sie haben doch ein ureigenes Interesse an dem Fall, hab ich recht?«

Martin dachte an den Teddy, der jetzt in seinem Seesack steckte, und sah zu der Ärztin, die sich während des Telefonats nicht vom Fleck gerührt hatte. Sie stand noch immer mit der Ampulle in der Hand vor dem Behandlungsstuhl und sah aus wie jemand, der sich auf seiner eigenen Party fehl am Platze fühlt.

»Ich denke, ich melde es den Behörden«, sagte Martin. Die Ärztin nickte kaum merklich. Eine unbewusste Geste der Zustimmung.

»Um denen *was* zu sagen?« Yegors Stimme wurde tiefer, und er lieferte eine gar nicht mal schlechte Imitation von Martins Bariton: »Hallo, ich bin Martin Schwartz, der Typ, der schon einmal die Kalinin-Reederei und ihren Kapitän verklagt hat. Ja, ich weiß, damals wollte mir niemand glauben, dass meine Familie nicht in den Tod sprang, obwohl alle Beweise dafür sprachen. Ja, die Presse schrieb, ich wäre in Trauer verblendet und wolle trotz des Chloroformwaschlappens neben dem Bett einen Schuldigen für die Tragödie finden. Damals hab ich alle Prozesse und meine Glaubwürdigkeit verloren. Aber diesmal habe ich wirklich Beweise, dass auf dem Schiff etwas Merkwürdiges vor sich geht.« Yegor lachte, als hätte er einen unanständigen Witz gerissen.

»Man wird mir zuhören«, erwiderte Martin. »Diesmal gibt es zu viele Zeugen.«

»Reden wir jetzt über die verrückte Oma, die selbst in Esoterikforen als Durchgeknallte auffällt? Ach, und viel Spaß mit dem FBI. Das wird nämlich hier aufschlagen, sobald wir den Passagier 23 melden. Anouk Lamar ist Amerikanerin. Sie werden das Schiff beschlagnahmen und eine monatelange Durchsuchung anweisen …«

»Die Sie Millionen kostet.«

»Und Sie die Wahrheit, Martin. Glauben Sie wirklich, das FBI macht Ihnen das gleiche Angebot wie ich?«

»Welches Angebot?«

Martin hatte das Gefühl, dass sein rechtes Ohr immer heißer wurde, und er wechselte den Hörer auf die andere Seite.

»Ich lasse Sie mit dem Mädchen sprechen«, sagte Yegor. »So lange und so oft, wie Sie wollen. Das FBI hingegen wird Sie sofort als befangen abziehen, mein lieber Herr Schwartz. Nur bei mir haben Sie uneingeschränkten Zugang zu allen Bereichen des Schiffes.«

»Und ich soll herausfinden, was mit ihr geschehen ist, ohne an die Öffentlichkeit zu gehen?«

»Korrekt.«

Martin schloss die Augen. Öffnete sie wieder. Fand keinen klaren Gedanken.

»Wo ist Anouk?«, fragte er.

»Dr. Beck wird Sie zu ihr bringen. Gleich morgen früh.«

»Ich will sie *sofort* sehen.«

Yegor lachte. »Das ist das Problem mit Wünschen, Herr Schwartz. Nur die falschen gehen sofort in Erfüllung. Schlafen Sie sich jetzt erst einmal aus. Morgen wird mit Sicherheit ein anstrengender Tag.«

15. Kapitel

Querky: du ziehst es also durch?
Moonshadow: ja, ich danke dir so.
Querky: wofür?
Moonshadow: dass du mir dabei hilfst! ohne dich würde ich das nicht schaffen.

Lisa klappte ihr Notebook zu und schob es unter die Bettdecke, weil sie meinte, in der Nachbarkabine ihrer Mutter etwas gehört zu haben, aber es waren wohl doch nur die Einbaumöbel, die in den Fugen knackten, wenn das Schiff sich bewegte. Kein Klopfen an der Verbindungstür.
Puh.
Das Letzte, was sie wollte, war, dass ihre Mutter sie mit einem Computer sah. Ihr Handy hatte sie für die Dauer des Urlaubs bei ihr abgegeben, nur scheinbar freiwillig. Erstens war Telefonieren auf hoher See ohnehin viel zu teuer, und zweitens konnte sie mit dem Notebook, das sie heimlich an Bord geschmuggelt hatte, ohnehin viel besser surfen. Das kleine Ding in ihrem Rucksack hatte ihre Mutter zum Glück nicht bemerkt.
Wie so vieles nicht.
Sie ließ zur Sicherheit etwas Zeit vergehen, dann traute Lisa sich in den Chat zurück.
Allerdings musste sie sich von neuem einloggen, da die Verbindung automatisch gekappt wurde, wenn man den Monitor schloss, doch das war kein Problem. Das WLAN auf

den Zimmern war kostenlos und funktionierte prima, zumindest, solange sie in Küstennähe waren. Nach dem Abendessen, kurz nach zweiundzwanzig Uhr, schienen nicht so viele online zu sein. Die meisten saßen am ersten Abend vermutlich noch an einer der Bars, im Aquatheater, wo heute eine Eiskunstlaufrevue aufgeführt wurde, im 4-D-Kino oder flanierten in der relativ milden Nachtluft über die Außendecks.

Lisa hatte ein sehr anstrengendes Fünfgangmenü mit ihrer Mutter hinter sich, in einem Restaurant, im Vergleich zu dem der Speisesaal in der »Titanic«-Verfilmung wie eine Obdachlosenspeisung wirkte. Sechshundert Gäste konnten auf zwei über eine gewaltige Flügeltreppe verbundenen Ebenen gleichzeitig ihre Mahlzeiten einnehmen. Für jeden Tisch war ein eigener livrierter Kellner verantwortlich, und dem Lackaffen, der für sie abgestellt war, hatte Lisa angesehen, wie pikiert er darüber war, dass sie mit schwarzem Faltenrock und einem Totenkopf-T-Shirt nicht ganz den empfohlenen Smart-Casual-Dresscode erfüllte.

Scheißegal.

Er hätte ihr mal lieber eine anständige Currywurst und nicht halbgares Fleisch auf einer Pflaumen-Irgendwas-Soße servieren sollen. Das hatte ihr genauso wenig geschmeckt wie die besorgten Fragen ihrer Mutter: »*Geht es dir gut, Kleines? Hast du Probleme? Willst du darüber reden?*«

Am Ende des Essens war Lisa von ihren Lügen so erschöpft gewesen, dass sie gar keine Müdigkeit hatte vorschützen müssen, um endlich alleine aufs Zimmer gehen zu dürfen.

Sie aktivierte das zuletzt geöffnete Fenster im Browser.

Easyexit öffnete sich sekundenschnell, und sie war wieder in dem privaten und, wie Querky ihr versichert hatte, mehrfach verschlüsselten Chatroom.

Moonshadow: sorry, bin wieder on.

Querky: deine mutter?

Moonshadow: falscher alarm.

Querky: meinst du, sie ahnt etwas?

Moonshadow: zumindest hat sie das video gefunden.

Am liebsten hätte sie ihrer Mutter vorhin beim Essen die Wahrheit offen ins Gesicht gebrüllt, als sie nach langem Rumdrucksen endlich mit der Sprache rausrückte und sie besorgt fragte, ob es denn »echt« wäre.

»Ja, Mama. ich bin die Schlampe im Internet. Aber das ist nicht der Grund, weshalb ich mir am liebsten die Pulsadern aufschneiden oder mich vor die U-Bahn werfen würde. Nicht wegen des Videos.«

Lisa spürte, wie der Zorn wieder in ihr aufstieg.

Mann, das File geisterte schon seit Wochen im Netz. Ein Wunder, dass es so lange gedauert hatte, bis ihre Mutter es entdeckt hatte. Und das auch nur, weil Schiwy es ihr gesteckt hatte.

Und jetzt war der Schock groß, dabei war sie doch die Hure, die mit ihrem Lehrer vögelte. Mist, die blöde Kuh dachte wahrscheinlich, dass man vom Bumsen unsichtbar wurde. Dabei musste man nur am falschen Tag zur falschen Zeit am falschen Café vorbeikommen und sehen, wie sie sich gegenseitig ihre Zungen in den Hals würgten. *Kotz.*

Querky: hey, noch jemand da?

Sie starrte auf den blinkenden Cursor. Im Easyexit-Chat schrieb man mit weißer Schrift auf schwarzem Grund, was zu einem Selbstmord-Selbsthilfe-Forum passte, auf die Dauer aber ganz schön auf die Augen ging.

Moonshadow: wann ist die beste zeit, ES zu machen?
Querky: nicht sofort. wieg sie erst mal in sicherheit, dass mit dir alles okay ist.
Moonshadow: ich glaub, das ist mir heute ganz gut gelungen.

Schon beim Ablegen hatte sie eine oscarreife Show hinge-legt und so getan, als würde sie sich über die Fahrt freuen.
»Das ist so geil, Mami.«
Ihr war sogar gelungen, sich eine Träne rauszukneifen. Die Zugabe war dann ihr Theaterspiel beim Abendessen gewe-sen.
»Mach dir keine Sorgen«, hatte sie ihrer Mutter erklärt. »Das Video ist ein Hoax, eine Fälschung. Das bin nicht ich. Das wissen auch alle meine Freunde. Und der Abschaum, der diesen Dreck über mich postet, wird in der ganzen Schule nicht ernst genommen. Da lachen wir drüber, ich und meine Freundinnen.«
»Meine Freundinnen und ich«, ja, Mama. Ich weiß!
»Dass ich mich aktuell so selten mit meinen Schulfreundin-nen treffe, liegt an meinem Freund. Ja, ich hab einen. Jetzt ist es raus. Puh. Ich wollte es dir nicht sagen, deshalb bin ich so komisch in letzter Zeit. Nein, nicht das, was du denkst. Mit dem lief noch nichts außer Kuscheln.«
Bei dieser Erinnerung fiel ihr etwas Lustiges ein, was Lisa Querky unbedingt mitteilen musste:

Moonshadow: ich hab mama gesagt, wir wären ein paar.
Querky: häh?
Moonshadow: als ich ihr sagte, ich wär mit einem jungen zu-sammen, hat sie mich nach seinem namen gefragt. der einzige, der mir spontan einfiel, war dein nickname.
Querky: sie glaubt, dein freund heißt QUERKY????

Lisa musste grinsen.

> Moonshadow: hab ihr gesagt, das wäre der Spitzname von Querkus, deinem nachnamen.
>
> Querky: o mann, wenn die wüsste … ☺

»Er ist älter als ich«, hatte sie weiterfabuliert. »Siebzehn. Du wirst ihn sicher bald kennenlernen. Aber sag Papa nichts davon, ja?«

Ihre Mama hatte sie so erleichtert angesehen wie damals ihre beste Freundin, als sie nach der Klassenfahrt doch noch ihre längst überfällige Periode bekam.

Ihr Vater hätte ihr diesen Mist niemals abgekauft. Anwälte waren da von Natur aus misstrauischer, glaubte sie.

Lisa wurde von einem brummenden Geräusch aus den Gedanken gerissen, doch es war nur die Minibar, aus der sie sich eine Cola holte, die – wie sämtliche Softdrinks und alles Essen auf der *Sultan* – kostenlos war.

Zurück auf dem Bett, setzte sie sich wieder in den Schneidersitz, nahm einen Schluck aus der winzigen Flasche und sah kurz zu der Balkontür, in der sich das gesamte Zimmer spiegelte. Das Schiff rollte seitwärts, während sie in ihr Notebook tippte:

> Moonshadow: ich hab gelesen, ertrinken soll krass sein. unglaublich schmerzhaft. nicht wie ein rausch, wie manche schreiben.
>
> Querky: darüber darfst du nicht nachdenken. solche gedanken behindern dich nur.

Leichter gesagt als getan. Sie dachte ständig über Schmerzen nach. Mit der Trennung ihrer Eltern hatte es angefangen. Ihr Vater war der Erste, der sie verlassen hatte. Leider nicht der Einzige. Eigentümlicherweise war die seelische Qual viel intensiver als der körperliche Schmerz. Im Gegenteil, wenn sie sich ritzte, war der Schmerz das einzig Lebendige, was sie spürte.

Lisa wollte Querky gerade fragen, wann sie morgen wieder online gehen sollte, da brummte die Minibar schon wieder. Irritiert stand sie auf.

Das Geräusch war zu regelmäßig für ein zufälliges Störgeräusch. Sie wollte ihrem Chatpartner eine Mitteilung senden, dass sie kurz offline wäre, um etwas nachzusehen, doch Querky war ihr zuvorgekommen:

Querky: was summt denn da die ganze zeit bei dir???

Erschrocken riss sie sich die Hand vor den Mund.

Sie überprüfte die Icons auf ihrem Bildschirm. Das Mikrophon und die Webcam waren ausgeschaltet.

Wie kann Querky das hören?

Die Geräusche wurden lauter, als sie die Minibar in dem Schrank unter dem Fernseher öffnete.

In dem kleinen Innenraum fanden ein Dutzend Flaschen Platz, Softdrinks und Bier, ansonsten gab es noch einige Minispirituosen und Erdnüsse im Seitenfach. Nichts was brummen könnte. Und trotzdem summte da etwas in einem gleichmäßigen Rhythmus.

Lisa öffnete das Eisfach und wurde fündig.

Neben einem Eiswürfelbehälter lag ein hellblaues, kleines Kuvert mit dem Logo der Reederei. Der bauchige Umschlag tat etwas, das Lisa vor Schreck mit einem spitzen Schrei vom Kühlschrank zurückweichen ließ: Er vibrierte.

Im ersten Moment glaubte sie, es wären Maden, die sich im

Inneren des Umschlags kringelten, doch das war unmöglich.

Nicht bei minus acht Grad. Und Maden brummen nicht in regelmäßigen Intervallen!

Erst nach einer Weile dachte Lisa an das Naheliegende, und sie nahm den Umschlag heraus, um ihn zu öffnen.

Tatsächlich.

Das Kuvert war gefüttert und gut isoliert, weswegen das Handy, das sie ihm entnahm, sich nicht besonders kalt anfühlte.

»Hallo?«

»Na endlich«, meldete sich eine Stimme, die sie sich ganz anders vorgestellt hatte.

»Querky?«, fragte Lisa und zwang sich, leise zu sprechen, damit ihre Mutter in der Nachbarkabine sie nicht hören konnte.

»Wer denn sonst?«

»Mann, Mann, Mann.« Lisa lachte erleichtert auf. Ihr Herz pochte wie nach einem Hundertmeterlauf. »Du hast mich ganz schön erschreckt.«

»Wieso denn das, Süße? Ich hab dir doch gesagt, dass ich dich auf deiner großen Fahrt begleite.«

Querky lachte nun ebenfalls. »Ich hab den Schraubendreher, die Spraydose und die Liste mit den Überwachungskameras für dich. Pass auf, Lisa, ich sag dir, wo und wie du alles findest!«

16. Kapitel

08.30 Uhr Bordzeit
49°40' N, 07°30' W
Geschwindigkeit: 27 Knoten, Wind: 15 Knoten
Seegang: 1,5–4 Fuß
Entfernung von Southampton: 219,6 Seemeilen
Celtic Sea

Crew only« stand auf der Stahltür, die allein durch ihre rote Warnlackierung signalisierte, dass man als Unbefugter hinter ihr nichts verloren hatte.

Dr. Elena Beck zog ihre Schlüsselkarte durch ein Lesegerät, und ein rasierapparatähnlicher Summton ertönte.

»Um eines gleich klarzustellen«, sagte sie und drückte die Tür mit der Schulter nach innen auf, »ich halte es für keine besonders gute Idee, dass man einen fremden Mann zu ihr lässt …«

»Ach was«, sagte Martin. »Und ich dachte, Sie schauen nur so grimmig, weil Sie mir gestern keine Spritze geben durften.«

Die Ärztin verzog keine Miene.

»Aber«, vervollständigte sie ihren Satz, »ich bin sehr froh, dass ein Psychologe sich Anouks annimmt; jemand, der sich mit Gewalt und traumatisierten Opfern auskennt. Die Kleine kann jede Hilfe gebrauchen.«

Er folgte ihr über eine hohe Schwelle in einen hell ausgeleuchteten, schmalen Gang.

Auf Deck A, knapp über der Wasserlinie, hatten die Betriebsgänge nur wenig mit denen der Passagierbereiche gemein. Statt auf einem dicken Teppich lief man auf Linoleum, die Wandverkleidung war betongrau gestrichen, und gerahmte Bilder suchte man vergeblich.

»Wo ist denn unser Feigling?«, fragte Martin. Er war müde und hatte das Gefühl, nicht eine Stunde geschlafen zu haben. Gestern nach dem Duschen hatte er sich nackt auf ein für eine einzelne Person viel zu großes Bett gelegt und so lange an die Decke gestarrt, bis die Sonne wieder über dem Atlantik aufgegangen war. Dann hatte er seine Pillen genommen und zum Hörer gegriffen, um Bonhoeffer die Hölle heißzumachen, wann er endlich zu Anouk Lamar vorgelassen werden würde. Jetzt war es kurz nach halb neun Uhr Bordzeit (während der westlichen Transatlantikroute wurden die Uhren jede Nacht um eine Stunde zurückgestellt), insgesamt hatte er fast drei Stunden warten müssen, bevor Dr. Beck ihn von seinem Zimmer abgeholt hatte.

»Sie meinen den Kapitän? Weshalb er uns nicht begleitet?« Sie ging ihm einen halben Schritt voraus, ihr blonder Zopf wippte von Schulter zu Schulter, und die Sohlen ihrer Sneaker quietschten. Unter dem linken Arm trug sie ein blaues Klemmbrett und ihre Offiziersmütze.

»Er hat nachher eine Offiziersbesprechung im Planetarium und mich gebeten, den Termin zu übernehmen. Er hat viel zu tun.«

Martin kicherte. »Das kann ich mir vorstellen. So eine Kindesentführung kann einen um den Schlaf bringen, was?«

Sie blieb stehen und schüttelte den Kopf. »Hören Sie, ich weiß nicht, was zwischen Ihnen und dem Kapitän vorgefallen ist, aber eines kann ich Ihnen versichern: Daniel Bonhoeffer ist ein besonnener und integrer Mann. Uns allen liegt nur das Wohl des Mädchens am Herzen, und ihm ist diese ganze Angelegenheit ebenso unangenehm wie mir.«

»Na klar.« Martin lächelte abfällig.

Und Hühner sterben an Karies.

Sie passierten mehrere Türen beidseits des Gangs, von denen einige offen standen, so dass Martin einen Blick in die Mannschaftskabinen werfen konnte. Schlichte Zellen mit offenen Schränken und Etagenbetten wie im Schlafwagen einer Eisenbahn. Nur enger.

Die Ärztin hatte ihm vor dem Einstieg in die Kreuzfahrtunterwelt erklärt, dass sie im ersten Unterdeck die Staff-Area passierten, jenen Bereich, der den in der Schiffshierarchie höher angesiedelten Hotelangestellten vorbehalten war: Zimmermädchen, Barkeepern, Kellnern und sonstigen Servicekräften. Noch weiter unten, auf Deck B und C, lebten die Crew-Members: die Arbeiterinnen und Arbeiter in der Küche, der Wäscherei, in der bordeigenen Müllverbrennungsanlage, der Meerwasserentsalzung oder im Maschinenraum. Menschen, die kein zahlender Gast je zu Gesicht bekam.

Angeblich sollte der Staff-Bereich komfortabler sein als die Crew-Area, doch schon auf Deck A hatte Martin das Gefühl, durch den Zellentrakt eines Gefängnisses zu laufen. Hinter den geschlossenen Türen hörte er Gelächter unterschiedlichen Geschlechts, jemand brüllte etwas in einer Sprache, die er nicht verstand, und in der Kabine, die sie gerade passierten, saßen zwei Männer in Boxershorts, spielten Karten und hörten Rapmusik.

Als die Halbnackten die schlanke, hochgewachsene Ärztin vorbeikommen sahen, streckten sie ihr die Zunge heraus und machten hechelnde Geräusche. Einer der beiden griff sich in die Unterhose.

»Wollen Sie mal untersuchen, was ich gerade in der Hand halte, Doc?«, rief er ihr auf Englisch hinterher.

»Wenn du's in einer Hand halten kannst, bin ich nicht interessiert«, entgegnete sie und erntete dröhnendes Gelächter.

Sie bogen in einen etwas breiteren Quergang, auf dem mehrere Roll- und Servierwagen geparkt waren.

»Wir sind jetzt auf dem Broadway«, erklärte sie und deutete auf ein auf dem Fußboden aufgemaltes amerikanisches Straßenschild. »Alle Wege auf den Mannschaftsdecks sind nach den Straßen Manhattans benannt.«

»Und das hilft bei der Orientierung?«

»Mehr oder weniger. Im Moment laufen wir uptown Richtung Times Square, dem Vergnügungszentrum für die Angestellten, wo sie Tischtennis spielen und an Automaten zocken können. Wenn Sie sich verlaufen, müssen Sie einfach nur zur Park Avenue zurück, aus der wir gerade gekommen sind, und von da aus wieder zur Grand Central Station, durch die wir den Bereich betreten haben. Ist alles ausgeschildert.«

»Idiotensicher«, sagte Martin sarkastisch. »Selbst Kinder finden in gut zwei Monaten hier wieder raus, oder?«

Elena Beck blieb stehen. Ihr Blick hatte sich verdüstert. Doch offenbar galt das nicht ihm, sondern den Umständen, die sie hier unten zusammengeführt hatten. Sie sah sich um, ob ihnen jemand zuhörte, dann sagte sie leise: »Mir geht's wie Ihnen. Ich fühle mich auch nicht besonders wohl in meiner Haut.«

»Ach ja? Und wieso haben Sie dann nicht sofort die Polizei eingeschaltet?«

»Weil ich damit das Leben des Mädchens gefährden würde«, sagte Elena kryptisch.

»Wie meinen Sie das?«

»Der Kapitän wird erpr…«, setzte sie an, schüttelte dann aber den Kopf.

»Erpresst?«

»Vergessen Sie es. Ich darf darüber nicht sprechen. Außerdem sind Sie doch von der Polizei, oder?«

Ja, richtig.

Allerdings war seine Marke hier an Bord ungefähr so viel wert wie der Sheriffstern, den er Timmy zu seinem fünften Geburtstag geschenkt hatte.

»Der Kapitän bittet Sie übrigens, keine Fotos oder Videos zu machen«, sagte die Ärztin. »Am besten, Sie lassen Ihr Handy in der Tasche.«

»Ich vermute, Sie werden das nicht gerne hören«, entgegnete Martin, »aber Ihre Geheimniskrämerei ergibt wenig Sinn. Es wissen schon jetzt viel zu viele von der Existenz des Mädchens. Die Dobkowitz mag vielleicht nicht die vertrauenswürdigste Quelle sein. Aber das Zimmermädchen …«

»Shahla?« Dr. Beck schüttelte den Kopf. »Die wird nicht reden.«

»Wieso?«

»Die Frau schuftet achtzig Stunden die Woche für fünfhundert Dollar im Monat, zwei Drittel davon gehen zur Familie nach Karatschi.«

»Also hat ihr die Reederei mit Entlassung gedroht?«

Elena schüttelte wieder den Kopf. »Im Gegenteil. Sie haben ihr Gehalt verdreifacht, wenn sie Anouk dreimal am Tag das Essen bringt und das Zimmer sauber macht. Entlassen wird sie nur, wenn sie irgendjemandem etwas davon erzählt, aber bei der Aussicht von fünfzehnhundert Dollar für nur einen einzigen Monat Arbeit wird sie sich eher unter eine Bügelpresse legen, als zu quatschen.«

»Und was ist mit Ihnen?«, fragte Martin erschöpft. »Womit setzt man Sie unter Druck?«

Die Ärztin hob die Hand und wackelte mit dem Ringfinger.

Der Verlobungsring war schlicht, aber geschmackvoll, aus Weißgold mit einem kleinen Diamanten in der Fassung.

»Daniel und ich heiraten im Dezember.«

Na sieh mal einer an. Sie steigt mit dem Feind ins Bett.

»Glückwunsch«, sagte Martin sarkastisch. Eigentlich hatte er sie trotz der Umstände, die sie zusammenführten, ganz sympathisch gefunden. »Sie machen also alles, was Ihr Zukünftiger von Ihnen verlangt?«

»Ich tue alles, um ihm zu helfen.«

»Inklusive Kindesverschleppung?«

Sie öffnete den Mund, beschloss dann aber, nicht auf diese Bemerkung einzugehen, wohl auch, weil sie eine blutjunge Angestellte passierten. Das Zimmermädchen machte ihnen Platz, indem sie hinter ihren Reinigungswagen huschte, den sie mit ihrer schwarz gefärbten Wuschelmähne nur knapp überblickte.

Martin fragte sich kurz, ob ein Spießerschiff wie die *Sultan* Piercings duldete oder ob die verschämt zu Boden blickende Angestellte sich ihren Nasenstecker immer herausnehmen musste, bevor es auf die Passagierdecks ging.

Nachdem er und Dr. Beck eine Weile stumm nebeneinanderher gegangen waren, blieben sie endlich vor einer Aufzugtür stehen. Nach all den Abzweigungen, die sie passiert hatten, hatte Martin die Orientierung verloren.

»Wo sind wir hier?«, fragte er.

Auf den meisten Strecken des Weges waren ihnen Menschen unterschiedlicher Nationen in ihrer Arbeitsmontur entgegengekommen. Doch seitdem die Staff-Messe hinter ihnen lag, in der hauptsächlich Asiaten am Kantinenbuffet anstanden, war ihnen niemand mehr begegnet.

»Auf einem Kreuzfahrtschiff gibt es drei Bereiche«, erläuterte Elena. »Einen für die Passagiere, einen für die Besatzung. Und einen dritten Bereich, den keiner von diesen beiden Gruppen jemals freiwillig betreten würde.«

Sie zog ihre Schlüsselkarte aus der Gesäßtasche ihrer Uniformhose und zog sie durch das Lesegerät an der Aufzugtür.

»Wir nennen diese No-go-Area ›Hell's Kitchen‹. Hierhin haben wir Anouk verlegt.«

17. Kapitel

*H*ell's Kitchen?«
Die Aufzugtüren öffneten sich, und Martin trat in den Fahrstuhl, der am Kopfende eine weitere Tür aufwies.
»Wieso wird dieser Bereich von allen gemieden?«
»Aberglaube. Das hier ist die Quarantäneabteilung.«
Die Ärztin ging voraus, und Martin folgte ihr mit gemischten Gefühlen.
»Falls wir einen Kranken an Bord haben mit einem hochansteckenden Virus oder einer schweren bakteriellen Infektion, wird er hierher verlagert, um zu verhindern, dass sich eine Epidemie ausbreitet. Nach Feuer ist ein Seuchenausbruch der größte Alptraum an Bord eines Passagierschiffs«, erklärte Dr. Beck und wartete, bis sich hinter ihnen die elektrischen Aluminiumtüren wieder schlossen.
»Sieht neu aus«, sagte Martin, der keinerlei Gebrauchsspuren an den Edelstahlwänden entdeckte. Und keine Knöpfe, um den Fahrstuhl in Gang zu setzen.
»Ist es auch. Hell's Kitchen wurde noch nie benutzt. Wäre im Ernstfall auch extrem unpraktisch. Es gibt zwar noch einen Lastenaufzug, mit dem man Betten transportieren kann, aber auch diesen Weg will ich eigentlich keinem Todkranken zumuten. Dennoch hält sich das Gerücht, die Reederei würde hier unten Menschenversuche mit aufmüpfigen Angestellten vornehmen.« Sie lachte. »Oder mit Passagieren, die ihre Rechnung nicht begleichen können. Humbug natürlich, aber das Personal meidet Hell's Kitchen wie ein Vegetarier

die Fleischtheke. Es heißt, die Reinigungskräfte bieten einander Geld, um hier nicht sauber machen zu müssen.«

Mit einem Zischen öffneten sich die gegenüberliegenden Fahrstuhltüren, und sie stiegen auf derselben Ebene wieder aus.

Verblüfft begriff Martin, dass er keinen Aufzug, sondern eine Schleuse passiert hatte.

»Im Ernstfall ist der Bereich hermetisch abgeriegelt. Eigenes Luft- und Wassersystem, unabhängige Stromversorgung. Und wir beiden Hübschen müssten Schutzanzüge tragen.«

Sie durchquerten einen Vorraum mit einer bauchigen Empfangstheke, hinter der jedoch niemand auf Patienten wartete.

Hinter einer weiteren Plexiglastür lief er plötzlich auf dem flauschigen Teppich, den er aus seiner Suite kannte. Überhaupt sah das kleine Durchgangszimmer mit den beiden Ledersesseln und dem Kleiderschrank wieder nach Kreuzfahrtschiff aus. Auch die Zimmertür, vor der sie jetzt standen, war identisch mit denen der Passagierkabinen, allerdings funktionierte der Spion in die andere Richtung.

Die Ärztin blickte kurz hindurch. Offenkundig zufrieden mit dem, was sie gesehen hatte, forderte sie Martin auf, seine eigene Karte auszuprobieren.

»Ihr Schlüssel ist so programmiert, dass Sie Zugang zu allen Bereichen haben, die für Ihre Arbeit notwendig sind. Sie dürfen jederzeit zu ihr, es wäre aber schön, wenn Sie mir vorher Bescheid geben würden.«

»Anouk ist eingeschlossen?«, fragte er missbilligend.

Die Ärztin nickte ernst. »Zu ihrer eigenen Sicherheit. Solange wir nicht wissen, wo sie war und wer womöglich hinter ihr her ist, soll sie sich nicht unkontrolliert auf dem Schiff bewegen können. Aber mit dem Knopf hinter ihrem Bett kann sie bei Gefahr Alarm schlagen.«

Sie zeigte nach oben. Über der Türkante war ein roter Hebel, der Martin an die Notbremsen in Eisenbahnzügen erinnerte. »Im Notfall können Sie damit das Schloss entriegeln, das löst einen Alarm auf der Brücke aus, daher wäre es besser, Sie nehmen Ihren Schlüssel mit.«

Martin zog die Plastikkarte aus der Tasche seiner Jeans, doch dann zögerte er. Bevor er eintrat, sollte er besser informiert sein über das, was ihn hinter der Tür erwartete.

»Ist das Ihr Untersuchungsbericht?«, fragte er die Ärztin und zeigte auf das Klemmbrett unter ihrem Arm.

Wortlos drückte sie es ihm in die Hand. Martin überflog den Bericht der Erstuntersuchung. *Anouk Lamar. Weibliche Patientin, Hautfarbe: weiß, Alter: elf Jahre, Größe: 1,48 Meter, Gewicht: 35 kg.*

Schlechter Allgemeinzustand mit Anzeichen der Verwahrlosung. Patientin reagiert nicht auf Für- oder Zusprache. Verdacht auf Mutismus.

»Sie ist komplett stumm?«, hinterfragte Martin die Verdachtsdiagnose.

Dr. Beck nickte bedauernd. »Kein Sterbenswort. Sie stöhnt, weint oder grunzt nur, das aber vorwiegend im Schlaf. Sie hat heftige Alpträume. Neurologisch scheint alles normal, wie Sie sehen. Gute Reflexe, aber …«

»Aber was?«, fragte Martin, dann sah er es selbst. Der körperliche Befund im letzten Drittel des Berichts verschlug ihm den Atem: *Längs gestellte, oberflächliche Hautschürfung, direkt neben den Labia majora (via falsa).*

»Hämatome auf beiden Oberschenkelinnenseiten. Starke Fissuren bei elf und acht Uhr in Steinschnittlage?«, zitierte er ungläubig den folgenden Absatz des Berichts.

Elena nickte traurig. »Ich habe natürlich alle Abstriche sichergestellt.«

Großer Gott.

Er schloss die Augen.

Demnach war Anouk Lamar von ihrem Entführer mehrfach und bestialisch vergewaltigt worden.

18. Kapitel

Tiago Álvarez trat aus der Atriumkabine (wie Innenkabinen mit Blick auf die Shoppingpromenade auf der *Sultan* beschönigend genannt wurden) und grüßte eine ältere Frau, die ihm aus Richtung des Spa-Bereichs im Bademantel den Gang entgegenkam. Erfreut über die unerwartete Aufmerksamkeit des jungen Mannes, schenkte sie ihm ein strahlendes Lächeln und fasste sich verlegen an ihre frisch geföhnte Zuckerwattefrisur.

Tiago musste sich nicht umdrehen, um zu wissen, dass die Dame ihm nachsah. Der Argentinier war sich seiner Wirkung auf Frauen bewusst, ganz gleich welchen Alters. Sie liebten seine dunkle Haut, die schwarzen, lockigen Haare, die sich selbst mit Haarspray kaum bändigen ließen, und seinen verträumten Blick, in dem stets eine Spur melancholischer Hilflosigkeit mitschwang.

Vergnügt vor sich hin summend (er freute sich immer, wenn Menschen ihn mochten), ging er zum Kopfende des Schiffes Richtung Atlantic-Bar. Im letzten Drittel des Ganges blieb er kopfschüttelnd vor der Tür einer Außenkabine stehen.

Von seinen dreiundzwanzig Lebensjahren hatte er die letzten sechs Jahre nahezu ununterbrochen auf Kreuzfahrtschiffen verbracht. Viel hatte sich seit seiner Jungfernfahrt mit der *MS Puertos* von Lissabon nach Teneriffa geändert: Die Schiffe waren größer, die Kabinen bezahlbarer und das Essen besser geworden. Aber die Passagiere waren so dumm geblieben wie eh und je.

Wie bescheuert muss man sein, das »Bitte räumen Sie mein Zimmer auf!«-Schild zu benutzen?, dachte er mit Blick auf den grünen Pappanhänger, der am Knauf der Kabinentür baumelte.

Erstens kam das Zimmermädchen deswegen auch nicht früher. Und zweitens war es die perfekte Einladung für Kriminelle: *»Treten Sie ein, hier ist gerade keiner zu Hause!«*

Er seufzte über so viel Unvernunft und drehte das Schild auf die rote »Bitte nicht stören«-Seite. Dann steckte er seinen Schlüssel in den Kartenschlitz und öffnete die Tür, nachdem er sich vergewissert hatte, dass ihn niemand beobachtete.

»Vielen Dank, Stacy«, flüsterte er in Gedanken an die Auszubildende des Front Office, die es mit ihm im Computerzimmer der Rezeption getrieben hatte. Sie war blond, groß und laut und überhaupt nicht sein Typ, aber Sex mit der Gästebetreuung war immer der einfachste Weg, um sich die Arbeit zu erleichtern. Jeder Mitarbeiter an der Rezeption hatte einen All-Area-Key, um Gäste, die ihren Schlüssel verloren hatten oder sich aus Interesse mal eine andere Kabinenkategorie ansehen wollten, aufs Zimmer zu begleiten. Beim Vögeln hatte Tiago den eigenen Schlüssel mit der Karte seiner Gespielin ausgetauscht. Natürlich hatte Stacy am nächsten Morgen irgendwann bemerkt, dass ihr Universalschlüssel nicht mehr funktionierte. Sie hatte angenommen, der Magnetstreifen ihrer Karte wäre beschädigt, und sich eine neue ausgestellt.

Ein Kinderspiel, wenn man wusste, wie es ging. Und über die entsprechenden Romeo-Qualitäten verfügte.

Tiago musterte die Kabine, die er betreten hatte, mit zufriedenem Blick. Kein Vergleich zu dem Saustall, den er in dem Zimmer zuvor vorgefunden hatte. Der Mistkerl in der letz-

ten Atriumkabine – laut den Reiseunterlagen in der Schreib-
tischschublade ein allein reisender Rentner aus der
Schweiz – hatte das halbe Abendessen im Bett verteilt und
seine dreckigen Unterhosen einfach auf den Boden gepfef-
fert. Tiago hasste diese Respektlosigkeit. Wussten die
Schweine denn nicht, unter welchem Zeitdruck eine Putzfrau stand? Dass sie nur wenige Cent pro Kabine bekam?
In dieser Kabine, die dritte seiner heutigen »Frühstücks-
schicht«, fanden sich nur die unvermeidbaren Spuren der
Nacht: ein zerkrumpeltes Bettlaken, ein benutztes Wasserglas auf dem Nachttisch, Jeans und Unterwäsche zerknüllt
auf dem Sofa. Aber keine abgenagten Chicken Wings auf
dem Teppich, und auch das Bad sah so aus, wie man es von
einem zivilisierten Menschen erwarten konnte. In der letzten Kabine hingegen hatte der alte Sack ganz offensichtlich
den Waschlappen mit dem Klopapier verwechselt. Zudem
hatte er es nicht für nötig befunden, nach dem großen Geschäft die Klobürste zu benutzen. Diese Frechheit hatte den
Ausschlag für Tiagos Rache gegeben. Eigentlich durfte er
bei seiner »Arbeit« keine Zeit verlieren, aber die Minute
war es ihm wert gewesen, die es dauerte, um die Bremsspu-
ren von dem Waschlappen mit der Zahnbürste des Rentners
zu beseitigen.
*Zu schade, dass ich nicht dabei bin, wenn der alte Sack heu-
te Abend auf den Borsten rumsabbert,* dachte Tiago amüsiert, während er den Schrank öffnete, in dem sich der ein-
gebaute Tresor befand.
Es gab nur eine Handvoll Hotelsafe-Systeme, und Tiago
kannte sie alle. Meist brauchte es eine Weile, bis er den Ge-
neralcode knackte, doch hier auf der *Sultan* war das nicht
nötig. Hier ließ sich der Zimmersafe mit dem Kabinen-
schlüssel öffnen. Besser ging es nicht.

»Wen haben wir denn da?«, sagte er zu sich selbst, während er den Schülerausweis betrachtete, den er zwischen billigem Modeschmuck, einem iPod und etwas europäischem Bargeld gefunden hatte. Das junge Mädchen mit den gefärbten Haaren und dem trotzigen Blick passte zu den schwarzen Springerstiefeln und den ausschließlich düsteren Kleidern, die hier im Schrank hingen. *Lisa Stiller,* las er den Namen ab.

Wenn ich eine fünfzehnjährige Tochter hätte, würde ich ihr keinen Nasenstecker erlauben, dachte Tiago. In solchen Dingen war er konservativ. Der Körper einer Frau, insbesondere der eines Mädchens, war ihm heilig. Schon Ohrlöcher hielt er für eine Misshandlung, von Tätowierungen und Piercings ganz zu schweigen.

Tiago tastete mit der flachen Hand den mit Filz ausgelegten Tresorboden ab und stieß auf einen nagelneuen Schraubendreher und eine kleine Spraydose.

Schwarze Farbe?

Lisa wollte doch nicht etwa das Schiff mit Graffiti verschönen?

Er stellte die Dose zurück und zählte das Bargeld. 104,60 Euro. Vermutlich ihr gesamtes Taschengeld. Da sie kein Portemonnaie besaß, hatte sie es bestimmt nicht einmal gezählt, dennoch würde Tiago sich nicht mehr als zehn davon einstecken. Nie mehr als zehn Prozent, lautete seine goldene Regel. Und niemals persönliche Gegenstände, die man im Falle des Falles zu ihren Besitzern zurückverfolgen konnte. Bei kleinen Beträgen suchten die Opfer den Fehler immer bei sich selbst.

»Du musst es verloren haben, Schatz. Wieso sollte ein Dieb die Uhr, sämtlichen Schmuck und den großen Batzen an Bargeld zurücklassen?«

Auf seine Art dauerte es etwas länger, dafür war die Tiago-Methode narrensicher. Die Reise in der Innenkabine kostete ihn zweitausendvierhundert Dollar für die Etappe Cadiz – Oslo – New York, und bis jetzt hatte er zweitausendzweihundert Dollar eingenommen. Bis er in New York das Schiff wechselte und Richtung Kanada in See stach, würden weitere zweitausendfünfhundert hinzukommen. Über zweitausend Reingewinn. Nicht schlecht, wenn man null Nebenkosten hatte und ein Leben wie ein Millionär im ewigen Urlaub führte.

Tiago zählte zwei Fünfeuroscheine ab. Beim Zurücklegen des restlichen Geldes bemerkte er einen Umschlag, der hochkant an der rechten Safeecke lehnte.

Ein weiteres Finanzpolster? Vielleicht eine Mitgift zur Reise von der Oma?

Neugierig öffnete er das gefütterte Kuvert. Im gleichen Augenblick machte ihn ein unerwartetes Geräusch auf einen unverzeihlichen Fehler aufmerksam.

Ein Fehler, der ihm beim Betreten der Kabine unterlaufen war und der ihm spätestens in dem Moment hätte auffallen müssen, in dem er den Schülerausweis in den Händen hielt.

Wie konnte ich nur so blöd sein?, dachte er noch, dann hechtete Tiago reflexartig über das Bett in Richtung Balkon. Doch er war zu langsam.

Kein Teenager reist alleine auf einem Kreuzfahrtschiff!

Die Verbindungstür, die er nicht kontrolliert hatte, öffnete sich, und er hatte keine Möglichkeit, sich auf dem Balkon zu verstecken, wenn er nicht bei dem Versuch von der Putzfrau erwischt werden wollte, die in diesem Moment die Kabine betrat und die …

… die besoffen ist?

Tiago kauerte auf allen vieren hinter dem hohen Bett und

beobachtete das Geschehen mithilfe des Spiegels, der neben dem Fernseher über dem Schreibtisch angebracht war.

Tatsächlich war sein erster Gedanke, dass das Zimmermädchen mit dem weißen Schürzenkleid und der altertümlichen Kopfhaube getrunken hatte, so wie sie in den Raum torkelte.

Dann sah er die beiden Männer hinter ihr; sah die Faust des einen, der ihr in den Rücken schlug, weswegen die junge Frau das Gleichgewicht verlor und im Fallen mit dem Kopf gegen die von ihm geöffnete Schranktür knallte.

19. Kapitel

Anouks Kabine erinnerte Martin an die Kreißsäle moderner Krankenhäuser, in denen möglichst alles, was den Patienten an Klinik und Krankheit erinnern könnte, durch helle und möglichst alltäglich wirkende Materialien ersetzt wurde.

Der Fußboden war laminiert, sah aber dank seiner Prägung echtem Parkett zum Verwechseln ähnlich. Die Wände hatten die Farbe eines gut durchgerührten Latte macchiato, und statt auf den in Krankenhäusern üblichen Holzstühlen konnten Besucher auf einem sandfarbenen Ledersofa Platz nehmen. Gedimmte Deckenstrahler tauchten die Kabine in ein weiches, pastellfarbenes Licht.

Vor diesem Hintergrund erweckte das höhenverstellbare Krankenbett den Eindruck, als wäre es aus Versehen in ein Fünf-Sterne-Hotelzimmer geschoben worden und stünde hier völlig fehl am Platz, trotz der Versorgungsleiste in der Wand hinter dem Kopfende mit zahlreichen Steckdosen für medizinische Geräte, Anschlüssen für Sauerstoff, Druckluft, Telefon sowie einem roten Notfallknopf in Griffweite der elfjährigen Patientin.

Anouk Lamar saß mit angezogenen Knien in der Mitte des Bettes und schien nicht zu registrieren, dass sie nicht länger alleine war. Sie trug ein einfaches, im Rücken zusammengebundenes Nachthemd und weiße Baumwollstrumpfhosen. Ihre Körperhaltung hatte sich nicht verändert, seitdem Martin und Elena eingetreten waren. Sie hielt den Kopf von ihnen abgewandt, in Blickrichtung nach rechts zu der Außenbordwand, in der sich ein kleines Bullauge befand, das von blassgelben Vorhängen gerahmt war. Hin und wieder spritzte eine Welle hoch und erzeugte den für Kabinen dicht über der Wasserlinie typischen Waschmaschineneffekt.

Martin bezweifelte, dass Anouk die Tropfen auf der Scheibe oder etwas anderes fixierte. Er musste ihr nicht ins Gesicht sehen, um zu wissen, dass sie in sich selbst versunken war und durch alles hindurchstarrte, was sich in ihr Blickfeld stellte, während sie sich mit stoischer Gleichmäßigkeit den rechten Unterarm kratzte.

Ihre bloße Anwesenheit schien den Raum mit einer erdrückenden Hoffnungslosigkeit zu füllen, so schwer, dass sie mit Händen greifbar war. Manchmal wünschte sich Martin, etwas weniger Erfahrung zu haben, nicht schon so oft in so viele leere Gesichter geblickt zu haben, um aus erster Hand zu wissen, dass es auf der ganzen Welt kein Skalpell und keine Chemotherapie gab, mit der das krebsähnliche Geschwür vollständig entfernt werden konnte, das sich nach der Hölle, durch die das Mädchen gegangen war, wie ein Tumor in ihrer Seele festgesetzt hatte. In solchen Fällen waren Psychologen und Ärzte wie Techniker in Tschernobyl oder Fukushima. Sie konnten das Problem nie wieder vollständig aus der Welt schaffen, höchstens die Folgen der Katastrophe mildern.

»Hallo, Anouk, ich hoffe, wir stören dich nicht«, begrüßte er das elfjährige Mädchen in ihrer englischen Muttersprache. »Mein Name ist Dr. Schwartz«, stellte er sich vor und bemerkte, wie die Ärztin ihn verblüfft ansah. Also hatte Bonhoeffer ihr nicht die Prozessakte gezeigt, sonst wüsste sie, dass er einen Doktortitel hatte, auf den er keinen großen Wert legte. Dass er ihn heute benutzte, war eine seltene

Ausnahme. Er erhoffte sich, dass Anouk die Anwesenheit eines zweiten Doktors leichter akzeptierte als die eines psychologisch geschulten Ermittlers, der in ihrer Vergangenheit herumwühlen wollte.

»Wir wollen dich nicht schon wieder untersuchen«, sagte er. »Keine Sorge.«

Anouk zeigte keine Reaktion. Keine Veränderung, weder in ihrer Haltung noch in ihrer Mimik oder Gestik.

Nur ihr Kratzen wurde etwas stärker.

»Das macht sie ständig«, flüsterte Elena.

»Lassen Sie uns laut reden«, sagte Martin freundlich, aber bestimmt. »Und auf Englisch.«

Wenn er richtiglag, war Anouk gerade dabei, sich in ihrer eigenen Welt abzukapseln, und dieser Isolationsprozess wurde unterstützt, wenn man sich in der Gegenwart eines traumatisierten Menschen so benahm, als wäre dieser gar nicht anwesend. Er kannte das von einem anderen seelisch zerrütteten Menschen, mit dem er seit sehr, sehr langer Zeit zu tun hatte.

Er kannte es von sich selbst.

»Ich weiß, du willst im Moment alleine sein und mit niemandem sprechen.«

Schon gar nicht mit einem Mann.

»Aber ich will nur kurz die Technik in diesem Zimmer hier überprüfen.«

Es war ein plumper Versuch, ihr zu suggerieren, dass sie keine Angst vor bohrenden Fragen zu haben brauchte. Seine Erfahrungen als Ermittler hatten ihn gelehrt, traumatisierte Zeugen niemals zu bedrängen. Opfer von Sexualdelikten, vor allem Kinder, befanden sich in einem Status unerträglicher Zerrissenheit. Einerseits wollten sie, dass man ihnen half und den Täter bestrafte. Andererseits wollten sie den entsetzlichen Vorfall am liebsten für immer aus dem Gedächtnis tilgen.

Martin sah zur Zimmerdecke, wo ein dunkler Flachbildschirm an einem Schwenkarm hing. Er zeigte nach oben.

»Wieso läuft der nicht?«

»Der Fernseher?«, fragte Elena verwirrt. »Ich, also … ich hielt es irgendwie für falsch.«

Martin nickte. Eine verständliche Fehleinschätzung.

Im Alltag sollte man ein Kind nicht zu lange vor dem Fernseher alleine lassen. Aber das hier war alles andere als eine alltägliche Situation. Wenn er, was früher hin und wieder vorgekommen war, ein Kind im Zeugen- oder Opferschutz betreuen sollte, schaltete er im sicheren Haus als Erstes die Flimmerkiste an, um den Kleinen die Angst zu nehmen.

Er ließ sich von der Ärztin die Fernbedienung geben und wählte aus dem umfangreichen Satelliten-Bordprogramm ein Kinderprogramm mit Zeichentrickfilmen.

»Magst du *Ice Age*?«, fragte er. Keine Antwort. Anouk blieb stumm wie der Fernseher, den er lautlos gestellt hatte.

Elena sah Martin fragend an.

Später würde er ihr erklären, dass traumatisierte Opfer kürzer unter Folgeschäden litten, wenn man ihnen so schnell wie möglich nach ihrer Rettung Möglichkeiten einräumte, sich abzulenken. Es gab Studien, die belegten, dass Soldaten, denen man nach einem entsetzlichen Feldeinsatz einen Gameboy in die Hand drückte, seltener unter posttraumatischen Belastungsstörungen litten als solche, die man zu früh in psychotherapeutische Gespräche verwickelt hatte.

»Auf den wenigen Fotos, die der Bordfotograf von ihr gemacht hat, war sie oft mit einem Zeichenblock in der Hand zu sehen. Ich habe deshalb Papier und Stifte dagelassen«, erklärte Elena. »Aber das ging nicht gut.«

Kein Wunder. Für eine Gestalttherapie war es noch viel zu früh, auch wenn der Ansatz, Anouk sich die grauenhaften Bilder aus dem Kopf malen zu lassen, an sich nicht falsch war.

»Es ist in Ordnung, wenn du keine Lust hast zu zeichnen«, sagte Martin. »Du musst hier nichts tun, was du nicht willst.«

Elena blies sich eine Strähne aus dem Gesicht, die sich aus ihrem Zopf gelöst hatte. »Das habe ich nicht gemeint«, sagte sie, trat ans Bett und schob den Ärmel von Anouks Nachthemd bis zum Ellbogen hoch, was das Mädchen gleichgültig über sich ergehen ließ. Ein dünner Verband oberhalb des linken Handgelenks wurde sichtbar.

»Sie hat versucht, sich den Bleistift in den Unterarm zu stechen.«

Linker Unterarm. Also ist sie Rechtshänderin, notierte sich Martin im Geiste.

»Ich war zum Glück nur kurz im Bad.« Elena deutete mit dem Kinn zu einer fast unsichtbaren Tür in der Wand neben dem Bett. »Um ihr Wasser für ihre Tabletten zu holen, da kam ich wieder und sah, wie Anouk sich selbst verletzte.«

»Hast du gestochen oder geritzt?«

Wieder richtete er seine Frage direkt an das Mädchen. Wieder erhielt er keine Antwort.

»Schwer zu sagen«, versuchte sich Elena mit einer Erklärung. »Sie hielt den Bleistift wie ein Messer, es war eher eine Hobelbewegung.«

Um den Schmerz hinauszuschneiden?

Martin schüttelte den Kopf. Jetzt war noch nicht die Zeit für eine Diagnose. Jetzt galt es erst einmal, Anouks Vertrauen zu gewinnen.

»Ich bin eigentlich nur hier, um den Knopf zu testen«, sagte er und zeigte auf die Leiste hinter ihrem Bett. »Das ist ein Angst-Knopf hinter dir. Du kannst ihn drücken, wann immer du dich unwohl fühlst oder Hilfe brauchst. Okay?«

Sie blinzelte, aber Martin wertete das nicht als Zeichen des Verstehens. Dabei war es unendlich wichtig, dass ihm diese erste Phase der Vertrauensbildung gelang. Anouk musste wissen, dass sich ihre Lage zum Besseren geändert hatte und sie hier nicht länger alleine war; zu keinem Zeitpunkt, selbst dann nicht, wenn niemand bei ihr in der Kabine war.

»Wollen wir ihn einmal ausprobieren?«, fragte Martin.

Elena nickte ihm zu, als er die Hand auf den roten Alarmknopf an der Technikleiste hinter Anouks Krankenbett legte.

»Egal ob du Angst oder Schmerzen hast, dich traurig fühlst oder einfach nur mit jemandem reden willst, du drückst einfach hier drauf und …«

Martin presste den Knopf, es machte hörbar *klack,* und beinahe sofort klingelte Elenas Handy, das sie in einer Gürteltasche an ihrer schwarzen Uniformhose trug.

Anouk zuckte zusammen und zog die Beine noch enger an den nach vorne gebeugten Oberkörper.

»Keine Sorge, Liebes«, sagte Elena und strich ihr zärtlich über das Haar. »Das hatte ich dir doch schon erklärt. Der Alarm aktiviert mein Telefon. Wenn es klingelt, komme ich sofort zu dir, egal wann.«

»Du musst einfach nur den Angst-Knopf über deinem Bett drücken«, ergänzte Martin. »Er funktioniert, wie du siehst.«

Martin gab Elena ein Zeichen zu gehen. Mehr konnte er im Augenblick nicht ausrichten.

»Ich bin gleich wieder da, Schatz, okay?« Die Ärztin berührte zum Abschied sanft Anouks Wange, dann folgte sie ihm aus der Kabine.

»Es ist unverantwortlich«, sagte Martin, nachdem sie die Tür hinter sich geschlossen hatte. Er sprach mit gedämpfter Stimme, auch wenn er nicht glaubte, dass Anouk sie hier draußen im Vorraum hören konnte. »Sie hat schwere Verletzungen ...«

»Gegen die sie Schmerzmittel und Wundsalben bekommt.«

»... und muss so schnell wie möglich in ein Krankenhaus.«

»Sie *ist* in einem Krankenhaus«, widersprach Elena. »Die *Sultan* ist besser ausgerichtet als so manche städtische Klinik.«

»Nur ohne das entsprechend geschulte Personal.«

Die Ärztin protestierte. »Ich habe drei Jahre in der Dominikanischen Republik gelebt und im städtischen Krankenhaus mehr vergewaltigte Flüchtlingskinder aus Haiti behandelt, als der Leiter der Hamburger Frauenklinik in seinem ganzen Leben gesehen haben dürfte. Und Sie, *Doktor* Schwartz, scheinen sich, soweit ich das eben beobachten durfte, sehr gut mit posttraumatischen Belastungsstörungen auszukennen. Hören Sie, ich will das hier nicht verteidigen. Aber glauben Sie wirklich, eine Rund-um-die-Uhr-Betreuung von uns beiden ist so schlimm für die Kleine?«

»*Ja, ist es*«, lag Martin auf der Zunge, aber er kam nicht dazu, es auszusprechen, weil plötzlich Elenas Handy klingelte.

»Anouk«, sagte sie erstaunt.

Das Mädchen hatte den Angst-Knopf gedrückt.

20. Kapitel

Keine Sorge, wir wollen dir nur eine kurze Frage stellen«, sagte der Mann, der in Lisas Kabine das Zimmermädchen zu Boden geschlagen hatte. Er sprach Englisch mit einem harten Akzent.

Die junge Frau, deren Haube sich nicht mehr auf ihren schwarzen Haaren befand, blinzelte ängstlich, nachdem sie sich wieder aufgerappelt hatte. Sie war schrecklich dürr, mit Armen nicht dicker als ein Besenstiel, die sie sich schützend an den flachen Oberkörper presste. Von seiner Position aus, hinter dem Bett versteckt, konnte Tiago über den Spiegel an der Wand nur ihr Profil und den Rücken sehen. Sie stand krumm, die knochigen Schultern angezogen. Die Wirbel ihres Rückgrats drückten sich wie Perlen einer Kette am Rücken durch das Oberteil.

Tiago kannte die Putzfrau nicht, zumindest war sie ihm bisher nicht aufgefallen, kein Wunder angesichts dieser Personalarmee an Bord.

Er hatte auch keine Ahnung, wer die beiden Männer waren, die sie bedrohten.

Der Wortführer war dem goldenen Streifen auf seiner Uniform nach ein rangniedriger Offizier des klassischen Schiffspersonals, also ein Nautiker oder Techniker, während der größere und muskulösere der beiden in einer grünen Hose und einem kurzärmeligen, grauen Poloshirt steckte; ohne Schulterpolster, ohne Streifen, was ihn als Crewmitglied auswies, vermutlich ein Handwerker, bei dem es nicht auffiel, wenn er sich kurzfristig für Reparaturarbeiten im Passagierbereich aufhielt.

Beiden gemein war ein verblüffend freundliches Aussehen. Mitarbeiter, die man gerne auf Reiseprospekten lächeln sah, mit glatter, gebräunter Haut, frisch rasiertem Gesicht und sauberen Fingernägeln. War es bei dem Arbeiter ein breiter Schmollmund, der die harten Gesichtszüge auflockerte, lag es bei dem Offizier an den spitzbübisch verstrubbelten blonden Haaren, die ihn wie einen kalifornischen Surfer und nicht wie einen Schläger aussehen ließen.

So kann man sich täuschen.

»Ich höre, du bist in letzter Zeit häufig in Hell's Kitchen?«, fragte der Offizier und gab dem Arbeiter einen Fingerzeig, woraufhin dieser das Mädchen von hinten in den Polizeigriff nahm.

»Gibt es dort unten etwas, von dem ich wissen sollte?«

Die nach unten gekrümmte Frau schüttelte eingeschüchtert den Kopf.

Der Anführer ging etwas in die Knie, um wieder mit dem Zimmermädchen auf Augenhöhe zu sein.

»Wirklich? Du Nutte spielst also die Ahnungslose?« Er spuckte ihr aus nächster Nähe ins Gesicht.

»Sie lügt«, stellte der Größere fest und drückte, begleitet von einem schmerzerfüllten Jaulen, den Arm der Frau noch weiter nach oben.

Wie der Offizier sprach auch der Arbeiter mit starkem deutschem, Schweizer oder holländischem Akzent. Tiago hatte Schwierigkeiten, die beiden Kerle geographisch exakt einzuordnen, ebenso wie das Zimmermädchen, das mit ihrer dunklen, zimtfarbenen Haut aus Pakistan, Indien, Bangladesch oder sonst wo stammen mochte.

»Willst du uns verarschen, Shahla?«, fragte der Offizier.

Die junge Frau schüttelte den Kopf, ohne sich die Spucke abzuwischen, die ihr über die Wange lief.

»Du bist für Deck 7 eingeteilt. Diese Woche solltest du gar nicht im Staff-Bereich putzen.«

»Wurde geändert. Ich nicht wissen, warum«, stammelte sie.

»Die Gerüchte sagen etwas anderes. Die Gerüchte sagen, du kümmerst dich in Hell's Kitchen um einen blinden Passagier.«

Sie riss die Augen noch weiter auf. »Nein!«

Ein Wort, das sie besser nicht gesagt hätte. Die Faust des Offiziers grub sich ihr in den Magen.

Shahla machte Geräusche, als würde sich etwas viel zu Großes aus ihrem Innersten nach draußen kämpfen, während sie gleichzeitig versuchte, sich nicht durch eine ruckartige Bewegung die Schulter auszukugeln.

Dios mío, was mach ich nur?, fragte sich Tiago, der den sichtlich geübten Kämpfern nicht sehr viel mehr entgegenzusetzen hatte als das geschundene Zimmermädchen.

Entsetzt beobachtete er, wie der Anführer nach dem Wasserglas auf dem Nachttisch griff und es an der Tischkante kaputt schlug. Diabolisch lächelnd suchte er sich ein etwa kronkorkengroßes Stück aus den Scherben heraus. Dann ging er an Shahla und seinem Komplizen vorbei ins Badezimmer, um kurz darauf mit dem Gürtel eines Bademantels in der Hand wieder zurückzukommen.

»Maul auf!«, schrie er das Zimmermädchen an, die gar nicht anders konnte, als zu gehorchen, weil der Arbeiter hinter ihr den Druck auf ihr Schultergelenk noch einmal erhöhte. Der Offizier drückte ihr die Glasscherbe in den zum Schrei geöffneten Mund. Shahlas Blick war angstverzerrt, doch sie blieb so ruhig es nur eben ging, mit einer halb ausgekugelten Schulter.

Tränen strömten ihr über die Wange, Rotz lief ihr aus der Nase. Sie wimmerte, als der Offizier mit dem Hundeblick ihr den Gürtel des Bademantels um den Kopf schlang und vor ihrem Mund zum Knebel zusammenzog, wodurch sie keine Möglichkeit mehr hatte, die Glasscherbe wieder auszuspucken. Auf ein Zeichen hin lockerte der Arbeiter den Polizeigriff.

»So, noch mal von vorne, Shahla. Du darfst *ja* sagen. Du darfst *nein* sagen. Aber du darfst nicht lügen. Es sei denn, du bist scharf auf ein zweites Frühstück.« Der Schläger ballte seine Faust.

Stöhnend schüttelte Shahla den Kopf. Wie Tiago hatte sie begriffen, was passieren würde, sollte der Irre sie noch einmal in den Bauch boxen und damit einen Schluckreflex auslösen, wenn sie trotz des Knebels durch den Mund zu atmen versuchte.

»Du hast ein kleines weißes Mädchen gefunden?«, begann der Offizier seine Befragung.

Sie nickte, ohne zu zögern.

»Das Mädchen ist immer noch an Bord?«

Ein weiteres Nicken.

»In Hell's Kitchen, richtig?«

Auch diese Frage bejahte die Putzfrau, ebenso wie die nächste. »Und du bekommst viel Geld dafür, dass du dich um sie kümmerst?«

»Hmmm!«

Der Mann, der die Fragen stellte, lachte seinen Kumpan an und wechselte in ihre Muttersprache, damit Shahla ihn nicht verstehen konnte. Im Unterschied zu Tiago, der ein Sprachtalent war. Neben seiner Muttersprache konnte er Deutsch sowie Englisch und Französisch sowohl lesen als auch schreiben, und Niederländisch war ebenso wenig ein

Problem, hatte er doch als Diplomatenkind drei Jahre lang in Holland gelebt.

»Ich hab dir doch gesagt, die Schlampe sitzt auf einer Goldgrube«, sagte der Anführer zu seinem Gehilfen. »Sonst würden die nicht so einen Aufwand betreiben. Ich seh da jede Menge Cash für uns.«

Der Größere grinste dümmlich. »Echt? Was ist dein Plan?«

»Wir lassen uns von der Pussy hier zu dem Mädchen bringen und …«

Tiago sollte den zweiten Teil des Plans nie erfahren.

Der Arbeiter ließ auf ein hektisches Zeichen seines Kumpans das Zimmermädchen los, der plötzlich die Augen aus den Höhlen zu fallen drohten. Sie riss sich den Knebel vom Mund, taumelte in den schmalen Gang zwischen Fernseher und Bett. Packte sich an die Gurgel. Und öffnete den Mund. So weit, dass Tiago trotz seiner ungünstigen Perspektive vom Boden aus ihre Zunge im Spiegel sehen konnte. Rausgestreckt.

Rot.

Blank.

Ohne die Scherbe, die ihr jetzt irgendwo auf halbem Weg zwischen Rachen und Luftröhre steckte, *vielleicht tiefer,* und die Shahla verzweifelt auszuspucken versuchte.

21. Kapitel

Martin öffnete die Tür, ließ aber Elena den Vortritt zurück zu Anouk in die Isolationskabine.

»Alles in Ordnung, Spatz?«, fragte die Ärztin sorgenvoll, doch für Besorgnis schien es keinen Anlass zu geben. Anouks Haltung hatte sich nur unwesentlich verändert.

Sie saß immer noch im Schneidersitz auf dem Bett, hatte jedoch aufgehört, sich zu kratzen. Noch immer würdigte sie weder Elena noch Martin eines Blickes, aber ihre Lippen bewegten sich unmerklich.

»Willst du uns etwas sagen?«, fragte Martin und trat näher. Tatsächlich öffnete die Kleine den Mund. Sie wirkte wie ein Schlaganfallpatient, der zum ersten Mal wieder übt, Buchstaben zu formen.

Martin und Elena blieben mucksmäuschenstill, so wie das animierte Eiszeitmammut im stumm geschalteten Fernseher über ihren Köpfen.

Martin trat vorsichtig näher, doch er konnte nicht verstehen, was Anouk zu sagen versuchte.

Weshalb sie den Angst-Knopf gedrückt hatte!

Er beschloss, ein Risiko einzugehen, und setzte sich zu ihr aufs Bett, bereit, sofort wieder von ihr zu weichen, sollte sie das als einen unzulässigen Einbruch in ihre Intimsphäre werten, aber Anouk blieb ruhig.

Ihr Mund öffnete sich noch einmal, und jetzt war es ganz deutlich. Sie hauchte etwas, versuchte, ein Wort zu formen, und um es zu verstehen, beugte sich Martin so dicht zu ihr,

131

dass er den Apfelgeruch ihrer frisch gewaschenen Haare und die Heilsalbe riechen konnte, mit der ihre Wunden versorgt worden waren.

Insgeheim rechnete er damit, dass das, was sie ihm mitzuteilen versuchte, keinerlei Bedeutung haben würde; oder wenn, dann eine, die sich ihm nicht sofort erschloss. Ein Phantasiebegriff vielleicht, ein Wort aus der Babysprache, in die traumatisierte Kinder gerne zurückfielen, wie »Nane«, wenn »Banane« gemeint war, oder »Nunni« für »Schnuller«.

Doch dann, als er ihr so nah war, dass ihr Atem sein Ohrläppchen kitzelte, hatte er nicht das geringste Problem mehr, das eine und einzige Wort zu verstehen, das aus ihrem Mund kam.

Das kann nicht sein. Das ist völlig unmöglich, dachte Martin und sprang auf, als hätte ihn etwas gestochen.

»Was haben Sie denn?«, fragte Elena erschrocken, während Martin langsam von Anouks Bett zurückwich.

»Nichts«, schwindelte er.

Ihm war schlecht, doch das hatte nichts mit dem Schwanken des Schiffes zu tun.

Erst der Teddy. Jetzt Anouk ...

Was ging hier nur vor sich?

»Was haben Sie denn auf einmal?«, wollte Elena wissen, die jetzt wieder flüsterte. »*Was* hat Anouk Ihnen gesagt?«

»Nichts«, log Martin erneut und erklärte ihr, dass er eine kurze Pause brauche, um an Deck frische Luft zu schnappen, was nicht einmal gelogen war.

Die Schmerznadel, die ihn gestern schon in Gerlindes Kabine gestochen hatte, steckte wieder in seinem Kopf. Und diesmal waren die Blitze, die durch sein Gehirn zuckten, noch stärker.

Mit schmerztränenden Augen eilte er aus dem Krankenzimmer, Anouks Stimme noch im Ohr.

Das eine, einzige Wort. So leise wie verstörend: *»Martin«*,
hatte sie gehaucht.

Obwohl er sich ihr vorhin nur mit seinem Nachnamen vorgestellt hatte.

22. Kapitel

Sie hat sie verschluckt«, schrie der Arbeiter überflüssigerweise.

»Scheiße, wie konnte *das* denn passieren?«

Vielleicht, weil ihr dem Zimmermädchen eine verdammte Glasscherbe in den Mund gesteckt und sie danach geknebelt habt?

Tiago konnte Shahla, die zu Boden gesunken war, nicht mehr sehen. Nur noch hören. Sie klang noch schlimmer als vor einer Minute, als sie die Faust getroffen hatte.

»Was machen wir denn jetzt?«, fragte der Größere aufgeregt. Der Offizier fuhr sich durch die verwuschelten Haare. »Scheiße, was weiß ich«, sagte er. »Lass sie uns rauswerfen.«

Der Arbeiter sah zum Balkon. »Um diese Uhrzeit? Bist du bekloppt? Was, wenn uns jemand sieht?«

Der Offizier zuckte mit den Achseln. Er wirkte nicht sonderlich beunruhigt darüber, dass zu seinen Füßen eine Frau entweder erstickte oder innerlich verblutete.

Oder beides, so wie es sich anhörte.

Schluss. Aus.

Tiago wusste nicht, was er tun konnte, um den Alptraum, in den er geraten war, zu beenden, aber er konnte sich auch nicht länger wie ein Feigling auf dem Fußboden verstecken. Er stand auf, was Shahla in ihrem Erstickungskampf am Boden nicht wahrnahm. Im Gegensatz zu den beiden Schlägern.

Der Schmollmund schrie auf wie ein Mädchen bei einem Gruselfilm, was mit Abstand betrachtet vielleicht komisch gewesen wäre, ebenso wie die Reaktion des Offiziers. Der bekam den Mund nicht mehr zu und starrte Tiago an, als wäre er ein Geist, der eben aus seiner Flasche gesprungen war. »Scheiße … Was …?«

Tiago ging zu Shahla, die zwischen Bett und Fernseher auf dem Teppich kauerte. Er griff ihr unter die Schultern und zog sie hoch, was sie widerstandslos über sich ergehen ließ. Ihre Kräfte begannen bereits zu schwinden, doch außer Schaum hatte sie bislang nichts aus dem Mund spucken können.

»Locker lassen«, befahl Tiago ihr auf Englisch mit dem Blick zur Tür und damit zu den beiden weiterhin regungslos staunenden Männern, von denen zumindest der Offizier seine Sprache wiedergefunden hatte: »Wie lange ist dieser Pisser schon da?«, fragte er seinen Komplizen.

Tiago trat hinter Shahla, wie kurz zuvor der Schläger, nur dass er versuchte, das Zimmermädchen in eine Position zu bringen, die ihr das Leben retten konnte.

Wenn du dich nur endlich nach vorne beugst.

»Hast du uns etwa belauscht?«

Es dauerte eine Weile, bis Shahla den Oberkörper fallen ließ, und vermutlich geschah das nicht willentlich, denn auch ihre Knie gaben nach. Tiago musste alle seine Kräfte aufbringen, um sie zu halten, indem er ihr die Arme wie einen Gürtel um den Bauch schlang und die verschränkten Hände in Höhe des Zwerchfells mit einem gewaltigen Ruck zu sich heranrückte.

Einmal.

Aus den Augenwinkeln heraus sah er, wie die beiden Kerle ihn beobachteten, aber nicht näher kamen.

Zweimal.

Shahla hatte aufgehört zu röcheln und schien immer schwerer zu werden.

Dreimal.

»Du bist tot«, rief der Offizier, und Tiago wusste, dass er nicht das Zimmermädchen meinte.

Er versuchte den Heimlich-Griff ein viertes Mal, ohne zu wissen, ob er das überhaupt richtig machte, drückte erneut zu, diesmal mit noch größerer Kraft, und …

Geschafft!

Die Glasscherbe schoss mit einem Schwall Erbrochenem aus Shahlas Mund, flog einen halben Meter durchs Zimmer und landete dem Arbeiter direkt vor den Füßen.

Das Mädchen war, nachdem Tiago sie losgelassen hatte, wieder zu Boden gegangen und atmete dort pfeifend, aber immerhin atmete sie, und damit hatte sich ihr Zustand deutlich verbessert.

Was man von Tiagos Situation nicht behaupten konnte. Mit der Glasscherbe schien sich auch die Paralyse der beiden Irren gelöst zu haben.

Sie griffen an. Ohne Absprache. Ohne ein Wort zu verlieren. Die Männer agierten synchron wie ein eingespieltes Team, was sie vermutlich auch waren. Während der Arbeiter einfach über den Rücken von Shahla hinweg auf ihn zusprang, hechtete der Offizier quer übers Bett.

Tiago hätte nicht zu sagen vermocht, wer ihn zuerst schlug. Und welcher Treffer dafür sorgte, dass er im Fallen den Fernseher mit sich riss, bevor er auf dem Boden aufkam. *Das war's,* dachte er noch, als er die Faust über seinem Kopf schweben sah. Er erwartete, das Knirschen seiner Zähne zu hören, das Bersten der Kieferknochen zu spüren. Doch nichts dergleichen geschah. Stattdessen verschwand die

Faust aus seinem Blickfeld, und er hörte eine Frau dumpf und aus einiger Entfernung etwas auf Deutsch rufen: »Lisa, bist du da?«

Eilig schob er den Fernseher von seinem schmerzenden Oberkörper und rappelte sich auf.

»Geh!«, hörte er Shahla sagen, die immer noch nicht aufstehen konnte. Blut lief ihr am Kinn herab, ihre Augen tränten, doch ihre Haut im Gesicht war nicht mehr so blau.

Sie blickte zur Verbindungstür, die durch die Bewegung des Schiffes wieder zugefallen war und deren Knauf sich langsam drehte.

»Darf ich reinkommen, Lisa?«, fragte die Frau hinter der Tür und klopfte. Tiago blieben nur Sekunden, in denen er es den beiden Crewarbeitern gleichtun und sofort verschwinden musste.

Er sprang über Shahlas Kopf hinweg zur Tür, die sich nach der Flucht der Männer schon wieder schließen wollte, riss sie auf, hechtete in den Gang hinein und drehte sich nicht zu der Stimme in seinem Rücken um. Zu Lisas Mutter, die ihm hinterherbrüllte: »Halt! Stehen bleiben!«

Er jagte nach links, den kurzen, menschenleeren Teil des Gangs hinunter, bog in das nächste Treppenhaus, in dem er, ohne nachzudenken, nach oben rannte, sechs Etagen bis zu Deck 11, wo er ins Freie trat und in eine Gruppe lachender Urlauber platzte, die sich für ein Gruppenfoto zum Halbkreis aufgebaut hatte.

»Sorry«, murmelte er zu dem übergewichtigen Mann, der die Kamera halten sollte, und sah sich um. Es war kurz nach halb zehn, die meisten Gäste waren noch bei den Frühstücksbuffets oder suchten sich oben auf Deck 15 einen Platz an der Sonne, die heute Mühe hatte, durch die Wolkendecke zu brechen.

Vor ihm putzte ein Steward die Planken, hinter ihm wurden Malerarbeiten an der Wand unter dem Schornstein ausgeführt. Keine Spur von den beiden Irren. Oder von der Mutter. Trotzdem wollte sein Puls sich nicht beruhigen.

Wo bin ich da nur hineingeraten?, fragt er sich.

Vor fünf Minuten noch war er ein kleiner Gauner gewesen, der sich mit etwas Charme und kleinen Taschenspielertricks ein sorgloses Leben verschaffte. Jetzt befand er sich auf der Flucht vor zwei Irren, die ihren Opfern Glasscherben in den Mund steckten und keinerlei Skrupel hatten, ihnen beim Ersticken zuzusehen. Männer, die ihm den Tod angedroht hatten, weil er Zeuge einer Erpressung geworden war, die er nicht begriff und durch die er ein Geheimnis erfahren hatte, das er nicht verstand.

Tiago lehnte sich an die Reling und starrte auf die bewegte See tief unter ihm. Dunkle Wolken zogen auf, was ihm in diesem Moment wie ein düsteres Omen erschien.

Und jetzt? Was soll ich tun?

Fieberhaft überlegte er, wie er sich die kommenden fünf Tage auf dem Schiff vor zwei Männern verstecken sollte, von denen er nicht wusste, wer sie waren. Wo sie arbeiteten. Und in welchem Teil des Schiffes sie ihren Rückzugsort hatten, in dem sie darüber beratschlagten, wie er am einfachsten aus dem Weg zu räumen wäre.

Weshalb auch immer.

Seine Identität, da war Tiago sich sicher, würde der Offizier entschlüsselt haben, sobald er sich die Zeit nahm, den Bordcomputer zu durchforsten. Jeder Gast war in der Passagierliste mit Foto erfasst, und die Anzahl von jungen, dunkelhaarigen Latinos unter dreißig Jahren war auf dieser Teilstrecke sehr überschaubar. Er tastete die Hose nach seinem Zimmerschlüssel ab, unschlüssig, wie lange er sich über-

haupt noch in seine Kabine zurücktrauen konnte, und stieß
auf einen unerwarteten Gegenstand in seiner Gesäßtasche.

Der Umschlag.

Aus dem Tresor. Von Lisa Stiller.

Tiago hatte ihn in der Hektik eingesteckt, ohne es zu bemerken.

23. Kapitel

Diesmal hatte es über eine Stunde, zwei Aspirin und drei Ibuprofen gedauert, bis die Attacke vorüber gewesen war.

Martin hatte immer noch das Gefühl, dass sich ein Restschmerz in seinem Kopf versteckt hielt, wie ein Schwelbrand in einer hinteren Ecke, der nur darauf lauerte, wieder aufzulodern. Die Haut über seinem Schädel spannte wie nach einem Sonnenbrand, und sein Mund war ausgetrocknet.

Verdammte Pillen.

Er durchquerte gerade die Grand Lobby, als ihm bewusst wurde, dass es sein Handy war, das die ganze Zeit schon so penetrant läutete. Sein Standard-Klingelton war ein Gitarrenriff, weshalb er nicht auf das futuristische Ploppen und Fiepen reagiert hatte, das aus seiner Hosentasche drang. Da auf dem Atlantik, Hunderte Seemeilen von der Küste Europas entfernt, das Mobilfunknetz gerade Aussetzer hatte, nicht aber das bordeigene WLAN, wollte ihn anscheinend jemand via Internettelefonie erreichen.

Er blieb bei den Glasaufzügen stehen, am Rande der kreisrunden, säulenbewehrten Wandelhalle, die sich von Deck 2 aus über vier Etagen erstreckte, und sah auf sein Telefon.

Tatsächlich. Ein Skype-Gespräch.

Das Display zeigte das Foto von Saddam Hussein, womit es Martin nicht schwerfiel, den Anrufer zu identifizieren. Er kannte nur einen Menschen, der wöchentlich wechselnde Diktatorenfotos in seinen Kontaktprofilen für witzig hielt.

Mit den Worten »Ich kann jetzt nicht« nahm er das Gespräch entgegen.

»Deine Probleme mit dem Stuhlgang interessieren mich nicht«, erwiderte Clemens Wagner mit hörbarem Grinsen. Für einen Informanten nahm er sich ziemlich viel heraus, aber das konnte sich der Exzentriker mit den platinblond gefärbten Haaren und den Flammentattoos auf beiden Unterarmen auch erlauben. Wenn es darum ging, Hintergrundinformationen zu beschaffen, gab es kaum einen Besseren als Diesel. Ein Spitzname, den der Verrückte seinen pyromanischen Neigungen zu verdanken hatte.

»Hast du etwa schon was für mich herausgefunden?«, fragte Martin erstaunt und sah nach oben. Die Fahrstühle hingen zwischen Deck 5 und Deck 7, weswegen er sich für die Treppe entschied.

»Nee, ich ruf nur an, weil ich deine Stimme so vermisse.« Diesel war hauptberuflich Chefredakteur von 101Punkt5, einem privaten Radiosender in Berlin. Martin hatte ihn über eine Kollegin kennengelernt, mit der ihn eine lose Bekanntschaft verband: Ira Samin, eine hervorragende Polizeipsychologin, die durch ihre Verhandlung bei einer spektakulären Geiselnahme in Diesels Radiostation zahlreichen Menschen das Leben gerettet hatte. Der ebenso verrückte wie mutige Chefredakteur war ihr dabei dank seinen unorthodoxen Methoden eine große Hilfe gewesen und hatte Martins Vorschlag, sich in Zukunft als privater Rechercheur etwas dazuzuverdienen, nach einigem Zögern schließlich angenommen.

Die meisten Menschen denken, polizeiliche Ermittlungen bestünden hauptsächlich aus Schreibtischarbeit, und damit haben sie im Grunde recht. Nur werden in Zeiten knapper Kassen und Personalmangels immer öfter Aufträge an Privatpersonen vergeben. Diesel wurde auf einer Liste inoffizieller Mitarbeiter als Rechercheur geführt, und kurz vor dem Treffen mit Dr. Beck hatte Martin ihn heute früh angemailt mit der vertraulichen Bitte, ihm Informationen über Anouk Lamar und ihre Familie zu beschaffen.

»Viel habe ich noch nicht herausgefunden«, sagte Diesel. »Kreuzfahrtgesellschaften sind nicht gerade Wikileaks-Informanten. Bislang weiß ich nur, dass Anouk ein Einzelkind war. Hochintelligent, ging auf eine private Schule für Hochbegabte. Ihr IQ-Test in der fünften Klasse lag bei 135. Sie lernt Sprachen schneller als ein Computer, soll neben Englisch fünf weitere beherrschen. Und sie hat den zweiten Platz einer nationalen Gedächtnismeisterschaft gewonnen. Intelligenz steckt bei ihr in den Genen. Die Mutter hat bereits mit siebzehn Jahren ein Computerprogramm entwickelt, mit dem sich mittels Beobachtungen von Fischschwarmverhalten Börsenkurse vorhersagen ließ. Vor ihrem Tod hat Naomi Lamar als Professorin für evolutionäre Biologie an einer Privatuni gearbeitet.«

Martin näherte sich der linken Hälfte einer gewaltigen Marmortreppe, die sich gemeinsam mit ihrem Schwesterflügel von der Lobby aus zu einer Etage mit Luxusboutiquen hochschraubte. Nicht wenige Passagiere, die die Wandelhalle passierten oder in ihr für einen frühen Drink auf einem der edlen Ledersessel Platz genommen hatten, hielten ein Handy oder einen Fotoapparat in der Hand. Mit dem goldenen Geländer, den antiken Vasen auf den Pfosten und einem geschmackvoll illuminierten Wasserspiel des Springbrunnens in ihrer Mitte war die Treppe der Grand Lobby ein beliebtes Fotomotiv.

»Was wissen wir über den Vater?«

»Theodor Lamar? Bauingenieur, konstruierte Achterbahnen für Vergnügungsparks in aller Welt. Früher Krebstod vor drei Jahren. Du musst keine Angst haben, dass er sich auf dem Kahn mit einem Hackebeil versteckt hält.«

»Woher wissen wir das so genau?«

Martin musste an einen spektakulären Fall denken, in dem ein vor Jahren für tot erklärter Mann mit Gedächtnisverlust an dem Tatort eines Mordes aufgegriffen worden war.

»Weil es eine rechtsmedizinische Obduktion gegeben hat«, sagte Diesel. »Auf Wunsch vom Opa väterlicherseits, Justin Lamar. Der wollte das Krankenhaus verklagen, weil sein Theo sich nach der Krebs-OP irgendwie komisch verhielt.«

»Komisch?«

»Er atmete nicht mehr.«

»Ein Kunstfehler?«

»Laut Opa Lamar ja. Aber auf seine Aussage würde ich nicht so viel geben.«

»Weshalb?«

Diesel seufzte. »Der Opa hat einen Pfeil im Kopf. Offiziell wohnt er in einem Seniorenheim. Die Bezeichnung Rentnerklapse würde es besser treffen. Es gibt immer wieder Anwohnerproteste, weil die Spießer in der schmucken Wohngegend aus unerfindlichen Gründen keine verwirrten Gebissträger haben wollen, die splitternackt auf den Kinderschaukeln in ihren Vorgärten sitzen, was wohl immer wieder mal vorkommt. Justin ist da weniger exhibitionistisch veranlagt. Sein Steckenpferd sind Anrufe bei der Polizei.«

Martin hatte den Kopf der Treppe erreicht und musterte die Schaufenster der Geschäfte auf dem Balustradengang.

Gucci, Cartier, Burberry, Louis Vuitton, Chanel.

Den Preisen entsprechend befanden sich deutlich weniger Gäste auf dieser Ebene. Nicht mal ein Dutzend Passagiere flanierten über den dunkelroten Teppich. Eine dreiköpfige Familie mit Kinderwagen, zwei verschleierte Frauen, einige Crewmitglieder. Er wandte sich nach rechts zu dem Durchgang, der zu dem bordeigenen Planetarium der *Sultan* führte. »Anouks Großvater hat die Polizei angerufen?«, fragte er Diesel.

»Mehrfach. Der *Annapolis Sentinel,* ein lokales kostenloses Klatschblatt, hat darüber berichtet. Kurz nach dem Verschwinden von Anouk und Naomi wählte Opa Justin den Notruf, nur um zu sagen, dass man die Suche nach seiner Enkelin einstellen könne. Er habe eben eine halbe Stunde mit Anouk telefoniert. Sie habe fröhlich geklungen, und es sei ihr gutgegangen.«

»Ja klar.«

Fröhlich.

Martin musste an die grauenhaften Verletzungen denken, die Anouk zugefügt worden waren. An ihren stumpfen Blick, den Ausdruck ihrer zerrissenen Seele. Selbst wenn der Täter sie zu diesem Anruf gezwungen hätte (aus welchem perversen Grund auch immer), hätte die Kleine niemals fröhlich klingen können, schon gar nicht dreißig Minuten lang.

»Anouks Großvater scheint sehr speziell zu sein«, sagte er und musste an Gerlinde denken. Die beiden ergäben sicher ein nettes Paar.

»Das kannst du laut sagen. In dem Artikel wird er mit den Worten zitiert: *Und Naomi ist die Aufregung nicht wert. An der Hure, die meinem Sohn den Krebs in den Leib gevögelt hat, werden die Haie sich die Zähne ausbeißen. Hure* und *gevögelt* sind übrigens nicht ausgeschrieben, prüde

Amis.« Diesel schnalzte mit der Zunge. »Weswegen ich dich aber überhaupt angerufen habe: Findest du es nicht auch seltsam, dass ein Mann, der seine Schwiegertochter so sehr hasst, die Kosten für die Reise übernommen hat?«

»Stand das auch in der Zeitung?«, fragte Martin verblüfft.

Justin Lamar hat die Kreuzfahrt bezahlt?

»Nein, das behauptet der Opa in seinem Online-Blog. Kein Witz, den hat er sich mit zweiundachtzig Jahren zugelegt. Der Alte füttert ihn jede Woche mit neuen verwirrten Kommentaren. Das geht von Ufosichtungen über Menschenversuche in seinem Heim bis zu Tipps für Hundehypnose.«

Martin blieb stehen, als er ihn plötzlich vor sich sah.

Bonhoeffer!

Wie Elena gesagt hatte, befand sich der Kapitän offenbar auf dem Weg zu seiner Offiziersbesprechung, die in dem dreihundert Gäste fassenden Hochseeplanetarium abgehalten wurde.

»Ich ruf dich zurück«, sagte Martin mit gedämpfter Stimme. Daniel ging etwa zwanzig Meter weit vor ihm gemeinsam mit zwei weiß uniformierten Kollegen.

»Schön, aber bitte nicht vor zehn. Du weißt ja, ich steh gerne früh auf. Nur nicht morgens.«

Martin wollte schon auflegen, als ihm etwas einfiel. »Warte mal, jetzt, wo du schon mal dran bist.«

»Ich soll deine Blumen zu Hause gießen? Vergiss es!«

»Krieg bitte raus, wie viele Vermisstenfälle es in den letzten zehn Jahren auf hoher See gab, in denen mehr als eine Person verschwunden ist.« Er bat ihn, sich besonders die Fälle vorzunehmen, in denen Kinder beteiligt waren.

»Nicht nur auf der *Sultan*, sondern auf allen Schiffen. Und dann check, ob es Überschneidungen bei den Passagier- und Personallisten gibt.«

Martin hörte Geräusche, die ihn an einen Flipperautomaten erinnerten, und wunderte sich nicht. In Diesels Büro im Radiohochhaus am Potsdamer Platz sah es aus wie in einer Spielothek, mit Geschicklichkeits- und Glücksspielauto-maten in jeder Ecke, die von Diesel nicht selten während wichtiger Besprechungen oder Telefonate benutzt wurden.

»Hast du sonst noch etwas Wichtiges herausgefunden?«, wollte Martin wissen.

»Ah ja, gut, dass du fragst. Fast hätte ich es vergessen. Eines noch.«

»Was?«

»Dass du ein Vollidiot bist. Du solltest nicht auf diesem Schiff sein. Nach dem Tod von Nadja und Tim ist die *Sultan* für dich der letzte Ort auf der Welt. Und ich bin der letzte Arsch, weil ich dich bei deiner Irrfahrt unterstütze.«

»Du gehst zu hart mit dir ins Gericht«, sagte Martin und steckte sein Handy ein.

Er legte einen Zahn zu und erreichte den Kapitän, der gera-de als Letzter hinter drei weiblichen Offizieren die Ein-gangstür zum Planetarium schließen wollte.

Bonhoeffer hörte ihn nicht kommen. Martins Schritte wurden vom Teppich verschluckt. Der Kapitän ahnte von nichts, als er mit dem Fuß den Feststeller der schweren Zu-gangstür gelöst hatte.

Martin packte ihn am Kragen und riss ihn nach hinten, während die schwere Tür langsam zufiel.

»Hey, was wollen …«, fragte Bonhoeffer erschrocken.

Weiter kam er nicht. Der erste Schlag in den Magen nahm dem Kapitän die Luft zum Sprechen. Der zweite brach ihm die Nase.

24. Kapitel

Es gab ein knirschendes Geräusch, als wäre die Nasen- scheidewand des Kapitäns in einen Nussknacker gera- ten. Das Blut schoss Daniel Bonhoeffer im Schwall aus dem Gesicht.

Dabei schien er im ersten Moment keine Schmerzen zu empfinden; zumindest schrie er nicht, sackte aber, beide Ellbogen in Abwehrhaltung vor dem Kopf, zu Boden.

Martin packte ihn am Kragen seiner Uniform und zog ihn wie einen nassen Sack in den äußeren, um das Planetarium führenden Rundgang, in den Bereich hinein, wo sich die Toiletten befanden. Es half dem Kapitän nicht, dass er sich mit den Füßen gegen den Teppich stemmte. Martin zog ihn in die Herrentoilette und schleuderte ihn an eine hell ge- flieste Wand gegenüber der Waschbeckenbatterie.

Dann kontrollierte er die Urinale und Kabinen. Alles leer, wie zu erwarten, wenn es keine öffentliche Veranstaltung gab und die geladenen Offiziere bereits im Saal warteten.

Wieder zurück bei Bonhoeffer, baute er sich vor dem am Boden liegenden Kapitän auf und gab ihm einen Tritt.

»Was wird hier gespielt?«, schrie er ihn an.

»Ich verstehe nicht, wasch…« Bonhoeffer hielt sich mit der linken Hand Mund und Nase zu. Ohne großen Erfolg. Dunkles Blut tropfte ihm zwischen den Fingern hindurch am Kinn herab.

Martin ballte betont langsam die Faust.

»Hey, ruhig, ganz ruhig, bitte. Ich weiß, Sie haben allen

Grund, sauer zu sein, aber lassen Sie mich meine Rolle erklären«, flehte Bonhoeffer, dessen Stimme so klang, als wäre er stark erkältet.

»*Ihre* Rolle?«, schrie Martin. »Anouk Lamar wurde vergewaltigt.« Er musste sich beherrschen, um nicht sofort wieder zuzuschlagen.

»Ich weiß, und das ist schrecklich.«

Bonhoeffer suchte an der glatten Wand etwas, an dem er sich hochziehen konnte. Ein Edelstahlföhn war außerhalb seiner Reichweite.

»Zwei Mütter. Zwei Kinder. Sie verschwinden. Und jedes Mal haben Sie das Kommando auf dem Schiff.«

»Das mag verdächtig klingen, das verstehe ich.«

»Klingen? Es *ist* verdächtig. Immerhin haben Sie Anouk wiedergefunden. Ausgerechnet Sie!«

»Das ist alles nur ein schrecklicher Zufall.«

Mittlerweile hatte Daniel sich aufgerappelt und starrte entsetzt in den Spiegel. Er sah aus, als wäre er der einzige Überlebende eines Zugunglücks.

»Zufall?«, bellte Martin. Für den Bruchteil einer Sekunde stand er wieder vor dem Warschauer Gefängnis, aus dem er vor fünf Jahren entlassen worden war. Fühlte sich genauso wütend, genauso verzweifelt. Genauso leer.

Die Schweine in der Einsatzleitung hatten die Operation nicht gefährden wollen und ihm erst nach der Beendigung seines verdeckten Einsatzes erzählt, was auf der *Sultan* geschehen war, während er versucht hatte, in der polnischen Strafanstalt zu überleben. Als er den Knast verließ, wurden Timmy und Nadja bereits seit dreiundvierzig Tagen vermisst.

»So wie Sie damals ganz *zufällig* nicht umgedreht haben, nachdem meine Familie verschwunden ist?«, schrie er Bonhoeffer ins Gesicht.

Der Kapitän schloss kurz die Augen wie ein Ehemann, der im Streit mit seiner Frau nicht mehr weiterweiß.

»Umdrehen?« Seine Stimme kiekste. »Haben Sie die Gerichtsakten nicht gelesen? Die *Sultan* hat einen Bremsweg von zwei Kilometern. Es braucht anderthalb Stunden, um sie zu wenden. Wir hatten Sturm, meterhohe Wellen, eisige Temperaturen. Ohne Schwimmweste hält man es an dieser Stelle des Atlantiks nur wenige Minuten im Wasser aus. Und Ihre Familie wurde schon seit Stunden vermisst.«

»Woher wollen Sie denn wissen, *wann* sie gesprungen sind? Die Überwachungsvideos von der Außenbordwand waren doch aus Versehen überspielt. War es bei Anouk genauso? Haben Sie da auch alle Beweise gefälscht, um es wie Selbstmord aussehen zu lassen?«

»Nein«, keuchte Bonhoeffer.

»Doch, das haben Sie. Vielleicht haben Sie das Mädchen nicht selbst verschleppt und irgendwo hier an Bord vergewaltigt, das wird sich zeigen. Ganz sicher aber ist: Sie sind ein Handlanger. Sie würden alles dafür tun, um Ihren Job zu behalten. Wenn nötig, vertuschen Sie dafür auch eine Straftat.« Martin spuckte wütend auf den Boden. »Tja, aber diesmal haben Sie Pech gehabt. Jetzt ist ein Passagier 23 auf einmal wieder da, und diesmal bekommen Sie den Kopf nicht so leicht aus der Schlinge.«

Er zog einen Stapel Papiertücher aus einem muschelförmigen Spender neben dem Waschbecken und warf sie dem Kapitän ins Gesicht. »Machen Sie sich sauber, Sie bekommen bald Besuch.«

Er wandte sich zum Gehen.

»Besuch? Von wem?«

»Von der Küstenwache. Die hört gerne etwas über Zufälle.«

»Wenn Sie *das* tun ...«

»Was?« Martin drehte sich um. Sein Blick um einiges wütender als der des Kapitäns. »Drohen Sie mir etwa so, wie Ihr Boss es gestern schon bei mir versucht hat? Wollen Sie mir jetzt auch erzählen, Sie lassen das Mädchen verschwinden, sobald ich das alles hier auffliegen lasse?«

»Hat Yegor Ihnen das gesagt?« Bonhoeffer drehte sich zum Waschbecken und öffnete den Wasserhahn.

»Ein Bluff«, sagte Martin.

Der Kapitän sah Martin über den Spiegel in die Augen und schüttelte den Kopf. »War es nicht. Es steht viel zu viel Geld auf dem Spiel. Sollte auch nur die Flagge eines Kontrollboots auf unserem Radar auftauchen, löst sich Anouk ein zweites Mal in Luft auf. Oder glauben Sie, der Eigentümer der Flotte sieht tatenlos zu, wenn Sie einen Multimillionendeal zerstören?«

»Von was für einem Deal reden Sie?«

Die Nase wollte nicht aufhören zu bluten, weshalb Bonhoeffers Bemühungen, sich das Gesicht abzuwaschen, vergebens blieben. Er griff sich ein neues Papierhandtuch und drehte sich zu Martin um.

»Yegor Kalinin ist nicht aus Spaß an Bord. Er will einen großen Anteil seiner Flotte an Vicente Rojas, einen chilenischen Großinvestor, verkaufen, mit dem er gerade in der Sauna hockt, wo sie die letzten Details besprechen. Sechzehn Anwälte stehen auf Stand-by, acht Rechtsverdreher auf jeder Seite. Seit Wochen blockieren sie den großen Konferenzraum auf Deck 4, doch es heißt, sie schaukeln sich dort nur die Eier für tausend Dollar die Stunde, denn alles wäre schon längst unterschriftsreif. Angeblich wollen sie die Verträge beim Einlaufen in New York mit symbolträchtigem Blick auf die Freiheitsstatue unterzeichnen.«

Er warf das mit Blut vollgesaugte Handtuch in ein Loch für

Abfälle in der Waschbeckenverkleidung und zog sich ein neues.

»Hören Sie, Sie wissen doch, dass ich kein Kinderschänder bin.« Bonhoeffer klang nicht flehend, sondern eher selbstbewusst, und insgeheim musste Martin ihm zustimmen. Während des Prozesses hatte er sich intensiv mit dem Täterprofil des Kapitäns beschäftigt. Nichts deutete auf derartige Neigungen.

»Ich will auch, dass wir das Schwein finden, das Anouk missbraucht hat«, sagte der Kapitän. »Aber Sie haben recht, ja, ich bin ein Handlanger. Der Reeder hat mich in der Hand. Nur, was soll ich denn tun?«

»Als Erstes mal aufhören, sich wie eine Hure zu benehmen!«, brüllte Martin.

»Sie selbstgerechtes Arschloch!«, schrie Daniel zurück.

»Dann gehen Sie doch hin. Deck 13. Die Admiralssuite, da treffen Sie Yegor und Vicente. Nur zu, machen Sie reinen Tisch. Erzählen Sie dem Investor von unserem Passagier 23. Aber erwarten Sie nicht, dass das Mädchen immer noch in Hell's Kitchen sitzt, wenn Sie mit dem Chilenen da unten ankommen.«

»Weil Sie dafür sorgen?«

Bonhoeffer öffnete den Mund, zog die Nase hoch und wirkte mit einem Mal nicht mehr wütend, sondern nur noch enttäuscht.

»Ich schwöre, ich würde Anouk niemals etwas antun. Leider hat Yegor Freunde ganz anderen Kalibers an Bord, Angestellte, die er aus dem Elend befreit, indem er ihnen einen Job gegeben hat. Die würden sich ein Feuerzeug unters Auge halten, wenn er es von ihnen verlangte.«

Sie sahen einander an, bis Bonhoeffer sich wieder zum Spiegel wandte. »Helfen Sie mir, bitte. Wir haben noch fünf

Tage. In dieser Zeit können wir herausfinden, was Anouk zugestoßen ist. Und wir können einen Plan entwickeln, wie wir sie lebend von Bord bekommen, falls uns das nicht gelingt.«

Martin schüttelte den Kopf. »Sie sind entweder bekloppt oder so verzweifelt, dass Sie das Naheliegende übersehen. Ich gehe jetzt zu Anouk, drehe ein Beweisvideo von ihr und stelle es ins Netz.«

»Nein, bloß nicht.« Bonhoeffer fuchtelte mit den Händen.

»Wieso, was sollte mich davon abhalten?«

»Damit hätte Yegor Sie genau dort, wo er Sie haben will.«

Martin runzelte die Stirn. »Das verstehe ich nicht.«

»Was denken Sie denn, weshalb er Sie an Bord geholt hat? *Ich* will, dass Sie mir helfen. *Er* will Ihnen die Sache anhängen.«

»Mir?«

Das riesige Schiff wurde von einer Welle nach oben gedrückt, ein sicheres Zeichen dafür, dass die *Sultan* auf dem offenen Meer immer mehr an Fahrt aufnahm.

»Ja. Sie sind der ideale Sündenbock. Ein selbstzerstörerischer Ermittler, der den gerichtsbestätigten Selbstmord seiner Frau und den Tod seines Sohnes nicht verkraftet hat und der sich in eine wahnhafte Suche steigerte, in der er schließlich den Verstand verlor.«

»Ich? Ein Täter?« Martins Stiftzahn begann zu puckern.

»Ja. Das Video, das Sie drehen wollen, wird er Ihnen als eine der Trophäen anhängen, die Sie von Ihrem eigenen Opfer gesammelt haben.«

»Das ist doch kompletter Schwachsinn. Wie soll ich dem Mädchen etwas angetan haben? Ich war doch gar nicht an Bord, als sie vor Monaten verschwand.«

»Sicher?«, fragte Bonhoeffer. Die Blutung hatte für den

Moment nachgelassen, wenn nicht gar aufgehört. Genau war das nicht zu sagen bei seinem verschmierten Gesicht.

»Sie sind ein verdeckter Ermittler, Schwartz. Ein Meister der Tarnung. Ein Leichtes für Sie, unter falschem Namen zu reisen. Gefälschte Pässe zu bekommen. Vielleicht sind Sie ja der Killer, von dem Gerlinde Dobkowitz in ihrem Buch schreibt?«

»Sie sind verrückt«, sagte Martin, meinte allerdings im nächsten Moment wieder Anouks Stimme zu hören, wie sie seinen Namen flüsterte. *»Martin.«*

»Nein, bin ich nicht«, widersprach Bonhoeffer. »Aber Yegor ist es. Ich bin vielleicht der Einzige, der hier noch klar denken kann. Ich weiß, weshalb Sie wirklich an Bord sind.«

Als Zielscheibe …

»Als mir klarwurde, wie ernst es Yegor ist, die Sache zu vertuschen, wusste ich, ohne fremde Hilfe kann ich dieses Problem nicht lösen. Dann hat mir die Dobkowitz den Teddy gezeigt, und da kam mir die Idee. Sie sind Psychologe und Ermittler, und Sie haben nach Ihrem Verlust ein eigenes Interesse, nicht auf die große Pauke zu hauen. Ich wusste, damit würde ich Yegor überreden können, mir etwas Zeit zu geben. Denn sosehr er den Deal über die Bühne kriegen will, sosehr ist er auch daran interessiert, den Dreckskerl, der sich an einem Kind vergangen hat, auf seinem Schiff zu stellen. Ich schwöre, als er mir grünes Licht gab, Sie zu kontaktieren, wusste ich noch nicht, dass er Sie als Sündenbock aufbauen will, für den Fall, dass alles schiefläuft.«

»Ich glaube Ihnen kein Wort.«

»Ich weiß. Deshalb wurden Sie auch von Gerlinde Dobkowitz angerufen, und nicht von mir.«

Der Satz kommt mir bekannt vor.

Wieder erzitterte der Boden unter Martins Füßen. Jedes Mal, wenn sich das Schiff in die Höhe hob, begann aus unerfindlichen Gründen die Klimaanlage über ihren Köpfen lauter zu rauschen.

»Sie feiger Scheißkerl«, sagte er zu Bonhoeffer. »Wenn Sie die Wahrheit sagen, haben Sie mir gerade eröffnet, dass Yegor Kalinin im Begriff steht, ein kleines Mädchen aus Profitgier zu töten, mir die Sache anzuhängen, und Sie sehen dabei dann tatenlos zu.«

Der Kapitän zog ein weiteres Papierhandtuch aus dem Spender und hielt es unter den Wasserhahn. »Noch mal: Ich will das alles verhindern. Aber ja, sollte es mir nicht gelingen, dann werde ich mich nicht für Sie opfern, Herr Schwartz.«

Er zerknüllte das nasse Handtuch und warf es unbenutzt ins Waschbecken. »Sie haben mich verklagt. Sie haben meinen Ruf ruiniert. Ich wurde suspendiert, hab beinahe meinen Job verloren – und noch sehr viel mehr. Es gibt nichts, was Sie mir sympathisch macht. Sollte das hier alles den Bach runterrauschen, dann werde ich nicht für Sie ins Gefängnis wandern. Und das geschieht unter Garantie, sobald ich mich offen gegen Yegor stelle.«

Martin packte ihn an der Schulter und zog ihn zu sich herum. Er zwang den Kapitän, ihm in die Augen zu sehen. »Was hat er gegen Sie in der Hand?«

Bonhoeffer schüttelte seine Hand ab. Dann berührte er mit Daumen und Zeigefinger vorsichtig die Nasenwurzel. Sah aus, als müsse er eine Entscheidung treffen. Überlegte.

»Ein Video«, sagte er schließlich.

»Was ist darauf zu sehen?«

»Die Außenbordwand der *Sultan*. Es ist das Band des Überwachungsvideos, das unter anderem die Balkonkabine zeigt, die Ihre Frau bewohnt hat. Und das ich damals für Yegor löschen sollte.«

Martin spürte, wie die *Sultan* sich seitwärts neigte.

»Was sagen Sie da?«

Bonhoeffer nickte. »Ich hab ihm das Originalband gegeben. Jetzt sind meine Fingerabdrücke auf der Kassette.«

Martin wurde kalt.

»Zeigt es …«

… den Tod meiner Familie?

Die Worte blieben ihm im Hals stecken.

Der Kapitän nickte. »Ich werde Ihnen beweisen, dass ich nicht gegen Sie, sondern mit Ihnen zusammenarbeiten will«, sagte er. »Ich hab eine Kopie dieses Bandes. Sie können es sich ansehen.«

25. Kapitel

Ein graues Wölkchen. Das letzte Bild seines Sohnes, bevor er für immer verschwand. Ohne Farbe, Form und Konturen. Einfach nur ein kleines, graues Wölkchen, eingefangen von einer Kamera, auf deren Linse mehrere Regentropfen klebten, die das Bild teilweise wölbten, teilweise verzerrten.

Die erste Wolke, die sich im letzten Drittel des Schiffes wie ein Schleierschatten von der Steuerbordseite löste, musste Timmy gewesen sein.

Mein Sohn!

Martin stand so dicht vor dem Fernseher, dass er die einzelnen Pixel einer ohnehin schon fahlen Aufnahme erkennen konnte, und er bekam eine Vorstellung davon, wie sich die Menschen gefühlt haben mussten, die ihre Angehörigen am elften September in den Tod springen sahen.

Er erinnerte sich an eine hitzige Diskussion mit Nadja, die ihm beim Anblick der brennenden Türme erklärt hatte, sie verstehe Menschen nicht, die Selbstmord aus Angst vor dem Tod begingen. Und Jahre später sollte sie selbst eine graue Wolke geworden sein, die in die Tiefe stürzte?

Das war so unvorstellbar wie zwei Flugzeuge, die hintereinander in das World Trade Center fliegen.

Aber auch das war passiert ...

»Haben wir noch eine andere Perspektive?«, fragte Martin. Bonhoeffer schob bedauernd die Lippen nach vorne. Sie standen im Salon der Kapitänssuite, die Vorhänge waren geschlossen, das Licht gedimmt. Vor einer halben Minute hatte Martin ihn gebeten, die DVD bei der Timecodenummer 085622BZ zu stoppen, also um 20.56 Uhr und 22 Sekunden Bordzeit.

»Ihre Familie hatte Kabine 8002, das liegt schon fast außerhalb der Rumpfkameras, ganz am anderen Ende.«

Der Kapitän hörte sich grippig an, was an dem kolbenförmigen Pflasterverband über seiner Nase lag, der ihm nur wenig Luft zum Atmen ließ. Dr. Beck hatte ihn versorgt. Martin wusste nicht, ob er seiner Verlobten den wahren Grund der Verletzung gestanden oder sich eine Notlüge zurechtgelegt hatte. Es interessierte ihn auch nicht.

»Ein Wunder, dass man überhaupt etwas sieht«, sagte Bonhoeffer und hatte damit recht.

Die erste Wolke, die sich wie ein Schleierschatten auf der Steuerbordseite der *Sultan* gelöst hatte, war nur einen Wimpernschlag lang von den Bordlichtern angestrahlt worden. Noch bevor der Körper im Wasser aufschlug, war er bereits mit der Dunkelheit verschmolzen und hatte sich aufgelöst.

Mein Sohn hat sich aufgelöst!

»Wollen Sie es sich zu Ende ansehen?«, fragte der Kapitän und schwenkte die Fernbedienung in der Hand.

Ja. Unbedingt. Aber zuvor wollte Martin noch etwas anderes wissen. Er deutete auf den Timecode im unteren Bildschirmrand, der im Standbild schräg flimmerte.

»Wann hatten Nadja und Timmy die Kabine an jenem Tag das letzte Mal betreten?«

Bonhoeffer seufzte. »Hauen Sie mir nicht gleich wieder eine runter, aber unser Log-Trace wurde damals routinemäßig um Mitternacht überspielt, also das System, mit dem wir die Benutzung der elektronischen Schlüsselkarten registrieren. Aus Datenschutzgründen durften wir vor fünf

157

Jahren die Informationen nur vierundzwanzig Stunden speichern. Heute ist das anders.«

»Also wissen Sie nicht, wie oft sie an diesem Tag herein- oder hinausgegangen sind?«

»Wir wissen nur, dass sie das Abendessen haben ausfallen lassen.«

»Okay.« Martin öffnete den Mund und hatte das Gefühl, dadurch seinen Herzschlag lauter zu hören. »Dann lassen Sie es jetzt bitte weiterlaufen.«

Bis zum Ende.

Bonhoeffer drückte auf eine Taste seiner Fernbedienung, und die trüben Bilder setzten sich wieder in Bewegung. Der Timecode am unteren Bildschirmrand zählte in Sekunden nach oben, bis es sich bei 085732BZ wiederholte. Bis die zweite Wolke fiel.

Moment.

»Halt. Stopp!«, rief Martin aufgeregt.

Die Worte waren schneller aus seinem Mund geschossen, als die Erkenntnis sich bei ihm gesetzt hatte.

»Die Wolke«, rief er aus, trat näher an den Bildschirm und berührte mit Zeige- und Mittelfinger die Umrisse jenes Schattens, der nun auf etwa halber Höhe des Schiffes in der Luft hing. Die Schwerkraft aufgehoben durch einen einfachen Knopfdruck der Fernbedienung.

»Was ist damit?«, fragte Bonhoeffer. Sein singender Tonfall verriet Martin, dass er ganz genau wusste, was ihm aufgefallen war. Er hatte es auf den ersten Blick gesehen. Jeder Idiot sah es auf den ersten Blick. Kein Wunder, dass diese Aufnahme niemals an die Öffentlichkeit gelangen sollte.

»Die Wolke ist zu klein.«

»Klein?«

»Ja. Der erste Schatten war größer.«

Und das konnte nicht sein. Nicht, wenn Nadja Timmy zuerst betäubt und über Bord geworfen hatte. Dann konnte sie logischerweise nur *nach* ihm gesprungen sein. Und dann hätte der erste Schatten kleiner sein müssen als der zweite.
Doch es war umgekehrt!
Wutentbrannt schnellte er herum.

»Dann hatte ich recht«, sagte er und stieß den Zeigefinger in Bonhoeffers Richtung. »Es war alles eine große Lüge. Ihre Reederei …« Er trat einen Schritt näher an den Kapitän heran, dessen Augen flackerten. »… hat den Selbstmord meiner Frau vorgeschoben. Sie haben sie als Kindesmörderin stigmatisiert, nur um …«

Ja. Warum eigentlich?

Die auf der Hand liegende Antwort, die er sich selbst geben konnte, raubte Martin jegliche Energie, um seinen Wutausbruch fortzusetzen.

Timmy und Nadja. Zwei graue Wölkchen waren kurz hintereinander von Bord gefallen. Daran gab es nichts zu rütteln.

Die Reihenfolge ihrer Sprünge bewies lediglich, dass jemand anderes für ihren Tod verantwortlich war.

Jemand, der Nadjas Koffer gestohlen, Timmys Teddy als Trophäe gesammelt und ihn wie einen Staffelstab an Anouk weitergereicht hatte.

Jemand, der sich wahrscheinlich noch auf dem Schiff befand.

Jemand, der – wenn er Anouk so lange am Leben gelassen hatte – vielleicht auch ihre Mutter noch immer in Gefangenschaft hielt. Er wusste nichts über die Motive dieses Menschen und wer er war.

Er wusste nur, dass er ihn finden würde.

Todsicher.

26. Kapitel

Naomi

Der Computer war von Anfang an da gewesen.
Klein, silbern, kantig. Ein Notebook mit dickem
Akku und einer amerikanischen Tastatur.

Das Leuchten des Bildschirms war das Erste, was Naomi
Lamar gesehen hatte, als sie vor acht Wochen aus ihrer Bewusstlosigkeit erwacht war.

»Was war das Schlimmste, was du jemals getan hast?«, hatte
mit schwarzer Schrift auf weißem Grund in eher kleinen
Lettern auf dem Monitor gestanden. Naomi hatte die Frage
gelesen und war hysterisch weinend im Brunnen zusam-
mengebrochen.

Der Brunnen, so nannte sie ihr Gefängnis, weil es gerunde-
te Wände hatte, die nach Morast, Fäkalien, Schlamm und
dreckigem Wasser stanken. Nicht penetrant, aber durch-
dringend. Der Mief hielt sich in den schroffen Metallwän-
den wie kalter Qualm in den Tapeten einer Raucherwoh-
nung.

Ohne fremde Hilfe würde sie hier niemals wieder heraus-
kommen.

Das wusste sie seit der Sekunde, in der sie in dieser Umgebung zum ersten Mal die Augen geöffnet hatte.

Naomi sah die nackten Wände, zerkratzt und zerschlissen,
als hätten Legionen vor ihr versucht, mit den Fingernägeln
einen Halt zu finden, auf dem aussichtslosen Weg nach
oben.

Denn *oben* schien der einzige Ausweg zu sein in einem runden Raum ohne Türen mit einer Betonplatte als Boden, durch die ein feiner Riss ging. Ein Spalt, nicht einmal groß genug, um den kleinen Finger durchzustecken. Ein Ansatz für ein Brecheisen, wenn man denn eines hätte. Naomi trug nichts außer Pyjamalumpen auf ihrer Haut. Zum Glück war es in ihrem Verlies nicht allzu kalt, sie vermutete, dass irgendwelche Generatoren oder anderen technischen Geräte das Innere ihres Gefängnisses mit ihrer stickigen Abstrahlwärme versorgten. Sie schlief auf einer Isomatte, die fast den gesamten Raum einnahm. Außerdem gab es noch eine Plastiktüte und einen grauen Kunststoffeimer, der alle zwei Tage mit einem dünnen Seil herabgelassen wurde. Damit Naomi nicht auf die Idee kam, an dem Strick hinaufzuklettern, war er mit Vaseline eingerieben.

Ach, und sie hatte den Computer.

Am Anfang ihres Martyriums – vor acht Wochen, wenn man dem Datum auf dem Monitor glauben durfte – hatte sie den Eimer falsch am Seil befestigt, und ihre Fäkalien hatten sich über sie ergossen. Das meiste war in dem Spalt unter ihr versickert. Aber nicht alles.

Über das Eimersystem wurde sie auch mit Lebensmitteln versorgt, mit Wasserflaschen, Schokoriegeln und Mikrowellen-Fertiggerichten, die sie kalt essen musste.

Zwei Monate.

Ohne Dusche. Ohne Musik.

Und ohne Licht, wenn man von dem schwachen Schein des Monitors absah, der nicht ausreichte, um zu erkennen, wohin der Plastikeimer verschwand und wer ihn – aus welcher Höhe auch immer – zu ihr herabließ. Neben Wasser, Essen und Taschentüchern, die sie während ihrer Regel als Binden nutzte, lag in regelmäßigen Abständen ein neuer Akku im Eimer. Naomi verbrauchte nicht viel Energie.

Der Computer hatte keinerlei Programme außer einer billigen Textbearbeitungssoftware, in der keine Dokumente abgelegt waren. Natürlich gab es keine Verbindung zum Internet. Und natürlich konnte Naomi die Systemeinstellungen nicht verändern. Nicht einmal die Helligkeit des Monitors, auf dem unentwegt nur diese eine Frage blinkte: *»Was war das Schlimmste, was du jemals getan hast?«*

Die ersten Tage ihrer Isolationshaft, krank vor Sorge um Anouk, hatte sie tatsächlich über ihre Sünden nachgedacht. Über eine, die groß genug war, um als Bestrafung das Grauen zu rechtfertigen, das sie durchlebte, seitdem sie nachts auf der Suche nach ihrer Tochter in ihrem Pyjama aus der Kabine gerannt war. Anouk hatte ihr einen Brief ans Fußende ihres Bettes gelegt.

Es tut mir leid, Mami.

Mehr hatte nicht auf dem weißen Zettel gestanden, hastig hingekritzelt, ohne Erklärung. Ohne Unterschrift. Nur: *Es tut mir leid, Mami.* In Verbindung mit der Tatsache, dass es halb drei Uhr morgens war und Anouk nicht mehr neben ihr schlief, konnte es kaum eine verstörendere Nachricht für eine Mutter geben.

Naomi hätte den Zettel erst am nächsten Morgen entdeckt, hätte sie die unruhige See nicht aus dem Schlaf geschreckt. Auch im Brunnen spürte sie deutlich, wenn rauher Wellengang herrschte, weswegen sie wusste, dass sie sich noch immer auf dem Schiff befand und nicht mit einem Container irgendwo ausgeladen worden war.

Naomi verstand nicht, was mit ihr geschah. Wie sie hierhergekommen war. *Und warum.*

Nach dem Brief am Fußende ihres Bettes war die letzte Erinnerung an ihr Leben eine offene Tür in ihrem Gang auf Deck 9, schräg gegenüber ihrer eigenen Kabine. Sie hatte geglaubt, Anouk weinen gehört zu haben. Hatte angeklopft, den Namen ihrer Tochter gerufen. Den Kopf durch die Tür gesteckt.

Danach ... schwarz.

Von diesem Punkt an war ihre Erinnerung so düster wie das Loch, in dem sie jetzt hockte.

»Was war das Schlimmste, was du jemals getan hast?«

Sie hatte nicht vor, der Spinne eine Antwort darauf zu geben. In ihrer Vorstellungswelt saß kein Mensch oben am Rand des Brunnens, sondern eine fette, haarige Vogelspinne, die den Eimer bediente.

»Wo ist meine Tochter?«, hatte sie als Gegenfrage in den Computer getippt. Naomi hatte das Notebook zugeklappt und es in die Plastiktüte gesteckt (sie hatte schnell gelernt, wozu die Tüte da war, der Eimer wurde nicht immer gereinigt!) und an dem Seil gezogen.

Die Antwort kam eine halbe Stunde später:

»Sie lebt und ist in Sicherheit.«

Daraufhin hatte Naomi einen Beweis haben wollen. Ein Bild, eine Sprachnachricht, irgendwas. Doch den Gefallen wollte ihr die Spinne nicht tun, worauf Naomi das Notebook mit den Worten »Fick dich« wieder nach oben schickte.

Als Strafe hatte sie vierundzwanzig Stunden lang kein Wasser bekommen. Erst als sie halb wahnsinnig vor Durst damit begann, ihren eigenen Urin zu trinken, wurde ihr eine Flasche herabgelassen. Sie hatte es nie wieder gewagt, die Spinne zu beleidigen.

Auch dafür funktionierte das Eimersystem bestens: um sie zu disziplinieren. Um sie zu bestrafen.

Die zweite Strafe, die grausamere von den beiden, an deren Folgen sie vermutlich zugrunde gehen würde, erfolgte erst sehr viel später. Wegen ihres ersten Geständnisses.

»*Was war das Schlimmste, was du jemals getan hast?*«

Sieben Wochen hatte sie die Frage der Spinne nicht beantwortet. Klug, wie sie war – immerhin unterrichtete sie Biologie an einer Eliteuniversität –, hatte sie Hypothesen aufgestellt, Handlungsalternativen evaluiert, Optionen analysiert. Aber nicht blind drauflosgeschrieben.

Nicht ich. Nein.

Naomi wog den Kopf vor und zurück und kratzte sich den Hals. Beides geschah bereits unbewusst.

Die Haare fielen ihr langsam aus, blieben an ihren Fingern kleben, wenn sie sich durch den Schopf fuhr, und sie war froh darüber, dass es im Brunnen keinen Spiegel gab. Das ersparte ihr auch den Anblick der Würmer, die sich unter ihrer Haut wanden.

Verdammt, ich musste den Reis doch essen.

Vor neun Tagen. Sonst wäre sie verhungert.

Eine ganze Woche zuvor war der Eimer nur mit leeren Schüsseln heruntergekommen. Auf jeder stand, mit Filzstift notiert, immer der gleiche Befehl: *Beantworte die Frage!*

Aber das wollte sie nicht. Das konnte sie nicht.

»*Was geschieht mit mir, wenn ich gestehe?*«, hatte sie gewagt, die Spinne zu fragen.

Die Antwort kam am folgenden Tag mit dem Computer zurück und stand direkt unter ihrer Frage:

»*Was geschieht mit mir, wenn ich gestehe?*«

»*Dann darfst du sterben.*«

Sie brauchte mehrere Stunden, bis sie mit dem Weinen wieder aufhören konnte.

Sosehr sie davon ausging, dass die Spinne sie in Bezug auf Anouks Schicksal anlog, so wenig bezweifelte sie den Wahrheitsgehalt dieser Aussage.

»*Dann darfst du sterben.*«

Einige Zeit hatte sie noch überlegt, ob es irgendeine Hoffnung gab, aus dieser Einzelhaft des stinkenden Kerkers zu entkommen, dann aber hatte sie sich in ihr Schicksal gefügt und dem Computer – und damit der Spinne – ihr Geständnis anvertraut:

»Ich habe meine beste Freundin getötet.«

27. Kapitel

Ein Schritt vor. Zwei Schritte zurück.
Mit Anouk verhielt es sich wie mit seinem eigenen Leben.
Ihr Zustand hatte sich ein wenig verbessert. Und zugleich deutlich verschlechtert.

Einerseits war es ein gutes Zeichen, dass sie vor Schreck zusammenzuckte, als er ihr Krankenzimmer betrat, was Martin zeigte, dass sie wenigstens für den Moment auf Veränderungen in ihrer näheren Umgebung reagierte.

Ein kleiner Fortschritt, der möglicherweise auf den Fernseher zurückzuführen war, auf dessen Bildschirm gerade Tom und Jerry herumwirbelten.

Andererseits, und das war die schlechte Nachricht, war sie dabei, wieder in frühkindliche Verhaltensmuster zurückzufallen. Sie saß in kaum veränderter Position im Schneidersitz auf dem Bett und nuckelte hörbar schmatzend am rechten Daumen. Mit der freien Hand kratzte sie sich.

Martin sah, dass ihre Fingernägel bereits tiefe Furchen auf dem rechten Unterarm gezogen hatten, und sein Herz wurde schwer. Wenn sie nicht bald damit aufhörte, würde es anfangen zu bluten … *und dann müsste sie fixiert werden.*

Er wollte gar nicht daran denken, was das für Auswirkungen auf ihre ohnehin stark verwundete Psyche haben würde, und er nahm sich vor, Dr. Beck nach Handschuhen oder Fäustlingen zu fragen, auch wenn Anouk sich diese gewiss wieder abstreifen würde, sobald sie alleine war.

»Entschuldige, wenn ich dich noch einmal störe«, sagte Martin und legte eine braune Papiertüte auf das Fußende ihres Bettes.

Anouk lehnte sich etwas zurück, ihre Atmung ging schneller. Ein Zeichen, dass er ihr auf keinen Fall noch näher kommen durfte. Immerhin wandte sie sich nicht von ihm ab oder starrte durch ihn hindurch. Ihr Blick war auf die Tüte gerichtet.

Wie beim ersten Besuch erfasste ihn auch jetzt ein fast mit den Händen zu greifendes Gefühl der Schwermut, und er dachte an all die schönen Dinge, die ein elfjähriges Mädchen auf einem Kreuzfahrtschiff erleben sollte.

Oder ein zehnjähriger Junge.

Dabei zweifelte er an seinem Glauben, den er trotz allem nie vollständig abgelegt hatte. Er war sich sicher, dass nach dem Tod nicht lediglich ein langer, traumloser Schlaf auf ihn wartete. Allerdings konnte er nur hoffen, dass ihm eine Begegnung mit seinem Schöpfer erspart blieb. Sonst würde es nicht bei einem freundlichen Plausch mit dem Verantwortlichen bleiben, der am Fahrkartenschalter des Lebens saß und unschuldigen Kindern One-Way-Tickets in die Folterkammer sexuell gestörter Psychopathen löste.

»Ich habe dir was mitgebracht«, sagte Martin sanft und zog den Teddy aus seiner Tüte. Ein schwaches Signal des Wiedererkennens blitzte in Anouks Blick auf. Hastig, als habe sie Angst, er könnte ihn wieder einpacken, riss sie ihm das dreckige Stofftier aus den Händen und vergrub ihr Gesicht darin.

Martin beobachtete sie still, registrierte die sich ausbreitenden roten Flecken an ihrem Hals und fragte sich, ob er das Richtige tat.

Möglicherweise blufften Yegor und Bonhoeffer nur, und

das Mädchen war überhaupt nicht in Gefahr, wenn er die Behörden und damit die ganze Welt über diesen unglaublichen Fall informierte. Doch das Risiko war groß. Denn manches sprach dafür, dass der Kapitän recht hatte und er bereits einen Stempel auf der Stirn trug, auf dem »Sündenbock« stand. Wahrscheinlich lag die Wahrheit irgendwo dazwischen. Sicher war lediglich, dass er keine Gelegenheit mehr haben würde, mit dem Mädchen persönlich zu reden oder es wenigstens zu versuchen, sobald er Alarm schlug. Und so war er hin- und hergerissen zwischen dem Wunsch, das Richtige zu tun und die Vertuschung auffliegen zu lassen, und der Hoffnung, über Anouk etwas über das Schicksal seiner eigenen Familie in Erfahrung zu bringen.

Aufgewühlt von diesen verstörenden Gedanken, hatte er beschlossen, ihr einen zweiten Besuch abzustatten; diesmal alleine, ohne die Ärztin.

»Ich hab noch etwas für dich«, sagte Martin und entnahm der Tüte einen mit durchsichtiger Folie umwickelten Pappkarton.

»Das ist ein Malcomputer«, erklärte er, nachdem er ein pinkfarbenes Plastikgerät aus der Verpackung befreit hatte. Er hatte ihn im bordeigenen Spielzeugladen auf Deck 3 erstanden.

Das rechteckige Ding sah aus wie ein Tablet-PC aus der Techniksteinzeit, klobig und billig verarbeitet, aber es hatte keine scharfen Papierkanten, und mit dem stumpfen Sensorstift, der an seiner Seite klebte, würde Anouk sich kaum etwas antun können.

Martin schaltete ihn an, vergewisserte sich, dass die Batterien funktionierten, und legte ihn neben Anouk aufs Bett.

Dann trat er wieder einen Schritt zurück und ließ die Hand in die Hosentasche seiner Jeans gleiten. Mit einem einzigen

Tastendruck setzte er die voreingestellte Aufnahmefunktion seines Smartphones in Gang.

»Als ich vor gut zwei Stunden mit Dr. Beck bei dir gewesen bin, hast du mir einen Namen genannt, Anouk. Kannst du dich noch daran erinnern, welcher das gewesen ist?«

Die Kleine hörte auf, am Daumen zu lutschen, und griff, ohne den Teddy aus dem Arm zu nehmen, nach dem Malcomputer. Sie legte ihn sich auf die Knie. Dann blickte sie auf.

»Hast du überhaupt eine Ahnung, wo du gerade bist?«, fragte Martin. Als Reaktion kniff Anouk die Augen zusammen. Sie wirkte angestrengt, aber nicht schmerzerfüllt. Wie eine Schülerin, die eine schwere Kopfrechenaufgabe gestellt bekommen hat, die sie nicht lösen kann.

Martin beschloss, sich mit einfacheren Fragen zu ihr vorzutasten.

»Wie alt bist du?«

Seine Frage wurde von einem durchdringenden Signalton untermalt, dem sechs weitere folgten, abgeschlossen von einem letzten, langgezogenen Tuten. Der Lärm schien, von einigen Türen gedämpft, aus dem Korridorbereich im Zugang zu Hell's Kitchen zu kommen. Martin vermutete, dass es sich um einen internen Alarm für die Mitarbeiter handelte, und ignorierte ihn.

Anouk wirkte, als habe sie den Krach gar nicht wahrgenommen.

Ihre Lippen bewegten sich so wie Timmys, wenn er etwas auswendig lernen musste. Doch sie formten keine Worte, nicht einmal einen Laut. Stattdessen zog sie sich ihr Nachthemd nach oben, um sich den Bauch über dem Bund ihrer Strumpfhose zu kratzen.

Martin sah mehrere kreisförmige Brandnarben, rechts und

links vom Nabel, die aussahen, als habe jemand die Spitze einer Zigarette ausgedrückt.

»Mein Gott, wer hat dir das nur angetan?«, fragte er mit unverhohlenem Abscheu in der Stimme. Er wandte sich ab, damit Anouk die Wut in seinem Gesicht nicht auf sich selbst bezog. Als er sich wieder gefangen hatte und die Befragung fortsetzen wollte, blieb ihm die Stimme weg.

Das darf nicht wahr sein!

Anouk hatte den Teddy neben sich gelegt und ein einziges Wort mit dem Malcomputer geschrieben:

Martin

Sein Name. In deutlichen Buchstaben. Quer über den Touchscreen. Anouk hielt noch den Sensorstift in der einen Hand.

Sie kann nicht mich meinen, das ist unmöglich.

Martin zwang sich zu einem Lächeln und zählte von zehn an rückwärts, bis sich sein Herzschlag wieder so weit normalisiert hatte, dass er mit ruhiger Stimme fragen konnte:

»Aber du weißt doch, dass ich kein böser Mensch bin, oder?«

Ich würde dir niemals etwas antun.

Das musste ein dummer Zufall sein, dachte er.

Hoffte er.

Martin war ein häufiger Name, auch in den USA. Es war nicht auszuschließen, dass der Täter zufällig so hieß.

Oder sich so nannte. Oder ein Hemd der Karibikinsel St. Martin getragen hatte …

Alles möglich.

Aber auch wahrscheinlich?

Anouk drehte den Kopf zur Seite. Sie sah sich um, als nähme sie ihre Umgebung zum ersten Mal wahr. Dann griff sie sich wieder den Stift und malte mit geschickt plazierten Strichen die Umrisse eines großen Kreuzfahrtschiffs. Martin sah zu den Bullaugen aufs Wasser hinaus, das jetzt sehr viel dunkler wirkte als noch vor zwei Stunden. Er versuchte es wieder mit einer ganz direkten Frage: »Kannst du mir den Namen desjenigen sagen, bei dem du die ganze Zeit über gewesen bist?«

Anouk schloss die Augen. Zählte mit den Fingern etwas ab.

$$11 + 3$$

schrieb sie schließlich direkt unter die Schiffszeichnung. Martin konnte keinen Sinn darin erkennen.

»Es tut mir leid, das verstehe ich nicht«, sagte er.

Er betrachtete seinen Namen, die Schiffszeichnung und die vermeintliche Rechenaufgabe.

Vierzehn?

Da die Kabinennummern auf der *Sultan* vierstellig waren, konnte es, wenn überhaupt, nur ein Hinweis auf ein Deck sein. Deck 14 war das Pooldeck mit Wasserrutsche, Eisbar, Golfabschlagsplatz und Joggingparcours.

»Was meinst du mit elf plus drei?«, fragte er.

Ihr Blick verdunkelte sich. Sie schien wütend, als beginne sie die Fragerei langsam zu nerven, dennoch setzte sie wieder den Stift des Malcomputers an:

Meine Mama.

»Deine Mama?«, fragte Martin wie elektrisiert. »Weißt du, ob sie noch lebt?«

Anouk nickte traurig. Eine Träne löste sich aus ihrem Auge.

Martin konnte es kaum fassen, in so kurzer Zeit so viele Informationen aus dem Mädchen herausbekommen zu haben, auch wenn er die meisten von ihnen nicht einordnen konnte.

»Ich denke, wir machen am besten eine kleine Pause«, sagte er. Anouk wirkte erschöpft. »Gibt es irgendetwas, was ich dir bringen kann?«, fragte er sie.

Die Kleine griff ein letztes Mal zum Stift und schrieb

Elena

unter die Schiffszeichnung. Dann steckte sie sich wieder den Daumen in den Mund und wandte sich von Martin ab, als würde sie ihm unmissverständlich klarmachen wollen, dass sie ihm nichts mehr zur sagen hatte.

»Ich werde sehen, ob ich sie finde«, sagte Martin und wollte nach der Bordärztin suchen gehen, da setzte der Alarm wieder ein.

28. Kapitel

Naomi

*I*ch *habe meine beste Freundin getötet«*, hatte Naomi Lamar am Boden ihres brunnenartigen Kerkers in den Computer getippt.

»*Mel und ich waren zehn Jahre alt und hatten beide Stubenarrest, weil wir zum wiederholten Mal verbotenerweise in einer stillgelegten Kiesgrube gespielt hatten. Es war ein Mittwochnachmittag, unsere Eltern arbeiteten, und wir schlichen uns trotz des Arrests aus dem Haus und trafen uns – natürlich – in der Kiesgrube. Es geschah, kurz bevor wir aufbrechen mussten, wenn wir rechtzeitig vor unseren Eltern wieder zu Hause sein wollten, als Mel nur noch ein letztes Mal mit der Plastiktüte den Nordabhang hinunterrutschen wollte. Sie wurde von einer Sandlawine begraben und verschwand. Ich habe geschrien, um Hilfe gerufen und mit den bloßen Händen nach ihr gebuddelt, doch ich konnte sie nicht mehr finden. Sie war wortwörtlich vom Erdboden verschluckt. Als ich mich nach Hause schlich, traute ich mich nicht, meinen Eltern davon zu erzählen. Zwei Tage später wurde Mel gefunden, und man ging davon aus, sie hätte sich alleine aus dem Haus geschlichen. Noch heute denke ich daran, dass sie vielleicht nur meinetwegen gestorben ist und sie gerettet worden wäre, hätte ich doch nur Alarm geschlagen. Das ist das Schlimmste, was ich je getan habe.*«

Das hatte sie vor neun Tagen geschrieben. Naomi hatte den Computer mit dem Eimer nach oben geschickt. Die Magenkrämpfe wegen des Hungers waren kaum auszuhalten gewesen, doch nach einigen Stunden kam kein Essen, sondern nur das Notebook mit einer Antwort der Spinne zurück:

»*Das ist NICHT das Schlimmste, was du je getan hast.*«

Und gleich darunter:

»*Auf jede falsche Antwort folgt eine Strafe.*«

Weitere zwei Stunden später war dann die Schüssel mit dem Reis und der Aufschrift gekommen: *Spirometra mansoni.*
Sie hatte sie essen müssen. Sonst wäre sie verhungert. Damals hatte Naomi noch gedacht, der sofortige Tod wäre das größere Übel.
Doch das war er nicht.
Zu wissen, dass man einen Erreger in sich trug, einen Bandwurm der schlimmsten Sorte, und dass man langsam von innen zerfressen wurde, *das* war das Schlimmste, was einem passieren konnte.
Naomi war sich sicher, das hatte die Spinne gewusst.
Sie wollte Antworten, ein Geständnis, und das bekam sie nur, wenn der Selbsterhaltungstrieb ihres Opfers brach.
Bislang hatte Naomi der Gedanke an ihre kleine Tochter am Leben erhalten. Doch jetzt verdrängte der Horror, der sich Tag für Tag ein Stück weiter unter ihrer Haut bis hinters Auge schob, jeglichen Lebenswunsch.

»*Was ist das Schlimmste, was du jemals getan hast?*«

»Es tut mir so leid, Anouk«, flüsterte Naomi und griff sich den Computer. Mit Fingern, deren Nägel seit Wochen nicht mehr geschnitten worden waren, tippte sie ihr zweites Geständnis:

»*Ich habe Ehebruch begangen. Auf ganz und gar widerwärtige Art und Weise. Ich hatte Sex gegen Geld.*«

Dann klappte sie das Notebook zu, streifte die Tüte über sein Gehäuse und legte es in den Eimer. Sie zog mehrmals an dem Strick, und während sie sich wieder blutig kratzte, wartete sie darauf, dass die Spinne ihn zu sich holen und mit ihrer Antwort zufrieden sein würde.
Damit sie endlich sterben konnte.

29. Kapitel

Inzwischen war Martin fast der Einzige an Deck, auf dem es – dem Oktober angemessen – ordentlich frisch geworden war. Alle anderen aus seiner Rettungsgruppe hatten sich beeilt, den Sammelpunkt an der Tauchstation wieder zu verlassen, nachdem kurz vor Ende der Seenotübung dicke, graue Wolken aufgezogen waren, die sich jetzt mit feinem, aber sämtliche Kleidungsstücke durchdringendem Nieselregen entleerten.

Martin machte das nichts aus. Er hatte keine Frisur, um die er sich sorgen müsste, trug Kleidung, die ohnehin in die Wäsche gehörte, und eine Erkältung wäre im Vergleich zu seinem momentanen Zustand sogar eine Verbesserung.

Ihm war schlecht, was gewiss nicht nur an der Müdigkeit und dem Seegang lag, der für echte Seebären vermutlich nicht mehr als ein Blubbern im Whirlpool war. Für Martin jedoch war bald der Punkt erreicht, sich in der Bordapotheke nach Vomex zu erkundigen.

Als hätte sie auf einen telepathischen Befehl reagiert, trat Elena Beck neben ihn an die Brüstung. Mit einem durchsichtigen Regencape über Kopf und Uniform trug sie wesentlich passendere Kleidung als er. In einer Hand hielt sie eine Rettungsweste, in der anderen einen schwarzen Arztkoffer, der in ihren schmalen Händen grobschlächtig wirkte.

»Hier stecken Sie also«, sagte sie, den Blick in die Ferne gerichtet.

Alle Menschen, die sich von einer Transatlantikpassage einen Eindruck von der gewaltigen Größe des Ozeans versprachen, kamen jetzt schon voll auf ihre Kosten. Wohin man auch sah, gab es nichts als Wasser. Kein Land, kein anderes Schiff. Nur eine endlose, blauschwarz bewegte Weite. *Wäre die Mondoberfläche flüssig, sähe sie genauso aus,* dachte Martin.

Manche mochten im Meer ein Symbol für die Ewigkeit und die Kraft der Natur erkennen. Er sah in den Wellen nur ein feuchtes Grab.

»Ich hab versucht, Sie anzurufen, aber Ihr Telefon ist aus«, sagte Elena. Martin zog sein Handy hervor, und beim Blick auf das Display fiel es ihm wieder ein.

Richtig! Wegen der Sprachaufnahme. Er hatte das Telefon extra so eingestellt, dass die Aufzeichnung seines »Gesprächs« mit Anouk nicht durch einen eingehenden Anruf gestört werden konnte. Den international gültigen Alarm für Seenotrettungsübungen (sieben kurze Töne, gefolgt von einem langen) hatte er damit nicht unterdrücken können.

Jeder Passagier musste spätestens nach vierundzwanzig Stunden an Bord an dieser Notfallmaßnahme teilnehmen, damit er wusste, wie die Schwimmweste funktionierte und wo sich die Rettungsboote befanden. Wenn der Kapitän auch in anderen Fragen nicht sehr viel Wert auf Einhaltung des Seerechts legte, an diese Vorschrift hatte er sich gehalten. Martin stellte sein Handy wieder auf Empfang und wischte sich etwas Regen aus dem Gesicht. Ein missmutig dreinblickendes jüngeres Pärchen, das sich den Beginn seiner Traumreise wohl etwas trockener gewünscht hätte, schob einen vollbesetzten Doppelbuggy mit schlafenden Kindern an ihnen vorbei. Elena wartete, bis sie außer Hörweite waren, dann stellte sie ihren Arztkoffer auf einen Metalltisch im überdachten Bereich der Außenstation, dort, wo die Tauchlehrer die Einführungsveranstaltungen mit ihren Schülern abhielten, bevor diese mit Flaschen und Brille in den Pool hüpfen mussten.

»Wie ich hörte, hatten Sie eine angeregte Unterhaltung mit meinem Verlobten. Ich soll Ihnen das hier geben.« Elena öffnete den Koffer und zog eine Diskettenhülle ohne Cover hervor.

»Das ist eine CD-ROM mit den Passagierlisten der letzten fünf Jahre«, nahm sie seine Frage vorweg. »Zusätzlich eine Aufstellung des sich an Bord befindlichen Personals auf allen Routen, auf denen ein Passagier 23 gemeldet wurde.«

»Was soll ich damit anfangen?«

»Hab ich Daniel auch gefragt. Er sagte, er würde sich wundern, wenn Sie nicht schon längst mit der Recherche begonnen hätten. Sie finden darauf die Grundrisse und Deckpläne der *Sultan,* alle Zeitungsartikel und Pressemitteilungen sämtlicher uns zugänglicher Vermisstenfälle sowie einen Kreuzvergleich mit anderen Schiffen.«

Martins Finger kribbelten, als er nach der CD-ROM griff.

»Ich soll Ihnen sagen, die Unterlagen, die er in den letzten Monaten zusammengestellt hat, wären ein Beweis seines guten Willens, außerdem …«

In diesem Moment begannen die Handys zu klingeln. Beide.

Martins. Und das der Ärztin.

Sie sahen einander verdutzt an und griffen gleichzeitig in ihre Hosentaschen.

»Mist«, sagte die Ärztin und ließ Martin stehen, der keine Ahnung hatte, zu wem die lange Nummer in seinem Display gehörte.

»Was haben Sie denn?«, rief er Elena hinterher, die kurz vor einer zum Innenbereich führenden Schwingtür stehen blieb und sich umdrehte.

»Anouk«, sagte sie. »Wir haben ihren Alarmknopf auch auf Ihr Handy geschaltet, Dr. Schwartz.«

Fünf Minuten später trat Martin zum dritten Mal an diesem Tag aus der stahlummantelten Schleuse in Richtung Hell's Kitchen, durchschritt den Vorbereich der Quarantänestation und sah Elena Beck dabei zu, wie sie ihre Schlüsselkarte durch das Lesegerät zog.

Beim Eintreten rechnete er noch mit einem falschen Alarm.

Dann fragte er sich, woher das viele Blut kam.

Auf Anouks Bett.

Auf ihrem Körper.

Überall.

30. Kapitel

O Gott. O Gott …«

Elena eilte an das Bett, vor dem das Mädchen auf dem Boden kauerte und sich die Hand auf den blutüberströmten Unterarm presste. Vor der Rettungsübung war dieser noch bandagiert gewesen, jetzt lag der Verband wie eine abgewickelte Klopapierrolle auf dem Boden.

»Was ist passiert, Kleines? Was ist geschehen?«, rief die Ärztin und kauerte sich neben das Mädchen.

Während Elena noch halb unter Schock stand, erkannte Martin bereits die Ursache der Verletzung.

Das Blut fand sich auf der Bettwäsche, in Anouks Gesicht, auf ihren Armen, Fingern und auf dem Nachthemd. Martin entdeckte sogar einige Flecken auf dem polierten Edelstahlschrank an der Wand unter dem Fernseher, was darauf hindeutete, dass es im hohen Bogen aus einer Arterie gespritzt sein musste.

»Die Pulsader ist aufgeschnitten«, sagte er und fragte Elena, wo sich das Desinfektionsmittel und frische Verbände befanden.

Der Gesichtsfarbe Anouks nach war es nicht so schlimm, wie es auf den ersten Blick aussah. Martin wusste aus Erfahrung, dass schon kleinere Mengen an Blutverlust eine enorme Sauerei anrichten konnten.

»Die Pulsader?«, rief Elena ungläubig und zeigte auf die Badezimmertür. Sie nannte ihm einen Code, dessen Bedeutung sich ihm erst erschloss, als er im Bad den tresorähnlichen Schrank unter dem Waschbecken entdeckte. Der Vorratsschrank war aus Sicherheitsgründen verriegelt.

Neben Spritzen, Infusionsnadeln, Schläuchen, Scheren und anderem suizidgeeignetem Material fand Martin das benötigte Desinfektionsspray und Verbandsmaterial.

Er brachte es Elena und sah ihr dabei zu, wie sie das Kinn des kraftlosen Mädchens anhob. Anouk hielt die Augen geschlossen. An dem Flaum ihrer Oberlippe klebte ein kleiner, weißer Punkt. Etwas Watte oder ein Stück eines Taschentuchs.

Martin zog mit raschen Handgriffen die Bettwäsche von dem Krankenbett und schüttelte sie aus. Dann hob er die Matratze an, löste den Hygienebezug, doch auch hier fand sich nichts. *Keine Rasierklinge, kein Messer, kein Stift.*

»Sie waren der Letzte, der bei ihr war«, sagte Elena vorwurfsvoll, nachdem sie Anouk zur Ledercouch geführt hatte, wo sie den Arm des Mädchens untersuchte. Das Blut fing wieder an zu laufen, als das Mädchen die Hand nicht mehr draufpresste, wie Regentropfen, die von einem Tannenzweig perlen, weshalb Elena sofort einen Druckverband anlegte.

»Wollen Sie damit andeuten, ich hätte sie dazu angestachelt, als ich mit ihr alleine war?«, fragte Martin verärgert.

»Nein, natürlich nicht, aber …« Elenas Augenwinkel zuckten nervös. »Wer war das, Süße?« Sie streichelte Anouks Wange. »Wer hat dich so verletzt?«

Keine Antwort.

»Ich weiß, wer das getan hat«, flüsterte Martin.

»Was? Wer?« Elena sah zu ihm hoch.

»Sie selbst.«

»Wie bitte? Nein! Das ist unmöglich. Und überhaupt, wieso sollte sie so etwas tun?«

*Da gibt es viele mögliche Gründe: Sie will Druck abbauen,
den Schmerz aus ihrem Körper lassen, spüren, dass sie am
Leben ist …*

»Jedenfalls hat sie sich diese Verletzungen nicht zugefügt,
um sich umzubringen«, sagte er. *Sonst hätte sie nicht versucht, sich den Arm abzubinden. Und den Angst-Knopf gedrückt.*

Für ihn deutete alles darauf hin, dass sie sich zwar ritzen
wollte, die Tiefe der Wunde jedoch nicht beabsichtigt gewesen war.

»Wie kann das denn angehen?«, fragte Elena aufgelöst.

»Hier gibt es keine spitzen Gegenstände in ihrer Reichweite. Ich schwöre, nach dem Vorfall mit den Malstiften habe
ich die gesamte Kabine abgesucht.«

Die Malstifte. Ganz genau!

Martin wartete, bis Elena den Druckverband abgeschlossen
hatte, dann fragte er sie: »Wie viel Blatt Papier haben Sie ihr
an jenem Tag gegeben?«

Sie sah ihn erschrocken an.

»Ich weiß nicht. Ich habe es nicht gezählt.«

Fehler.

Großer Fehler.

Elena sah Martins zerknirschten Gesichtsausdruck und
schlug sich die Hand vor den Mund.

»Sie meinen …« Sie drehte sich zu Anouk: »Schatz, sag mir
bitte, hast du dich mit einem Stück Papier geschnitten?«

Anouk gab keine Antwort, doch Martin war sich sicher. Im
Umgang mit psychisch Kranken konnte man gar nicht vorsichtig genug agieren. In seiner Studienzeit hatte er eine
Sechzehnjährige erlebt, die sich eine Papierkante durch beide Augen gezogen hatte.

»Hast du eine Seite übrig behalten?«, versuchte er zu Anouk

durchzudringen. Mit Erfolg. Sie öffnete die Lider. Martin war sich nicht sicher, ob sie ihn wiedererkannte, über den Zorn, den sie versprühte, konnte es jedoch keinen Zweifel geben. Sie nickte, und ihre Augen funkelten dabei wütend.

Martin tauschte mit Elena einen beredten Blick. »Du hast das Blatt danach gegessen, richtig?«

Deshalb also das kleine weiße Tippselchen an ihrer Oberlippe.

Zellstoff!

Anouk presste stumm die Lippen aufeinander. Sie wirkte zornig, wahrscheinlich, weil er so leicht hinter ihr Geheimnis gekommen war.

Martin holte einen nassen Waschlappen aus dem Bad, damit Elena Anouks Gesicht säubern konnte, was diese nur widerwillig über sich ergehen ließ.

In dem Schrank unter dem Fernseher fanden sich frische Laken und Bettwäsche, die Martin aufzog, während Elena sich um ein Nachthemd für Anouk kümmerte. Gemeinsam führten sie das Mädchen, das einen schwachen, aber keinen kritischen Eindruck machte, zu ihrem Bett zurück.

Dabei fiel Martin der Malcomputer auf ihrem Nachttisch auf. Der Bildschirm war dunkel, aber eine gelbe LED-Lampe leuchtete, also befand er sich im Stand-by-Modus. Während Anouk im Bett zurücksank, nahm er das Gerät und aktivierte das Display.

»Wow«, entfuhr es ihm. Die Zeichnung, die Anouk während der Dauer der Rettungsübung angefertigt haben musste, war von einer unbeschreiblichen Detailtreue. Ein Kunstwerk, das keinen Zweifel daran ließ, dass Anouk zumindest im Bereich der bildenden Künste hoch begabt war.

Weil er dem Mädchen den Computer nicht wieder abnehmen wollte, zog Martin sein Handy aus der Tasche und machte ein Foto von dem Bildschirm. Dann verabschiedete er sich von Anouk, die wieder die Augen geschlossen hielt, und wartete draußen vor der Kabine auf Elena.

»*Das* hat Anouk gezeichnet?«, fragte die Ärztin, nachdem sie Anouk ein frisches Nachthemd angezogen und ebenfalls die Kabine verlassen hatte. »Ganz allein?« Ungläubig starrte sie auf das Handyfoto, das eine düster gähnende Öffnung im Boden zeigte, vielleicht einen Brunnen, auf dessen Grund dunkel schimmerndes Wasser zu sehen war. Eine weitere Besonderheit der Zeichnung war das Seil, das in dem Schacht nach unten bis zum Wasser reichte.

»Gibt es hier auf dem Schiff irgendwo einen Ort, an dem es ungefähr so aussieht wie hier, ein Loch, eine Luke oder ein Schott, durch das hindurch man das Meer sehen kann?«, fragte er Elena.

Die Ärztin kniff die Augen zusammen und neigte den Kopf seitwärts, um sich das Bild aus einer anderen Perspektive ansehen zu können. »Hmm«, sagte sie unschlüssig. »So etwas habe ich noch nie gesehen. Und gemeinhin haben Kreuzfahrtschiffe selten Löcher im Rumpf, wenn sie auf hoher See fahren.«

Auf hoher See, wiederholte Martin in Gedanken, und das brachte ihn auf eine Idee.

Natürlich. Wenn sie auf hoher See fahren. Aber was, wenn nicht?

»Auf welchem Deck befindet sich der Ankerraum?«, fragte er aufgeregt.

»Anker? Sie meinen …«

Ein Loch, darunter Wasser, ein Seil, *das auch eine Kette darstellen kann.*

»Welches Deck?«, drängte er. »Bitte!«

Elena dachte nach. »Da gibt es mehrere«, sagte sie schließlich. »Meines Wissens einen auf Deck 3. Und dann noch einen weiteren oben, auf Deck 11, glaube ich.«

11 + 3

Das Blut in Martins Adern floss spürbar schneller. Er warf noch einen Blick auf den Malcomputer und sagte: »Vielleicht geht ja gerade die Phantasie mit mir durch. Aber es kann wohl nicht schaden, wenn wir uns mal in den Ankerräumen umschauen.«

31. Kapitel

Tiago Álvarez?«

Yegor Kalinin saß trotz der späten Stunde in Morgenmantel und Lederschlappen auf der Couch seiner Suite und kraulte seinem Jack-Russel-Terrier Ikarus den Nacken. Normalerweise waren Hunde und andere Haustiere in den privaten Räumen des Kreuzfahrtschiffs streng verboten, aber darum scherte sich der Eigentümer der *Sultan* genauso wenig wie um das Rauchverbot auf den Kabinen. Oben, im Schlafzimmer, hatte er zum Leidwesen seiner nichtrauchenden Frau die Feuermelder deaktivieren lassen.

»Dieser Kerl hier?«

Vor Yegor auf dem Rauchglastisch lag ein Farbausdruck mit den persönlichen Daten des Passagiers, über den sein dritter Sicherheitsoffizier ihm gerade Bericht erstattete; inklusive Foto, Reiseroute, Kabinennummer und Kostenstand seiner Rechnung. Bislang hatte der Argentinier sich nicht gerade dabei verausgabt, die Reederei noch reicher zu machen. Er bewohnte eine Innenkabine, trank nie Wein zum Essen, unternahm keine Landausflüge und hatte noch kein einziges Souvenir in den Bordshops gekauft.

»Das ist das Schwein. Ich bin mir sicher«, antwortete Veith Jesper.

»Und der hatte sich hinter dem Bett versteckt?«

»Wenn ich's doch sage. Ich hab ihn gesehen und sein Bild in den Passagierakten wiederentdeckt. Kein Zweifel.«

Yegor sah den dreiundzwanzigjährigen Sonnyboy misstrauisch an. »Was hattest *du* dort eigentlich in der Kabine zu suchen?«, fragte er Veith, obwohl er die Antwort wusste.

Yegor konnte seinen Neffen nicht leiden. Er hatte schon dessen Käse fressenden Vater nicht ausstehen können, den seine Schwester Irina meinte heiraten zu müssen, nur weil sie sich in ihrer Studienzeit in Amsterdam von dem Taugenichts hatte anbuffen lassen.

Mit einundzwanzig hatte es vielleicht noch verlockend geklungen, sich mit einem Straßenmusiker einzulassen. Dreiundzwanzig Jahre später hatte auch Irina begriffen, dass kein Geld, kein Job und kein Kondom vielleicht doch nicht die beste Kombination für eine verheißungsvolle Zukunft waren. Nur seiner Schwester wegen hatte er der nichtsnutzigen Brut, die ihn Onkel nannte, einen Job auf der *Sultan* gegeben. Von ihm aus hätte Veith in dem niederländischen Drecksloch, das sich Kampfsportschule schimpfte, als Trainer für heranwachsende Straßenschläger versauern können. Seine einzige Lebensleistung bestand darin, noch kein Vorstrafenregister aufzuweisen, aber bei seinem Hang zu Gewalt, weichen Drogen und leichten Mädchen war es nur eine Frage der Zeit, bis der Staat für seine Unterbringung aufkommen würde.

»Ich hab mir die Putze vorgenommen«, sagte Veith unbekümmert. Er sah aus, als wäre er in wenigen Minuten für ein Fotoshooting mit einem Surfermagazin verabredet, was Yegor nur noch wütender machte.

Der Reeder kniff die Lippen zusammen und genoss einen kurzen Moment die Vorstellung, wie sich Ikarus in das »Ich krieg sie alle beim ersten Date«-Gesicht seines Neffen verbiss. »Bitte, hilf mir mal auf die Sprünge«, sagte er. »Ich dachte, du bist dafür angestellt, dem Sicherheitschef zur Hand zu gehen. Nicht für die Folter von Zimmermädchen.«

Auf einem Schiff verging keine Woche ohne handfeste Reibereien, sowohl unter den Passagieren als auch innerhalb der Crew. Yegor hatte gedacht, es könne nicht schaden, einen Vertrauensmann fürs Grobe an Bord zu haben. Allerdings hatte er auch gedacht, Veith wäre so blond, wie er aussah. Ein Schläger ohne Hirn, den man leicht steuern könnte.

So kann man sich irren.

Seit dem Vorfall mit Shahla wusste er, dass sein Neffe ebenso bauernschlau wie unberechenbar war. Zum Glück hatte die Kleine keine nennenswerten Verletzungen davongetragen, auch wenn sie in den nächsten Tagen noch etwas Blut husten würde. Und zum Glück hatte die Passagierin die Geschichte von dem eifersüchtigen Liebhaberkollegen, den sie in Gewahrsam genommen hatten, geglaubt, nachdem sie feststellte, dass in ihren Kabinen nichts entwendet worden war.

»Lassen wir den Quatsch«, sagte sein Neffe in einem Tonfall, mit dem sich Nichtfamilienmitglieder einen Besuch beim Kieferchirurgen eingehandelt hätten. »Ich weiß nicht, was hier vor sich geht, Yegor. Aber du hast irgendetwas Großes zu verbergen, was genau, interessiert mich gar nicht.«

»Was willst du dann?«

»Meinen Anteil.«

Er grinste, als habe er gerade einen schweinischen Witz gerissen. »Isolation der Kleinen, Exklusivbetreuung durch unsere niedliche Ärztin, Bonus für die Putze – die Geheimhaltung scheint dir ja einiges wert zu sein.«

»Du willst mich erpressen?« Yegor tat überrascht. Tatsächlich hätte ihn alles andere gewundert.

Veith hob entschuldigend beide Arme. »Hey, ich will nur nicht, dass dein Deal mit der Chilifresse in Gefahr gerät.«

Yegor lächelte. In seiner Phantasie arbeitete sich Ikarus in tiefere Körperregionen seines Neffen vor. Veith, der das Lächeln mit einer zustimmenden Reaktion verwechselte, beugte sich vor.

»Es soll kein Schweigegeld sein. Ich will es mir verdienen.«

Yegor, der schon längst einen Plan hatte, tat eine geraume Weile nichts anderes, als seinem Neffen in die stahlblauen Augen zu schauen. Zwanzig Sekunden lang war in der Kabine nur das Rauschen der Klimaanlage zu hören, begleitet von den stetigen Geräuschen, die ein Schiff dieser Größenordnung erzeugt, wenn es durch die Meeresoberfläche pflügt. Sie fuhren mit etwa zwanzig Knoten, und der Seegang hatte spürbar zugenommen.

»Okay, hier ist der Deal«, sagte Yegor endlich und tippte auf das Foto auf dem Passagierblatt vor ihm. »Finde diesen Tiago, und du bekommst fünfzigtausend Dollar cash.«

Veith pfiff wie ein Bauarbeiter, an dem eine Frau im Minirock vorbeiläuft. »Was hat er getan?«

»Er hat ein kleines Mädchen vergewaltigt.«

Veiths Gesicht verfinsterte sich.

Yegor würde nie verstehen, weshalb Menschen, die hilflosen Frauen Glasscherben in den Rachen drückten, sich für etwas Besseres als Pädophile halten durften, aber er war glücklicherweise nie in der Situation gewesen, sich ernsthaft mit der Hackordnung unter Gefängnisinsassen auseinandersetzen zu müssen.

»Das Mädchen, das in Hell's Kitchen liegt?«

»Genau die.«

»Wie alt ist sie?«

»Elf.«

»Was hatte dieser Drecksack in der Kabine zu suchen?«

»Das Gleiche wie du«, fabulierte Yegor, der keineswegs der

189

Meinung war, dass dieser südamerikanische Möchtegern-casanova etwas mit Anouks Verschwinden zu tun hatte.

»Wie du hat er herausgefunden, wo Shahla arbeitet, und ihr aufgelauert, um sie auszuquetschen. Wollte wissen, wie weit wir ihm schon auf den Fersen sind.«

Die Geschichte, die Yegor sich gerade aus den Fingern sog, hatte Löcher, in denen die *Sultan* versinken konnte, aber Veith schien sie nicht zu bemerken.

»Was ist mit den Eltern der Kleinen, wo sind die?«, fragte er.

Yegor winkte ab. »Freunde von mir. Die wollen aus der Sache herausgehalten werden. Mach dich einfach auf die Suche nach dem Dreckschwein.«

»Und was, wenn ich ihn finde?«

Gute Frage. Er hatte gehofft, es nicht von sich aus ansprechen zu müssen.

Yegor hob Ikarus von seinem Schoß, stand vom Sofa auf und schlurfte zu einem Sideboard unter dem schweren Kristallspiegel im Eingang. Hier zog er die oberste Schublade auf.

»Sei kreativ!«, sagte er. Dann prüfte er die Trommel, legte einen kleinen Hebel an der Laufunterseite um und drückte Veith den Revolver in die Hand.

32. Kapitel

Wirf mich weg, wenn du mich brauchst. Hol mich zurück, wenn du mich nicht mehr benötigst.

Auf seinem Weg in die Bugspitze der *Sultan* musste Martin an ein Rätsel denken, das er vor Jahren einmal in einem Buch gelesen hatte, an dessen Titel er sich nicht mehr erinnerte. Nur an die Lösung: *Anker.*

Er wünschte, die Rätsel, die ihm die jüngsten Ereignisse auf dem Schiff aufgaben, wären ebenso einfach zu entschlüsseln. Doch er befürchtete, dass auch der Besuch des Ankerraums nur noch mehr Fragen aufwerfen als beantworten würde.

Er begann mit der Besichtigung auf Deck 3, mit dem offiziellen und im Grunde einzigen Ankerraum des Schiffes. Deck 11 beherbergte lediglich einen kleinen Ersatzanker, dessen Ketten aus rein optischen Gründen für jeden Besucher der oberen Aussichtsdecks sichtbar unter freiem Himmel gelagert waren. Hier gab es keine Möglichkeiten, jemanden auf Dauer unbemerkt versteckt zu halten.

»Wir sind da!«, sagte Elena Beck. Nachdem Martin der Bordärztin einen schmalen, fensterlosen Gang gefolgt war, der sie an der Außenbordwand entlang hinter das Musicaltheater führte, hatten sie über einen kleinen Einstieg die Stahltür mit der Aufschrift »Anchor Room« erreicht. Dahinter empfing sie Bonhoeffer – und ein ohrenbetäubender Lärm.

»Wieso hat das so lange gedauert?«, fragte Martin den Kapitän, der ihm aus verständlichen Gründen nicht die Hand geben wollte. Mit den Fingerspitzen prüfte er nervös den Sitz einer Plastikkappe auf seiner angebrochenen Nase.

»Lange?« Bonhoeffer sah auf seine Armbanduhr.

Es war kurz nach siebzehn Uhr Bordzeit, und es hatte fast zwei Stunden gedauert, bis er ihnen den Zugang gestatten wollte. Auch Elena hatte keine Erklärung für diese Verzögerung gehabt.

»Wie Sie merken, haben wir gerade ordentlich Dampf auf dem Kessel«, rief Bonhoeffer. Die in der Spitze des Schiffes wie in einem Dachgeschoss im schrägen Winkel stehenden Wände hatten keine geschlossenen Fenster, nur offene Luken. So dicht über dem Meer und bei der hohen Geschwindigkeit, die die *Sultan* mittlerweile aufgenommen hatte, musste man sich wegen der dröhnenden Fahrtgeräusche regelrecht anschreien, um sich zu verständigen. Martin hatte das Gefühl, in einem Stahlkessel zu stehen, auf den von außen mit einem Wasserwerfer geschossen wurde.

»Normalerweise ist hier ein Zugang bei voller Fahrt gar nicht möglich«, sagte der Kapitän und erklärte Martin weiter, dass es im letzten Jahr einem betrunkenen Kanadier gelungen war, in den Ankerraum zu klettern und hier die Ketten vom Spill zu lassen. Der Anker hätte die Schraube beschädigen, ein Leck ins Schiff reißen und das Schiff komplett manövrierunfähig machen können. Zum Zeitpunkt des Zwischenfalls hatte die *Sultan* gerade erst vollgetankt. Schweröl im Wert von dreieinhalb Millionen Euro, das für die nächsten zehn Tage reichen sollte. Nicht vorzustellen, was passiert wäre, wenn der Anker die Tanks leckgeschlagen hätte.

Heute saß der Suffkopp wegen gefährlichen Eingriffs in die Schiffssicherheit im Knast, und die Türen zu den Ankerdecks ließen sich seit dem Zwischenfall nur noch beim Ein- und Auslaufen des Schiffes öffnen.

»Ich musste erst meinen Cheftechniker die elektronische Sicherheitssperre aufheben lassen«, schloss Bonhoeffer seine Ausführungen. »Schneller ging es nicht.«

Martin sah sich um. Sie hatten den Raum an der Backbordseite betreten. Auf einer Fläche, die gut und gerne zwanzig Parkplätze umfasste, standen turbinenartige Gebilde, möglicherweise Generatoren. Er sah einen Stahlkäfig, der zur Aufbewahrung der Festmachertaue an Land benutzt wurde, sowie mehrere Schränke, die wie Sicherungskästen aussahen und auf denen das Warnzeichen für Starkstrom klebte.

Und dann war da natürlich die Kette. Schwarz lackiert und von gewaltiger Größe. Aus der Nähe betrachtet, sah sie aus wie der Brustschmuck eines fünfzig Meter großen Machoriesen. Martin hätte mühelos den Unterarm durch die Glieder stecken können. Und ein Dutzend Arme benötigt, um auch nur ein einziges davon anzuheben. »Siebzig Tonnen«, sagte Bonhoeffer und klopfte auf das stählerne Monstrum, als wären sie auf einer Sightseeingtour.

Die Kette führte über eine pistazienfarben lackierte, gewaltige Stahlrolle, das Kettenrad, welches an ein überdimensioniertes Eisenbahnrad erinnerte, über eine etwas kleinere Winde hinab in einen schornsteinbreiten Schacht, der momentan durch den fest in der Außenbordwand steckenden Anker verschlossen war.

Anouks Zeichnung blitzte in Martins Erinnerung auf.

Er konnte durch kleine Zwischenräume hindurch das aufgewühlte Wasser des Atlantiks sehen.

»Der Anker selbst wiegt noch einmal zehn Tonnen«, sagte der Kapitän und ging tiefer in den Raum hinein.

Während Elena und er ihm folgten, ging Martin auf, dass es zwei Ankeranlagen gab: jeweils eine für die Steuer- und eine für die Backbordseite. Die beiden großen Kettenräder waren mittig durch ein Podest getrennt, auf dem sich ein Kasten mit mehreren Hebeln befand. Zu jedem großen Rad gehörte ein Bremsrad aus Metall, an dem man wie an einem übergroßen Ventil drehen musste, wenn man den Anker lösen oder seinen Fall wieder stoppen wollte.

»Wonach genau suchen wir hier eigentlich?«, fragte der Kapitän auf dem Podest, mit dem Rücken an das Bremsrad des Backbordankers gelehnt. »Doch nicht nach Anouks Versteck, oder?«

Martin ließ seinen Blick durch den Ankerraum wandern.

Alles war sauber, nahezu steril, was ihn überraschte. Dem vorherrschenden Geruch entsprechend hatte er Rost- und Schmierölflecken auf dem Boden erwartet, oder wenigstens Witterungserscheinungen durch das aggressive Salzwasser, das von unten hoch immer wieder durch die Luken spritzte. Doch selbst hier in den nicht öffentlichen Bereichen herrschte Ordnung und Sauberkeit. Alles wirkte wie frisch renoviert. Die Wände waren weiß gestrichen, die Fußböden mit dicken Gummimatten ausgelegt, auf denen man auch bei Nässe nicht ausrutschen konnte.

Jede Menge Platz.

Aber kein Ort, an dem man wochenlang überleben konnte. Es war zugig, kalt und feucht. Spätestens nach einer Woche Aufenthalt hätte man sich eine Lungenentzündung eingehandelt, ganz abgesehen davon, dass der Raum in jedem Hafen von mindestens zwei Matrosen betreten wurde, die die Ankerwinden bedienen mussten.

Hier kann sie nicht gewesen sein.

Elena schien Martins unausgesprochene Einschätzung zu

teilen. »Das ist eine Sackgasse«, rief sie. Ihre Stimme klang schrill und um einige Jahre jünger, wenn sie lauter reden musste.

Martin nickte. Offenbar hatten sie sich verrannt. *Alles nur Kaffeesatzleserei*, ärgerte er sich. Von einer Kinderzeichnung auf einen relevanten Hinweis zu schließen war ebenso bescheuert, wie in einem Toastbrot das Gesicht der Jungfrau Maria zu erkennen.

»Wir gehen.« Martin bückte sich, um sich den gelösten Senkel seiner schwarzen Halbstiefel wieder zu binden.

Dabei fiel sein Blick unter die erste Stufe der Plattform.

»Wo ist die Kette?«, fragte er Bonhoeffer. Der Kapitän sah verständnislos zu ihm herab.

Martin zeigte auf die große Stahlrolle links von ihm. »Ich kann hier nur die paar Meter sehen, die von dem Riesenrad da bis zum Ankerschacht laufen. Wo ist der Rest?«

»Genau dort, wo Sie gerade knien«, antwortete Bonhoeffer und stieg von dem Podest. Er stampfte mit dem Fuß auf den Boden. »Direkt hier drunter.«

»Ist dort Platz?«

Bonhoeffer wackelte mit der ausgestreckten Hand, als wollte er ein schaukelndes Boot imitieren. »Kommt drauf an, je nachdem, wie weit die Kette eingeholt ist. Aber etwas Spielraum ist dort immer. Tatsächlich ist das ein beliebtes Versteck für blinde Passagiere. Aber die halten das dort höchstens ein paar Tage aus. Keine Wochen.«

»Gibt's dafür einen Zugang?«, fragte Martin ihn trotzdem. Er klopfte mit den Knöcheln der Faust auf die Metallplatte, auf der er hockte.

»Ein Deck tiefer. Von hier aus kommt man nur rein, wenn man die Bodenplatten aufschraubt. Also einmal im Jahr zur Wartung«, sagte der Kapitän, der nun ebenfalls neben ihm kniete. Mit den blonden, zerzausten Haaren und der Schutzkappe auf der verletzten Nase erinnerte er an Hannibal Lecter. Fehlten nur noch die Zwangsjacke und die Sackkarre, auf die er gefesselt war.

»Ist wahrscheinlich Zeitverschwendung …«, sagte Martin.

»Vielleicht nicht«, widersprach Elena. »Was haben wir zu verlieren, wenn wir schon mal hier sind?«

»Einen Augenblick«, sagte der Kapitän und rappelte sich wieder auf. Er ging zu einem Metallspind und öffnete ihn. Martin hatte damit gerechnet, dass er mit einem Werkzeugkoffer zurückkam, doch als er wieder bei ihnen war, hielt er eine große Taschenlampe in der Hand und kniete sich wieder unter die Plattform.

»Haben Sie was gefunden?«, fragte Martin und kniete sich ebenfalls hin.

»Vielleicht. Dort. Sehen Sie das?«

Bonhoeffer leuchtete direkt unter die Plattform an die Stelle, wo unter der großen Stahlrolle die Ankerkette im Deck verschwand.

»Was ist da?«, fragte Elena aufgeregt.

»Sieht aus wie eine Tüte«, sagte Martin. Das Licht der Taschenlampe wurde von einer bräunlichen, zerknitterten Kunststoffoberfläche reflektiert.

33. Kapitel

Martin stand auf, lief um die Rolle herum und ging in die Hocke. Hier war er dem tütenähnlichen Gegenstand, der im letzten sichtbaren Glied der Ankerkette klebte, mindestens eine Körperlänge näher. Er legte sich flach auf den Boden und versuchte sich auf dem kalten Metall unter die Stahlrolle zu schieben.

Hoffnungslos.

Er war zu breit oder der Schlitz zu schmal. Er fühlte sich wie damals, als ihm als Kind eine Murmel unter den Schrank gerollt war und er mit seinen kurzen Ärmchen nichts als Staubflusen zu fassen bekam.

»Soll ich mal?«, hörte er Elena hinter sich fragen. Er sah zu ihr auf und nickte. »Vielleicht haben Sie mehr Glück.« Immerhin war sie deutlich zierlicher gebaut als er.

Die Ärztin zog sich Uniformjacke und Bluse aus, unter der sie ein weißes Männerunterhemd ohne Ärmel trug. Bevor sie sich auf den Boden legte, entledigte sie sich noch ihres Schmucks, einer Kette mit einem Eichenlaubanhänger und eines silbernen Bettelarmbands, das sie zusammen mit einer Taucheruhr am rechten Arm trug.

»Puh, noch enger ging's nicht«, sagte sie, während sie sich flach auf den Bauch legte. Sie drehte den Kopf seitwärts, presste das Ohr direkt auf den Boden. »Und lauter auch nicht.« Sie schob sich Zentimeter für Zentimeter nach vorne, dem Ziel entgegen, das Bonhoeffers Taschenlampe von der Rückseite aus beleuchtete.

»Etwas weiter nach rechts«, dirigierte Martin sie, da Elena in ihrer jetzigen Haltung nichts sehen konnte.

Endlich berührten ihre Zeigefinger die Kette. »Fühlt sich wirklich an wie eine Tüte«, sagte die Ärztin und zupfte mit Zeigefinger und Daumen an ihr. »Aber ich kann sie nicht lösen.«

»Festgeklebt«, stellte Bonhoeffer fest. Auch Martin sah jetzt die Haftklebestreifen, mit der die Tüte im Kettenglied fixiert worden war. Ein Ruck würde genügen, um sie dort herauszureißen, aber dazu musste Elena noch etwas weiter unter die Plattform kriechen.

»Ich krieg Beklemmungen«, stöhnte sie.

Martin versuchte sie aufzumuntern. »Sie schaffen das. Nur noch wenige Zentimeter. Ja, sehr gut …«

Die Ärztin konnte jetzt die gesamte Faust um die Tüte schließen.

Eine große Welle klatschte gegen das Schiff, was sich anhörte, als würde ein nasser Zwanzig-Meter-Teppich gegen die Außenbordwand gehämmert. Die *Sultan* rollte seitwärts, und mit ihr bewegte sich auch die Kette um einige Zentimeter.

»Das Ding hier kann doch nicht von alleine losgehen?«, fragte Elena mit berechtigter Sorge. Sollte sich die Sicherung lösen, würde sie mitsamt der Kette in die Höhe gerissen. »Ich hab keine Lust, als Ankerschmiere zu enden.«

Bonhoeffer rief etwas von wegen, sie brauche keine Angst zu haben, da hatte Elena die Tüte bereits abgerissen und robbte rückwärts unter der Plattform hervor. Als sie wieder auftauchte, zog sich über die Gesichtshälfte, mit der sie Bodenkontakt gehabt hatte, eine ölig schwarze Dreckspur.

»Fühlt sich glitschig an«, sagte die Ärztin beim Aufstehen. Sie hielt die Tüte mit ausgestrecktem Arm möglichst weit von ihrem Körper entfernt, als müsste sie etwas Ekliges zum Müll bringen. »Als wär Gelee drin.«

Sie trug die Tüte an der Ankerwinde vorbei zu einer grünen Vorratskiste und legte sie auf den Hartplastikdeckel.

»Das ist vielleicht ein Beweismittel«, sagte Martin. »Wir sollten es lieber in einem geschlossenen Behältnis aufmachen.«

Unter einem Abzug. Mit Schutzbrille.

Elena hörte nicht auf ihn. Sie mochte eine gute Ärztin sein, doch von den Grundsätzen der Tatortarbeit hatte sie keine Ahnung. Mit flinken Fingern hatte sie die Klebestreifen abgerissen, mit denen die Tüte zugeknotet gewesen war, bevor Martin eingreifen konnte. Glücklicherweise bewahrheiteten sich seine Befürchtungen nicht. Es gab keine Verpuffung. Und dennoch schnellte Elena zurück, als wäre ihr ein Splitter ins Gesicht geflogen.

»O Gott«, keuchte sie und drehte sich, die Hand vor den Mund gepresst, zur Seite.

Martin konnte ihre Reaktion verstehen, auch die des Kapitäns, der angewidert auf die Tüte starrte und den Inhalt, der sich nun ungehindert über den Deckel der Kiste ergoss. Maden. Hunderte von ihnen wanden und kringelten sich, als stünden sie unter Strom.

»Was für eine verfluchte Sauerei«, schimpfte Bonhoeffer, während er die ersten von ihnen zertrat, die bereits über die Kante zu Boden gefallen waren. Er griff zu seinem Diensthandy und bat irgendjemanden am anderen Ende, einen Putztrupp vorbeizuschicken.

Martin trat etwas näher heran und öffnete die Tüte, um besser in sie hineinsehen zu können.

Tatsächlich.

Die Maden waren nicht der einzige Inhalt. Mit spitzen Fingern zog er ein laminiertes, rechteckiges Stück Papier heraus und wischte die Insekten davon ab.

»Eine Ansichtskarte?«, fragte der Kapitän.

Zumindest ein Teil davon.

Das kartonierte Papier war Teil einer Werbepostkarte, wie sie in jeder Kabine zur kostenfreien Benutzung auslagen. Es war nur eine kleine, abgerissene Außenkante, aber groß genug, um zu erkennen, dass es sich bei dem Vorderbild der Karte um eine Luftaufnahme der *Sultan* handelte.

Martin drehte das Kartenteil auf die Rückseite.

DAS PASSIERT, WENN MAN SEINE NASE ÜBERALL REINSTECKT …

Er las die von Hand in Druckbuchstaben geschriebene Nachricht vor. Sie war auf Englisch und mit schwarzem Kugelschreiber verfasst, dessen Tinte etwas verlaufen war.

»*Was* passiert?«, fragte Bonhoeffer. »Was meint der Dreckskerl damit?«

»O verdammt«, sagte Martin, vor Schreck wie gelähmt. Er hatte sich umgedreht, um Elena nach ihrer Meinung zu fragen. Die Antwort auf Bonhoeffers Frage stand ihr buchstäblich ins Gesicht geschrieben.

»Großer Gott, Elena, was ist mit dir?«, schrie der Kapitän, der sich ebenfalls zu seiner Verlobten umgedreht und nun auch ihre Entstellungen bemerkt hatte. Das Gesicht der Bordärztin war komplett zugeschwollen: Wangen, Stirn, Lippen – es sah aus, als drohte ihre Haut zu platzen. Elenas Augen waren nicht mehr zu erkennen, nur noch die Spitzen ihrer Wimpern stachen durch die aufgeschwemmten Wülste hervor.

DAS PASSIERT, WENN MAN SEINE NASE ÜBERALL REINSTECKT ...

Ihr gesamter Anblick war grauenhaft, doch am schlimmsten waren die Schwellungen auf der rechten Gesichtshälfte. Dort, wo sie mit der Schmiere auf dem Boden in Kontakt geraten war.

»Elena, Liebling, sag doch was!«, rief Bonhoeffer, außer sich vor Angst. Doch Martin war klar, dass die Ärztin, die sich würgend an den Hals griff, dazu nicht mehr in der Lage war. Nach ihren Augen, den Lippen und Wangen schien ihr nun auch die Luftröhre zuzuschwellen.

34. Kapitel

00.24 Uhr Bordzeit
50° 27' N, 16° 50' W
Geschwindigkeit: 21,5 Knoten, Wind: 18 Knoten
Seegang: 10–15 Fuß
Entfernung von Southampton: 592 Seemeilen

Martin Schwartz sah die Gefahr nicht kommen, die sich ihm von hinten näherte.

Er stand achtern auf Deck 17 an der Backbordseite, auf dem höchsten, frei zugänglichen Außenbereich des Schiffes, und ließ sich mit geschlossenen Augen an der Reling den kräftigen Wind ins Gesicht wehen. Er schmeckte die salzige Luft, doch es schien, als wäre sie statt mit Sauerstoff mit einem Schlafmittel gesättigt.

Mit jedem Atemzug fühlte er sich schwächer und müder, was möglicherweise auch an den Zahnschmerzen lag, die noch immer auf mittelschwerer Flamme in seinem Oberkiefer köchelten; und ganz bestimmt machten diese verdammten PEP-Pillen ihm immer noch zu schaffen. Wenigstens hatte er schon längere Zeit keine Kopfschmerzattacke mehr erlitten.

Er atmete tief ein. Schmeckte das Salz in der Luft.

Hast du auch hier gestanden und über den Tod nachgedacht, Nadja?

Martin beugte sich über die Reling und sah fünfundsiebzig Meter tief nach unten.

Es war eine mondlose Nacht. Die brodelnden Schaumkronen wurden ausschließlich von den Außenbordscheinwerfern des Schiffes angestrahlt. Er versuchte sich vorzustellen, wie es sich anfühlte, dort unten auf den Wellendünen aufzuschlagen.

Diesen Tod kannst du dir nicht gewünscht haben, Nadja. Niemand wünscht sich so etwas.

Martin lauschte dem archaischen Rauschen des Ozeans, der ungebändigten Wildnis, die nur durch einige Stahlplatten von dem Luxus der westlichen Welt getrennt war.

Und von Vergewaltigern, Verrätern und Mördern.

Er hob den Kopf, spürte die hypnotische Wirkung, die der Blick in das schwarze Nichts erzeugte, und konnte mit einem Mal den Sog verstehen, von dem melancholische Menschen sprachen, wenn sie sich von den Tiefen des Meeres angezogen fühlten.

Ozean, Magnet der Depressiven.

Aber du warst nicht depressiv, Nadja.

Er stellte sich auf die unterste Strebe der Brüstung, erst mit einem, dann mit beiden Füßen, versuchte sich in die letzten Sekunden seiner Frau hineinzuversetzen.

Sie hatte die Dunkelheit gefürchtet. Die Nacht, in der sie angeblich sprang, musste undurchdringlich gewesen sein. Die Wolken hingen tief, es war neblig. Möglicherweise hatten sie das Wasser gar nicht sehen können.

Martin musste an Timmy denken. »Aua«, hatte er als kleiner Junge gesagt und aufs Wasser gezeigt, wann immer sie an einem See, am Meer oder auch nur an einem Schwimmbad vorbeikamen. Er konnte kaum stehen, da hatte Nadja ihm erklärt, wie gefährlich Wasser für ein Kind sein konnte. »Wasser ist ganz dolles Aua«, hatte sie ihm wieder und wieder erklärt, und auch wenn alle Elternratgeber dazu rieten, Babysprache nach Möglichkeit zu vermeiden, hatte es funktioniert. Timmy hatte nie den Respekt vor dem nassen

Element verloren und war der beste Schwimmer seiner Klasse geworden. Wie wahrscheinlich war es, dass eine Mutter, die Kinder so sehr liebte, dass sie Grundschullehrerin geworden war, ihren Sohn in einer nebligen Nacht in eben jenes »Aua« warf, vor dem sie ihn ein Leben lang gewarnt hatte?

»So, erledigt, da bin ich wieder«, meldete sich Diesel in seinem Ohr zurück, der erst eine Runde eines Online-Games hatte beenden wollen, bevor er mit ihm sprechen konnte. »Musste nur noch eben einen Hubschrauber abschießen.«

Für einen Moment hatte Martin vergessen, dass er ihn überhaupt angerufen hatte. Wegen des Windes hatte er sich einen Kopfhörer ins Ohr gesteckt und konnte freihändig sprechen. Die Skype-Verbindung war erstaunlich klar, gemessen an der Tatsache, dass er sich mitten auf dem Atlantik befand.

»Kommt die Ärztin durch?«, fragte Diesel. Martin hatte ihm eine kurze Mail mit einem Abriss der jüngsten Vorfälle geschickt, zusammen mit den Mitarbeiter- und Passagierlisten, die ihm Bonhoeffer hatte zukommen lassen.

»Ich hoffe es«, sagte er.

Während der Sommerroute wurde die Plattform, auf der er stand, als FKK-Gelände genutzt. Im Herbst war dies der einsamste Ort unter freiem Himmel; ganz besonders nachts, wenn die Temperaturen in den einstelligen Bereich sanken. Aus diesem Grund hatte Martin Deck 17 für seinen nächtlichen Ausflug gewählt. Er wollte alleine sein und über die Zusammenhänge nachdenken: über den Tod seiner Familie, den Anruf von Gerlinde Dobkowitz, das vergewaltigte Mädchen, die frischen Schnittwunden auf Anouks Arm und den Anschlag auf Elena, der auch ihn hätte treffen können.

Als ihm klargeworden war, dass sich seine Gedanken im Kreis drehten und er jemanden brauchte, um sie aus den eingefahrenen Spurrinnen zu schubsen, hatte er Diesel angerufen.

»Genaueres wissen wir erst in vierundzwanzig Stunden«, sagte Martin. »Es ist nicht klar, was genau die verdammten Schwellungen in ihrem Gesicht auslöst. Das Schiffslabor ist nicht darauf ausgerichtet, zu analysieren, womit die Schmiere auf dem Boden des Ankerdecks versetzt war.«

»Und wer versorgt jetzt die Ärztin, wenn die Ärztin krank ist?«, fragte Diesel. Im Hintergrund zischte es. Diesel hatte Martin zu Beginn des Gesprächs vorgewarnt, dass er sich einen Teller Ravioli mit dem Bunsenbrenner aufwärmen wollte. Von Mikrowellen hielt der Chefredakteur eher wenig.

»Jacques Gerard, ihr Assistent«, sagte Martin. »Wir mussten ihn einweihen. Dr. Beck liegt jetzt im Nachbarzimmer von Anouk auf der Quarantänestation.«

Natürlich gab es auch freie Betten in der offiziellen Schiffsklinik, sogar einige mit Schwingfunktion, die jede Wellenbewegung ausglichen, nur waren diese Betten wie in einer Notaufnahme bloß durch Vorhänge getrennt. Noch wurde auf der *Sultan* kein anderer Passagier stationär behandelt, aber für den Fall, dass sich das änderte, wollte der Kapitän unter allen Umständen vermeiden, dass ein Fremder die Bordärztin in diesem Zustand zu Gesicht bekam. Also hatte Martin die kollabierende Dr. Beck aus dem Ankerdeck nach Hell's Kitchen getragen, wo ein schmächtiger Franzose mit Schildpattbrille und hängenden Mundwinkeln Elena als Erstes eine Wagenladung Kortison spritzte. Das hatte wenigstens die Erstickungsgefahr gebannt. Jetzt, sieben Stunden später, sah die Bordärztin noch immer aus, als wäre

205

sie in eine üble Straßenschlägerei geraten, doch sie war stabil, wenn auch nicht ansprechbar.

»Mit Giftdosierungen kennt sich euer Killer zum Glück nicht ganz so gut aus«, sagte Diesel.

Oder vielleicht gerade doch.

Martin bezweifelte, dass der Tod der Ärztin oder eines anderen die Absicht des Täters gewesen war.

Wahrscheinlicher war, dass er ihnen eine Demonstration dessen liefern wollte, wozu er fähig war, sollten sie ihre Nachforschungen nicht einstellen.

»Egal ob Plan oder Fehlschlag, der Anschlag verrät uns viel über deinen Gegner«, sagte Diesel, nachdem Martin seine Gedanken mit ihm geteilt hatte.

»Und das wäre?«

»Erstens: Der Vergewaltiger des Mädchens ist noch auf dem Schiff.«

Martin zuckte mit den Achseln. »Womit er sowohl zum Personal als auch zu den Passagieren zählen könnte.«

»Eher zum Personal, denn – zweitens – hat er Zugang selbst zu den abgesperrten Bereichen.«

»Schlüssel, besonders elektronische, sind für jeden Hobbyhacker leicht zu knacken«, widersprach Martin.

»Mag sein. Wichtig aber ist die Frage: Wer wusste davon, dass ihr den Ankerraum besuchen wollt?«

»Der Kapitän, ich selbst …« Martin überlegte. »Und der technische Leiter, der die Sperre freischalten musste.«

Und vielleicht noch zweihundert Leute mehr, je nachdem, mit wem Bonhoeffer alles gequatscht hatte.

»Was ist das für ein Technikfuzzi?«, fragte Diesel.

»Keine Ahnung.«

»Dann solltest du ihn dir mal vorknöpfen, ebenso wie Gerard Depardieu.«

»Jacques Gerard?«

»Genau den. Kann mir nicht vorstellen, dass der Assi nicht misstrauisch wurde, wo seine Chefin den lieben langen Tag so steckte. Überprüf alle Männer, die als Anouks Vergewaltiger in Frage kommen, ob sie intelligent und überheblich sind. Immerhin konnte der Täter – *drittens* – eure Schritte vorhersehen, und – *viertens* – spielt er offensichtlich gerne Spielchen mit seinen Opfern.«

Womit deine Analyse komplett für die Tonne ist, dachte Martin.

Manipulative Täter verfügten in der Regel über eine überdurchschnittliche Intelligenz und die Fähigkeit, durch die Kunst der Verwandlung Opfer und Polizei an der Nase herumzuführen. Stand man ihnen gegenüber, konnten sie meisterhaft ihre wahren Charaktereigenschaften überspielen. Depressive spielten den Dauergrinser, Sadisten gaben sich handzahm. Zudem handelte es sich bei einem Menschen, der seine Opfer über Wochen hinweg versteckt hielt und quälte, eindeutig um einen Psychopathen, der mit normalen Maßstäben ohnehin nicht zu fassen war. Und mit Hobby-Profiling schon gar nicht.

»Und wenn ich du wäre, würde ich denjenigen, den du ins Visier nimmst, mal ganz unverbindlich nach seiner Mutter fragen.«

»Wieso das?«, fragte Martin etwas verwirrt.

»Ich bin mir nicht sicher, ob das was zu bedeuten hat. Ist nur so ein Grummeln im Magen. Kennst du das? Manchmal blubbert es, und du denkst, gleich machst du dir in den Schlüpper, doch dann ist es nur Aftersausen?«

Diesel ließ Martin keine Zeit, um den widerlichen Vergleich zu verdauen, und sprach sofort weiter: »Also ich hab, so wie du mir aufgetragen hast, nach weiteren Doppelfällen geforscht, das heißt nach Vermisstenfällen auf hoher See, wo es nicht um deprimierte Alleinreisende mit Geld-, Gesundheits- oder Eheproblemen geht, die mit hoher Wahrscheinlichkeit freiwillig über Bord gehüpft sind.«

»Und?«, fragte Martin. »Was ist dabei rausgekommen?«

»Zunächst: Neben Timmy und Anouk gibt es weltweit keine weiteren Kinder, die auf einer Kreuzfahrt verschwunden sind. Nicht einmal Teenager haben in den letzten zehn Jahren den goldenen Köpper hingelegt. Find ich erstaunlich, wenn ich daran denke, auf welchen Balkongeländern ich so alles besoffen rumgeklettert bin, als ich sechzehn war.«

Diesel schien testen zu wollen, wie viele Ravioli gleichzeitig in seinen Mund passten, die folgenden Worte wurden immer unverständlicher: »Es sind auch sonst niemals mehr zwei Menschen gleichzeitig abhandengekommen.«

Was die Häufung dieser Fälle auf der Sultan *umso verdächtiger macht.*

»Aber drei Mal, auf jeweils unterschiedlichen Schiffen, ist jeweils ein Elternteil einer Familie verschwunden. Und das Auffällige dabei: Es war immer die Frau, die nicht wieder auftauchte. Ich schick dir mal eine Mail mit den Namen und den Routen.«

»Augenblick mal.« Martin strich sich über den rasierten Schädel, auf dem in den letzten Tagen ein hauchdünner Flaum nachgewachsen war. »Soll das heißen, es gibt einen Serientäter, der es auf Mütter abgesehen hat?«

»Keine Ahnung. Das musst du herausfinden. Ich hab jetzt keine Zeit mehr, Miss Marple für dich zu spielen. Ich muss erst einer anderen heißen Spur nachgehen.«

»Welcher?«

»Der Duftspur meiner Freundin, die gerade vom Dienst nach Hause gekommen ist.«

»Grüß Ira«, sagte Martin und kappte die Skype-Verbindung.

Er überlegte, ob er Anouk und Elena noch einen Besuch abstatten sollte, bevor er auf seine Kabine ging, als er es hinter sich knacken hörte und gleichzeitig einen heftigen Stich in der Seite spürte.

Martin wollte sich an die Hüfte fassen, erstaunt darüber, welches große Insekt fernab jeder Küste ihn gestochen haben konnte, noch dazu durch eine Lederjacke hindurch, da lag er bereits auf dem Boden, unfähig, etwas anderes zu tun, als seinen Füßen dabei zuzusehen, wie sie zuckend immer wieder auf den Schiffsplanken gegeneinanderschlugen, während durch die Einstichstelle in seiner Hüfte ganz offensichtlich heiße Lava in seinen Körper geleitet wurde. Martin glaubte innerlich zu verbrennen und wollte schreien, doch das machte die Dunkelheit unmöglich, die mit einem Mal seinen Kopf umhüllte. Eine nach Plastik schmeckende, elastische Dunkelheit, die sich in seinen Mund nach innen stülpte, wenn er Luft einzusaugen versuchte.

Martin fühlte nun etwas unter seinen Armen, was ihn wieder nach oben riss. Der Angreifer musste ihn mit einem Elektroschocker außer Gefecht gesetzt haben, bevor er ihm eine Tüte über den Kopf zog. Nichts anderes konnte für seinen Zustand verantwortlich sein.

Martin spürte seinen Kopf gegen etwas Hartes prallen, hörte sich würgen, dachte an Anouk und ihren Malcomputer, auf den er jetzt »HILFE« geschrieben hätte, in Druckbuchstaben und zweifach unterstrichen. Der Geschmack von Spaghetti carbonara, Timmys Lieblingsgericht, lag ihm paradoxerweise auf der Zunge, der Geruch von verbranntem Plastik in der Nase, seine Augen tränten, und er schlug und trat wie ein Irrer um sich, nur leider nicht kontrolliert und mit wenig Kraft.

Plötzlich drückte etwas gegen seinen Bauch, das sich wie eine Stange anfühlte.

Die erste, elektrisch aufgeladene Schmerzwelle verlor an Kraft, weswegen Martin wahrnahm, wie seine Füße den Kontakt zum Boden verloren.

Der Druck der Stange gegen seinen Magen wurde heftiger, als er nach vorne kippte.

Er hörte jemanden husten, dachte erst, er wäre es selbst, aber das war ja nicht möglich.

Ich hab den Mund voller Tüte.

Die Arme begannen zu kribbeln, als hätten sie in einem Gefrierfach gelegen und würden nun langsam wieder auftauen. Martin versuchte, sich die Folie vom Kopf zu reißen, dabei schlugen seine Hände gegen den Gegenstand, der ihm in den Magen drückte, und in dieser Sekunde begriff er, was mit ihm geschah.

Die Brüstung!, schrie er in Gedanken. Sein Mund war nur noch in der Lage, ein gequältes Grunzen hervorzupressen.

Ich hänge auf der Brüstung!

Bäuchlings, nach vorne geneigt, wie ihm der langsam steigende Druck in seinem Kopf signalisierte.

Martins Arme ruderten nach hinten, bekamen das Geländer der Reling zu fassen, er bremste seine Vorwärtsbewegung. Seine Finger krallten sich ins Holz. Er zog sich einen Splitter ein, direkt unter den Daumennagel, und glaubte kopfüber zu hängen, die Stange jetzt gegen seine Oberschenkel gedrückt.

»Aua«, hörte er die Stimme seiner Frau, vermischt mit der von Timmy, an die er sich kaum noch erinnerte, so lange war es her, dass er sie zum letzten Mal gehört hatte.

»Wasser ist ganz dolles Aua.«
Er spürte sein eigenes Gewicht, das ihn nach unten zog, gegen die Handgelenke drückte. Spürte einen weiteren Stich, diesmal im Rücken. Spürte, wie seine Ellbogen einknickten. Wie seine Finger sich lösten.
Wie er fiel.

35. Kapitel

Julia griff sich an die Stirn. Spürte Schweiß. Die LED-Uhr des Fernsehers schwebte rot leuchtend im Raum. 00.35 Uhr. Sie hatte nicht einmal eine Stunde geschlafen. Der Alptraum, aus dem sie gerade erwacht war und in dem sie ihre Tochter in aufreizender Kleidung und halbnackt zu einem fremden Mann ins Auto steigen sah, war ihr sehr viel länger erschienen.

Sie fragte sich, was sie aus dem Schlaf hatte hochschrecken lassen. Sie meinte, ein Geräusch gehört zu haben, erst aufbrausenden Wind, dann einen Knall, wie wenn eine Tür zufiel, aber das konnte auch im Traum geschehen sein.

Vermutlich war nur ihre volle Blase daran schuld, dass sie nicht länger im Bett liegen konnte.

Blind ertastete sie auf dem Tisch neben dem Bett den Schalter für das Nachtlicht. Ein schwacher, bläulicher Schein half ihr, sich in der Kabine zu orientieren.

Sie stand auf. Kalte Luft strömte durch die Balkontür, die sie nachts immer einen Spalt offen stehen ließ. Eben noch von einer dicken Daunendecke und ägyptischer Baumwolle umhüllt, fröstelte sie jetzt und wünschte, sie hätte für die Nacht einen Flanellpyjama und kein seidenes Spaghettiträger-Oberteil gewählt.

Wie benommen schlurfte sie zum Bad. Der Seegang tat sein Übriges, um ihren noch schläfrigen Gleichgewichtssinn zu irritieren. Das bereits vertraute Knarzen, Ächzen und Stöhnen jeder einzelnen Möbelfuge passte zu ihrem Zustand. Sie fühlte sich wie erschlagen. Ihr Mund war trocken, ihr Kopf schmerzte. Sie musste aufs Klo, brauchte einen Schluck Wasser, am besten mit Aspiringeschmack.

Da veränderte sich der weiche Teppich unter ihren nackten Füßen. Sie schaltete eine schwache Schreibtischlampe an, bückte sich und ertastete einen Umschlag. Er steckte noch halb unter der Verbindungstür, unter der er hindurchgeschoben worden war.

»Für Mama«, stand in Lisas unverkennbar schnörkeliger Mädchenschrift auf der Vorderseite. Sofort war Julia hellwach. Ein vertrautes, schreckliches Gefühl nahm ihr den Atem.

Vor einigen Jahren hatte Julia gedämpfte Schreie gehört, als sie an der Kasse eines Supermarkts im Schweizer Viertel stand. Zuerst dachte sie, eine Mutter würde auf dem Parkplatz nach ihrem störrischen Kind rufen, doch die Schreie wurden hysterischer. Plötzlich setzten sich zwei Kunden und ein Mitarbeiter in Bewegung, rannten zum Ausgang. Julia hatte einen besorgten Blick mit der Kassiererin getauscht und in ihrem Blick die gleiche morbide Schizophrenie entdeckt, die sie selbst fühlte. Hin- und hergerissen zwischen dem Wunsch, die eigene Neugier zu befriedigen, und der Angst, Zeuge von etwas so Schrecklichem zu werden, dass man sich wünschte, man hätte es nie erfahren. Das widersprüchliche Gefühl, das sie damals erlebt hatte, holte sie jetzt wieder ein. Nur tausendfach potenziert.

Sie *musste* den Umschlag öffnen. Wollte *unbedingt* erfahren, was in ihm stand, auch wenn sie sich beinahe sicher war, dass ein Brief, den eine Tochter ihrer Mutter heimlich in der Nacht zusteckte, nichts Gutes bedeuten konnte. So wie wehklagende Schreie einer Mutter auf einem belebten Parkplatz, auf dem plötzlich keine Autos mehr rangieren.

Zitternd riss sie den Falz auf, schnitt sich an dem scharfkantigen Briefpapier, als sie es herauszog, entfaltete die mittig geknickte Seite und las Lisas Nachricht, die sie eigentlich erst in einigen Stunden hätte erhalten sollen, um neun Uhr, wenn ihr Wecker zum gemeinsamen Frühstück klingelte. Der gesamte Brief bestand nur aus einem Satz, und der wiederum nur aus fünf Worten.

»Es tut mir leid, Mami.«

Mehr brauchte es nicht, um Julia eine Angst um ihre Tochter spüren zu lassen, die mit nichts auf der Welt vergleichbar war.

36. Kapitel

»Du willst nicht darüber reden?«

Timmy schob trotzig die Unterlippe vor, presste das Kinn noch fester an seine Brust und schüttelte den Kopf.

»Macht dir die Schule keinen Spaß mehr?«

Sein Sohn zuckte mit den Achseln.

Martin beobachtete ihn vom Fenster aus, auf dessen Sims er sich abstützte.

Timmy saß an seinem Kinderschreibtisch und kratzte sich unter der Tischplatte das Knie.

»Hey, es geht mir nicht um die Fünf in Mathe«, sagte Martin zu seinem Sohn.

Die war nur ein Symptom. Eines von vielen, die sich in letzter Zeit zeigten: Timmys unglaubliches Schlafbedürfnis zum Beispiel. Nadja bekam ihn morgens kaum mehr aus dem Bett, und er hatte schon drei Einträge wegen Zuspätkommens. Dann hatte er mit Tennis aufgehört. Einfach so. Martin und Nadja waren keine Eltern, die ihr Kind zu etwas zwangen, aber der Entschluss, von einem Tag auf den anderen, hatte sie kalt erwischt. Sie dachten, er wäre glücklich und fieberte der nächsten Saison entgegen, in der er gute Chancen hatte, in die Berlin-Auswahl aufzusteigen. Wäre Timmy nicht erst zehn, hätte Martin angenommen, sein merkwürdiges Verhalten wäre auf Liebeskummer zurückzuführen. Doch es musste eine andere Ursache geben.

»Hast du Probleme in deiner Klasse?«

Timmy sah auf. Erschrocken stellte Martin fest, wie müde sein Sohn war. Fast so müde wie er selbst.

»Nein. Da ist alles okay. Keiner, der mich Döner fressen lässt, wenn du das meinst.«

»Döner« war auf Timmys Schule die Bezeichnung für eine Handvoll Laub und Dreck, die die Stärksten der Klasse auf dem Schulhof aufsammelten, um sie den Schwächsten aus Spaß in den Mund zu stopfen. Einfach, weil sie es konnten.

»Es ist wegen dir. Weil du so oft weg bist, und mit Mama ...«
Timmys Stimme brach. Martin sah, wie verzweifelt er sich bemühte, vor seinem Vater nicht zu weinen.

»Hey, komm her.« Er ging zu ihm, kniete sich neben den Schreibtisch und nahm ihn in die Arme.

Er spürte, wie sehr Timmy abgenommen hatte, seitdem die Pausen zwischen den Ehestreitigkeiten immer kürzer wurden, bis sie am Ende in ein schwelendes Dauerfeuer übergegangen waren.

»Wenn Mama und Papa sich streiten, hat das nichts mit dir zu tun, das weißt du doch hoffentlich?«
Timmy nickte und zog die Nase hoch.

»Das ist alles meine Schuld, Großer. Ich bin viel zu oft weg. Aber ich schwöre dir, das hört auf. Ich habe nur noch einen Auftrag zu erledigen, dann kündige ich und such mir einen Job, bei dem ich von zu Hause aus arbeiten kann. Wie hört sich das an?«

Sein Sohn löste sich aus der Umarmung. Skepsis lag in seinem Blick. Man sah ihm an, dass er die gute Nachricht nicht glauben wollte.

»Und dann wärst du immer bei mir?«
»Ja. Ich verspreche es dir. Ich komme bald zurück, und dann sind wir für immer zusammen.«

Martin gab Timmy einen Kuss auf die Stirn und verstrubbelte seine Haare.

Dann stand er auf, ging zur Tür und griff nach seinem Seesack, den er bereits gepackt hatte.

Er öffnete Timmys Zimmertür und drehte sich noch einmal um, da ihm etwas eingefallen war.

»Ich fürchte, ich habe dich angelogen, Kleiner.«

Timmy, der sich nicht vom Fleck gerührt hatte, nickte.

Seine Tränen waren verschwunden. Mit versteinertem Gesicht sagte er: »Ich weiß, Papa. Wir werden uns nie wiedersehen.«

Timmy schluckte. »Ich werde sterben. So wie du gerade.«

»Ich?«

»Ja. Du weißt doch. Wasser ist Aua. Und du fällst gerade ins ...«

Wasser.

Hart.

Schwarz.

Der Schmerz des Aufpralls riss Martin aus der erinnerungsgefüllten Bewusstlosigkeit. Ein Gefühl, als würde ihm ein Riese die Wirbelsäule aus dem Rücken reißen, schoss ihm vom Steißbein aufwärts bis ins Gehirn. Gleichzeitig wurde der Druck auf den Ohren stärker, je tiefer er versank.

Martin schnappte nach Luft, doch nicht einmal Wasser wollte seine Lungen fluten. Noch immer steckte sein Kopf in der Tüte. Wenigstens waren die Arme nicht mehr wie Blei, und er konnte sich von ihr befreien.

Orientierungslos strampelte er mit Armen und Beinen. Stiefel hingen wie Gewichte an seinen Füßen. Die Kleidung würde zu seinem Sarg werden, wenn er sie nicht loswurde.

Keine Hoffnung, sich in ihnen an die Oberfläche zurückzukämpfen.

Doch will ich überhaupt zurück?

Während sein Körper instinktiv von einem Überlebensprogramm gesteuert wurde, bedauerte Martin in Gedanken bereits, den Sturz überlebt zu haben.

Du fällst, hörte er die Traumstimme seines Sohnes und musste an einen anderen Tim denken. *Tim Sears,* einer der wenigen, die einen Sprung von einem Kreuzfahrtschiff überlebt hatten. Doch der war nach einem Saufgelage aus zwanzig Meter Höhe von der *Celebration* in den warmen Golf von Mexiko gefallen. Im eiskalten Atlantik hätte Sears keine siebzehn Stunden bis zur Rettung durchgehalten.

Obwohl … So kalt war es gar nicht. Der Strom, den der Killer durch Martins Körper gejagt hatte, musste die Synapsen seines Gefühlszentrums neu gepolt haben.

Die tausend Stecknadeln, die ihm ins Gesicht stachen, spürte er nicht. Das Wasser war kühl, aber nicht eisig.

Eine warme Strömung?

Martin strampelte hektischer. Verausgabte sich.

Luft, ich brauche …

Luft. Kalt. Nass.

Plötzlich war der Druck auf den Ohren weg.

Martins Kopf stieß durch die Wasseroberfläche. Er schrie nach Sauerstoff. Und rechnete mit dem Schlimmsten: Bei vollem Bewusstsein auf dem wellenbewegten Ozean im schwarzen Nichts zu treiben. Keine Lichter zu sehen. Weder die der *Sultan,* die schon weitergefahren war, ohne dass jemand Alarm geschlagen hatte. Noch das der Sterne im wolkenverhangenen Himmel über ihm.

Womit er nicht rechnete, war der Arm, gegen den er stieß.

Und das Lachen, das er hörte.

Dann wurde Martin von einer Kraft bewegt, die er sich nicht erklären konnte. Er spürte einen Ruck, und das Wasser unter seinem Rücken wurde hart.

Und während das Gelächter anschwoll und eine Frau mit britischem Akzent und schriller Stimme rief: »Der ist wohl total besoffen«, starrte Martin nach oben zu der dunklen Kapuzengestalt an der Reling. Hoch zu der gesichtslosen Person, die ihn im Kampf auf dem FKK-Deck mit einem Taser außer Gefecht gesetzt, ihm eine Tüte über den Kopf gezogen und ihn dann auf die Stirnseite des Decks gezerrt hatte, um ihn dort über die Brüstung fünf Meter tief in den Außenpool der *Sultan* zu werfen.

37. Kapitel

Die Verbindungstür ließ sich nicht öffnen. Lisa hatte von ihrer Seite aus den Riegel vorgelegt und reagierte nicht. Weder auf das Trommelfeuer ihrer Fäuste noch auf Julias schrille, angstgefärbte Rufe.

»Lisa, Schatz. Mach auf!«

Schlüssel, wo ist der verdammte Schlüssel?

Ihr eigener steckte neben der Tür in einem kleinen, mausgrauen Wandkasten. Doch wo war die Ersatzkarte zu Lisas Kabine? Bis gestern noch hatte sie auf dem Sideboard direkt neben dem Telefon gelegen, jetzt war das kleine Faltbriefchen mit dem Wappen der Reederei, in dem die Karte gesteckt hatte, leer.

Wie ist das möglich?

Julia warf einige Prospekte und Illustrierte vom Tisch, hob ihre Handtasche und eine Schreibunterlage an. Nichts.

O Gott, lieber Gott …

Sie unterdrückte den Impuls, schreiend auf den Gang zu rennen, um sich dort gegen Lisas Tür zu werfen, und griff zum Hörer. Das hektische Tuten im Ohr machte es noch schwerer, sich zu konzentrieren.

– Roomservice
– Hauskeeping
– Laundry
– Spa …

Zehn Direktwahltasten. Keine davon war mit **PANIK** beschriftet.

1310 … 1310 …

Sie hatte gerade die Rezeption anrufen wollen, als ihr Daniels Durchwahl einfiel.

Nach viermaligem Läuten meldete er sich mit einem schlaftrunkenen »Hallo?«.

»Sie … Sie tut …« Julias Stimme brach. Erst jetzt merkte sie, dass sie weinte.

»Lisa? Was ist mit ihr?« Die Stimme des Kapitäns klang schon sehr viel wacher.

»Ich glaube, sie … sie … tut … sich etwas an.«

Mehr musste sie nicht sagen. Daniel versicherte ihr, in zwei Minuten bei ihr zu sein, und legte auf.

Zwei Minuten?

Eine lange Zeit, wenn einem die Fingernägel rausgedreht werden. Noch länger, wenn man befürchtet, sein eigen Fleisch und Blut könnte sich das Leben nehmen.

Jetzt. In dieser Sekunde.

Julia konnte nicht warten. Sie riss die Balkontür auf.

Feuchtkalter Wind schlug ihr entgegen, sie stieß sich den nackten Fuß an einem Liegestuhl, hörte das Brausen des Ozeans, das in ihren Ohren wie das Gebrüll eines wilden Tieres klang, das sein Maul aufreißt, um alles zu verschlingen, was in die Reichweite seiner Fangzähne kommt.

»Lisa?«, brüllte sie gegen das Tosen an.

Die Balkone waren durch eine Sichtblende aus weißem Hartplastik getrennt. Julia lehnte sich weit über die Brüstung, um nach rechts an der Blende vorbei auf Lisas Seite zu spähen.

Licht!

Die Deckenleuchten brannten, und weil die Vorhänge vor der geöffneten Balkontür nicht zugezogen waren, erhellten sie auch einen Teil von Lisas Balkon.

Also ist sie noch in der Kabine, dachte Julia erleichtert. Bis das Pendel der Angst, das sie für den Bruchteil einer Sekunde von sich gedrückt hatte, wieder mit voller Wucht zurückschlug. Aus Energiespargründen wurde der Hauptstromkreis unterbrochen, sobald man beim Verlassen des Zimmers seine Schlüsselkarte aus dem Wandkasten zog. Lampen und Klimaanlage gingen aus. Normalerweise war eine hell erleuchtete Kabine also ein Hinweis auf die Anwesenheit des Gastes. Es sei denn, er hatte seinen Schlüssel nicht mitgenommen.

Oder einen anderen Ausgang gewählt.

Julia hatte das Gefühl, von einer Welle getroffen zu werden, als sie sich noch weiter nach vorne beugte.

Viel zu weit, um einen sicheren Halt zu haben.

Der Wind spuckte ihr ins Gesicht. Nieselregen perlte ihr von den Augenbrauen. Regen und Tränen. Sie sah nur noch verschwommen, blinzelte, heulte. Schrie.

Und dann sah sie es! Die Stiefel. *Lisas Stiefel.* Sie lagen auf dem Boden, zwischen Bett und TV-Kommode, halb von einer Tagesdecke bedeckt, unter der auch der Rest von Lisas Körper zu stecken schien.

Julias Gehirn schaltete in einen primitiven Instinktmodus. Sie war eine Mutter. Ihre gemobbte Tochter hatte einen Abschiedsbrief geschrieben. Ihr den Schlüssel für die Kabine gestohlen. Sich eingeschlossen. Reagierte nicht auf ihr Klopfen. Und lag reglos auf dem Fußboden.

Sie musste den Gedanken, dass Daniel in wenigen Sekunden bei ihr wäre, nicht ignorieren. Er kam ihr gar nicht erst.

Eine Hand an der Sichtblende, die andere an der Reling. Ein Fuß auf die unterste Sprosse. Den anderen auf die zweite …

Der Aufstieg geschah automatisch.

Dass sie sich in Todesgefahr begab, realisierte sie erst, als sie auf dem Balkongeländer stand und, mit beiden Händen die Kante der Trennwand fest umklammernd, versuchte, einen Fuß zu heben, um ihn auf Lisas Geländerseite wieder abzustellen. Und ... abrutschte.

Ihr nackter Fuß war noch taub von dem Stoß gegen den Liegestuhl. Sie spürte keinen Schmerz. Aber auch nicht, dass ihre nasse Sohle den Halt verloren hatte.

Plötzlich zog das gesamte Gewicht ihres Körpers an ihren Armen. Sie hatte keine Chance. Die Trennwand hätte eine Fuge, einen Griff oder irgendeinen anderen Angelpunkt bieten müssen, um sich an ihr festhalten zu können. So aber rutschten nach dem Fuß auch ihre Hände ab.

Und ihr Körper nach unten.

Julia schrie, doch das Meer unter ihr brüllte noch lauter zurück. Das Raubtier witterte Blut, als es Julia an der Reling hängen sah, genau zwischen den Kabinen.

Im Fallen hatte sie es geschafft, sich an der obersten Geländerstange festzuhalten. Doch die war aus Holz, zu breit für ihre schmalen Hände, zu nass, um sich auf Dauer an ihr festzuhalten. Und Julia war zu erschöpft, zu kraftlos und zu schwer.

Nicht nach unten sehen. Sieh nicht nach unten!, befahl sie sich, als würde das irgendetwas ändern. Als könnte sie das Meer verschwinden lassen, indem sie einfach die Augen schloss.

Der Wind riss an ihr wie an einer Fahne. Julia schloss die Augen und spürte, wie ihre Finger langsam von dem Rund des Geländers abglitten.

Es tut mir leid.

War das der letzte Satz? Die letzte Nachricht ihrer Tochter in diesem Leben?

Sie schrie ein letztes Mal den Namen ihrer Tochter und hörte ihren eigenen als Echo.

»Julia?«

Jemand rief ihn aus einiger Entfernung, doch es war nicht ihre Tochter, die sie zu sich rief. Lisas Stimme war nicht so tief. Und ihr Griff auch nicht so fest.

»Ich hab dich!«, schrie der Mann, dessen Gesicht plötzlich über ihr schwebte. Und sie in letzter Sekunde wieder nach oben zog, zurück aufs Schiff.

Zurück in den Alptraum.

38. Kapitel

Tiago lag auf dem Bett und schwitzte. In seiner neuen Kabine funktionierte die Klimaanlage nicht, was für sich genommen schon Grund genug dafür war, weshalb die Nummer 4337 leer stand. Dass das Wasser aus der Dusche mit der Fließgeschwindigkeit von Honig aus der Leitung tropfte und es im Schlafzimmer nach Katzenpisse stank, machte die Kabine endgültig unbewohnbar.

Hätte er die Wahl gehabt, hätte er sich nach einem besseren Unterschlupf umgesehen, aber der Rezeptionscomputer, auf den Stacy ihn einen raschen Blick hatte werfen lassen, hatte keine brauchbare Alternative gezeigt. 2898 Passagiere. Die Kabinen der *Sultan* waren komplett ausgebucht; bis auf den Sanierungsfall, in dem er sich seit zwanzig Stunden versteckt hielt.

Was für eine Scheißfahrt!

Tiago saß im Bett, den Rücken an die Polsterung der Kabinenwand gelehnt, und schaltete mit der Fernbedienung durch den Fernseher, den er auf Flüsterlautstärke gestellt hatte. Das Licht war gedimmt, die Türfugen mit Handtüchern ausgekleidet, damit niemand im Vorbeigehen bemerkte, dass die Kabine bewohnt war.

Was für ein Alptraum.

Er hatte nicht einmal den vollen Reisepreis zusammengeklaut und war dazu verdammt, den Rest der Passage in diesem müffelnden Schwitzkasten zu versauern.

Tiago knurrte der Magen, die abgepackten Erdnüsse aus

der Minibar hatte er längst verdaut, doch noch war sein Hungergefühl nicht so groß, dass er sich nach draußen gewagt hätte.

Raus. Zu den Schlägern, die unter Garantie längst wussten, wer er war, und nur darauf lauerten, dass er sich wieder zeigte.

»Hast du uns etwa belauscht?«

Er hatte kaum geschlafen und die meiste Zeit in seiner neuen Bleibe damit verbracht, über seine verfahrene Lage nachzudenken. Dabei meinte er immer wieder die Worte des Offiziers zu hören:

»Du bist tot.«

So tot wie Kanal 5 des Bordfernsehens, auf dem er hängengeblieben war und der die Bilder ausgewählter Außenkameras zeigte. Von der Brücke, in Fahrtrichtung und zum Heck. Jetzt, um diese Uhrzeit, waren sie alle schwarz. Nur ein Laufband am unteren Bildschirmrand sorgte für Abwechslung und verriet Tiago, dass sie mit 19,4 Knoten bei gemäßigtem Seegang und Regen Richtung Westen pflügten.

Wie bin ich nur in diesen Schlamassel geraten?

Fest stand: Er war Zeuge einer gewaltsamen Erpressung geworden. Anscheinend war ein junges Mädchen an Bord, ein blinder Passagier womöglich, und die Putzfrau wusste von diesem Geheimnis, das laut Meinung des Anführers eine Menge Geld wert war. So viel Geld, dass es sich lohnte, Zimmermädchen mit Glasscherben zu füttern.

Oder bin ich paranoid?

Womöglich hatten die beiden Irren gar kein Interesse mehr an ihm. Je mehr Zeit verstrich, in der sich niemand meldete, der Zeuge eines tätlichen Übergriffs geworden war, desto sicherer fühlten sie sich eventuell.

Vielleicht. Womöglich. Eventuell.
Die unsichersten Worte der Welt.
Tiago wäre nicht so weit gekommen, wenn sie zu seinem Sprachgebrauch zählten. Hier, in diesem fensterlosen Katzenklo, war er auf dem gesamten Schiff am sichersten. Kabine 4337 stand auf keinem Reinigungsplan. Niemand wusste, dass er hier war.
Hoffentlich.
Er überlegte, ob er sich noch ein Getränk aus der Minibar holen sollte, und stand auf. Die wenigen Vorräte, die man offenbar im Kühlschrank vergessen hatte, würden nicht lange reichen. Es gab noch zwei Säfte, deren Mindesthaltbarkeitsdatum allerdings überschritten war, eine Diätcola, ansonsten nur Spirituosen.
Tiago ließ die Kühlschranktür offen stehen und zog seinen kleinen Reisekoffer ins Licht der Minibar. Ein altmodischer Kasten mit brauner Schlangenlederoptik, den ihm sein Vater vererbt hatte. Er stammte aus einer Zeit, in der ein Koffer mit Haltestangen und Rollen als Weiberkram verspottet worden wäre.
Echte Männer tragen ihre Last, war die Einstellung seines Vaters gewesen. Eine Einstellung, die er ihm mit diesem Koffer buchstäblich mit auf den Weg gegeben hatte. Tiago öffnete ihn. Das Seitenfach war mit Getränken gefüllt. Vor seinem Umzug hatte er in weiser Voraussicht die Minibar in der alten Kabine geleert. Damit seine Flucht nicht auffiel und er womöglich noch als vermisst gemeldet wurde, musste er hin und wieder zu ihr zurückkehren; wenigstens ein Mal am Tag, um die Bettdecke zu zerwühlen, einige Handtücher in die Dusche zu werfen und das gewohnte Trinkgeld auf dem Kopfkissen zu hinterlassen.
Die Frage war nur: *Wann?*

Jetzt, mitten in der Nacht, wenn die Gänge leer waren? Oder erst in einigen Stunden, um neun Uhr, zur Hauptfrühstückszeit vielleicht, wenn ihn ein wenig Gedränge schützte und ihm im Falle eines Angriffs jemand zu Hilfe kommen konnte?

Ratlos starrte er auf eine Dose Tonic-Wasser, als könnte diese ihm die Entscheidung abnehmen. Dabei fiel sein Blick auf den Umschlag, den er versehentlich aus Lisa Stillers Kabine entwendet hatte. Er lag zuoberst auf seinen Kleidungsstücken.

Tiago nahm ihn in die Hand.

Bislang hatte er sich zurückgehalten. Er war ein Dieb, aber kein Voyeur. Er schnüffelte nicht einfach aus Spaß in der Privatsphäre anderer Menschen, und da das Kuvert kein Geld enthielt (das hatte er mit einem raschen Blick gesehen), war er an dem Inhalt des Briefes nicht interessiert.

Andererseits ...

Konnte es sich nicht um ein wichtiges Dokument handeln, immerhin machte der Umschlag einen edlen, hochoffiziellen Eindruck? Was, wenn die kleine Lisa das Schreiben brauchte? Wenn es zum Beispiel ein ärztliches Attest war, auf dem die Dosierung lebenswichtiger Medikamente notiert war?

Tiago musste über sich selbst lächeln. Eher war in dem Umschlag ein Lottoschein, der in der nächsten Ziehung einen Sechser garantierte. Er suchte doch nur nach einem Vorwand, seine Neugierde zu befriedigen, und auch das erinnerte ihn an ein Sprichwort seines Vaters: »*Wenn eine Frau einen Kopf streichelt, will sie manchmal bloß seine Geheimnisse wissen.*«

Tiago streichelte den Falz des Umschlags und konnte nicht mehr widerstehen.

Er zog den zweiseitigen Brief hervor. Ein Duft von Lavendel stieg ihm in die Nase, als er das erste Blatt aufklappte.

Vermutlich ein Brief an ihren ersten Freund, dachte er und staunte über die beinahe künstlerisch anmutende Handschrift.

Das *P* am Kopf nach vorne ausgewölbt, das *l* mit einem eleganten Schwung, der in ein gestochen scharfes *a* überging, das wie das *n* beinahe lebendige Gesichtszüge aufwies.

Die Buchstaben waren bildschön. Im Gegensatz zu den Worten, die sie formten. Und zu dem schrecklichen Text, der sich aus ihnen zusammensetzte.

»Plan«, las Tiago, und ab dem ersten Satz flogen seine Augen von Zeile zu Zeile, sprangen von Absatz zu Absatz. Und als er an dem grauenhaften Ende angekommen war und zu der zweiten Seite blätterte, auf der die Positionen aller Überwachungskameras der *Sultan* vermerkt waren, wusste er, dass er keine Sekunde länger mehr in dieser Kabine bleiben durfte.

39. Kapitel

Julia wankte. Nicht einmal zehn Sekunden hatte sie sich gegönnt. Hustend, keuchend und vor Erschöpfung schlotternd, hatte sie sich an Daniel Bonhoeffers Arm hochgezogen. Jetzt musste sie sich an dem Rahmen der Schiebetür festhalten, um nicht wieder umzufallen. Ihr Retter stand neben ihr, die Hände ausgestreckt für den Fall, dass er wieder eingreifen musste.

»Wo ist sie?«, röchelte Julia. Sie hatte sich heiser geschrien. Ihre Finger waren immer noch blutleer, so fest hatte sie sich an dem Geländer festgekrallt. Ihre Beine zitterten, sie spürte dicke Blutergüsse an den Kniescheiben wachsen. Offenbar hatte sie sich die Knie an der Bordwand blutig geschlagen, so wie sie sich vor Anstrengung die Lippen aufgebissen hatte. Sie schmeckte Blut.

»Wo. Ist. Meine. Tochter!«

Sie zeigte auf das leere Bett.

Zu ihren Füßen lagen die Stiefel. Unter der Tagesdecke am Boden hatten nur Kissen gesteckt.

Kein Körper. Keine Lisa.

»Wo?«, schrie sie Daniel an, doch der Kapitän zuckte mit den Achseln.

»Wir sind so schnell wie möglich gekommen.«

Er zeigte auf einen sonnengebräunten Offizier in der Kabinentür mit wild zerzaustem, blondem Haar, bei dem allerdings jede Strähne ihren vorbestimmten Platz zu haben schien.

»Das ist Veith Jesper, einer unserer Sicherheitsoffiziere«, stellte er ihn vor.

»Ich hab alles abgesucht«, sagte der Schönling wichtigtuerisch. Als ob die Durchsuchung einer Kabine von dreizehn Quadratmetern nach einem Teenager eine Ausbildung als FBI-Profiler erforderte.

Veith hatte stahlblaue Augen, umrahmt von hellen Wimpern, die voller waren als Daniels Haaransatz. Er wirkte mindestens zehn Kilo dünner und dennoch kräftiger als der Kapitän.

»Hier in der Kabine ist sie nicht«, erklärte er das Offensichtliche. Die Badezimmertür stand offen, die Verbindungstür war noch immer verriegelt, und unter dem Bett hatte sie selbst schon nachgesehen.

»Ist sie euch entgegengekommen?«, fragte Julia.

Vielleicht ist das alles nur ein böser Streich? Vielleicht ist Lisa geflüchtet, als sie mich kommen hörte?

»Nein.« Daniel und Veith schüttelten synchron die Köpfe.

»Und das wäre auch kaum möglich gewesen«, sagte Veith Jesper. Unbarmherzig zeigte er zur Tür.

Trotz der Panik, die Julia wie ein zweiter Kopf gewachsen war, erkannte sie, worauf der Sicherheitsoffizier hinauswollte.

Die Kette.

Sie baumelte neben dem Türrahmen. Kaputt. Herausgerissen.

Daniel hatte sie aufbrechen müssen, als sie in die Kabine stürmten.

Weil Lisa die Kette von innen angelegt hat!

So wie sie die Verbindungstür von ihrer Seite aus verriegelt hatte.

»Nein!«

Julia presste sich beide Hände vor den Mund und biss sich in die Finger. Sie drehte sich wieder zum Balkon.

Es gab zwei Türen, durch die man die Kabine verlassen konnte.

Und keine von ihnen konnte Lisa benutzt haben.

40. Kapitel

Jeder Mensch, der seine Wohnung betritt in der begründe-
ten Erwartung, alleine zu sein, erschrickt zu Tode, wenn
er plötzlich eine Stimme aus dem Halbdunkel hört. Selbst
dann, wenn die Stimme beruhigend sagt: »Bitte erschrecken
Sie nicht.«

Martin schnellte herum, griff reflexartig nach einer schweren Tischlampe auf der Kommode im Foyer seiner Suite, in
der festen Erwartung, wieder überfallen zu werden. Dabei
war es nur Gerlinde Dobkowitz, die sich ihm breit lächelnd
näherte. Sie trug ein geblümtes, langärmliges Sommerkleid
mit einem grünen Seidenschal, der bis zu den Speichen des
Rollstuhls hing, in dem sie saß.

»Wie sind Sie hier hereingekommen?«, fragte Martin, halb
erstaunt, halb wütend. Er stellte die Lampe wieder zurück
an ihren Platz. Gerlinde näherte sich. Die grauen Reifen ihres Rollstuhls zogen tiefe Furchen in der Auslegeware.

»*Sie* hat mich reingelassen.«

Gerlinde zeigte hinter sich auf eine schwarzhaarige, dünne
Frau, die sich schüchtern und blass von einem Stuhl erhob,
auf dem sie mit aneinandergepressten Knien im Salon gesessen hatte.

Sie trug die altmodische Zimmermädchenuniform mit
schwarzem Rock, weißer Schürze und alberner Haube, wie
sie für Reinigungskräfte auf der *Sultan* üblich war. Im Gegensatz zu Gerlinde schien sie sich gänzlich fehl am Platz
zu fühlen. Sie stand im Schein einer Bogenlampe, schluckte

schwer und griff sich mit gesenktem Blick an den Hals, ohne sich zu nähern und ohne etwas zu sagen. Martin schätzte sie auf Ende zwanzig. Sie hatte indische Gesichtszüge und wirkte unter ihrer natürlich zimtfarbenen Haut ungewöhnlich blass.

»Das ist Shahla«, erklärte Gerlinde. »Ich hab den ganzen Tag auf Sie gewartet, damit wir ein Treffen organisieren können, aber Sie haben es ja nicht für nötig befunden, sich auch nur für eine Minute bei mir blicken zu lassen.« Gerlinde zog einen Schmollmund. Sie klang wie eine beleidigte Oma, die ihr Enkelkind dafür tadelt, nicht oft genug vorbeizuschauen. »Nicht einmal angerufen haben Sie!«

»Es ist kurz vor ein Uhr morgens«, sagte er.

»Meine offizielle Rundgangszeit.«

»Und da haben Sie gedacht, Sie brechen einfach mal so bei mir ein?«

Martin zog sich seine triefnasse Lederjacke aus, was ihm einige Mühe bereitete. In seinem Rücken, mit dem er auf dem Wasser aufgeschlagen war, schienen sich alle Wirbel verschoben zu haben. Spätestens morgen früh würde er steif sein wie ein Brett.

»Ich habe gedacht, ich informiere Sie über die neuesten Entwicklungen. Shahla wurde überfallen.«

Willkommen im Club.

»Man hat versucht, von ihr etwas über das Mädchen zu erfahren, was bedeutet, dass der Täter noch an Bord ...« Gerlinde stutzte und rückte sich ihr Brillenmonstrum zurecht, das ihr etwas zu weit nach vorne auf die Nasenspitze gerutscht war. »Hm, sagen Sie mal, täusche ich mich, oder haben Sie sich vor Schreck gerade eingepullert?«

Sie deutete auf den nassen Fleck auf dem Teppich zwischen Martins Stiefeln.

»Ich war schwimmen«, antwortete Martin lakonisch, was für die verschrobene Kreuzfahrerin Antwort genug zu sein schien, denn sie stellte keine weiteren Fragen zu seiner tropfenden Kleidung.

»Okay, Frau Dobkowitz, Shahla …« Er nickte dem ängstlichen Zimmermädchen zu. »Das war also für uns alle heute ein harter Tag, ich würde jetzt gerne alleine sein.«

Um aus den Klamotten zu kommen. Um eine heiße Dusche zu nehmen. Und eine Badewanne voll Ibuprofen.

Den letzten Rest seiner Kräfte hatte er damit vergeudet, die helfenden Hände der jungen Briten abzuwehren, die ihn aus dem Pool gezogen hatten, und unter dem Gelächter der Gruppe, die ihn für einen Besoffenen hielt, zurück zum FKK-Deck zu humpeln, wo der Kerl, der ihn von dort aus in die Tiefe gestoßen hatte, sich natürlich längst in Luft aufgelöst hatte.

Immerhin hatte Martin sein Handy wiedergefunden. Es musste ihm vor dem Sturz aus der Hand gefallen sein. Das Display war etwas gesplittert, aber es funktionierte noch. Als er sich nach ihm unter Schmerzen gebückt hatte, sah er, dass das Skype-Programm immer noch geöffnet war. In dem Feld zum Verschicken von Textnachrichten hatte der Angreifer eine Nachricht für ihn hinterlassen:

*Timmy ist tot. Das nächste Mal
bist du es auch.*

Erst Elena und jetzt er. Beide hatten sie ihre Warnungen erhalten. Natürlich würde sich Martin einen Dreck darum scheren, doch wenn er jetzt nicht wenigstens eine Stunde Schlaf bekäme, wäre er bald nicht einmal mehr in der Lage, seine Schnürsenkel zu finden, geschweige denn die Person, die offenbar die Hintergründe um das Verschwinden seiner Familie kannte.

»Lassen Sie uns morgen früh weitermachen«, sagte er zu Gerlinde, doch die hörte ihm gar nicht zu.

»Sag ihm, was mit dir geschehen ist«, forderte sie Shahla auf.

Shahla räusperte sich, sagte aber kein Wort. Es war offensichtlich, dass sie Angst hatte.

»Himmel, die ist vielleicht verbockt«, schimpfte Gerlinde. Dann, zu der Putzfrau gewandt: »Du bist fast getötet worden, Kindchen, und das, kurz nachdem du mitten in der Nacht gesehen hast, wie Anouk Lamar von den Toten wiederauferstanden ist. Mensch, Shahla, das kann doch kein Zufall sein. Wenn du schon nicht mit mir reden willst, dann mit ihm hier.« Sie deutete auf Martin. »Sag ihm, wer das gewesen ist. Er ist von der Polizei, er kann dir helfen.«

Shahla schüttelte stoisch den Kopf, die Lippen fest zusammengepresst.

Martin wusste, das Zimmermädchen war noch lange nicht bereit, über den Vorfall zu reden, schon gar nicht mit einem Fremden, und da er sich momentan auch nicht in der Verfassung sah, ein einfühlsames Vernehmungsgespräch zu leiten, sagte er: »Ich schlage vor, wir reden wieder, wenn wir uns alle etwas ausgeruht haben?«

»Also schön«, sagte Gerlinde, und es klang wie *»Was für verdammte Weicheier!«*. »Dann werfen Sie aber bitte noch einen Blick auf die Taschenlampe, damit ich den ganzen Weg hier nicht umsonst auf mich genommen habe.«

»Was denn für eine Taschenlampe?«

»Diese hier.« Gerlinde zog sie aus einem Getränkehalter, der an der Armlehne ihres Rollstuhls angebracht war. »War wohl im Dauerbetrieb, wie man an den saftlosen Batterien erkennt.« Sie knipste die kleine Stabtaschenlampe an und demonstrierte ihren kaum wahrnehmbaren, ausgedünnten Lichtstrahl.

»Ich hätte ihnen ja schon sehr viel früher davon erzählt, wenn Sie nicht wie ein Derwisch aus meiner Kabine geflüchtet wären, nur weil ich den Namen Bonhoeffer erwähnt habe.«

Martin warf ihr einen argwöhnischen Blick zu.

»Der Teddy war nicht das Einzige, was Anouk in den Mülleimer geworfen hat.«

Er zuckte mit den Achseln. »Okay, schön. Sie hat also auch noch eine Taschenlampe bei sich gehabt, als man sie fand?«

Neben dem Teddy.

Gerlinde nickte. »Sie sind ja also doch nicht so begriffsstutzig, wie Sie immer tun.«

»Doch, bin ich. Was soll mir das sagen?«

»Dass es für meine Bermuda-Deck-Theorie endlich den ersten Beweis gibt.«

Martin erinnerte sich an den doppelt unterstrichenen Begriff auf der Wandtafel in Gerlindes Arbeitszimmer.

»Was zum Geier ist das Bermuda-Deck?«, machte er den Fehler zu fragen. Damit hatte er der Alten eine Steilvorlage geliefert, die sie prompt nutzte.

»Ich sag's Ihnen gleich. Vorab eine Gegenfrage: Wieso wird das Mädchen versteckt?«

»Eine Beschlagnahme des Schiffes kostet Millionen«, sagte er und zeigte zur Tür. »Bitte, Frau Dobkowitz …«

»Und gefährdet den Deal mit dem chilenischen Investor, richtig. Aber früher oder später kommt das FBI doch ohnehin an Bord geschissen.«

»Nicht wenn das Mädchen wieder verschwindet.«

»O ja, das wird sie. Natürlich wird sie wieder verschwinden. Aber erst wenn man den Behörden eine Verschleierungstheorie präsentieren kann.«

»Das hab ich so ähnlich schon einmal vom Kapitän gehört«, murmelte Martin, leider nicht leise genug, als dass Gerlinde ihn nicht gehört hätte.

»Bonhoeffer?«, krähte Gerlinde aufgeregt. »Glauben Sie ihm kein Wort, der steckt zu tief mit drin. Ich sag Ihnen, was ich denke: Niemand hat die Absicht, das kleine Mädchen zu töten. Das arme Kind soll nur so schnell wie möglich wieder dorthin verschwinden, wo es herkam, und zwar auf eine Art und Weise, die nicht dazu führt, dass die Behörden den ganzen Kahn nach ihr durchforsten.«

»Und wie soll das gehen?«, fragte Martin, jetzt doch neugierig geworden.

»Indem man den Beamten einen falschen Täter und ein falsches Versteck präsentiert, um von den wahren Tätern und dem richtigen Versteck abzulenken.«

»Wieso sollte die Reederei diesen Aufwand betreiben?« Martin zog sich seine Stiefel aus, in der Hoffnung, damit ein deutliches Zeichen zu setzen. Wenn das nicht half, musste er die Alte wohl eigenhändig rausschieben.

»Weil der eigentliche Geschäftszweck der *Sultan* nicht der Transport von Passagieren ist, sondern das, was auf dem Bermuda-Deck geschieht. Hier.«

Sie zog unter ihrem Hintern eine Klarsichthülle mit einem Stapel Schreibmaschinenseiten hervor. »Das ist genau das Thema meines Buches, an dem ich seit Jahren mit Gregor arbeite.«

Sie befeuchtete den Daumen und zog nach einigem Blättern eine Seite hervor, die sie Martin reichte.

»Lesen Sie den letzten Absatz.«

Barfuß und mit aufgeknöpftem Hemd nahm er ihr den Zettel aus der Hand. Er ahnte, dass ihn jeder Widerspruch am Ende mehr Zeit kosten würde, also las er laut vor:

»Gerlinde war wie immer erstaunt ob der Größe seines edlen Gemächts, das sich vor ihr reckte, doch jetzt war nicht die Zeit, um sich den Wonnen hinzugeben, die sein edles Zepter ...« Er sah entgeistert auf. Sie gab ihm ein unwirsches Handzeichen, weiterzulesen. *»... verhieß. Nicht, bevor sie nicht wusste, ob der Mann, der ihr die wundervollsten Orgasmen ihres dreiundsiebzigjährigen Lebens schenkte, gar nicht in Kabine 8056 wohnte, sondern in Wahrheit in einem geheimen, in keinen Bauplänen verzeichneten Zwischendeck arbeitete, auf dem in regelmäßigen Abständen Passagiere für immer verschwanden, weshalb es auch das ...«*

»Bermuda-Deck genannt wird«, vervollständigte Gerlinde Martins Vortrag mit übertrieben bedrohlichem Unterton.

»Es ist ein Roman mit autobiographischen Zügen. Ich hab die Hauptperson etwas jünger gemacht.«

Anscheinend aber nicht weniger durchgeknallt.

»So, nun fragen Sie mich schon.«

»Was?«

»Was auf dem Deck geschieht.«

»Ehrlich gesagt will ich einfach nur ...«

»Menschenschmuggel«, gab sie sich selbst die Antwort. »Ich bin mir noch nicht sicher, ob die Passagiere gegen ihren Willen verschwinden oder ob sie dafür vielleicht sogar bezahlen.«

»Bezahlen?«

Martin lachte und ging zum Badezimmer, als sie keine Anstalten machte, seiner Bitte, gemeinsam mit Shahla die Kabine zu verlassen, Folge zu leisten.

»Jetzt rollen Sie nicht mit den Augen«, hörte er sie durch die geschlossene Badezimmertür sagen. »Verbrecher, Steuerbetrüger, Flüchtlinge. Es gibt genügend reiche Menschen, die sich für Geld ein neues Leben kaufen wollen, das wissen Sie als verdeckter Ermittler so gut wie kein Zweiter. Und nirgendwo anders auf der Welt kann man sich so einfach in Luft auflösen wie auf einem Kahn wie diesem hier.«

»Sind Sie fertig?«, fragte Martin, der sich in der Zwischenzeit komplett ausgezogen und abgetrocknet hatte.

Anscheinend nicht, denn sie redete weiter durch die Tür: »Die Klienten zahlen ein, zwei Milliönchen. Offiziell wird ihr Verschwinden als Selbstmord deklariert, weswegen es so viele Fälle gibt, bei denen man sich eigentlich sagt: ›Freiwilliger Abgang? Passt doch gar nicht.‹ Und die Zweifler haben recht, denn inoffiziell stecken die angeblichen Opfer …«

»… auf dem Bermuda-Deck?«

»Möglich wär's doch. Vielleicht ist das aber auch ein staatliches Kronzeugenprogramm? Dann gibt es da sogar einen Operationssaal mit einem Schönheitschirurgen, der den Passagieren ein neues Aussehen verpasst.«

Martin schüttelte den Kopf und zog sich einen Bademantel über. »Und wie passt Ihre Theorie zu Anouk?«

»Ganz einfach. Ihre Mutter hat sie in das Programm gezwungen, doch das arme kleine Ding hat keine Lust auf ein neues Leben. Die Erfahrungen auf dem Bermuda-Deck müssen so dramatisch gewesen sein, dass sie geflohen ist. Das ist die Wahrheit, und die ist so brisant, dass man dafür sogar Zeugen foltert, um herauszufinden, wie viel das arme Zimmermädchen gesehen hat.«

Martin trat aus dem Badezimmer. »Okay, Frau Dobkowitz. Das reicht jetzt.«

Er sah, dass Shahla zum Ausgang gehen wollte, doch Gerlinde versperrte ihr mit dem Rollstuhl den Weg.

»Nur noch eine letzte Frage, dann verschwinden wir ja: Haben Sie jemals im Internet nach Plänen für die Unterdecks im Bauch eines Kreuzfahrtschiffs gesucht?«

»Nein.«

»Müssen Sie auch nicht. Die werden Sie dort nämlich nicht finden. Alles unter Deck 3 ist geheim. Es gibt keine öffentlich zugänglichen Skizzen.«

Gerlinde drehte sich zu dem Zimmermädchen. »Shahla, sag ihm, was der Kapitän zu dir über das Mädchen gesagt hat.«

Die junge Frau reagierte auf die Alte wie ein Schulmädchen zu Beginn des vorherigen Jahrhunderts auf seinen Lehrer.

»Er sagte, dachte, wäre Geist«, antwortete sie.

»Und wieso?«

»War plötzlich da. Genau vor ihm. Obwohl nirgends Tür. Dann sie ist weggerannt.«

»Sehen Sie!« Gerlinde sah Martin bedeutungsschwer an. »Anouk ist plötzlich wie aus dem Nichts aufgetaucht, stand mitten in einem leeren Gang, von mir einmal abgesehen, ohne dass irgendwo eine Tür in der Nähe gewesen war.«

»Und sie hatte eine Taschenlampe bei sich«, ergänzte er sarkastisch.

»Eine Taschenlampe, deren Batterien schwächelten, richtig. Weil sie so lange nach dem geheimen Ausgang suchen musste.«

Martin tippte sich an die Stirn und packte danach die Griffe ihres Rollstuhls. »Also, Sie sagen, die Reederei will den Behörden lieber einen psychopathischen Serienkiller als Täter liefern und präpariert gerade irgendwo eine Kabine, die später als Verlies ausgegeben wird, als dass man das Risiko eingehen will, dass bei einer Schiffsdurchsuchung dieses Bermuda-Deck gefunden wird?«

»Sie haben es verstanden!«, lobte ihn Gerlinde, während Martin sie Richtung Zimmertür schob. »Anouk hätte niemals wieder auftauchen dürfen. Sie bringt das ganze Multi-Millionen-Dollar-Geschäftsmodell in Gefahr. Nur deshalb wurden die Behörden nicht informiert.«

»Mit Verlaub, aber das ist kompletter Schwachsinn.«

»Ach ja?« Sie schraubte den Kopf nach hinten und zeigte dabei gleichzeitig zur Tür. »Und wie erklären Sie sich dann ...«

Sie stoppte mitten im Satz und ließ den Mund offen stehen.

»Was?«, fragte Martin und drehte sich um. Shahla stand zwei Schritte hinter ihm, mit seitlich geneigtem Kopf, als würde sie aufmerksam lauschen.

»Was habt ihr denn auf einmal?«, fragte er, da fiel es ihm auch auf.

Das Schiff. Die Geräusche.

Das allgegenwärtige sonore Vibrieren der Generatoren war verstummt.

Die *Sultan* fuhr nicht mehr.

41. Kapitel

Zu spät.

Tiago sah von weitem die geöffnete Kabinentür, durch die helles Licht wie der Scheinwerfer eines Autos in den Gang strahlte, und wusste, dass er nicht mehr rechtzeitig kam, um das Unglück noch abwenden zu können.

Hätte ich den Umschlag doch nur etwas früher geöffnet!

Mit Lisas Brief in der Hand ging er langsam der Kabine entgegen, die er gestern erst nach Bargeld durchsucht hatte. Jetzt herrschte hier eine für diese Uhrzeit ungewöhnliche Betriebsamkeit. Zwar konnte er die Menschen im Inneren weder sehen noch hören, aber ihre Körper warfen flatternde Schatten im Gang, wann immer sie den Lichtkegel unterbrachen, der aus der Kabine fiel.

Er stoppte und überlegte, ob es noch Sinn ergab, sich zu stellen. Tiago wusste, weshalb die Tür offen stand. Was die Menschen dort drinnen zu suchen hatten. Es stand in dem Brief, den er nun zurück in seine Hosentasche steckte.

Dabei wurde ihm bewusst, dass er keine Motorengeräusche mehr hörte. Das Schiff schaukelte zwar, aber er spürte keinerlei Vibrationen. Gerade als er mit den Fingerspitzen das Geländer an den Wänden berührte, trat *er* aus der Kabine.

Scheiße.

Tiago drehte sich um, leider nicht schnell genug. Der Sicherheitsoffizier hatte ihn erkannt.

»Hey«, hörte er den Mann rufen, der das Zimmermädchen mit der Glasscherbe gefoltert hatte, und alleine dieses

»Hey« klang so, als würden Glasscherben nicht einmal als Vorspeise für das Menü taugen, das er für Tiago im Sinn hatte.

Tiago machte den Fehler und drehte sich um. Sie waren allein im Gang. Er und der Offizier, der ohne erkennbaren Übergang zum Spurt ansetzte.

Große Scheiße.

Tiago rannte die Strecke zurück, die er gekommen war. Das *Flumm, flumm, flumm* schwerer Schuhe auf dickem Teppich im Ohr, untermalt von dem Rauschen des eigenen Blutes, dem Soundtrack seiner wachsenden Angst.

Er knallte mit einer Schulter durch die Schwingtür zum Treppenhaus, drückte auf die Fahrstuhlknöpfe, hechtete – als keiner sich öffnete – die Treppe nach unten, ohne nachzudenken, denn hätte er das getan, hätte er sich bewusst gemacht, dass er damit Richtung Schiffskeller lief, in eine Richtung, in der der Surfertyp sich *auskannte!*

Er rannte in einen breiten Gang. Ein Messingschild verriet ihm, wo er sich befand.

Deck 3. Wohin? Wohin nur?

Die Shops waren zu, das Atrium leer, die Theater geschlossen. Er stoppte, sah sich um.

Das Kasino. Hier ist doch das Kasino. Und hier wird rund um die Uhr …

Rums!

Er hörte seine eigenen Knochen knirschen, als er, wie von einer Abrissbirne getroffen, zu Boden ging.

Tiago versuchte einzuatmen, aber etwas lag auf seinem Gesicht. Etwas lag auf seinem gesamten Körper.

Er spürte einen Tritt zwischen die Beine, und eine Schmerzwalze schob sich von seinem Unterleib das Rückenmark hinauf. Etwas zerrte an ihm, sein Kopf schlug irgendwo dagegen (oder irgendetwas gegen seinen Kopf?), doch keine Kraft der Welt würde seine Hände lösen können, die er sich in den Schritt presste, ohne dass er damit auch nur einen Deut den Schmerz lindern konnte, der seine Hoden regelrecht zum Explodieren brachte.

Er nahm wahr, dass seine Lippen eine Metallleiste berührten, eine Bodenschwelle vielleicht, aber er hielt die Augen geschlossen, einfach weil es keinen Muskel in ihm mehr gab, der nicht kontrahierte, auch nicht der, der seine Augenlider steuerte. Tiago durchlitt einen Ganzkörperkrampf. »Hab ich dich«, sagte der Offizier. Ganz in der Nähe fiel eine Tür ins Schloss.

Tiago drehte sich auf die Seite, Spucke lief ihm aus dem Mund. Er sah sich um. Versuchte sich ein Bild davon zu machen, wohin der Offizier ihn gezerrt hatte. Die Walze parkte noch immer auf seinen Hoden, ruckelte vor und zurück, um die Schmerzflamme nicht abkühlen zu lassen.

Tiago sah Stuhlbeine, eine Matratze, eine Tür. Er roch den Schleim und den Rotz, der ihm aus der Nase quoll, und musste wieder die Augen schließen, weil er nicht sehen wollte, wie er sich erbrach.

Doch bevor er die Erdnüsse, die er zuletzt gegessen hatte, wieder herauswürgen konnte, wurden ihm die Kiefer auseinandergedrückt, und er schmeckte einen eigenartigen, metallischen Geschmack im Mund, der kein Blut war, dafür hatte er in seiner Kindheit zu oft Nasenbluten gehabt, um das unterscheiden zu können.

Er öffnete wieder die Augen. Sah das hassverzerrte Gesicht des Offiziers über seinem thronen. Und spürte, wie sich der Lauf des Revolvers, den ihm dieser in den Mund steckte, noch etwas tiefer seinem Rachen entgegenschob.

»Hhmmhmmm«, stöhnte Tiago, was so viel heißen sollte

wie: »Bitte warten Sie. Ich hab etwas, das Sie sich anschauen müssen.« Die Waffe in seinem Mund machte es unmöglich, ein klares Wort zu formulieren.

Die Waffe und die Schmerzen.

Tiago suchte fieberhaft nach einem Ausweg, nach einer Möglichkeit, sich zu befreien, den Angriff abzuwehren, aber im Drehbuch des Killers war kein TV-Showdown vorgesehen.

Kein Zögern. Kein Gespräch, in dem er seine wahren Beweggründe erläuterte, damit der nahende Retter doch noch rechtzeitig zu Hilfe reiten konnten. Kein Aufschub, in dem sich das Opfer mit einer List befreite.

Aus. Vorbei.

Tiago hatte keine Gelegenheit mehr, diesem wahnsinnigen Offizier Lisas Brief zu zeigen und dem Mann zu erklären, weshalb es so verdammt wichtig war, dass die Mutter des Mädchens ihn las. Oder der Kapitän.

Der Killer lachte nicht, spielte nicht den Überlegenen, der seine Allmacht auskostete, ließ ihn nicht einmal betteln. Er riss ihm den Lauf aus dem Mund, zielte aus einem Abstand von nicht einmal zwanzig Zentimeter auf Tiagos Stirn, zischte: »Du pädophiles Dreckschwein.«

Und schoss.

42. Kapitel

Wieso haben wir gestoppt?«

Martin stellte den Kapitän, als der gerade seine Kabine verlassen wollte, um auf die Brücke zu gehen.

Nachdem es ihm endlich gelungen war, seinen ungebetenen Besuch loszuwerden (Shahla war sichtlich froh gewesen, endlich gehen zu dürfen, Gerlinde war nur unter Protest aus seiner Suite gerollt), hatte er sich kurz auf sein Bett gelegt, jedoch rasch gemerkt, dass er keine Ruhe finden würde, solange das Schiff sich nicht vorwärtsbewegte.

Dadurch, dass die Generatoren abgestellt waren, funktionierten auch die Stabilisatoren nicht mehr. Jeder Wellenklatscher an die Außenwand hörte sich doppelt so laut an, und die Roll- und Stampfbewegungen des Liners waren so ausgeprägt wie sonst nie.

»Wartungsarbeiten«, sagte Bonhoeffer, die Hand bereits an der Klinke zur Tür, hinter der sich der schmale Privataufstieg zur Brücke verbarg.

Martin glaubte ihm kein Wort. »Eine Wartung? Mitten in der Nacht?«

Vor dem Verlassen seiner Kabine hatte er sich rasch einige Klamotten übergeworfen, die er gestern im Bordshop erstanden hatte. Da er nicht vorgehabt hatte, auf der *Sultan* zu bleiben, hatte er nur Unterwäsche und Socken zum Wechseln mitgenommen, und das auch nur für einen Tag. Jetzt trug er ein graues, auf alt getrimmtes Poloshirt mit dem Wappen der Reederei und ein Paar schwarze Jeans, die er hochkrempeln musste, da sie ihm viel zu lang waren. Allerdings hatte er sich keine Ersatzschuhe besorgt, weshalb er jetzt barfuß vor dem Kapitän stand. Dass er nicht wieder komplett durchnässt war, hatte er nur seiner schnellen Reaktionsfähigkeit zu verdanken. Beinahe wäre er auf seinem Weg zu Bonhoeffer mit einem angetrunkenen Passagier zusammengestoßen, der auf Deck 11 mit einem im Schwarzlicht leuchtenden Neondrink aus dem Eingangsbereich der Borddiskothek getorkelt war.

»Ich hab jetzt wirklich zu tun«, versuchte Bonhoeffer ihn abzuwimmeln, »ich muss …« Der Kapitän ließ die Hand von der Klinke rutschen und winkte mitten im Satz erschöpft ab, als sei ohnehin alle Mühe vergebens. »Was soll's, ich muss ohnehin eine Durchsage machen, da können Sie es auch gleich von mir erfahren.«

»Noch ein Passagier 23?«, vermutete Martin.

Bonhoeffer nickte. Die tiefen Ränder unter seinen Augen sahen aus wie geschminkt. Er griff sich an den Wurzelknochen der Nase, die jetzt nur noch von einem dicken Pflaster bedeckt war. »Lisa Stiller, fünfzehn Jahre alt, aus Berlin. Wir spielen ihr Foto gerade ins Bord-TV ein, für den Fall, dass sie jemand gesehen hat. Sie wurde im Internet gemobbt und hat einen Abschiedsbrief hinterlassen.«

»Wann?« Martin drehte den Arm, um auf seine Uhr am Handgelenk sehen zu können, und schon die Bewegung zerrte schmerzhaft an seinen Schultermuskeln. Dafür waren seine Zahn- und auch die Kopfschmerzen für den Moment verschwunden.

»Wann sie vermutlich über Bord gegangen ist? Mutter und Tochter waren bis 21.44 Uhr essen, danach sind beide auf ihre Kabinen gegangen. Laut Computerlog wurde Lisas Keycard zuletzt um 21.59 Uhr benutzt.«

Blieb ein Zeitfenster von maximal drei Stunden.
In der Zeit hatte die *Sultan* gut und gerne fünfzig Seemeilen zurückgelegt.

»Was sagt die Überwachungskamera?«, fragte Martin.

»Nichts.«

Bonhoeffer hob beide Hände wie ein Boxer, der einen Kopfschlag abblocken will. »Nein, das ist nicht so wie bei Ihrer Familie«, flüsterte er, obwohl weit und breit niemand in der Nähe war. »Wir haben das Mädchen auf Band, wie sie mit einer Spraydose schwarze Farbe auf die Linse sprüht. Das war um 21.52 Uhr. Sie muss genau gewusst haben, wo sich die Kamera befindet, die ihre Balkonkabine im Auge hat.«

Bonhoeffer sprach mit einer Erregung, die über das normale Maß beruflich-professioneller Anteilnahme hinausging. Der Kapitän wollte sich wieder abwenden, doch Martin hielt ihn zurück.

»Was geschieht jetzt?«, fragte er.

»Wir haben die *Sultan* gestoppt und suchen mit Scheinwerfern und Ferngläsern von der Brücke aus das Meer ab. Gleichzeitig durchforsten zehn meiner Männer alle öffentlichen Bereiche, und wir beginnen bald mit den Durchsagen. Große Chancen sehe ich nicht.« Er erklärte Martin, dass sowohl die Ausgangs- wie auch die Verbindungstür zu der Kabine ihrer Mutter von innen verriegelt waren, im Gegensatz zur sperrangelweit offen stehenden Balkontür.

»Mutter und Tochter waren ohne den Vater unterwegs?«

Der Kapitän nickte.

Ein allein reisender Elternteil, ein verschwundenes Kind.

Langsam ergab sich ein Muster, doch Martin konnte nicht erkennen, zu welchem Bild es sich zusammensetzte. Entweder er stand zu weit von der Tafel mit dem Lösungswort entfernt oder viel zu dicht dran.

»Wo ist die Mutter jetzt?«, fragte er Bonhoeffer.

»Julia Stiller ist …« Der Kapitän sah aus, als hätte er gerade einen Geistesblitz. »Gute Idee«, sagte er aufgeregt und fingerte eine Schlüsselkarte aus der Brusttasche seines Uniformhemds. Er nickte zu seiner Kabinentür.

»Sie wartet bei mir. Sprechen Sie mit ihr. Sie kann einen Psychologen gebrauchen.«

43. Kapitel

Auf einmal stand dieser Mann im Raum. Groß, kahlköpfig, mit einer gewaltigen Nase und einem Blick, der so müde war, wie sie sich fühlte. Julia war kurz ins Bad gegangen, hatte sich eine hohle Hand voll Wasser ins Gesicht geschlagen und den Spiegel angeschrien. Als sie wieder in den Salon zurückkehrte, in diesen lächerlichen Einwegschlappen, die der Aufdeckservice einem immer neben das Bett stellte, in einen weißen Bademantel gehüllt, den ihr Daniel übergeworfen hatte, wartete auf einmal dieser Unbekannte auf sie.

»Wer sind Sie?« Ihr Herz schlug schneller, der tränenschwere Druck hinter den Augen wurde größer. Automatisch ging sie vom Schlimmsten aus. Dass der Mann mit dem traurigen Blick ein Bote war, der eine Nachricht überbringen musste, die sie nicht ertragen würde.

»Mein Name ist Martin Schwartz«, sagte er auf Deutsch, mit einem leichten Berliner Akzent. Unter normalen Umständen hätte sie ihn gefragt, aus welchem Bezirk er kam und ob sie vielleicht Nachbarn wären.

»Arbeiten Sie hier? Suchen Sie mein Kind? Was gibt es Neues? Sie suchen doch nach Lisa, oder? Können Sie mir helfen?«

Sie hörte sich plappern, ohne Punkt und Komma, vermutlich, weil sie verhindern wollte, dass Martin Schwartz zu Wort kam und ihr sagen konnte, dass sie etwas gefunden hätten.

Ein Video von ihrem Sprung, ein Kleidungsstück im offenen Meer.

Sie wischte sich mit dem Ärmel ihres Bademantels über die Nase und bemerkte, dass der erschöpft aussehende Mann weder Schuhe noch Socken trug, was sie auf eine merkwürdige Art erleichterte, denn ganz sicher würde man keinen barfüßigen Boten zu ihr schicken, um ihr zu sagen, dass ihre Tochter nicht mehr lebte.

Oder etwa doch?

»Wer sind Sie?«, fragte sie noch einmal bang.

»Jemand, der ganz genau weiß, wie Sie sich gerade fühlen.« Er reichte ihr ein Taschentuch.

»Das bezweifle ich«, sagte sie matt, mit nach innen gekehrter Stimme. Frische Tränen schossen ihr in die Augen, und sie drehte sich zur Terrassentür der Suite, nicht weil es ihr peinlich war, vor einem Fremden zu weinen, sondern weil sie dieses verdammte Mitgefühl in seinen Augen nicht länger ertragen konnte. Im Spiegel der dunklen Scheibe sah sie, wie sich seine Lippen bewegten.

»Sie fühlen sich, als ob jeder einzelne ihrer Gedanken in Sirup getaucht und mit winzigen Glassplittern kandiert wurde«, hörte sie ihn sagen. »Und je fester Sie an Ihr Kind denken, desto blutiger scheuern diese Gedanken auf der offenen Wunde in Ihrem Herzen. Gleichzeitig schreien mindestens zwei Stimmen in Ihrem Kopf: Eine brüllt Sie an, weshalb Sie nicht da gewesen sind, als Ihre Tochter Hilfe benötigte, wieso Sie die Zeichen nicht gesehen haben. Die andere fragt vorwurfsvoll, mit welchem Recht Sie hier untätig rumsitzen, während der Sinn Ihres Lebens sich in Luft aufgelöst hat. Doch die Kakophonie in Ihrem Schädel und auch meine Stimme sowie überhaupt alles um Sie herum hören Sie nur dumpf und betäubt, wie durch eine geschlossene Tür hindurch. Und während die Angst um Ihre Tochter immer schwerer wiegt, so schwer wie alle Gewichte dieser Welt zusammen und noch zweitausend Kilo mehr, zieht sich ein Ring um Ihre lebenswichtigen Organe, schnürt Ihnen die Lungenflügel ab, quetscht den Magen zusammen, bremst Ihr Herz aus, und Sie haben nicht nur das Gefühl, niemals wieder lachen, tanzen, *leben* zu können, nein – Sie haben die *Gewissheit*, dass es nie wieder gut werden wird, und dass alles, was jemals zählte, ein Sonnenaufgang nach einer Party, der letzte Satz eines guten Buches, der Geruch von frisch gemähtem Gras kurz vor einem Sommergewitter, dass all das nie wieder auch nur den Hauch einer Bedeutung haben wird, weswegen Sie schon jetzt überlegen, wie Sie es am besten anstellen, die Glassplittergedanken und die Tinnitusstimmen in Ihrem Kopf wieder abzuschalten, sollte die Vermutung irgendwann zur schrecklichen Gewissheit werden. Hab ich recht? Trifft das so in etwa Ihren Gefühlszustand, Frau Stiller?«

Sie drehte sich um, völlig benommen von seinem Monolog. Und von der Wahrheit in seinen Worten.

»Woher …?«

Sie sah sein tränennasses Gesicht und musste die Frage nicht formulieren.

»Sie haben auch jemanden verloren«, stellte sie fest.

»Vor fünf Jahren«, sagte er schonungslos, und dafür hätte sie ihn am liebsten geohrfeigt, machte er ihr doch gerade klar, dass dieser unerträgliche Zustand, in dem sie sich befand, *Jahre* andauern könnte!

Das ertrage ich nicht mal einen Tag, dachte sie, und als Nächstes schoss ihr der Gedanke durch den Kopf, dass Martin Schwartz es auch nicht ertragen hatte. Er stand vor ihr, redete, atmete, weinte, aber auch er lebte nicht mehr.

Sie schloss die Augen und schluchzte. Im Kinofilm wäre das der Moment gewesen, in dem sie sich an der Schulter des Unbekannten ausweint. Im realen Leben war es der Moment, in dem sie bei der geringsten Berührung wie eine Tollwütige um sich geschlagen hätte.

»Wären wir doch niemals auf dieses Schiff gegangen«, stöhnte sie.

Hätte ich Toms Anruf nur eine Minute früher erhalten.

»Es ist der perfekte Ort für einen Selbstmord. Das hat Daniel selbst gesagt.«

»Daniel? Sie kennen den Kapitän persönlich?« Martin Schwartz sah sie misstrauisch an.

»Ja, er ist Lisas Patenonkel. Er hat sie eingeladen.«

»Wen habe ich eingeladen?«

Sie drehten sich beide zu der Tür, die sich lautlos geöffnet haben musste. Daniel öffnete den Schrank im Gang und holte eine Regenjacke heraus.

»Du Lisa. Zu dieser Fahrt.«

Der Kapitän schüttelte irritiert den Kopf. »Wie kommst du darauf?«

Julia glotzte ihn an wie einen Außerirdischen. »Jetzt hör schon auf, du hast ihr die verdammte Passage zum Geburtstag geschenkt.«

»Nein, Julia. Du irrst dich.«

»Ich *irre* mich? Was ist denn nur in dich gefahren, Daniel? Wir haben doch an ihrem Geburtstag telefoniert. Ich hab mich bei dir sogar bedankt.«

Sie spürte, wie ihr vor Erregung das Blut in die Wangen schoss. Daniel schüttelte weiterhin den Kopf, aber er wirkte nachdenklich.

»Für das Upgrade dachte ich, ja. Ich hab euch von einer Innenkabine auf zwei Balkonkabinen hochgestuft, als ich die Buchung gesehen habe. Aber die kam nicht von mir, sondern ganz normal übers Internet. Ich hab mich selbst gewundert, dass du dich vorher gar nicht gemeldet hast.«

»Soll das heißen …«

Sie biss sich auf die Unterlippe.

»Dass Lisa dich angelogen hat«, sagte Bonhoeffer.

»Schlimmer«, warf der Unbekannte von der Seite ein.

Martin Schwartz sah erst Daniel, dann ihr fest in die Augen, bevor er sagte: »Es heißt, dass Ihre Tochter das alles hier von langer Hand geplant hat.«

44. Kapitel

Ein Elternteil. Ein Kind. Ein Dritter, der die Kreuzfahrt zahlt, aber selbst nicht an Bord ist.

So wie bei Naomi und Anouk Lamar.

So wie bei Nadja und Timmy.

Die Parallelen wurden immer deutlicher.

Und auch wenn Martin die Hinweise nicht deuten konnte, wusste er, dass das kein Zufall sein konnte.

»Aber ... aber woher ... woher, ich meine ... so eine Fahrt ist teuer, woher sollte Lisa das Geld dafür haben?«, fragte die Mutter konsterniert in den Raum.

»Lief die Buchung über Kreditkarte, Überweisung oder Bankeinzug?«, wollte Martin wissen.

»Da muss ich nachsehen«, sagte Bonhoeffer und sah eilig auf die Uhr. Anscheinend wurde er jede Minute zurückerwartet.

»Lisa hat keine Kreditkarte«, sagte Julia, dann schlug sie sich beide Hände vor den Mund.

»Du meine Güte, das Video!«, keuchte sie.

»Welches Video?«, fragte Martin.

Der Kapitän legte seine Regenjacke auf einer Kommode ab und kam kopfschüttelnd in den Salon.

»Das ist Blödsinn, Julia, und das weißt du auch.« Er wollte sie in den Arm nehmen, doch sie wich ihm aus.

»Woher soll ich *was* wissen?«, schrie sie ihn an. »Würde ich meine Tochter kennen, wäre sie jetzt bei mir und nicht irgendwo ...« Ihre Stimme brach.

»Um welches Video geht es hier?«, versuchte Martin es noch einmal.

»Es zeigt ihre Tochter, wie sie angeblich auf dem Straßenstrich anschaffen geht«, klärte ihn Bonhoeffer auf. Dann, wieder an Julia gewandt: »Das ist ein schmutziger Fake, wie alles auf isharerumors. Lisa ist ein Mobbingopfer. Keine Prostituierte, die sich ihr Reisegeld erschläft.«

Es knackte in der Zimmerdecke, und Martin hörte ein Flüstern, das lauter wurde, als der Kapitän an einem Knopf in der Kabinenwand drehte.

»… bitten wir Sie, auf Kanal 5 zu schalten. Lisa Stiller wurde zuletzt gestern beim Abendessen im Georgica-Saal gesehen. Bitte entschuldigen Sie die nächtliche Störung, aber wir hoffen, durch Ihre Mithilfe …«

Bonhoeffer drehte den Ton der Kabinendurchsage wieder leiser. In der Zwischenzeit hatte Martin die Fernbedienung auf dem gläsernen Couchtisch gefunden und schaltete den Plasmafernseher an. Kanal 5 zeigte die Großaufnahme eines Lichtbilds, das von einem biometrischen Pass abfotografiert war, auf dem man nicht lächeln durfte, weswegen das junge, unausgeschlafene Mädchen mit der wachsweißen Haut und einer pechschwarzen Mähne ziemlich schlecht gelaunt wirkte. Ihr Anblick ließ Julia Stiller in Tränen ausbrechen. Und Martins Herz einen Doppelschlag machen.

»Ich kenne sie«, sagte er mit starrem Blick auf den Fernseher. »Ich bin ihr erst kürzlich begegnet.«

45. Kapitel

Was?«, fragten Bonhoeffer und die Mutter wie aus einem Mund.

»Sie kennen Lisa?«

Martin nickte Julia zu. »Ja. Ich habe sie schon einmal gesehen. Hier auf dem Schiff.«

»Wo?«

»Unten.«

»Was meinen Sie mit *unten*?«, schrie Julia ihn an.

Martin tauschte einen Blick mit dem Kapitän, der sofort verstanden hatte, was er meinte.

Unten. Deck A. Der Staff-Bereich.

Martin schlug sich gegen den Kopf. Ein dumpfer Schmerz pochte wieder unter seiner rechten Schläfe.

Lisa Stiller war ihm auf dem Gang ausgewichen, gestern früh, als er zum ersten Mal von Elena zu Anouk gebracht worden war.

»Ich Idiot, ich hätte es gleich kapieren müssen.« *Kein Zimmermädchen darf auf diesem konservativen Kahn ein Piercing tragen. Sie gehörte da unten nicht hin.*

Was zum Teufel hatte sie dort nur zu suchen? Und wie war sie überhaupt da reingekommen?

Der Schmerz breitete sich über die Stirn aus bis zur Nasenwurzel. Seine Augen tränten bei dem Versuch zu erkennen, wie alles zusammenhing.

Timmy springt als Zweites, aber ohne seinen Teddy, denn den hat Anouk, die meinen Namen kennt und in Hell's Kit-

chen liegt, wo mir Lisa entgegenkommt, deren Reise von irgendjemandem bezahlt wurde ...

Er dachte an Anouks Großvater, an seinen Blog *(An der Hure, die meinem Sohn den Krebs in den Leib gevögelt hat, werden die Haie sich die Zähne ausbeißen)*, und während der Schmerz sich wie ein Schweißbrenner über den Hinterkopf bis in den Nacken fräste, musste er an die Taschenlampe denken; daran, wie gerne Anouk malte; wie sie sich kratzte; das zum Ballon aufgeblähte Gesicht von Elena wechselte sich mit dem betrunkenen Discogänger und seinem Neongetränk ab ... und für eine Sekunde hatte er es.

Die Antwort.

Die Lösung.

Plötzlich war ihm alles klar, doch dann knackte es in beiden Ohren, und diesmal war es nicht der Deckenlautsprecher, sondern das Überlaufventil in seinem Kopf, das sich von alleine abgeriegelt hatte.

Und während die aufgeregten Stimmen um ihn herum immer leiser wurden, ging vor Martins innerem Auge die Sonne unter, und die Welt wurde schwarz.

46. Kapitel

Naomi

Ich habe Ehebruch begangen. Auf ganz und gar widerwärtige Art und Weise. Ich hatte Sex gegen Geld.

Es begann mit einem Missverständnis während meiner Studienzeit, damals hieß ich noch Naomi McMillan. Ich arbeitete als Hostess an einem Messestand für Automobilzubehör in San Francisco, um mir in den Semesterferien das Studiengeld aufzubessern. Wir Mädels waren in einem Hotel auf dem Kongressgelände untergebracht, und am letzten Tag der Messe feierten wir ausgelassen an der Bar. Hier lernte ich einen jungen, gutaussehenden Vertreter aus Chicago kennen. Wir lachten, tranken, eins führte zum anderen, und am nächsten Morgen wachte ich in seinem Zimmer auf. Er war schon wieder abgereist, jedoch nicht ohne mir etwas von ihm zurückzulassen: zweihundert Dollar in bar.
Der Mann hatte angenommen, ich wäre eine Prostituierte.
Ich weiß noch, wie ich eine geschlagene Stunde auf das Geld auf dem Nachttisch gestarrt hatte, zitternd, aber nicht vor Wut auf den Kerl, dessen Nachnamen ich nicht einmal kannte und dessen Vorname bedeutungslos ist. Sondern vor Fassungslosigkeit über mich selbst. Denn statt mich in Grund und Boden zu schämen oder mir billig vorzukommen, merkte ich, dass mich die Vorstellung, mich für Geld einem Fremden hingegeben zu haben, im

Innersten erregte. Und zwar auf eine Art und Weise, die – und das ist das Schlimmste an dieser Geschichte – mich dazu brachte, es zu wiederholen.

In den nächsten Semesterferien ging ich ganz bewusst in Messehotels. In kurzen Kleidchen, aufreizend geschminkt. Setzte mich an die Bar. Mein Mann hat nie erfahren, auf welche Art und Weise ich mir mein Studium finanzierte.

Meine teuren Handtaschen.

Die Reisen nach Europa.

Ich weiß, es ist nicht nur schlimm, sondern krank, was ich getan habe. Denn obwohl ich irgendwann mehr Geld hatte, als ich ausgeben konnte, hörte ich auch nach der Hochzeitsnacht nicht damit auf.

Die Spinne hatte sich Zeit gelassen, ihr Geständnis zu kommentieren. Über zehn Stunden laut der Uhr auf dem Monitor des Notebooks.

In der Zwischenzeit, während sie, auf dem kalten Boden hockend, unten im Brunnen auf den Eimer gewartet hatte, war Naomi fast wahnsinnig geworden.

Ihre Arme, unter denen sie bis vor Tagen noch den Bandwurm vermutet hatte, juckten nicht mehr, auch nicht der Hals, unter dessen Haut der Parasit vor allem nachts so heftig gezuckt hatte, dass sie davon immer wieder geweckt worden war.

Jetzt spürte sie kein Brennen und kein Puckern mehr, dafür einen starken Druck hinter dem linken Auge, und es war ja wohl klar, was das bedeutete.

Doch wie kratzt man sich hinter dem Augapfel?

Naomi wünschte, sie hätte festere Fingernägel, die nicht ständig abbrachen. Am besten so lang und spitz wie ein

Messer, dann könnte sie dem Ganzen hier sofort ein Ende bereiten.

Ohne das schreckliche Frage-Antwort-Spiel.

Während sie auf Antwort gewartet hatte, hatten auf einmal die Motoren gestoppt. Plötzlich. Einfach so. Waren sie in einem Hafen? Aber wieso wurde sie dann so durchgeschaukelt?

Nach einer sehr, sehr langen Zeit öffnete sich endlich über ihrem Kopf die Luke, und aus der Dunkelheit wurde der Eimer mit dem Notebook zu ihr hinabgelassen. Gemeinsam mit der Strafe, denn offenkundig war die Spinne mit ihrem Geständnis nicht zufrieden:

»Sex gegen Geld? Ein wahrlich dreckiges Geheimnis, Frau Professorin«, hatte sie direkt unter ihren letzten Eintrag getippt. *»Aber nicht das, was ich hören wollte.«* Und dann weiter: *»Denk noch einmal darüber nach. Ich weiß, du kannst es. Was ist das Schlimmste, was du jemals getan hast?«*

Während Naomi die Bemerkung zu ihrer Beichte gelesen hatte, hatte sich ein kleiner Punkt auf dem Bildschirm bewegt. Und dann noch einer. Und noch einer.

Mit einem spitzen Schrei war sie von dem Computer zurückgekrochen, doch die Punkte hatten sich schon auf ihrem Arm ausgebreitet und wollten sich nicht so ohne weiteres von ihrer Haut, ihren dreckigen Sachen und aus ihren Haaren vertreiben lassen.

Cimex lectularius.

»Wer bist du?«, schrie sie angewidert, während sie verzweifelt versuchte, die Bettwanzen von sich zu schlagen, zu schütteln, obwohl sie als Biologin wusste, wie lächerlich das war. Die Blutsauger konnten vierzig Tage ohne Nahrung und in strengster Kälte überleben. Man müsste den Brunnen drei Tage lang auf fünfundfünfzig Grad erhitzen, und selbst dann wäre es nicht sicher, ob nicht doch noch eine Wanze an ihrem Körper überlebt hatte.

Schreiend begann sie sich wieder zu kratzen.

»Wieso tust du mir das an?«, tippte sie in das Notebook und schickte den Eimer wieder nach oben. *»WER BIST DU???«*

Diesmal kam die Antwort überraschend schnell. Nur wenige Minuten später konnte Naomi das Notebook bereits wieder öffnen. Im bläulich fluoreszierenden Bildschirmlicht las sie:

Eigentlich hast du kein Recht, mir Fragen zu stellen. Aber da die Antwort dich auf die richtige Spur bringen und die Dinge hier etwas abkürzen könnte, will ich mal nicht so sein. Meinen Namen wirst du nicht erfahren. Aber wäre ich eine Märchenfigur, würde meine Geschichte mit den Worten beginnen: »Es war einmal ein hübscher, kleiner Wonneproppen. Der hatte keine Geschwister, aber eine Mutter, die ihn über alles liebte. Und einen strengen Vater, der ihn immer ganz komisch ansah, wenn er mit ihm alleine war.« Na, langweilst du dich schon? Aber keine Sorge, meine Geschichte hat eine Pointe, mit der du ganz bestimmt nicht rechnest …

47. Kapitel

Martin erwachte mit einem andauernden Sinuston im Ohr, der sich anhörte, als wäre in seiner Nähe ein Telefonhörer von der Gabel gefallen. Im ersten Moment wusste er nicht, wo er war. Das Bett, auf dem er lag, der Geruch seines Kopfkissens, das gesamte Zimmer war ihm fremd, auch wenn er kaum etwas von seiner Umgebung erkennen konnte. Es war dunkel. Ein wenig Licht fiel nur durch einen schmalen Schlitz in den Raum, wo die Kanten der schweren Vorhänge aufeinanderstießen.

Er richtete sich auf, und mit einem leisen Anflug von Übelkeit schwappten auch die ersten Erinnerungen zurück in sein Bewusstsein.

Timmy. Anouk. Sultan.

Er rollte sich zur Seite und tastete blind nach der Nachttischlampe, wartete dann noch eine Weile, bis er sie anschaltete, aus Angst, das Licht könnte seine Netzhaut verbrennen.

Dabei war es nicht nur sein Kopf, der sich bei jeder Bewegung anfühlte, als hätte sein Gehirn die Konsistenz eines Spiegeleis. Sein kompletter Oberkörper steckte in einem Schmerzkorsett. Und dennoch meinte er sich zu erinnern, dass es gestern noch schlimmer gewesen war, als ...

... ich mit dieser Frau redete. Die Mutter, richtig.

Langsam kam alles zurück.

Der Angriff auf dem FKK-Deck, der Sturz in den Pool, Gerlindes Bermuda-Deck-Theorie, Julia, ihre Tochter Lisa, das gemobbte Mädchen, das sich wegen eines Sexvideos von Bord gestürzt haben sollte … seine Ohnmacht.

Sein Chef hatte ihn gewarnt. Verdammt, alle hatten ihn davor gewarnt, sich Antikörper zu spritzen.

Oder auf dieses Schiff zu gehen.

Martin wagte es, das Licht anzumachen. Der Blitz, der ihn durchzuckte, war weniger unangenehm als befürchtet.

Er tastete blinzelnd nach dem Telefon und fragte sich zwei Dinge: wie er in seine Suite gelangt war. Und wie das schnurlose Telefon korrekt verstaut im Aufladegerät stecken konnte. Inaktiv, mit dunklem Display – wenn er doch laut und deutlich ein Freizeichen hörte!

Er steckte sich die Finger in beide Ohrmuscheln, und der Ton wurde nicht leiser.

Na prima. So fühlt es sich also an, wenn man als Alkoholiker in den Tag startet.

Hämmernder Schädel, Phantomgeräusche, Gedächtnislücken und eine Blase so voll wie die U-Bahn nach einem Hertha-Spiel.

Er griff sich das Telefon, stand auf und schlurfte ins Bad. Für den Gang brauchte er gefühlte zehn Minuten, tatsächlich musste er sich einmal ausruhen und auf die Bettkante setzen, weil er sonst auf halber Strecke umgekippt wäre.

Das Badezimmerlicht ließ er ausgeschaltet, denn er wollte sich den Anblick im Spiegel ersparen. Die Toilette fand er auch im Dunkeln.

Er hob den Deckel, zog seine Boxershorts herunter *(wer hat mich ausgezogen?)*, und während er sich setzte, wählte er Diesels Handynummer. Nach einer Ewigkeit nahm er ab.

»Ja?«

»Ich bin's.«

»Kennen wir uns? Ich meine, du könntest glatt Martin

Schwartz sein, wenn du dich nicht so beschissen anhören würdest.«

»Wie spät ist es?«

»Du rufst mich an, weil du die Uhrzeit wissen willst? Mann, dir muss aber langweilig sein.« Diesel lachte und sagte dann: »Beim nächsten Ton ist es: vierzehn Uhr und acht Minuten.« Dann rülpste er.

Vierzehn Uhr? Berücksichtigte man die Zeitumstellung, war es jetzt zwölf Uhr mittags auf dem Atlantik. Er hatte mindestens zehn Stunden geschlafen.

»Aber gut, dass du dran bist. Hast du deine E-Mails gecheckt?«

»Nein.«

»Solltest du aber. Ich bin die Mitarbeiter- und Passagierlisten durchgegangen, die dir dein Kumpel Bonhoeffer gegeben hat.«

Martin begann sich zu erleichtern, während Diesel weiterredete.

»Wir haben fast sechshundert Übereinstimmungen an Gästen und Angestellten, die sowohl an dem Tag, an dem Nadja und Timmy verschwanden, an Bord waren als auch fünf Jahre später, als Anouk und ihre Mutter offiziell für vermisst erklärt wurden.«

»Wie viele kommen davon als Vergewaltiger in Frage?«

»Immerhin 338 Angestellte. Vom Zimmermann über den Koch bis zum Kapitän, alles dabei. Vorausgesetzt, die Liste ist vollständig. Und hier kommen wir zum größten Problem.«

»Du meinst, Bonhoeffer hat mir nicht die kompletten Unterlagen gegeben?«, fragte er Diesel.

»Ich meine, er *kann* dir gar keine vollständigen Listen gegeben haben. Um Geld zu sparen, beschäftigen die meisten

Reedereien ausländische Billiglohnfirmen als Subunternehmer. Und die denken sich manchmal Namen aus oder unterschlagen welche aus Steuergründen oder schreiben gar zu viele auf, um abzukassieren. Das ist ein heilloses Durcheinander.«

Martin dachte nach. Demnach waren die Mitarbeiter- und Passagierlisten eine Sackgasse. »Was ist mit den Gästen?«, fragte er trotzdem. »Haben wir hier Doppelungen?«

»Ja, logisch. Kreuzfahrer sind Wiederholungstäter. Aber hier wird die Auswahl kleiner. Filtert man von den siebenundachtzig Passagieren, die sowohl vor fünf Jahren als auch vor zwei Monaten an Bord waren, alle alleinreisenden Frauen und scheintoten Rentner wieder heraus, bleiben dreizehn Männer als potenzielle Vergewaltiger übrig. Und jetzt halt dich fest.«

Diesel machte eine Pause.

»Was?«

»Einer von ihnen heißt Peter Pax.«

Mein Deckname?

»Das ist unmöglich«, krächzte Martin.

»Tja, was soll ich sagen, Kumpel.« Martin konnte Diesel förmlich mit den Achseln zucken hören.

»Wenn du damals in der Grundschule dein Seepferdchen gemacht hättest, würde ich dir jetzt raten, wieder nach Hause zu schwimmen. Schätze, da will dir jemand was anhängen.«

Ja. Und ich weiß auch schon, wer.

Martin griff nach dem Klopapier. »Sein Name beginnt mit Yegor und hört mit Kalinin auf.«

»Der Reeder?«

»Möglicherweise steckt auch der Kapitän mit drin, bin mir bei dem Windei nicht so sicher. Kannst du rausfinden, in welcher Kabine dieser Pax gewohnt haben soll?«

Anders als in herkömmlichen Hotels, wo man von der Gunst des Rezeptionisten abhängig war, ob man eine stickige Kammer zum Parkhaus oder ein lichtdurchflutetes Refugium bekam, konnte man sich bei der Buchung von Kreuzfahrtschiffen in der Regel seine Kabinennummer selbst aussuchen.

»Ja, das hab ich hier irgendwo. Warte, ich seh nach.«

Martin stand auf und bediente die Spülung.

»O nein, bitte. Sag jetzt nicht, dass du während unseres Gesprächs das getan hast, wonach es sich anhört«, empörte sich Diesel.

Martin ging nicht darauf ein, sondern bat ihn, noch eine weitere Person zu überprüfen.

»Wen?«

»Lisa Stiller, fünfzehn Jahre, Berlinerin, Mutter heißt Julia, beide stehen auf der aktuellen Passagierliste. Krieg bitte raus, wer die Reise bezahlt hat und wo sie gebucht wurde. Und schau nach, ob du ein Video auf …« Er musste in seinem Gedächtnis kramen, bis ihm der Name des Portals wieder einfiel, das Bonhoeffer gestern genannt hatte. »… auf isharerumors oder so ähnlich findest und das mit dem Namen Lisa Stiller getaggt ist.«

»Wozu soll das gut sein?«

»Lisa ist fünfzehn Jahre alt und wird seit gestern vermisst. Das Video soll der Auslöser ihres Selbstmords sein.«

Diesel seufzte. »Noch ein Kind? Himmel, was ist denn da nur los bei dir?«

»Das hängt alles zusammen. Lisa zum Beispiel hab ich gesehen, als ich gerade auf dem Weg zu Anouk war, im …«

Martin stockte. »… im Unterdeck, wo sie eigentlich gar nicht …«, murmelte er und hörte mitten im Satz auf.

Was ist das?

»Hey, hallo? Bist du jetzt auch gesprungen?«, hörte er Diesel rufen.

»Sei mal kurz still.«

Das Freizeichen in seinem Kopf hatte sich abgeschwächt, dafür irritierte ihn jetzt ein anderes Geräusch. Ein ganzes Bündel an Geräuschen! Sie waren wohl schon die ganze Zeit da gewesen, doch erst jetzt nahm er sie zur Kenntnis.

Martin legte die Hand aufs Waschbecken und spürte die Vibrationen. Er stakste aus dem Bad, orientierte sich an dem Lichtschlitz im Vorhang, ging auf ihn zu und riss erst ihn und dann seine Terrassentür auf. Kalte, klare Luft strömte ins Innere der Kabine.

Das, was er sah, passte zu dem Knarren, Knarzen, Ächzen, Vibrieren und Summen, das er um sich herum hörte.

Und zu dem Schwanken des Schiffes.

»Wir fahren«, sagte er mit ungläubigem Blick auf die schaumbekrönten Wellenberge vor ihm. Der trübselig graue Horizont war so dicht an das Schiff herangerückt, dass man die Arme danach ausstrecken konnte.

»Natürlich fahrt ihr, das ist ein Kreuz*fahrt*schiff«, sagte Diesel, der nicht wissen konnte, dass der Kapitän die *Sultan* gestern Nacht für ein Mann-über-Bord-Manöver gestoppt hatte. Doch jetzt liefen die Motoren wieder, was nur zwei Dinge bedeuten konnte: Entweder sie hatten Lisa gefunden. Oder für immer aufgegeben.

»Ich hab sie«, sagte Diesel, und für einen kurzen Moment dachte Martin, er spräche tatsächlich von dem Mädchen, aber er meinte natürlich die Kabinennummer von Peter Pax. »Er hatte auf beiden Reisen dieselbe«, sagte er. »Vielleicht stattest du Nummer 2186 mal einen Besuch ab.«

48. Kapitel

12:33 Uhr Bordzeit
50° 27' N, 17° 59' W
Geschwindigkeit: 23,4 Knoten, Wind: 30 Knoten
Seegang: 10 Fuß
Entfernung von Southampton: 630 Seemeilen

Nummer 2186?«
Der Kapitän knetete sich den Nacken. Das Pflaster auf der Nase war kleiner und die Augenringe dunkler geworden. Könnte man mit Müdigkeit an der Börse handeln, wäre Bonhoeffer einer der reichsten Männer der Welt. Seine Augen waren auf die Größe eines Fünfcentstücks geschrumpft, und sie waren ihm offenbar keine große Hilfe dabei, die passende Schlüsselkarte zu finden.

»2186«, bestätigte Martin und wunderte sich, dass sie nach einer Kabine mit dieser Nummer auf Deck 3 suchten. Sie standen in einem Seitengang, der von dem Zugang zum Atrium abzweigte, vor einer ingwergrauen Tür ohne Nummer, und Bonhoeffer versuchte nun bereits zum dritten Mal, eine Keycard durch das Lesegerät zu ziehen. Er hielt eine Auswahl verschiedenfarbiger, scheckkartengroßer Plastikkarten in der Hand, die alle in der rechten oberen Ecke gelocht und auf einer dünngliedrigen Metallkette aufgefädelt waren.

»Haben Sie nicht so etwas wie einen Universalschlüssel?«, fragte Martin.

»Nicht für das Nest.«

»Das Nest?«

»Das ist, wie Sie sehen, keine Passagierkabine mehr«, sagte Bonhoeffer mit Blick auf die fehlende Nummer an der Tür. Wenn man dicht davorstand, konnte man die Reste des Klebstoffs sehen, mit dem sie ursprünglich befestigt gewesen war.

»Sondern?«, fragte Martin.

»Ein Relikt. So etwas wie der Wurmfortsatz der *Sultan*. Die Dame ist mit ihren acht Jahren ja nicht mehr die jüngste im Geschäft. Als sie vom Stapel lief, dachte man noch, die Nachfrage nach Innenkabinen würde steigen, aber Fehlanzeige. Die meisten wollen eine Suite, mindestens eine Balkonkabine soll es sein, ganz zur Not schauen sie ins Atrium. Und knapp über die Wasserlinie will schon gar keiner mehr hin. Daher haben wir die zehn untersten Innenkabinen auf Deck 3 vor sechs Jahren in Vorratsräume und Büros umgewandelt.«

»Und in ein *Nest*?«, fragte Martin. Bonhoeffer nickte.

»Die Nummer ist ein Insider, ein Zahlenspiel. Wenn *2* sich *1* sind und auf sich *8* geben müssen, können sie hier *6* haben.« Er musste gähnen und machte sich nicht die Mühe, die Hand vor den Mund zu halten.

»Sex auf der eigenen Kabine ist dem Personal verboten, und da man sich die meisten mit einem Kollegen teilen muss, auch eher unpraktisch. Doch die Besatzung hat Bedürfnisse, gerade auf Weltreisen. Offiziell gibt es so etwas wie das Nest natürlich nicht, aber wir drücken ein Auge zu, wenn die Angestellten während der monatelangen Fahrt hier einen Rückzugsort für ihr Schäferstündchen suchen, solange es diskret abläuft.«

Bonhoeffer gähnte erneut, diesmal noch breiter.

»Sie sollten sich hinlegen. Oder lässt Sie Ihr schlechtes Gewissen nicht schlafen?«, fragte Martin sarkastisch.

Bonhoeffer hatte ihm am Telefon erklärt, was in der Nacht vorgefallen war. Nach seinem schlaganfallartigen Zusammenbruch hatte er ihn von Elenas Assistenzarzt auf sein Zimmer zurückbringen lassen, wo er eine achtstündige Suchaktion verschlafen hatte, die – laut Aussage des Kapitäns »wie erwartet« – keine Resultate gebracht hatte.

Als die Küstenstation nach dem abgesetzten Security-Ruf die Maßnahmen zu koordinieren begann und ein Marineschiff des englischen Flottenverbandes eingetroffen war, das in der Region ein Übungsmanöver abgehalten hatte, gab es für die *Sultan* keinen Grund mehr, im offenen Meer auf der Stelle zu treiben. *Und sich den Zorn von knapp dreitausend noch lebenden Passagieren zuzuziehen, die in der Lage waren, die Eigner mit Schadenersatzforderungen wegen unzumutbarer Verspätung zu überziehen.*

Julia Stiller hatte einen Nervenzusammenbruch erlitten, als die Hauptmaschine wieder hochfuhr, und war mit einem Sedativum in einen traumlosen Schlaf katapultiert worden, aus dem sie irgendwann in der Kapitänskabine wieder erwachen würde. Hunderte Seemeilen von ihrer Tochter entfernt. Eigentlich hatte sie auf das Marineschiff wechseln wollen, doch dort hatte man ihr als »Unbefugte« den Zutritt verwehrt.

»Ich habe kein schlechtes Gewissen«, protestierte der Kapitän. »Wir haben die Fahrt unterbrochen, um …«

»Für acht Stunden, ja?«, fiel ihm Martin ins Wort. »Mehr Zeit ist Ihnen ein Kinderleben nicht wert?« Er lachte zynisch.

Bonhoeffer atmete tief ein und presste seinen Atem durch gespitzte Lippen geräuschvoll wieder nach draußen. Es hörte sich an, als würde Luft aus einem verschrumpelten Luftballon entweichen. Wütend sagte er: »Ein Abschiedsbrief, Cybermobbing als Motiv, keinerlei Spuren von Gewalt oder eines anderen Verbrechens in der Kabine, und obwohl man da draußen ohne Weste nicht mal eine Stunde überlebt, läuft die Suche noch bis mindestens morgen früh. Was erwarten Sie eigentlich?«

»Dass Sie es ein Mal schaffen, Ihre Passagiere vollzählig ans Ziel zu bringen.«

»Genauso gut könnte ich sagen, Sie hätten etwas besser auf Ihre Familie aufpassen müssen. Haben Sie schon mal Suizid gegoogelt? Es gibt Foren, in denen sich die halbe Welt darüber austauscht, wie man sich am effektivsten um die Ecke bringt. Und wissen Sie, was da ganz hoch im Kurs steht? Richtig. Kreuzfahrten. Das ist so beliebt, dass wir schon einen Namen dafür haben. Passagier 23, weil im Schnitt 23 Passagiere jedes Jahr ins blaue Regal, also ins Wasser, hüpfen. Wenn jeder Depressive mit Internetzugang beschließt, den Zugführern einen Gefallen zu tun und sich nicht mehr vor die U-Bahn zu werfen, sondern ins nächste Reisebüro zu gehen, dann geben Sie verdammt noch mal nicht mir die Schuld daran.«

In seiner Erregung riss er blind irgendeine seiner Karten durch den Schlitz und traf tatsächlich die richtige. Es machte *klack*, und ein grünes Lämpchen blinkte.

»Ich bin für diesen Irrsinn nicht verantwortlich«, bellte er und drückte die Klinke nach unten. Die Tür sprang auf, und sofort füllte ein unangenehm metallischer Geruch ihre Nasen.

»Und dafür auch nicht?«, fragte Martin. Er zeigte auf den Kabinenboden.

Wortlos starrten sie auf den Mann zu ihren Füßen, dem jemand in den Kopf geschossen hatte.

49. Kapitel

Sie verriegelten die Tür hinter sich, und Martin gab dem Kapitän die Anweisung, sich nicht vom Fleck zu rühren und ja nichts anzufassen.

Die Leiche saß mit ausgestreckten Beinen auf dem Fußboden – der Rücken an die Kante eines zerwühlten Einzelbetts gelehnt, der Kopf im Nacken abgeknickt – und starrte mit leeren Augen an die staubige Kabinendecke. Das Kissen unter seinem Kopf schimmerte nass glänzend im Licht der Deckenlampe.

Der Menge an Blut nach zu urteilen war die Austrittswunde sehr viel größer als das kleine Loch in der Stirn über dem rechten Auge.

»Wer ist das?«, fragte Martin, der schon längst in seinen »Tatort-Modus« geschaltet hatte. Die Erfahrung hatte ihn gelehrt, dass der erste Eindruck der wichtigste war. Deshalb scannte er seine Umgebung und achtete ganz besonders auf Dinge, die aus dem Rahmen fielen.

Ein umgedrehtes Kreuz an der Wand etwa, ein zersplitterter Spiegel unter dem Schrank oder eine Wohnung, die so ordentlich war, dass sie die Absicht des Täters entlarvte, unter gar keinen Umständen auffallen zu wollen.

Nicht immer waren die Eigentümlichkeiten offensichtlich, oft waren die Hinweise auf Tatumstände, Motive, Opfer und Verdächtige sehr subtil plaziert. So wie das Stück Metall zum Beispiel, das in der Kabine vor dem Einbauschrank auf dem Teppich lag.

Martin bückte sich nach der Haarklammer. Sie war bunt, klein und billig. Passend zu einer Spielzeugpuppe.

Oder einem kleinen Mädchen.

»Großer Gott, das ist doch …« Bonhoeffer glotzte hinter ihm mit weit aufgestellten Augen auf die Leiche. Offenbar hielt ihn der Schock der Erkenntnis davon ab, den Namen des Toten laut auszusprechen.

»Wer?«, fragte Martin streng. Bonhoeffer schluckte schwer. »Sein Name ist Veith Jesper!«, sagte er und deutete auf den Mann in der blutbesudelten Uniform. »Einer meiner Sicherheitsoffiziere.«

50. Kapitel

Werde ich es nur ein einziges Mal erleben, dass Sie mich mit guten Nachrichten bei der Arbeit stören, Bonnie?«

Yegor nahm kurz das Handy zur Seite, schmiss Ikarus vom Bett und stand auf. In Wahrheit hatte er nicht gearbeitet, sondern sich in der abgedunkelten Suite nach dem eher enttäuschenden Sex mit seiner Frau eine Runde aufs Ohr gehauen. Aber eher würde er nackt mit einer Fahne im Hintern über das Promenadendeck rennen, als seinem Kapitän auf die Nase zu binden, dass er hin und wieder Mittagsschlaf hielt.

»Kopfschuss?«, fragte er, das Telefon wieder am Ohr.

Seine Frau drehte sich schlafend im Bett zur Seite und furzte. Großer Gott, das war ja noch ekliger als die Sauerei, die ihm sein Kapitän gerade beschrieb.

Auf dem Weg ins Bad überlegte Yegor, ob es eine Möglichkeit gab, die Angelegenheit unter den Tisch zu kehren, doch er bezweifelte es. Also sagte er: »Lasst alles so, wie es ist.«

Während er Bonhoeffer nur noch mit halbem Ohr zuhörte, hauchte er sich in die Hand und verzog das Gesicht.

Eine halbe Stunde Mittagsschlaf, und ich hab Mundgully wie ein albanisches Klärwerk.

»Natürlich fahren wir weiter«, unterbrach er den aufgeregten Redeschwall des Kapitäns.

Hat man es denn hier nur mit Idioten zu tun?

»Wir sind fast auf halber Strecke, was ergibt Umdrehen da

für einen Sinn? Rühren Sie den Tatort nicht an und machen Sie den Behörden Meldung.«

Yegor öffnete den Klodeckel und knöpfte sich den Schlitz seiner Pyjamahose auf. »Und trommeln Sie alle PR-Fatzkes zusammen, die auf meiner Gehaltsliste stehen. Die Versager sollen endlich mal arbeiten für ihr Geld. Ich will keine Meldungen lesen à la ›Die Horrorfahrt der *Sultan* – eine Vermisste und eine Leiche‹ oder so was.«

Obwohl die Schlagzeilen natürlich kaum zu vermeiden waren. Und zum Teil war das auch seine Schuld, wie Yegor wusste.

Es dauerte, bis es endlich zu tröpfeln begann. Früher hatte seine Harnröhre gebrannt, wenn er sich mit den falschen Frauen eingelassen hatte. Heute erinnerte ihn das Gefühl nur noch an die längst überfällige Vorsorgeuntersuchung.

Alt werden ist eine Schlampe, dachte Yegor und sah durch die geöffnete Badezimmertür ins Halbdunkel des Schlafzimmers. Die Füße seiner Frau stachen unter der Bettdecke hervor. Selbst aus dieser Entfernung konnte er ihre verkrumpelten High-Heels-Zehen sehen. Ekelhaft.

Moment. Was hat dieser Schwachkopf von Kapitän ihm gerade vorgeschlagen?

»Anhalten? Schon wieder?« Der Reeder hatte Mühe, vor Wut nicht danebenzupinkeln. Ikarus, aufgescheucht durch den Ausbruch seines Herrchens, tapste mit aufgestellten Ohren ins Badezimmer.

»*Einen* Selbstmord hat unser chilenischer Geldsack noch unter ›Pech‹ abgebucht. Der Typ ist ein abergläubischer Katholik. Die schlimmste Sorte Mensch. Wenn jetzt noch eine Leiche auftaucht, hält der Penner das für ein schlechtes Omen und packt sein Scheckbuch schneller ein, als Sie ›Gefängnis‹ sagen können. Mir egal, wie Sie das anstellen, aber zögern Sie das verdammt noch mal bis zur Vertragsunterzeichnung hinaus!«

Yegor legte auf, schüttelte ab und spülte. Aus dem Schlafzimmer hörte er die schläfrige Stimme seiner Frau, aber es war ihm gleichgültig, was sie sagte.

Er ärgerte sich über sich selbst. Eigentlich hatte er sich vorgenommen, nicht zu brüllen. Das taten nur Menschen, die sich und ihr Leben nicht im Griff hatten. Aber seit der Abfahrt aus Hamburg, *nein, schon seit der Anfahrt auf Oslo,* als diese zungengelähmte Anouk auf einmal wie aus dem Nichts wieder auftauchte, wurde ihm ein mit Scheiße gefüllter Windbeutel nach dem anderen um die Ohren geschleudert.

Yegor ignorierte das Waschbecken und machte sich auf den Rückweg ins Bett. Dabei musste er an Ikarus vorbei, der ihm einen geradezu ärgerlichen Blick zuwarf. Er beugte sich zu seinem Hund und tätschelte den Nacken des Terriers.

»Ja, ich weiß. Herrchen ist selber schuld. Aber weißt du, Ikarus, ich kann es einfach nicht leiden, wenn man mich erpresst.« Der Hund legte den Kopf schief, als würde er jedes Wort verstehen. Yegor lächelte und stupste ihm mit dem Zeigefinger gegen die feuchte Nase.

»Veith war ein Nichtsnutz«, flüsterte er, damit seine mittlerweile aufgewachte Frau ihn nicht hören konnte. »Ich musste ihm meinen Spezialrevolver geben.« *Den, der nach hinten losgeht, wenn man den Hebel umlegt.* Was er getan hatte, bevor er dem gewaltbereiten Idioten die Waffe ausgehändigt hatte. Sie war ein Geschenk eines Kameraden. Sonderanfertigung. Ein Scherzartikel unter alten Freunden aus der Fremdenlegion. Nicht zu ihm zurückzuverfolgen.

»Verstehst du das, Ikarus?« Der Hund hechelte, und Yegor nahm das als ein Ja.

Yegor löschte das Badezimmerlicht und damit die gesamte Beleuchtung und legte sich wieder ins Bett. Seine Frau wollte seinen Arm streicheln, doch er schob ihre Hand von sich weg.

Schade, dass Veith kein Japse ist, dachte er. *Die machen doch wegen jedem Mist Harakiri. Ehrenkodex und so.*

Man hätte es vielleicht so hinstellen können, als hätte der Sicherheitsoffizier die Schande nicht ertragen, die Selbstmordgöre nicht gefunden zu haben.

Aber wer glaubt das schon bei einem Käsefresser?

Yegor gähnte. Nichts war schlimmer, als kalt aus dem Mittagsschlaf gerissen zu werden. Er war hundemüde. Eine Weile überlegte er noch, ob es ein Fehler gewesen war, Veith sich selbst ausschalten zu lassen. Aber der Typ war selber schuld. Was hatte er auch einen Feldzug gegen diesen ... *Tiamo ... Tigo ...?*

Yegor konnte sich nicht an den Namen erinnern. Und letztlich war der ihm auch gleichgültig. Während ihm langsam die Augen zufielen, fragte er sich nur, wo sich dieser argentinische Möchtegerncasanova im Augenblick wohl herumtrieb – nachdem er mit an Sicherheit grenzender Wahrscheinlichkeit vor nicht allzu langer Zeit dem Tod ins Auge geblickt hatte.

51. Kapitel

Daniel legte auf und wunderte sich über die Reaktion des Reeders. Erst hatte Kalinin so müde geklungen, als hätte er ihn gerade aus dem Schlaf gerissen, dabei war es helllichter Tag. Dann schien Yegor nicht im Geringsten überrascht gewesen zu sein, so als habe er auf die Nachricht von einem erschossenen Offizier geradezu gewartet. Einzig beim Wutausbruch am Ende des Gesprächs hatte er wieder normal geklungen.

»Wer weiß alles von diesem Liebesnest hier?«, fragte Schwartz, der gerade neben dem Bett am Türgriff eines abgeschlossenen Einbauschranks rüttelte. Dem Ermittler schien die Gegenwart einer Leiche und der damit einhergehende Geruch sehr viel weniger auszumachen als ihm.

Daniel sah zur abgeschlossenen Kabinentür. Am liebsten hätte er dieses stinkende, fensterlose Kabuff so schnell wie möglich wieder verlassen.

»Knapp zweitausend Leute«, antwortete er. »Alle Angestellten und eine Handvoll Passagiere, die sich auf einen Urlaubsflirt mit dem Personal einlassen.«

Und ihr Abenteuer nicht in der eigenen Kabine erleben wollen, weil dort meistens ein gehörnter Partner wartet.

»Und weiß man, wer dieses Nest hier alles nutzte?« Es knackte, und Schwartz hielt den Metallgriff der Schranktür in der Hand.

Bonhoeffer massierte sich den steifen Nacken. »Nein, wie gesagt. Offiziell existiert dieser Raum nicht. Das Nest kann man folglich auch nicht reservieren, es gibt keine Besucher-listen oder so etwas.«

»Aber irgendjemand muss doch die Belegung und die Schlüsselvergabe koordiniert haben?«

»Ja. Und dreimal dürfen Sie raten, wen die Schiffsleitung im Verdacht hatte.« Bonhoeffer zeigte, ohne hinzusehen, auf den Toten zu ihren Füßen. Das Schiff schaukelte heftig, und ihm wurde speiübel. Sein Magen zog sich zusammen wie ein Dudelsack und presste den durchsäuerten Inhalt wieder zurück in die Speiseröhre.

Er schlug vor, die Unterhaltung woanders fortzusetzen, doch der Ermittler war gerade dabei, die Metallbügel des abgerissenen Türgriffs als Hebel zu nutzen, um damit den Schrank aufzubrechen.

Es gab ein berstendes Geräusch, und die Sperrholztür hing nur noch an einem Scharnier. Wenig später war sie vollstän-dig aus den Angeln gerissen.

So viel zu Yegors Befehl, alles so zu belassen, wie es war.

»Na sieh mal einer an«, murmelte Schwartz und zog einen kleinen Plastikkoffer aus dem Schrank.

Er war etwas größer als ein Handgepäckstück mit vielen, teilweise stark beschädigten Aufklebern auf Vorder- und Rückseite. Die meisten zeigten Flaggen, Symbole oder Landkarten von Orten, die der Trolley vermutlich schon bereist hatte. Dass sein Besitzer jung und weiblich war, legte die Farbe des Koffers nahe (lila) und der handteller-große Sticker einer Boyband, der auf einer Seitentasche pappte.

»Wollen wir uns das Ding nicht besser in meiner Kabine ansehen?«, sagte Daniel, der, was immer aus seinem Magen gerade ausbrechen wollte, kaum noch zurückhalten konn-te, doch Schwartz ignorierte ihn. Mit raschen Handgriffen öffnete er den Reißverschluss und klappte den Kofferdeckel zur Seite.

»Anouk«, sagte er, und Daniel war sich nicht sicher, ob das eine Vermutung oder eine Gewissheit war. Er sah typische Mädchenkleidung, ordentlich zusammengelegt, jeden Zentimeter des Koffervolumens ausfüllend. Röcke, Unterwäsche, Strumpfhosen und – ganz oben auf dem Stapel – ein Zeichenblock und eine Federtasche.

Aber das ist doch Unsinn, dachte er.

»Anouk kann unmöglich die ganze Zeit über hier gesteckt haben.«

Schwartz schüttelte den kahlen Kopf. »Kann ich mir auch nicht vorstellen. Es sei denn, dieses Liebesnest wurde von den Angestellten zwei Monate lang nicht genutzt.«

Von wegen.

Daniels Wachoffizier hatte erst vor drei Wochen damit geprahlt, hier eine Köchin vernascht zu haben. Er selbst hatte noch nie etwas mit dem Nest zu schaffen gehabt, aber der Aufstand, den es gegeben hätte, wäre Kabine 2186 für längere Zeit außer Betrieb gewesen, wäre ihm gewiss zu Ohren gekommen.

»Was ist das?«, fragte Daniel und zeigte auf die Rückseite des umgeklappten Trolleydeckels. Er mochte sich irren, aber steckte dort, hinter dem Innennetz, nicht eine …

»Eine Taschenlampe«, sagte Schwartz und zog sie heraus.

Tatsächlich.

Sie war schmal, mit einem metallisch glänzenden, hellblauen Stahlgehäuse. Und sie sah genauso aus wie die, die man bei Anouk gefunden hatte.

Schwartz drehte an einem Schalter am Griffende, und auch bei dieser Lampe hatte man Mühe, den schwachen Schein mit bloßem Auge zu sehen.

»Eine Funzel mit leeren Batterien?«, fragte Daniel. Seine Verwirrung dämpfte wenigstens das Übelkeitsgefühl. Und die Verwirrung wurde noch größer, als Schwartz eine weitere Lampe im Koffer fand, in einem Seitenfach, eingewickelt in einer Socke, und auch diese nicht besser funktionierte.

Was hat das zu bedeuten?

Ein entführtes Mädchen, zwei kaputte Lampen?

Daniel konnte sich keinen Reim auf diesen Fund machen. Im Unterschied zu Schwartz. Der griff auf einmal hastig nach der Federtasche und durchwühlte die darin aufbewahrten Stifte. Als er gefunden zu haben schien, was er suchte, schlug Schwartz sich an die Stirn, wie jemand, der etwas ganz Offensichtliches übersehen hatte. Dann drehte er noch einmal am Schalter der Lampe, dann noch einmal, und jedes Mal seufzte er leise, obwohl Daniel nicht die geringste Veränderung bemerkte.

Kein helles Licht.

Nichts, was bei ihm einen Geistesblitz auslösen konnte.

»Was haben Sie?«, fragte er ihn.

Schwartz schloss eine Faust um den Taschenlampengriff und hielt sie jetzt wie einen Staffelstab kurz vor der Übergabe zum nächsten Läufer.

»Ich weiß jetzt, was los ist«, sagte er tonlos. Dann stieg der Ermittler an Bonhoeffer vorbei über die Leiche und riss die Kabinentür auf.

52. Kapitel

Naomi

...enn ich könnte würde ich es ungeschehen machen, oder mich wenigstens entschuldigen, für das, was ich getan habe. Aber ch schätze, die die gelegenheit werden ich nicht bekmmen, oderP

Die letzten, mit Rechtschreibfehlern gespickten Zeilen hatte sie im Blindflug geschrieben, den Monitor wie durch eine Wasserwand betrachtend, die Buchstaben im Tränennebel verschwommen, mit klammen Fingern, die sich beim Tippen zu überholen versucht hatten, schneller und schneller, weil Naomi Lamar sich vor Selbstekel ein Stück Fleisch aus dem Körper gebissen hätte, wenn ihr beim Schreiben auch nur eine Sekunde geblieben wäre, darüber nachzudenken, *was* sie getan hatte. Was sie gerade der Spinne beichtete. Nämlich: *das Schlimmste.*

Es war ihr nicht wieder *eingefallen,* denn dazu hätte sie es erst einmal vergessen haben müssen. Tief in ihrem Innersten hatte sie immer gewusst, was die Spinne von ihr hören wollte. Sie hatte es nur nicht fertiggebracht, es aufzuschreiben. Daran zu *denken* war schon schlimm. Doch Gedanken ließen sich zurückdrängen, zum Beispiel durch Schmerzen, Hunger oder Kälte. Nichts, woran es ihr die letzten Wochen gemangelt hätte.

Es aufgeschrieben zu wissen, ja allein der Vorgang des Niederschreibens an sich, war eine ganz andere Sache.

Das Böse schwarz auf weiß zu sehen, die eigene Schande

vor Augen, war sehr viel schlimmer, als nur daran zu denken, und das wusste die Spinne.

Deshalb, nur deshalb, sollte ich es hier, am Fuße des Brunnens, in diesen elenden Computer tippen.

Ohne die Rechtschreibung noch einmal zu korrigieren (was Naomi bei den untauglichen Geständnissen zuvor aus irgendeinem, ihr selbst nicht erklärlichen Grund immer getan hatte; vermutlich aus alter Gewohnheit, hatte sie bei Anouk doch immer sehr viel Wert auf Orthographie gelegt), hatte sie an dem Seil gerissen, das sie sich am liebsten um den Hals gelegt hätte, aber vermutlich wäre es mit ihr als Anhängsel nicht nach oben gezogen worden, so wie der Eimer, in den sie zuvor das Notebook gelegt hatte.

Seitdem der Computer weit oben in der Dunkelheit über ihrem Kopf verschwunden war, kratzte sie sich wieder.

Am Arm, am Hals, auf der Kopfhaut.

Naomi war sich sicher, dass sie der Spinne geliefert hatte, was sie hören wollte.

Hunger, Durst, der Bandwurm, die Bettwanzen, sämtliche Bestrafungen ergaben einen Sinn, das sah sie jetzt ein.

Naomi lachte.

Sie hatte keine Ahnung, wie die Spinne hinter ihr Geheimnis gekommen war. Ausgerechnet auf einem Kreuzfahrtschiff.

Doch bei Licht betrachtet, ergab jetzt alles einen Sinn.

Nur dass ich nie wieder etwas bei Tageslicht betrachten werden darf.

Naomi fühlte in sich einen bedrohlichen Gedanken aufkeimen und begann zu summen. Sie wusste, sie würde bald sterben dürfen.

Nicht weil ich eine Mitschuld am Tod meiner besten Freundin trage.

Sie öffnete den Mund.

Nicht weil ich Sex gegen Geld hatte.

Ihr helles, brüchiges Summen steigerte sich zu einem kehligen Laut, schwoll an ...

Mit unbekannten Männern. Vielen Männern.

... zu einem Schrei, der lauter und lauter wurde, bis er es, multipliziert durch die Echos, tief unten im Brunnen, endlich schaffte ...

Sondern, weil ich vor drei Jahren ...

... den Gedanken an das Schlimmste, was sie jemals getan hatte ...

... weil ich damit begonnen habe, meine ...

... in ihrem Kopf zu überbrüllen.

... weil ich ...

Ein Schrei, so laut und erdrückend, dass sie für eine Weile nichts anderes mehr spürte als den Wunsch, ihr liebes, kleines Mädchen noch einmal zu sehen, bevor es endlich und hoffentlich bald mit ihr zu Ende ging.

53. Kapitel

nouk. Taschenlampe. Stifte. Malen.
Ein-Wort-Gedanken lärmten in Martins Kopf, schlugen ihm mit Wucht von innen gegen die Schädelglocke und erzeugten einen dumpfen, dröhnenden Ton, der wie eine disharmonische Filmmusik jene Bilder untermalte, die in diesem Moment vor seinem inneren Auge abliefen. Bilder, in denen er sich an die bisherigen Zusammentreffen mit Anouk erinnerte: das Mädchen im Nachthemd, stumm und stoisch auf dem Bett sitzend, die Arme als Schleifstein für die Fingernägel.

Martin dachte daran, wie Gerlinde ihm von der Taschenlampe erzählt hatte, und erinnerte sich daran, wie er auf seinem Weg zum Kapitän von dem angetrunkenen Gast mit einem leuchtenden Getränk in der Hand angerempelt worden war. Scheinbar zusammenhanglose Gedankenfetzen ergaben auf einmal eine Einheit.

Auf diesem, wie Martin vermutete, letzten Abstieg nach Hell's Kitchen hatte Bonhoeffer ihn alleine gelassen, nachdem er ihm zunächst noch hinterhergerannt war und sich ihm vor dem Eingang zum Staff-Deck sogar in den Weg gestellt hatte.

»Was haben Sie herausgefunden?«, hatte er wissen wollen. Martin war drauf und dran gewesen, Bonhoeffer seinen Verdacht zu erläutern, da hatte das Handy des Kapitäns geklingelt.

Julia Stiller, die Mutter der vermissten Lisa, war in seiner

Kabine wieder zu sich gekommen und verlangte nach Bonhoeffer. Genau genommen *schrie* sie nach ihm.

DU SCHEISSKERL! WO STECKST DU? WIE KANNST DU MIR DAS ANTUN?

Martin hatte jedes Wort mithören können, obwohl sich Bonhoeffer das Handy fest ans Ohr gepresst hatte.

Der Kapitän hatte versprochen, so schnell wie möglich nachzukommen, sobald er nach Julia gesehen habe, doch im Augenblick stand Martin allein vor Anouks Krankenzimmer. Seine Finger schwitzten, als er die Schlüsselkarte benutzte. Ohne anzuklopfen, trat er ein.

Und stand in einer leeren Kabine.

Für einen Moment war er zu keinem klaren Gedanken fähig. Er hypnotisierte das verlassene Bett, als würde Anouk sich vor seinen Augen materialisieren, wenn er nur lange genug auf das zerknüllte Laken starrte.

Wie kann das sein? Anouk hat keinen Schlüssel. Sie kann hier nicht RAUS!

Martins Fassungslosigkeit währte keine Sekunde, dann erlöste ihn das Geräusch einer Toilettenspülung aus seiner Paralyse. Die Badezimmertür zu seiner Rechten öffnete sich, und Anouk schlurfte heraus. Sie trug ein frisches Nachthemd, ihre Strumpfhose musste sie ausgezogen haben. Anouk war barfuß. Als sie Martin sah, wich sie erschrocken in den Waschraum zurück.

»Halt«, rief Martin und stellte rechtzeitig den Fuß in die Tür, die Anouk vor ihm schließen wollte. »Hab keine Angst, ich tu dir nichts.«

Er riss die Tür wieder auf. Anouk duckte sich, versteckte den Kopf hinter beiden Armen und schritt rückwärts, bis sie gegen die Toilette stieß. Sie setzte sich darauf.

»Du weißt doch noch, wer ich bin, oder?«

Er steckte sich die Schlüsselkarte in die Brusttasche seines Poloshirts und wartete, bis Anouks Atem sich etwas beruhigt hatte. Es dauerte eine ganze Weile, bis sie begriff, dass er sie nicht anfassen würde. Als sie es wagte, die Ellbogen zu senken und ihm direkt in die Augen zu sehen, lächelte er sie an. Zumindest versuchte er, seine Mundwinkel in die entsprechenden Positionen zu ziehen. Seitdem er Hell's Kitchen betreten hatte, meldete sich der Kopfschmerz zurück. Ein dumpfer Druck hinter den Augen, der bald in ein Ziehen übergehen würde.

»Pass auf, ich bleib einfach hier stehen«, sagte er und hob beide Hände. »Darf ich dich um einen Gefallen bitten, wenn ich verspreche, mich nicht zu bewegen und dir nicht zu nahe zu kommen?«

Kein Nicken. Kein Zucken der Augenbrauen. Keine Reaktion. Anouk blieb stumm. Und dennoch, trotz der kranken Blässe in ihrem Gesicht und trotz ihrer angsterfüllten Körpersprache meinte Martin Anzeichen der mentalen Gesundung bei ihr zu erkennen.

Ihr Blick war nicht mehr teilnahmslos, sondern abwartend, lauernd. Sie ließ ihn nicht eine Sekunde aus den Augen; anders als gestern noch, wo sie den größten Teil der Zeit damit verbracht hatte, durch ihn hindurchzusehen. Und es gab noch einen weiteren Hinweis darauf, dass sie auf der Leiter, die in ihren seelischen Keller führte, einige Stufen nach oben wettgemacht hatte: Weder kratzte sie sich, noch lutschte sie am Daumen, obwohl sie sich in einem Zustand hoher Aufregung befand.

Martin schloss aus den mit Tiermotiven bedruckten Pflastern, die die weißen Mullbinden in Position hielten, dass Elenas Assistent dem Mädchen frische Verbände angelegt hatte.

»Keine Sorge, wir müssen nicht reden«, sagte er in beruhigendem Tonfall.

Wenn er richtiglag, würde er von ihr gleich alles erfahren, was er wissen wollte, ohne dass das traumatisierte Mädchen auch nur ein einziges Mal den Mund öffnen musste.

»Ich bin nur gekommen, um dir etwas zu geben, was du sicher schon lange vermisst hast.«

Er zeigte ihr die Taschenlampe.

Die Wirkung war frappierend. Anouk reagierte im Bruchteil einer Sekunde. Sie sprang vom Klodeckel und griff nach Martins Hand. Wollte ihm die Lampe wegreißen, doch er war schneller und zog sie rechtzeitig zurück.

»Erst wenn du mir die Wahrheit sagst«, forderte er. Er spürte einen Kloß im Hals, denn seine Worte ließen eine Erinnerung an Timmy wach werden, wie er ihn früher »erpresst« hatte.

»Darf ich zum Tennis, Papa?«

»Erst wenn du dein Zimmer aufgeräumt hast.«

Timmy hatte sich oft widersetzt, hatte sich auf den Boden geworfen, geweint und trotzig den Deal »Aufräumen gegen Spielen« in den Wind geschlagen.

Auch Anouk war bockig. Sie wollte die Lampe. Aber sie wollte sich ihm immer noch nicht anvertrauen.

Mit grimmiger Miene, die Brauen tief in die Augen gezogen, starrte sie ihn an.

»Gut, dann erkläre ich dir, wie es gewesen ist«, sagte Martin. »Ich glaube, du weißt, wo deine Mutter ist. Du hast den Ort sogar für uns gezeichnet, auf deinem Malcomputer, auch wenn wir deinen Hinweis nicht verstanden haben und nicht wissen, wo sich dieser Schacht befindet. Aber du kennst den Weg. Du hast ihn mit den UV-Stiften markiert, die ich in deiner Federtasche gefunden habe. Doch leider siehst du diese Markierungen nicht bei gewöhnlichem Licht …«

Er machte den Fehler, kurz nach oben zur Deckenlampe zu sehen, und plötzlich traf ihn ein Blitz. In der Werbung heißt es, es gäbe siebenunddreißig Arten des Kopfschmerzes, die mit rezeptfreien Mitteln bekämpft werden könnten. Dieser hier zählte eindeutig nicht dazu. Es war ein Gefühl, als würde jemand feine, glühende Nadeln von innen durch seine Augen bis zur anderen Seite der Pupille stechen. Martin meinte sogar, die Spitze der austretenden Nadeln zu spüren, wie sie ihm die Innenseiten der Lider blutig rissen, wann immer er blinzelte.

An die Tür gelehnt, misstrauisch beäugt von Anouk, die wie angewurzelt vor dem Toilettenbecken stand, wartete er ab, bis die Schmerzen auf ein erträgliches Maß zurückgegangen waren. Dann löschte er das Licht.

Die Dunkelheit war eine Wohltat. Seine Kopfschmerzen schrumpften zu einem dumpfen Schatten. So schnell, wie die Attacke gekommen war, so rasch ebbte sie ab.

Einen kurzen Moment gönnte er seinen Augen, um sich an die nahezu vollkommene Finsternis zu gewöhnen. Dann drehte er an dem Schalter der Taschenlampe. Und der Strahl, der bei normalem Licht kaum zu erkennen war, füllte auf einmal den gesamten Raum und brachte die weißen Badezimmerfliesen zum Fluoreszieren, ebenso wie Anouks Nachthemd, ihre Zähne und Fingernägel.

Stifte. Malen. Taschenlampe.

»Ich hab es gewusst«, sagte Martin zu sich selbst. Nicht der Anflug eines Triumphs lag in seiner Stimme, als sich seine Theorie bestätigte. Anouks Augen schimmerten gespenstisch in dem reflektierenden Schwarzlicht. Sie sah aus wie ein lippenloser Geist aus einem Horrormärchen.

Die Taschenlampe, die er auf das Mädchen richtete, war nicht schwach, sondern eine UV-Lampe, die Licht in einem für das menschliche Auge kaum sichtbaren Frequenzbereich ausstrahlte. Er hatte ein ähnliches Modell schon einmal im Einsatz benutzt.

Aber woher hatte Anouk diese Lampen?

Eine Frage, die er zurückstellen musste, denn jetzt gab es Wichtigeres zu klären: »Sie hat dir den Weg zu deiner Mutter gezeigt, stimmt's?«

Als Anouk nicht reagierte, fragte er noch einmal drängend: »Wohin wurde sie verschleppt?«

Anouks Reaktion zog ihm erneut den Boden unter den Füßen weg. Denn wie bei ihrer ersten Begegnung flüsterte sie wieder seinen Vornamen.

»Martin.«

»Ich verstehe nicht, was du mir sagen willst«, wollte er ihr entgegnen und wunderte sich, wieso er seine eigene Stimme nicht hören konnte, obwohl er doch die Lippen bewegte. Als Nächstes wunderte er sich, wieso er nicht umkippte.

Der Schmerz hinter seinen Augen war wieder zurückgekehrt, diesmal mit Anlauf und doppelt so viel Schwung.

Martin sank zu Boden und fühlte, wie es noch schlimmer wurde. Anouk war über ihn hinweggestiegen und hatte das Deckenlicht wieder angeschaltet. Es kam ihm vor, als hätte ein Geist in der Zwischenzeit die Badezimmerlampe gegen einen Schweißbrenner ausgetauscht. Ihr gleißendes Licht wollte sich ihm tief in die Augen bohren. Anders als letzte Nacht in der Kapitänskajüte hatte er jedoch nicht das Gefühl, das Bewusstsein zu verlieren. Dafür konnte er seine Extremitäten kaum noch bewegen.

Er spürte, wie Anouk, die plötzlich vor ihm kniete, seine Finger aufbog, und er konnte nicht verhindern, dass sie ihm die Taschenlampe aus der Hand nahm. »Was hast du vor?«, nuschelte er.

»Ja«, sagte sie, was sich vermutlich darauf bezog, dass sie den Schlüssel in seiner Brusttasche entdeckt hatte.

Mit dem sie die Schleuse öffnen konnte. Mit dem sie hier rauskam.

»Hey, warte bitte. Soll ich dich nicht besser begleiten?«

Wo auch immer du hinwillst.

Mit allergrößter Willensanstrengung gelang es Martin, sich zur Seite zu drehen. Er sah ihre nackten Füße aus dem Badezimmer tapsen. Hörte, wie sie laut und deutlich noch einmal »Ja« sagte, was keinen Sinn ergab, da sie keine Anstalten machte, auf ihn zu warten.

»Wo willst du denn hin?«, wollte er rufen, doch ihm gelang kaum mehr ein Flüstern.

Anouk drehte sich kurz zu ihm um. Sah, wie ihre Lippen *»Zum blauen Regal«* formten; hörte auch die Worte, die mit einer kleinen Zeitverzögerung bei ihm ankamen, als wäre der Abstand zwischen ihnen bereits auf eine Entfernung angewachsen, in der der Schall spürbar länger braucht als das Licht.

Zum blauen Regal?

Martin stemmte sich auf die Knie, stützte sich auf die Handballen und kroch Anouk auf allen vieren hinterher.

Irgendwo hatte er den Begriff schon einmal gehört.

Aber wo? WO?

Unfähig, schneller als im Zeitlupentempo aus dem Bad zu kriechen, musste er mit ansehen, wie Anouk die Ausgangstür öffnete und, ohne sich noch einmal zu ihm umzudrehen, die Kabine verließ.

54. Kapitel

Das vertraute Quietschen. Hörte sie es zum letzten Mal?
Das Geräusch, mit dem sich das Öffnen der Luke ankündigte, erschien ihr wie eine Ouvertüre, die passende Einleitung zu ihrem Abschiedsgesang.
Naomi Lamar stand auf, sah auf wackeligen Beinen dem Eimer entgegen, der sich langsam zu ihr herunterschaukelte.
Sie war so nervös, dass sie ihre Blase spürte, obwohl sie gerade eben erst in das *Rund* gemacht hatte. Eine *Ecke* gab es in dem Brunnen ja nicht, aber sie hatte sich eine Stelle ausgesucht, wo der Urin, wie sie glaubte, am schnellsten in den Bodenspalt lief.
Naomi legte den Kopf in den Nacken und wischte sich eine Wanze von der Stirn, die ihr aus den Haaren gekrochen kam. Ihr Köper juckte nicht mehr. Er brannte nur noch, so sehr hatte sie sich wundgekratzt. Hals, Arme, Brust, die behaarten Beine.
Doch von oben kommt die Erlösung.
Der Eimer schwebte einen halben Meter über ihrem Kopf. Es gab einen erstaunlichen Ruck, und sie befürchtete schon, der Computer könnte herausfallen. Naomi reckte die Arme nach oben (zur Spinne), doch nichts geschah, außer dass sie jetzt nach dem Eimer greifen konnte.
Sie umklammerte ihn, hielt ihn fest, so fest, wie sie Anouk halten würde, hätte sie nur noch ein Mal im Leben die Chance dazu.

Als er in Hüfthöhe war, ließ sie sich gemeinsam mit dem Eimer zu Boden gleiten. Und weinte.

Sie erinnerte sich an den Tag, als an der Uni die Examensergebnisse aushingen und sie nicht in die Wandelhalle hatte gehen wollen, nicht in der Reihe mit all den anderen Studenten hatte stehen wollen, deren Träume mit einem einzigen Blick Auftrieb bekamen oder zerplatzten. Dennoch hatte sie es nicht eine Minute ausgehalten, auf ihrem Zimmer zu bleiben. Die Neugierde hatte die Furcht besiegt und sie sofort und auf dem schnellsten Weg ans Schwarze Brett getrieben, so wie die Neugierde sie jetzt nicht zögern ließ, den Computer aus dem Eimer zu nehmen und ihn aufzuklappen.

Eine Sekunde, vielleicht zwei, gelang es ihr, die Augen verschlossen zu halten. Dann hielt sie es nicht länger aus.

Sie begann die Nachricht der Spinne zu lesen. Die letzte Nachricht, die sie jemals von ihr bekommen würde, nachdem Naomi ihr das unumstößlich Schlimmste gestanden hatte, was sie jemals in ihrem Leben einem anderen Menschen angetan hatte:

Sehr gut, Mrs. Lamar. Genau das wollte ich hören. Sie haben endlich die Wahrheit gesagt. Wenn es noch irgendetwas gibt, was Sie vor Ihrem Tode sagen wollen, dürfen Sie es jetzt in diesen Computer tippen. Sobald Sie ihn mir wieder hochschicken, lasse ich Sie sterben.

55. Kapitel

Martin taumelte in den Empfangsbereich von Hell's Kitchen, versuchte, sich an dem Tresen festzukrallen, und riss dabei einen Plastiktopf mit künstlichen Hortensien herunter.

Anouk war längst verschwunden.

Als er es endlich geschafft hatte, sich wieder auf die Beine zu ziehen und aus dem Krankenzimmer in den Vorbereich zu gelangen, hatte er nur noch ihren Rücken gesehen, einen Streifen nackter Haut, dort, wo das Krankenhausnachthemd nicht ordentlich zusammengebunden war. Dann schlossen sich die elektronischen Türen, und Martin hatte keine Chance gehabt, das Mädchen davon abzuhalten, den Quarantänebereich zu verlassen.

Um die Schwarzlichtmarkierungen in den Eingeweiden des Schiffes zu suchen. Barfuß. Mit der UV-Lampe in der Hand.

Mit tränenden Augen fixierte Martin die Stahltüren der Schleuse und hatte keine Ahnung, wie er sie wieder öffnen sollte, selbst wenn es ihm gelänge, die schier unbezwingbare Drei-Meter-Distanz zwischen sich und dem Ausgang zu überwinden.

Verdammte Nebenwirkungen.

Irgendetwas, die Pillen, seine Zahn-OP, der Sturz ins Wasser, die tiefe Erschöpfung, vermutlich alles zusammen hatte seinen Kopf in einen Überdruckkessel verwandelt.

Jeder Schritt löste ein mittleres Beben aus, weswegen er sich besser dreimal überlegte, wohin er jetzt ging. Richtung

Ausgang wäre reine Kraftverschwendung. Anouk hatte seinen Schlüssel, und ohne den kam er hier nicht raus.

Ich bin krank. Erschöpft. Und eingesperrt.

Martin tastete nach seinem Telefon, doch das befand sich nicht mehr in seiner Hosentasche. Er konnte sich nicht erinnern, dass Anouk es ebenfalls an sich genommen hatte, als er vorhin auf dem Badezimmerboden gelegen hatte, vermutlich war es bei seinem Sturz herausgefallen.

Er drehte sich um. Sein Gehirn schwappte in die entgegengesetzte Richtung. Er schmeckte Galle. Roch seinen eigenen Schweiß.

Martin wollte sich auf den Fußboden legen und schlafen. Aber ihm blieb keine Wahl, wenn er hier wieder rauswollte. Er schloss die Augen und tastete sich am Empfangstresen zurück zum Krankenzimmer. Je weniger die äußeren Sinneseindrücke ihn ablenkten, desto größer war die Chance, dass er sich nicht übergeben musste. Blind kam er tatsächlich besser voran. Bis zum Übergang zu dem Kabinenbereich gab es nichts, woran er sich stoßen konnte, und er musste immer nur geradeaus gehen. Dabei achtete er darauf, tief ein- und auszuatmen, um sein Gehirn mit Sauerstoff zu versorgen.

Am Ende des Tresens blieb er eine Weile stehen, bis er den Schmerz im Hinterkopf lokalisieren konnte. Ein gutes Zeichen. Sobald der Schmerz nicht allgegenwärtig, sondern auf bestimmte Bereiche begrenzt war, konnte er sich auf ihn konzentrieren und ihn – hoffentlich – irgendwann wieder beherrschen.

Er traute sich, die Augen zu öffnen, und sah bereits die zum Glück noch angelehnte Tür zu Anouks Krankenkabine.

Martin dachte darüber nach, was er tun sollte, wenn er sein Telefon nicht fand, und stellte erleichtert fest, dass er es gar nicht brauchte. Er musste ja nur den Angst-Knopf drücken, der mit seinem Handy verbunden war und mit dem von …

Elena!

Der Gedanke an die Ärztin ließ ihn innehalten.

Wieso war ihm das nicht gleich eingefallen? Er war nicht alleine hier unten. Nach dem Anschlag auf Dr. Beck war die Bordärztin ebenfalls nach Hell's Kitchen verlegt worden!

Martin wandte sich nach rechts.

Daniel hatte ihm gesagt, dass ihre Kabine schräg gegenüber von Anouks lag. Auf dieser Seite des Ganges gab es nur eine Tür, die in Frage kam, und die war verschlossen.

Martin kniff die Augen fest zusammen, der Feuerball unter der linken Stirnhälfte hatte jetzt die Ausmaße einer Faust, die sein Gehirn wie einen Schwamm quetschte. Besser als die Abrissbirne zuvor. Er hämmerte an die Tür. Rüttelte an der Klinke. Rief Elenas Namen. Nichts geschah.

Martin massierte sich den Nacken, drückte den Daumen direkt auf einen Fortsatz der Halswirbelsäule in der Hoffnung, dass dadurch der Schmerzpegel unter der Stirn erst anwuchs, dann aber sank. Dabei legte er den Kopf schief, sah nach oben und entdeckte oberhalb der Türkante den roten Hebel, den ihm Elena beim ersten Besuch in Hell's Kitchen gezeigt hatte.

»Im Notfall können Sie damit das Schloss entriegeln …«

Ohne zu zögern, riss Martin den Hebel nach unten. Er hörte ein hydraulisches Zischen, dann schnappte die Tür einen Spalt nach innen.

»Elena?«

Er betrat die spärlich beleuchtete Innenkabine, die genauso eingerichtet war wie Anouks. Die gleiche Mischung aus Hotel und Luxussanatorium. Die Luft roch nach einer Mischung aus schlechtem Atem und Raumspray.

Die Ärztin lag auf der Seite, den Kopf Richtung Tür, die Augen geschlossen. Im Licht der Nachttischlampe waren die Folgen des Anschlags noch immer unverkennbar. Geschwollene Augen, aufgedunsene Wangen, ein dicker Hals. Aber sie atmete gleichmäßig und schien keine Schmerzen zu haben. Auch dass er keine Schläuche in den Armen und keine Maske auf ihrem Gesicht sah, wertete er als gutes Zeichen.

Er trat an ihr Bett und berührte ihren nackten Oberarm. Als sie darauf nicht reagierte, versuchte er sie wach zu rütteln.

Sie grunzte, schmatzte leise und machte eine träge Bewegung, um seine Hand wegzuschlagen, doch er packte sie nur noch fester. »Elena, helfen Sie mir.«

Schlaftrunken öffnete sie die Augen, schien ihn im ersten Moment nicht zu erkennen. Erst nach und nach klärte sich ihr Blick.

»Wasch…?«, fragte sie benommen.

Er beugte sich zu ihr herunter. »Ich brauche Ihren Schlüssel! Wo ist er?«

Sie verzog das Gesicht, als hätte sie auf etwas Saures gebissen. Ein leichtes Zittern um die Mundwinkel war einem unterdrückten Gähnen geschuldet.

»Wieso, Sie haben, Sie … haben … doch …?«

Martin wollte keine Zeit verlieren. Er war hier eingesperrt, Anouk lief auf eigene Faust durchs Schiff, und auch wenn alle Wahrscheinlichkeit dagegen sprach, sagte ihm sein Bauchgefühl, dass ihre Mutter am Leben war. Und in allergrößter Gefahr.

»DER SCHLÜSSEL!«, brüllte er sie an und packte sie bei den Schultern.

Verängstigt blickte Elena nach links zu dem Stuhl, über

dem ein Bademantel und ihre Uniform hingen. Martin verstand sie ohne weitere Worte.

Er humpelte zum Stuhl, griff dort erst nach ihrer Hose, wurde dann aber in der Brusttasche ihrer Bluse fündig.

»Wo wollen Sie hin?«, hörte er Elenas belegte Stimme, als er wieder am Ausgang war.

Er drehte sich zu ihr um. »Haben Sie eine Ahnung, was das blaue Regal ist?«

Die Ärztin riss die Augen weit auf.

»Das blaue Regal?«, fragte sie, die Ellbogen in die Matratze gestemmt, um sich hochzudrücken.

»Ja.«

Elena schlug die Bettdecke weg, unter der sie nur mit Slip und T-Shirt gelegen hatte. Ihre Augen funkelten in höchster Erregung.

»Dass ich da nicht gleich drauf gekommen bin!« Sie versuchte aufzustehen, brauchte aber einen zweiten Anlauf, weil sie beim ersten Mal wieder aufs Bett zurückgesunken war.

»Was soll das werden?«, fragte er, als sie endlich stand.

»Wir dürfen keine Zeit verlieren«, sagte sie und griff sich einen Bademantel »Schnell. Ich ... ich ... bringe Sie hin.«

56. Kapitel

Das blaue Regal?«

Daniel Bonhoeffer schloss die Verbindungstür zu seinem Schlafzimmer, in dem er eben nach Julia gesehen hatte, als das Handy klingelte. Das Beruhigungsmittel wirkte nicht mehr. Wenn sie ihn nicht anschrie, lief sie wie ein Tiger im Zimmer auf und ab und schlug gegen die Einbauschränke.

»Ja, das ist zwischen Deck B und C, mittschiffs neben den Kontrollräumen. Aber was um Himmels willen hast du dort verloren?«

In deinem Zustand?

Elena antwortete ihm nicht. Entweder hatte sie einfach aufgelegt. Oder die Verbindung war unterbrochen worden. Auf beides konnte Daniel sich keinen Reim machen.

Seine Verlobte war krank. Sie gehörte ins Bett und nicht auf Wandertag ins Unterdeck, wo sich das Ungetüm befand, dem sie gemeinsam mit Martin Schwartz einen Besuch abstatten wollte.

Das blaue Regal.

Eine eher zynische Bezeichnung für ein Gerät, das aus einer Zeit stammte, in der Umweltschutz allein ein kostspieliges Hobby spleeniger Gutmenschen war und Abfälle noch auf hoher See entsorgt wurden. Die *Sultan* war einer der ersten großen Luxusliner mit einer eigenen Wasseraufbereitungs- und Müllverbrennungsanlage an Bord. Doch mit der war sie nicht vom Stapel gelaufen. In den ersten drei Jahren ihrer Karriere, als nicht einmal alle europäischen Häfen sich auf Recycling und Trennsysteme verstanden, wurde Müll, für den es keine oder nur überteuerte Abnahmestellen gab, ganz offiziell im Meer verklappt.

Dazu wurde der Abfall in einer schachtartigen, kreisrunden Stempelpresse zusammengequetscht und als tonnenschwerer Klumpen in die Weltmeere gedrückt.

Ins blaue Regal hinein.

Die Maschine, mit der Müll früher ins Meer verklappt worden war und die ihren Namen ihrer umweltverschmutzenden Tätigkeit verdankte, befand sich an dem Ort, den er Elena gerade beschrieben hatte: das blaue Regal.

Moment mal, natürlich …

Daniel hörte, wie Julia im Schlafzimmer die Tür zu dem sich anschließenden Badezimmer öffnete, und ging zu seinem Schreibtisch.

Das blaue Regal. War das etwa das Versteck?

Daniel drückte eine Direktwahltaste seines Schreibtischtelefons, doch noch bevor er mit dem MKR, dem Maschinenkontrollraum des Schiffes, verbunden war, stürmte Julia hinter ihm wütend aus dem Schlafzimmer.

»Hey, Julia, warte …« Er legte wieder auf, um seine Freundin am Gehen zu hindern, aber die war bereits an der Tür.

»Fass mich nicht an!«, fauchte sie wütend, als er sie am Ärmel anpacken wollte. Sie trug den weißen Bademantel, den er ihr gestern übergelegt hatte. Ihre Haare pappten ihr wie Seetang an den Schläfen. Über Nacht schien ihr Gesicht schmaler geworden zu sein, auch ihr Körper füllte den Frotteemantel nicht mehr aus, als hätten Angst, Sorgen und Verzweiflung sie schrumpfen lassen.

»Julia, bitte. Bleib hier. Wo willst du denn hin?«

»Weg«, sagte sie. »Nur noch weg von dem Mann, der mir nicht geholfen hat, als es um das Leben meiner Tochter ging.«

»Julia, ich verstehe …«

»Nein. Du verstehst nicht. Du hast keine Kinder. Hattest nie welche. Du wirst mich nie verstehen«, schleuderte sie ihm entgegen, riss die Tür auf und verschwand im Gang.

Daniel, betroffen von ihrer bitteren, feindseligen Anklage, reagierte nicht und ließ sie gehen.

Wie benommen ging er zu seinem Schreibtisch zurück, auf dem das Telefon klingelte. Langsam hob er den Hörer ab.

»Hier ist Ingenieur Rangun aus dem MKR. Sie haben gerade versucht, uns zu erreichen, Kapitän?«

Er nickte. Versuchte, sich zu konzentrieren.

»Ja. Ich wollte mich nur erkundigen, ob das blaue Regal noch am Netz ist.«

Offiziell war die Verklappungsmaschine seit knapp fünf Jahren außer Betrieb. Doch inoffiziell war sie nie vom Stromnetz genommen worden, für den Fall, dass die Müllverbrennungsanlage einmal streiken und während einer längeren Passage ein Abfallproblem auftreten sollte, immerhin fielen an einem einzigen Tag auf der *Sultan* neun Tonnen fester Müll an, dazu kamen noch einmal 28 000 Liter Klärschlamm. Täglich!

»Theoretisch ja, Kapitän«, bestätigte der technische Offizier.

Daniel kannte den Mann. Am Telefon klang er mit seiner Fistelstimme eher wie eine Frau. Im Schiffschor sang er auf Weihnachtsfeiern einen glockenhellen Sopran, allerdings gab es niemanden, der sich darüber lustig machte, denn was Rangun an Männlichkeit in der Stimme fehlte, machte er mit seinem durchtrainierten Körper wieder wett.

»Theoretisch? Was soll das heißen?«

»Dass wir die Müllpresse, wie empfohlen, nicht von der Stromversorgung abgehängt haben, aber sie wurde lange nicht mehr gewartet. Ich bin mir nicht sicher, ob sie einsatzfähig wäre.«

Daniel ahnte, dass der Ingenieur sich über das Thema ihres Gesprächs wunderte, doch sein untergebener Rang verbot es ihm, eine direkte Frage zu stellen – und Daniel hatte nicht vor, seine Vermutung mit ihm zu teilen: dass es kaum einen geeigneteren Ort gab, um einen Menschen über Monate zu verstecken.

Und zu entsorgen!

Das blaue Regal verfügte über einen Boden, der sich per Knopfdruck in der Mitte teilte und in die Wand fuhr, so lange, bis der Schacht nur noch eine bodenlose Röhre war, durch die der Stempel von oben herab den zusammengepressten Müll direkt ins Wasser stoßen konnte. »Können Sie es abschalten?«, fragte er Rangun.

»Nicht von hier aus. Es hängt nicht an der neuen Steuerung. Aber man kann den Stromkreis vor Ort unterbrechen. Soll ich da mal vorbeischauen?«

»Nein, warten Sie. Ich komme zu Ihnen.«

Ein weiterer Zeuge, das fehlte noch!

Daniel legte auf, griff nach seiner Kapitänsmütze auf dem Schreibtisch, eilte durch das Zimmer zum Ausgang, öffnete die Tür …

… und sah in die Mündung eines Revolverlaufs.

57. Kapitel

Naomis Abschiedsbrief hatte einige Zeit in Anspruch genommen, obwohl er am Ende nur aus einem Satz bestand. Verblüffenderweise fühlte sie sich eigentümlich entspannt, seitdem sie den Computer wieder zugeklappt und dem Eimer überlassen hatte.

Trotz der zeitlichen Nähe des angekündigten Todes und obwohl sie nicht wusste, auf welche Weise er sie heimsuchen würde, spürte sie keine Angst mehr.

Das ist es wohl, was Katholiken unter der reinigenden Kraft der Beichte verstehen.

Tief in ihrem Innersten, in der Schattenwelt ihres Bewusstseins, hatte sie immer gespürt, dass ihr Leben ein schreckliches Ende nehmen würde. Nehmen *musste*, wenn es eine Instanz gab, die für Gerechtigkeit sorgte.

Und die gab es.

Sie saß am anderen Ende des Seils und hatte sie dazu gebracht, das Unaussprechliche zu gestehen. Das Verdrängte ans Tageslicht zu zerren.

Es niederzuschreiben.

Mein Geständnis.

Naomi hätte sie gerne gesehen, die Spinne, die ihr Schicksal entschied. Hätte gerne gewusst, wie der Mensch aussah, der sie entlarvt hatte.

Sie wusste jetzt, woher die Spinne ihre intimsten Geheimnisse kannte. Und weshalb sie ihren Tod wollte. Naomi kannte die Vergangenheit und damit die Motivation der

Spinne, seitdem sie ihr auf die Frage »Wer bist du?« eine ausführliche Antwort gegeben hatte.

Sie verstand, weshalb sie bestraft werden musste, und dieses Verständnis sorgte für einen inneren Frieden. Sie kratzte sich nicht mehr, sie atmete gleichmäßig, und sie zuckte kaum mit den Augenlidern, als ihr Körper von einer Vibration erschüttert wurde.

Es geht los, dachte sie, ohne zu wissen, was die Spinne für ihr Ende geplant hatte.

Sie hörte ein schabendes Geräusch, wie wenn zwei Mühlsteine gegeneinander mahlen, dann sah sie, dass sich der Spalt in der Mitte des Brunnens vergrößerte. Langsam, aber stetig.

Eher neugierig als ängstlich stand sie aus der Hocke auf und beobachtete, was mit dem Boden unter ihren Füßen geschah.

Er bewegt sich!

Die beiden Hälften des Kreises verschwanden in den Seiten des Schachtes wie eine Schiebetür in der Wand.

Interessiert stellte sie fest, dass die Fuge zwischen den beiden Bodenhälften nunmehr einen Fuß breit war. Und dass sie das aufgewühlte Wasser darunter brodeln hören konnte. Wenn die Bodenplatten ihre Gleitgeschwindigkeit beibehielten, würde es nicht einmal mehr zwei Minuten dauern, bis sie vollständig den Boden unter den Füßen verloren hatte.

Und etwa zweieinhalb Meter tief in den Atlantik stürzte.

Bei dieser Vorstellung lächelte Naomi.

58. Kapitel

Hätte jemand die beiden beobachtet, wie sie sich einander stützend vorwärtsbewegten, aneinandergeklammert wie zwei Ertrinkende, hätte er Martin und Elena für betrunken gehalten. Aber auf dem Weg hinab zu Deck C kam ihnen niemand entgegen, was daran lag, dass Elena einen Schleichweg gewählt hatte. Die meisten Angestellten hatten im Schiffskeller der *Sultan* nichts verloren, zumindest nicht in diesem Bereich, in dem sich die Frachträume befanden. Hier wurden alle Reserveteile gelagert, die während der Überfahrt nicht gebraucht wurden. Wenn man dorthin wollte, nahm man den Lastenaufzug und nicht die stählerne Nottreppe.

»Eine Abkürzung«, hatte Elena genuschelt, am Fuße der Treppe dann aber die Orientierung verloren, als sie in einem schlauchartigen, von Röhren durchzogenen Raum ankamen, in dem man den Kopf einziehen musste, wenn man sich nicht stoßen wollte.

Martin fühlte sich in das Innere eines U-Boots versetzt, so wie er es aus Filmen kannte. An den Röhren befanden sich Ventile, die mit giftgrün lackierten Drehrädern geöffnet werden konnten. Es gab eine Schrankwand, die aus mehreren Sicherungskästen zu bestehen schien, mit zahlreichen Armaturen, deren Zeiger sich nur minimal bewegten.

Auf seine Frage, in welche Richtung sie müssten, nahm Elena ihr Handy in die Hand und erkundigte sich bei dem Kapitän nach dem Weg. Martin wunderte sich, dass Bonhoeffer seine Verlobte überhaupt verstand, so sehr, wie sie immer noch nuschelte, doch nach einem kurzen Wortwechsel schien er Elena auf die Sprünge geholfen zu haben, denn sie deutete nach links und ließ ihn vorangehen.

Der Weg führte sie zu einem weißen Schott, das sich nur mit einiger Kraftanstrengung öffnen ließ, indem Martin mit beiden Händen das Verschlussrad bewegte und die Stahltür, die so dick war wie die eines großen Tresors, nach innen drückte.

Der sich dahinter anschließende Raum war breiter und dunkler. Es roch nach Staub und Diesel. Dreck lag auf dem Boden, und Spinnweben hingen vor den Armaturen der Schränke, die älter aussahen als die, die sie eben passiert hatten.

»Wo sind wir hier?«, fragte er Elena, die sich erschöpft an einen der staubigen Kästen lehnte.

»Keine Ahnung. Ein alter Kontrollraum. Da vorne …« Sie deutete auf eine weitere Tür am Kopfende, zu kraftlos, um den Satz zu vollenden.

Martin lief in die angegebene Richtung.

Er trat auf achtlos weggeworfene Schrauben, Taschentücher, Papier und anderen Müll, der hier seit Ewigkeiten nicht entsorgt worden war, und stieß am Ende des Raumes auf ein weiteres Schott, das sich noch schwerer öffnen ließ als der Durchgang zuvor.

Hinter dem Schott empfing ihn eine Kathedrale.

Das war zumindest sein erster Eindruck, als er über die Schwelle in einen haushohen Raum trat, der lediglich von einer Leiste von Halogenlampen an der rechten und linken Wandseite erleuchtet war.

Am Kopfende, quasi im Altarbereich, befand sich eine kupfern schimmernde Röhre, ähnlich wie ein Brauereikessel, mit einem ovalen Durchmesser. Zwei Drittel ihrer Außenhaut wölbten sich in den Raum hinein, das hintere Drittel fügte sich in den Außenrumpf der *Sultan* ein. Eine Art Feuerleiter lief an dem Kessel nach oben und verschwand fünf Meter über Martins Kopf in der Dunkelheit.

»Hier ist es!«, rief er, um der Ärztin zu signalisieren, dass er das blaue Regal gefunden hatte. Während ihres Abstiegs in die Tiefen des Schiffsrumpfes hatte sie ihm erklärt, woher die Bezeichnung kam und weshalb die Müllbeseitigungsanlage nicht mehr in Betrieb war.

Er sah sich nach hinten um, doch weder erschien Elena im Durchgang, noch antwortete sie ihm.

Vermutlich musste sie noch Kraft schöpfen. Er würde gleich nach ihr sehen, zuvor aber wollte er das blaue Regal und seine Umgebung genauer inspizieren.

Er stieg mehrere Stufen eines Podests hinauf, das den Kessel umgab, und sah sich um. Anouk war nirgends zu sehen. Er rief nach ihr, doch sie antwortete ebenso wenig wie die Ärztin.

Martin sah nach oben.

Der Abfall, dachte er, wurde wahrscheinlich durch eine Vorrichtung am Kopfende, anderthalb Deck höher, in den Schacht geschoben.

Der Schacht! Das Wasser im Brunnen!

Vor sein inneres Auge trat die detailgetreue Zeichnung Anouks.

Da der Schiffsrumpf an dieser Stelle stark gewölbt war, befand sich mindestens ein Drittel des Bodens der Röhre über dem tosenden Atlantik. Sobald der Schacht voll war, musste man nur noch den Boden öffnen, und der Müll fiel ins Meer. Die Gerätschaften, um das zu bewerkstelligen, konnte er von seinem Standpunkt am Fuß des blauen Regals nicht

ausmachen. Er fragte sich, ob er die Leiter am Kessel hoch-
klettern sollte, als er bei seinem Weg um ihn herum eine Tür
entdeckte. Sie war mannshoch und vermutlich ein Einstieg
für Reinigungskräfte, um den Innenraum nach einem Einsatz säubern oder warten zu können.

Martin legte die Hand auf die Tür, die mit einem Hebel
gesichert war, der an den Schließmechanismus von Flug-
zeugtüren erinnerte. Er rüttelte an ihm, als er plötzlich eine
starke Erschütterung unter den Füßen spürte, begleitet von
einem markerschütternden, knirschenden Geräusch.

Ich dachte, das Regal ist nicht in Betrieb.

Der Kessel schien zum Leben erwacht, und es war, als ob
sich irgendetwas in seinem Inneren bewegte.

Noch heftiger erschrak Martin durch eine Bewegung hinter
sich.

»Elena?«

Er hatte damit gerechnet, dass der Schatten auf dem Kessel
und der Luftzug in seinem Nacken von der Ärztin rührte,
die endlich ihre Erschöpfung überwunden und sich zu ihm
gesellt hatte, nicht aber mit der dünnen, gesichtslosen Gestalt, die im Schatten stand und deren Kopf von einer Ka-
puzenjacke umhüllt war. Er erkannte sie, obwohl er ihr erst
ein Mal begegnet war. Sie hielt einen Eimer in der Hand.

Martin wollte gerade den Namen der Person ausrufen, da
sprang die Gestalt nach vorne und schlug ihm von der Seite
an den Kopf, mit einem Gegenstand, der so aussah wie ein
tragbarer Computer, sich aber anfühlte wie ein Backstein,
als die Kante gegen seine Schläfe donnerte.

59. Kapitel

Anders als die Kopfschmerzen, die ihn in letzter Zeit wie ein Überfallkommando heimgesucht hatten, waren die durch den Schlag erzeugten Schmerzen von einer anderen Qualität. Im ersten Moment schienen sie unerträglich, flauten dann aber, als Martin längst zu Boden gestürzt war, wesentlich schneller ab.

Zumindest schnell genug, um zu bemerken, dass der Angreifer sich über ihn stellte und schon wieder ausholte, diesmal mit einem Elektroschocker in der Hand. Instinktiv riss Martin das Knie hoch, dem Killer zwischen die Beine, doch der klappte nicht zusammen, sondern krümmte sich nur ein wenig. Allerdings glitt ihm der Taser aus der Hand, was dazu führte, dass Martin jetzt gemeinsam mit seinem Angreifer nach der Waffe auf dem blanken Metallboden tasteten.

Dabei zog Martin den Kürzeren, denn der wuchtige Schlag gegen die Schläfe beeinträchtigte immer noch seine Reaktionsschnelligkeit, und der Taser, der eigentlich näher bei ihm gelegen hatte, befand sich jetzt wieder in der Hand des Killers, der ihn mit erstaunlicher Gewalt an der Kehle gepackt hielt. Mit einer Kraft, die Martin nicht für möglich gehalten hatte, wurden ihm die Schlagadern am Hals zugedrückt.

Vor Martins Augen zuckten blaue Blitze.

Der Angreifer aktivierte bereits den Taser, der nur noch wenige Zentimeter von seinem Kopf entfernt war, bereit, ihm Zehntausende an Volt durch die Muskeln zu jagen. Martin spürte den feuchten Atem seines Gegners im Gesicht, fragte sich, wie es möglich sein konnte, dass diese dünne, zierliche Person für all die Taten verantwortlich war, die sich an Bord der *Sultan* ereignet hatten, *Entführungen, Vergewaltigungen, Mord,* und schlug noch einmal um sich, um den Killer abzuschütteln. Dabei traf er ins Leere.

Wo? Wo bist du?

Der Kapuzenangreifer war nicht mehr über ihm, sondern musste die Seite gewechselt haben, wahrscheinlich, um ihm den Taser in die Flanke zu rammen, so wie er es bereits auf dem FKK-Deck getan hatte. Um ihn zu warnen.

Timmy ist tot. Das nächste Mal bist du es auch.

Nur dass die Zeit der Warnungen nun vorbei war.

Martin presste instinktiv beide Arme an den Körper, trat in die Richtung, in der er den Killer vermutete. Dann hörte er einen entsetzlichen Schrei, gefolgt von einem Geräusch berstender Knochen.

Martin, der seinen Angreifer nicht einmal mehr berührt hatte, stützte sich auf den Ellbogen nach oben, und mittlerweile konnte er wenigstens auf einem Auge wieder klarere Umrisse erkennen:

Die des Killers am Boden.

Die von Elena daneben.

Sie stand mit einem Notebook in der Hand mit bebendem Oberkörper vor einer reglosen Gestalt am Fuße des Podestes. Der Kopf lag in einer roten Lache, die sich langsam unter der Kapuze ausbreitete.

»Ich … ich …«

Elena keuchte, fassungslos über ihre eigene Tat.

»Hab sie geschlagen. Ist … gestürzt.« Elena wischte sich mit dem Ärmel ihres Bademantels die Tränen von den Augen, dabei ließ sie das Notebook unsanft zu Boden fallen. Sie zeigte auf den unnatürlich abgewinkelten Kopf. Der Angreifer hatte sich beim Sturz auf die Stufen das Genick gebrochen.

Martin kroch auf allen vieren zu dem Leichnam und löste die Kapuze von ihrem Kopf.

»Nein!«, schrie Elena auf, deren Entsetzen sich beim Anblick der Leiche noch einmal potenzierte. So weit, dass sie ohnmächtig wurde und neben dem toten Körper zu Fall kam. Martin, der den Sturz dadurch abfedern konnte, dass er ihr den Arm unter den Kopf schob, tastete nach ihrem Puls.

Er ging schnell, aber regelmäßig.

Ganz anders als der von Shahla.

Martin wandte sich der Leiche zu. Starrte in ihre weit geöffneten, komplett ausdruckslosen Augen.

Auch wenn es keinen Sinn ergab, weil dieser Täter unmöglich Anouk vergewaltigt haben konnte – direkt vor ihm, in ihrem eigenen Blut, lag das Zimmermädchen, das Anouk angeblich gefunden, aber höchstwahrscheinlich entführt und über Wochen versteckt gehalten hatte.

Und die hier unten, wenn Martin sich nicht täuschte, auch Anouks Mutter gefangen hielt.

Im blauen Regal.

Dessen Boden seit etwa anderthalb Minuten, die der Kampf gedauert hatte, vibrierte. Als würde er sich bewegen.

Als würde die Klappe sich öffnen.

Martin stand auf und wankte zur Tür im Kessel.

Es dauerte weitere zehn Sekunden, da hatte er sie endlich geöffnet.

60. Kapitel

Der Boden unter ihren Füßen bestand nur noch aus einem schmalen Absatz, nicht breiter als das Brett eines Buchregals. Der Rest war bereits in der Wand verschwunden. Und hätte Martin nicht die Tür zum Reinigungseinstieg geöffnet, hätte das blaue Regal überhaupt keinen Fußboden mehr gehabt. So aber hatte er einen Nothaltmechanismus ausgelöst, der das Öffnen der Verklappungsluke anhielt.

In allerletzter Sekunde.

Nur ein Zentimeter mehr, und Naomi Lamar hätte sich nicht mehr halten können.

Ihre nackten Füße ragten zu einem Drittel über die Kante. Sie sah aus, als wäre sie eine Schwimmerin, die nur auf den Startschuss wartete, damit sie in das Wasser unter sich springen kann. Bei der nächsten Stampfbewegung der *Sultan*, dessen war Martin sich sicher, würde Anouks Mutter ins Wasser fallen.

»Naomi«, brüllte Martin ihr zu, doch sie befand sich in einer ähnlichen Schockstarre wie zuvor ihre Tochter. Sie reagierte nicht. Vielleicht hatte sie ihn auch gar nicht gehört, so laut, wie der Atlantik unter ihr toste.

Gischt schlug ihr von unten ins zerkratzte Gesicht. Die völlig verdreckte Frau, deren Haut über und über mit Striemen versehen war, tropfte am gesamten Körper. Auch Martin war von dem hochspritzenden Wasser bereits durchnässt.

»Kommen Sie.« Er hielt sich an der Türkante des Kessels

fest und lehnte sich bedrohlich weit nach vorne in den Schacht. Dabei streckte er den freien rechten Arm so weit es ging in die Müllpresse hinein. Mit etwas Mut müsste es Naomi gelingen, seine Hand zu fassen. Auf Martin machte Anouks Mutter jedoch einen lebensmüden und alles andere als mutigen Eindruck. Als *wollte* sie sich nicht von ihm helfen lassen. Jedenfalls machte sie nicht die geringsten Anstalten, ihm auch nur einen Zentimeter entgegenzukommen. Sie blieb stehen, wie festgeschraubt, und starrte in den Wasserschaum, der zu ihren Füßen brodelte.

»Anouk lebt!«, rief er. Tatsächlich schien der Name ihrer Tochter etwas zu bewirken.

Naomi bewegte den Kopf. Hob ihn. Drehte das Kinn seitwärts, in seine Richtung. Sah ihn an. Und öffnete die Lippen.

»Es tut mir leid«, sagte sie, oder so etwas Ähnliches.

I am sorry.

Ihre Stimme war viel zu schwach, um gegen das Gebrüll des Meeres anzukommen.

»Neeeein«, schrie Martin, weil alles danach aussah, dass Naomi einen Schritt nach vorne machen wollte. In den Tod. Wenn sie jetzt sprang, würde sie unweigerlich von den rotierenden Schiffsschrauben zerfetzt werden.

»Ihr Entführer ist tot!«, schrie er.

Naomi hielt ein letztes Mal inne. Öffnete die Lippen wie zu einem letzten Gruß, doch plötzlich veränderte sich etwas in ihrem Gesichtsausdruck. Ihre Mundwinkel verzogen sich. Erst sah sie aus, als ob sie weinte. Dann, als wollte sie lachen. Schließlich wirkte es wie beides zugleich.

Martin bemerkte, dass sie nicht länger ihn, sondern einen Punkt über seiner Schulter fixierte.

Er sah kurz nach hinten. Der Grund für ihre emotionale Veränderung stand direkt hinter ihm.

Anouk.

Sie hatte endlich den Weg gefunden.

Im letzten Moment.

Mit der Taschenlampe in der Hand kam sie langsam näher. In ihrem Gesicht lag ein Ausdruck, den Martin noch nie zuvor an dem Mädchen gesehen hatte. Kein Wunder, denn sie lachte.

Er hörte einen Freudenschrei, der nicht allein aus dem Mund des Mädchens kam, sondern auch von Naomi.

Martin drehte sich wieder zur Mutter zurück, die den Namen ihrer Tochter brüllte. So laut, dass selbst der Atlantik ihn nicht verschlucken konnte.

Auch Naomi lachte jetzt, ebenso wie ihre Tochter. Laut und aus ganzer Kehle – und das war ein Fehler. Denn das freudige Zittern und Beben, das nun ihren gesamten Körper erfasst hatte, brachte Naomi ins Straucheln.

Wieder sah sie aus wie jemand, der am Beckenrand steht, diesmal jedoch wirkte sie wie ein Nichtschwimmer, der verzweifelt durch rotierende Armbewegungen das Unausweichliche verhindern will.

Den Sturz.

»Zu mir«, brüllte Martin in der Aufregung auf Deutsch, und es war mehr Zufall als Absicht, dass Naomi, während sie nach vorne kippte, seine Hand zu fassen bekam.

Martin spürte einen Ruck, der ihm von der Schulter bis in die Kiefer schoss, die er mit aller Kraft zusammenbiss, während er versuchte, keine seiner Hände zu lösen. Nicht die, an der Naomi baumelte, die Füße kurz vor der brodelnden Wasseroberfläche, und auf gar keinen Fall die, mit der er sich selbst vor einem Sturz in den Tod zu bewahren suchte.

Zum Glück wog Anouks Mutter kaum mehr als ein junges Mädchen. Die Mangelernährung, an der sie beinahe zugrunde gegangen wäre, konnte jetzt ihre Rettung sein, wenn …

… ich nicht loslasse.

Naomi war leicht, krankhaft ausgemergelt, aber ihre Hand war feucht. Nass. Glitschig.

Martin meinte, eine seifige Leine zu halten. Je stärker er ihre Hand quetschte, desto schneller schien sie sich aus seinen Fingern zu lösen. Und das machte ihn wütend.

Ich hab die Scheiße hier nicht durchgemacht …

Mit einem gewaltigen Ruck, den er bis in seine Lendenwirbelsäule spürt …

… um kurz vor dem Ziel …

… riss er die Mutter zu sich …

… zu scheitern.

… über die Kante des blauen Regals. Auf den Boden des Podestes. Neben den Kessel. In Sicherheit.

Geschafft!

Zu Tode erschöpft lag er auf dem Boden. Versuchte, gleichzeitig ein- und auszuatmen, was zu einem unvermeidlichen Hustenanfall führte. Aber er fühlte sich gut.

Er sah zu Naomi, der die Wiedersehensfreude mehr Kraft verlieh als ihm selbst, denn sie schaffte es, sich aufzurappeln und die Arme auszustrecken.

Ihrer Tochter entgegen, die nicht minder schwankend auf sie zuwankte.

Martin schloss zufrieden die Augen.

Auch wenn es nicht sein eigener Sohn war, nicht einmal ein Kind, das er gerettet hatte, so hatte er es geschafft, eine Mutter vor dem Tod zu bewahren, eine Familie zu vereinen – und Anouk ein Lachen zu schenken.

Und so kam es, dass er, als er auf dem schwankenden, nach kaltem Müll und Meersalz riechenden Boden neben dem blauen Regal lag, zum ersten Mal seit langer, langer Zeit wieder glücklich war.

Wenn auch nur für kurze Zeit.

So lange, wie es dauerte, bis das Lächeln aus Anouks Gesicht, mit dem sie ihrer Mutter entgegengetreten war, wieder verschwand und sie ihrer Mutter einen Stoß vor die Brust gab. Schnell ausgeführt, nicht besonders kräftig, auch nicht für eine Elfjährige, aber immerhin so stark, dass Naomi Lamar ihr Gleichgewicht nicht mehr halten konnte und rückwärts in das blaue Regal hineinfiel, dem Wasser entgegen.

61. Kapitel

Die Zeit verstrich, und Bonhoeffer hatte langsam die Schnauze voll. Auf dieser Reise war er von einem paranoiden Ermittler zusammengeschlagen worden, seine geliebte Patentochter hatte sich umgebracht, wofür die Ex-Frau seines besten Freundes ihn verantwortlich machte, und in der Schiffspathologie lag einer seiner Sicherheitsoffiziere mit Kopfschuss in einem der Kühlfächer, die wegen der vielen Rentner an Bord mittlerweile Vorschrift waren. Und damit war die Kette irrsinniger Zwischenfälle offenbar noch nicht abgerissen.

»Können Sie Ihre Waffe nicht woanders hinhalten«, herrschte er den Mann an, der sich Tiago Álvarez nannte und ihn mit einem Revolver in die Kabine zurückgedrängt hatte, wo Daniel hinter seinem Schreibtisch hatte Platz nehmen müssen, während dieser dunkelhaarige Latino wie ein Tiger im Käfig durch die Kabine stapfte. Seine Waffe permanent auf den Brustkorb des Kapitäns gerichtet.

»Okay, ich sitze hier nun schon …« Bonhoeffer blickte auf seine Uhr am Handgelenk. »… seit bestimmt zwanzig Minuten, und bisher haben Sie mir noch nicht gesagt, was Sie mit diesem Überfall bezwecken.«

Dabei hatte Tiago in der Zwischenzeit jede Menge erzählt. Wie ein Wasserfall hatte er auf ihn eingeredet und sich dabei als ein ebenso verwirrter wie verängstigter Passagier entpuppt. Bonhoeffer wusste jetzt, dass er nur »aus Versehen«, was immer darunter zu verstehen war, einen Streit zwischen einem Offizier und einem Zimmermädchen mitbekommen hatte und seitdem auf der Flucht vor jenem Offizier gewesen war, der sich am Ende seiner Schilderung als Veith Jesper entpuppte.

»Wollen Sie mich jetzt etwa genauso ermorden wie ihn?«, fragte er Tiago.

»Ich habe diesen Mann nicht getötet«, entgegnete der dunkelhäutige Argentinier, nur mühsam beherrscht. »*Er* war es, der mir die Waffe in den Mund schob.«

»Und es sich im letzten Moment anders überlegte und sich lieber selbst eine Kugel durch die Stirn schoss.« Bonhoeffer lachte auf. Offensichtlich hatte er es mit einem Geisteskranken zu tun. Dem Entführer Anouks womöglich?

Er fragte sich, ob der Revolver in dessen Händen überhaupt funktionsfähig war. Der Teil hinter der Trommel sah irgendwie aufgeplatzt aus, außerdem schien der Abzug zu fehlen.

»Haben Sie das Mädchen verschleppt?«, fragte er Tiago geradeheraus. Vielleicht hatte Veith ihn auf frischer Tat ertappt. Unter diesen Umständen ergab es Sinn, ihn aus dem Weg zu schaffen. *Doch was zum Teufel will er dann von mir?*

Auch wenn man Verbrechern ihre Taten nicht an der Nasenspitze ansehen konnte, hatte Bonhoeffer seine Zweifel daran, einen perversen Vergewaltiger vor sich zu haben. Andererseits hatte er eine Waffe durch die Sicherheitskontrollen geschmuggelt und damit vermutlich den Offizier getötet, weshalb auch immer.

»Ich habe niemandem auch nur ein Haar gekrümmt«, protestierte Tiago. »*Ich* sollte getötet werden. Ich bin hier derjenige, der Schutz braucht.«

Bonhoeffer, der sich mittlerweile in Galgenhumor übte, lächelte und sagte: »Vielleicht sollten Sie diese Sätze noch mal wiederholen, ohne dabei mit einem Revolver rumzufuchteln.«

Das Telefon in seiner Hosentasche klingelte, doch bevor er den Anruf annehmen konnte, befahl ihm Tiago, das Handy auf den Tisch zu legen.

»Hören Sie, ich werde auf der Brücke gebraucht«, log Bonhoeffer. »Ihnen bleibt nicht mehr viel Zeit, um Ihre Forderungen zu stellen. Man wird mich bald vermissen.«

»Ich habe keine Forderungen. Für wen halten Sie mich?«

Für eine verdammt schlechte Kombination, dachte Bonhoeffer. *Besessen und bewaffnet.*

Vermutlich hatte Veith Tiagos Versteck entdeckt, Kabine 2186, das Liebesnest, in dem er Anouk gefangen gehalten hatte. Ja, das ergab Sinn, war das Mädchen doch hier in der Nähe entdeckt worden.

»Wo ist die Mutter?«, wagte Bonhoeffer die direkte Konfrontation mit dem Mann.

»Die Mutter?«, fragte Tiago. Er klang verwirrt, aber das konnte geschauspielert sein.

»Von Anouk. Ist sie im blauen Regal? Wenn ja, fliegt Ihr Versteck gerade auf. Meine Leute sind auf dem Weg dorthin.«

»Was zum Henker faseln Sie da?«, fragte Tiago. »Ich kenne keine Anouk. Nur eine Lisa.«

»Lisa?« Jetzt verschlug es Bonhoeffer die Sprache. »Woher …?«

»Hier.« Tiago zog einen Umschlag aus seiner Gesäßtasche. Mit einer Hand schüttelte er zwei Seiten aus ihm heraus.

»Was ist das?«, fragte Bonhoeffer.

»Ein Plan«, antwortete Tiago. »Ich wollte ihn schon längst weitergeben.« Er reichte Bonhoeffer die erste der zwei Seiten.

Der Kapitän strich das Papier auf dem Schreibtisch glatt und begann zu lesen.

Plan:
Schritt 1: Ich setze die Überwachungskamera außer Kraft.
Laut Querkys Liste ist es Nr. 23/C. Ich erreiche sie über die Freitreppe auf Deck 5.
Schritt 2: Abschiedsbrief in Mamas Kabine legen.
Schritt 3: Ausgangs- und Verbindungstür verriegeln.

Bonhoeffer sah auf. »Woher haben Sie das?«
Tiago konnte seinem festen Blick nicht standhalten. Offenkundig war es ihm unangenehm, zu antworten, und als er es schließlich tat, wusste Bonhoeffer endlich, weshalb der Argentinier die ganze Zeit so herumgedruckst hatte. Er war ein Dieb. Ein ganz gewöhnlicher Gauner, der sich darauf spezialisiert hatte, die Tresore der Mitreisenden auszuplündern. Eine Charakterisierung, die zu dem aufgewühlt und verstört wirkenden jungen Mann sehr viel besser passte als die eines Mörders und Vergewaltigers.
»Dann sind Sie nur zufällig in den Besitz dieses ... dieses ...«
Bonhoeffer suchte nach den passenden Worten und benutzte dann das von Tiago. »Dieses *Plans* gekommen?«
Tiago nickte. Er wirkte aufrichtig zerknirscht. »Ich mache mir solche Vorwürfe. Hätte ich nur etwas früher den Mut gefunden, mich jemandem anzuvertrauen. Aber dieser Killer, dieser Offizier ...« Tiago schüttelte den Kopf. »Ich hatte Angst um mein Leben. Ich hab sie immer noch. Bis jetzt weiß ich ja nicht, wo ich da hineingeraten bin. Hab keine Ahnung, wie das alles zusammenhängt. Wer zum Beispiel sagt mir, dass Sie mir diesen Veith nicht auf den Hals gehetzt haben?«

»Wissen Sie was?« Bonhoeffer stand vom Schreibtisch auf. Der Revolver war ihm mittlerweile gleichgültig. »Sie können mich mal. Sie und Veith gehen mir am Arsch vorbei. Lisa Stiller war meine Patentochter. Ich habe sie geliebt. Ihr Selbstmord ist schlimmer als jede Kugel, die Sie mir verpassen könnten.«

Tiago, der seine Waffe gerade mit beiden Händen hatte packen wollen, erstarrte in der Bewegung.

»Lisa hat sich umgebracht?«, fragte er irritiert.

Bonhoeffer verstand die Welt nicht mehr. »Soll das jetzt ein Witz sein?«, fragte er und schüttelte das Blatt in seiner Hand. »Sie haben den Plan doch wohl gelesen.«

»Ja. Hab ich.« Tiago reichte ihm die zweite Seite. »Aber darin geht es doch nicht um *Lisas* Tod!«

62. Kapitel

Anouk war wieder in ihrer eigenen Welt. Wie mechanisch hatte sie einen Fuß vor den anderen gesetzt und bei ihrem Marsch offenbar weder Martins Arm gespürt, der sie stützte, noch Elenas Hand, die sie führte. Aus der Kathedrale hinaus, durch die Kontrollräume hindurch, die Treppe hinauf bis nach Hell's Kitchen zurück, wo sie jetzt wieder in ihrem Bett lag, in sich selbst versunken, aber mit geöffneten Augen, die Decke anstarrend. Stoisch, mit unbewegter Miene, ohne auch nur eine einzige der Fragen zu beantworten, die Elena und er ihr abwechselnd gestellt hatten:

»Wieso nur?«

»Weshalb hast du das getan?«

»Wieso hast du deine Mutter getötet?«

Da Elena sich seit ihrer Bewusstlosigkeit kaum noch auf den Beinen hatte halten können, hatte Martin sie wieder in ihr Krankenzimmer begleitet, wo sie sich jetzt an einem kleinen Esstisch gegenübersaßen.

Martins Handy, das er tatsächlich im Bad wiedergefunden hatte, lag auf der matt glänzenden Resopalplatte vor ihnen, neben dem aufgeklappten Notebook, mit dem Elena ihm das Leben gerettet hatte. An einer Kante klebte noch Blut. Dort, wo der Computer gegen Shahlas Stirn geschlagen war.

Im Grunde genommen war es Martin gar nicht so unrecht, dass sie den Kapitän bislang nicht erreichen konnten. Die

Nachrichten, die er ihm überbringen musste, waren zu niederschmetternd. Und da Shahla tot war und auch Naomi den Sturz unmöglich überlebt haben konnte, gab es nichts, was man bis zum Einlaufen in den Hafen New Yorks hätte tun können, außer Anouk wieder in Gewahrsam zu nehmen und zu befragen. Ersteres war bereits geschehen. Letzteres war vermutlich aussichtslos.

Und schließlich benötigten er und Elena noch etwas Zeit, um all die Fragen zu klären, die in ihnen wüteten, seitdem ihnen klargeworden war, wer hinter der Entführung von Anouk und der Folter ihrer Mutter steckte.

Erst hatten sie sich keinen Reim darauf machen können. Ihre Vorstellungskraft scheiterte bereits bei der Beantwortung der Frage, wie Anouk von einer Frau vergewaltigt worden sein sollte.

Bei der Wahrheitsfindung half ihnen ausgerechnet die Waffe, mit der der Täter ums Leben gekommen war.

Das Notebook.

Martin hatte es ohne große Erwartungen aufgeklappt, aus reiner Neugierde, weshalb Shahla es in einem Eimer mit sich führte, als er von ihr angegriffen worden war. Er hatte damit gerechnet, dass der Computer durch den Schlag und den anschließenden Sturz zur Erde beschädigt sein würde. Doch das Notebook funktionierte noch tadellos. Martin stieß auf den verstörenden Briefwechsel zwischen Täter und Opfer, als er den Bildschirm hochklappte. Auf den ersten Blick sah es so aus, als hätte Shahla mit Naomi eine Art pervers-voyeuristischer Konversation geführt.

»Sie wollte, dass Anouks Mutter das Schlimmste gesteht, was sie jemals im Leben getan hat.«

»Wozu?«, krächzte Elena. Sie klang, als habe sie sich auf einem Rockkonzert die Seele aus dem Leib geschrien, dafür nuschelte sie nicht mehr. Wieder einmal trieb der Schock seltsame Blüten. Die Tatsache, dass sie schuld am Tode eines Menschen war, auch wenn es sich bei ihm vermutlich um einen Psychopathen handelte, hatte ihre Zunge gelockert, ihre Stimmbänder jedoch gereizt.

»Weil Naomi erst dann sterben dürfe, wenn Shahla mit dem Geständnis zufrieden war.«

Martin, der den Anfang des Textes bereits überflogen hatte, gab Elena eine kurze Zusammenfassung dessen, was Anouks Mutter dem Zimmermädchen gebeichtet hatte.

»Großer Gott. Gibt es irgendwo einen Hinweis darauf, *warum* Shahla das getan hat?«

»Ja, gibt es.«

Er tippte mit dem Finger auf den Bildschirm.

»Naomi hat Shahla gefragt, wer sie sei, und sie antwortete zuerst etwas kryptisch im Stile eines Märchens und kündigte einige Pointen an, mit denen Naomi kaum rechnen würde. Dann wurde Shahla konkreter. Hier.«

Martin las die entsprechende Passage laut vor:

»Ich war elf Jahre alt, als ich das erste Mal missbraucht wurde. Mein Vater war geschäftlich unterwegs, er war leitender Direktor einer pakistanischen Elektronikfirma, die später an Microsoft verkauft wurde, aber als ich ein Kind war, verbrachte mein Dad mehr Zeit im Flugzeug als bei uns zu Hause.

Ich hatte alles, was ein Kind sich wünschen konnte. Ein Haus in einer bewachten Zone, die immergrünen Gärten abgeschirmt von dem Elend der Normalbevölkerung, das man nur zu Gesicht bekam, wenn der Chauffeur den Stau auf dem Weg zur Privatschule umfahren musste und wir durch die getönten Scheiben der Limousine einen Blick auf die gewöhnlichen Behausungen werfen durften, in denen Menschen lebten, die sich

Handys und Computer, wie sie mein Dad herstellte, niemals würden leisten können.

Mein junges Teenagerleben bestand aus Ballettstunden, Golftraining, Englischunterricht. Und Sex.

Oder ›Kuscheln‹, wie es meine Mutter nannte.«

»Ihre *Mutter?*«, unterbrach Elena ihn ungläubig. Sie biss sich vor Aufregung auf die Unterlippe.

»Ja«, bestätigte Martin. »Es war anscheinend nicht der Vater, der Shahla missbrauchte.«

Den meisten Menschen mochte das unvorstellbar erscheinen. Als Ermittler wusste Martin jedoch, dass sexueller Missbrauch von Müttern an ihren Kindern keine Seltenheit ist, wohl aber ein Tabuthema, über das in der Öffentlichkeit nicht geredet wird. Schätzungsweise zehn Prozent aller Sexualstraftäter sind weiblich. Kinderhilfsorganisationen sprechen von weitaus höheren Dunkelziffern, da nur die wenigsten Opfer gegen ihre Mütter vorgehen und ihnen, wenn sie doch den Mut dazu finden, der gleiche Unglaube entgegenschlägt wie der, den Elena jetzt äußerte:

»Shahla soll von ihrer Mutter vergewaltigt worden sein? Wie soll das gehen?«

»Das beschreibt sie etwas weiter unten. Hier …«

Martins scrollte drei Absätze weiter.

»Mami wusste, dass es falsch war, was sie tat und was sie von mir verlangte. Wann immer mein Vater für längere Zeit unterwegs war, kam sie, um sich zu ›trösten‹, wie sie es nannte. Erst fand ich nichts dabei. Ich mochte es sogar. Ihre Berührungen, die Streicheleinheiten waren angenehm. Anfangs. Später aber wanderten ihre Hände, berührten mich ihre Finger an Stellen, die mir peinlich waren. Sie sagte, es wäre okay. Auch dass sie

mich da unten küsste. Das würde mir helfen, erwachsen zu
werden. Ein ganz normaler Vorgang zwischen Mutter und Kind.
Doch dann wurde sie immer zudringlicher. Als sie mich zwang,
das Kondom überzustreifen ...«

»Moment mal. Ein Kondom?«, fragte Elena, jetzt noch un-
gläubiger. Ihre Stimme kiekste vor Anspannung.
Martin, der bereits zwei Sätze weitergelesen hatte, konnte
den scheinbaren Widerspruch klären.
»Shahla schildert in diesem Briefwechsel ihre eigenen Miss-
brauchserlebnisse, um Anouks Mutter ein Geständnis zu
entlocken«, sagte er zu Elena. »Und hier haben wir wohl
eine weitere der angekündigten Pointen ihrer Geschichte.«
Er fasste sich an den Kehlkopf, der sich ihm gerade zu-
schnürte. »Die erste war, dass nicht ihr Vater, sondern ihre
Mutter zu ihr ins Bett kletterte. Die andere ist ...« Er räusperte sich. »... dass Shahla als Junge zur Welt gekommen
ist.«

63. Kapitel

Julia Stiller öffnete die Tür zu ihrer Kabine. Das Zimmer kam ihr fremd vor. Nein, *sie* kam sich fremd darin vor. Sie gehörte nicht mehr in diese Umgebung. Nicht auf die Kabine, nicht auf das Schiff. Nicht einmal in ihren eigenen Körper.

Sie zog den Schrank auf und berührte mit den Fingerspitzen die Ärmel ihrer ordentlich aufgehängten Kleider, die sie nie wieder tragen würde. So wie die Reisetasche auf dem Koffergestell, die auf jeder Fahrt ihr unzertrennlicher Begleiter gewesen war und die sie jetzt nie wieder in die Hand nehmen würde.

Sie würde sie beim Verlassen der *Sultan* zurücklassen, so wie alles andere, was einmal in ihrem Leben von Bedeutung gewesen war: ihre Schlüssel, Ausweise, Fotos, Geld, Lebenslust, Hoffnung, Zukunft.

Lisa.

Julia ging ins Bad und roch an dem Flakon des teuren Parfüms, das sie sich extra für diese Reise gekauft hatte und bei dessen Duft ihr jetzt übel wurde.

Sie sprühte sich damit ein, da Übelkeit ein leichter zu ertragendes Gefühl war als Ohnmacht und Trauer.

Dabei sah sie in den Spiegel, und aus irgendeinem Grund hatte sie das Bild ihrer damals dreijährigen kranken Tochter vor Augen, als Julia mit einer Kollegin ihre Schicht hatte tauschen müssen, da sie Lisa nicht in den Kindergarten schicken konnte. Lisa hatte vierzig Grad Fieber, »Rotzenase« und einen bellenden Husten. Mit einer brüchigen Stimme, die so heiser klang wie die der bösen Hexe Ursula, die Julia immer beim Vorlesen imitieren musste, hatte Lisa im Bett gelegen und sie gefragt: »Muss ich jetzt sterben, Mami?«

Julia hatte gelacht und ihr das verschwitzte Haar aus der Stirn gestrichen. »Nein, mein Liebling. So schnell stirbt man nicht. Du lebst noch gaaanz, gaaanz lange.«

Zwölf Jahre noch.

Julia presste sich beide Hände fest auf die Stirn, Augen und Wangen. So fest, dass sie Sterne sah.

Eine Weile verharrte sie reglos in dieser Stellung. Dann füllte sie ein Glas mit Wasser aus dem Hahn, setzte es sich an die Lippen, sah dann aber keinen Sinn mehr darin, es zu trinken, und schüttete es in den Abfluss.

Eine von vielen sinnlosen Handlungen, die sich fortan in ihrem Leben aneinanderreihen würden. Nutzlose Tätigkeiten wie: denken, fühlen, atmen.

Ich muss Max anrufen.

Es war das erste Mal, dass sie an ihren Ex-Mann dachte, *seitdem Lisa …*

Sie verließ das Bad.

Jemand hatte das Bett gemacht. Eine kleine Tafel Schokolade lag auf ihrem Kopfkissen. Eine auf jeder Seite. *Zwei Tafeln zu viel.*

Julia suchte nach dem Zettel, den Lisa ihr hinterlassen hatte, »*Es tut mir leid, Mami*«, doch er lag nicht mehr auf der Kommode. Wahrscheinlich hatte sie ihn Daniel gegeben, sie konnte sich nicht mehr erinnern.

Sie rüttelte an der Verbindungstür, aber von Lisas Seite aus war immer noch der Riegel vorgelegt.

Vielleicht besser so.

Hätte sie einen Schlüssel gehabt, wäre sie in Lisas Kabine und durch ihre Sachen gegangen.

Und was hätte das geändert?

Sie wusste doch, was passiert war. Kannte die Motive. Begriff ihre Schuld.

Julia schob die Balkontür auf. Frischer Wind fuhr ihr durch die Haare.

Die See war für diesen Teil des Atlantiks erstaunlich ruhig, das Meer im Unterschied zu heute Mittag noch nahezu glatt. Die größten Wellen erzeugte das Schiff selbst.

Die Abendluft roch mild nach Salz und Diesel. Gelächter schwappte von den oberen Balkonen zu ihr herunter. Sie hörte Schlagermusik aus weiter Ferne, die sich mit dem Meeresrauschen mischte. Das Bordprogramm hatte einen Karaoke-Nachmittag angekündigt.

»*Warum?*«, dachte Julia und rüttelte am Geländer, über das sie gestern Nacht geklettert war. »*Warum hast du mich nur festhalten müssen, Daniel?*«

Sie beugte sich über die Brüstung und sah nach unten. Das Meer erschien ihr längst nicht mehr bedrohlich. Eher einladend. Sie hörte ein Flüstern im Rauschen der Wellen. Es klang wie ihr eigener Name. Verlockend.

So schnell stirbt man nicht!

»Lisa?«, wollte sie schreien, aber ihre Stimme versagte.

Warum hab ich mich nicht durchgesetzt?

Wieso hab ich Daniel nicht gezwungen, das Schiff zu stoppen und umzudrehen, damit wir von Bord können?

Ich wusste doch von dem Video.

Voller Wut und Selbsthass trat sie gegen die Verblendung zwischen den Balkonen. Hämmerte mit den Fäusten dagegen. Und trat wieder zu. Einmal. Zweimal.

Bei dritten Mal trat sie durch die Plastikwand hindurch.

Ohne sie zu zerstören.

Es war ein Gefühl, als würde sie ins Leere treten. Julia hatte so viel Schwung genommen, dass sie beinahe ausrutschte und nur deshalb nicht fiel, weil sie sich am Geländer festhielt.

Was zum Teufel ...?

Sie starrte auf die Tür, die ihr Fuß in der Trennwand aufgetreten hatte. Sie ähnelte der Katzenklappe in einer Haustür, nur dass durch diese Klappe ein ausgewachsener Hund schlupfen konnte. *Oder ein Mensch.*

Julias Puls beschleunigte sich. Sie beugte sich nach unten, sah durch die Klappe auf Lisas Balkonseite. Die Härchen auf ihren Unterarmen stellten sich auf. Die Eingebung, die sie hatte, elektrisierte sie geradezu.

Die Tür war verschraubt, normalerweise brauchte man ein Werkzeug, um sie zu öffnen, wenn man die Wartungsarbeiten erleichtern oder Transportwege zwischen den Kabinen abkürzen wollte. Aber der Verschluss hier war anscheinend gelockert gewesen.

Etwa von Lisa?

Julia zog ihren Bademantel aus und kroch, nur mit Slip und BH bekleidet, durch die Klappe in der Verbindungstür. Dabei schabte sie sich ein Knie und ihr Schienbein an einer scharfen Seitenkante auf, doch das spürte sie ebenso wenig wie den kühlen Wind, der nunmehr ihren gesamten Körper als Angriffsfläche hatte.

Hast du es auch so gemacht, mein Schatz?

Sie versuchte, durch das Glas in die Kabine ihrer Tochter zu sehen, doch die Türen waren verschlossen und die Vorhänge zugezogen. Sie schirmte mit beiden Händen den Kopf vor äußeren Lichteinwirkungen ab, konnte aber nichts erkennen.

Hast du bei dir die Verbindungstür verriegelt, Lisa? Danach die Kette vorgelegt?

Sie drehte sich wieder zu der Klappe.

Bist dadurch zu mir gekrochen, um über meine Kabine zu verschwinden?

Julia spürte, wie ihr Herz immer schneller schlug. War es der Windhauch gewesen, als sie die Balkontür öffnete? Oder das Klacken einer ins Schloss fallenden Tür, das sie aus dem Schlaf hatte schrecken lassen?

Die Ausgangstür, durch die du meine Kabine verlassen hast, Liebling?

Julia wusste, sie war kurz davor, in den schrecklichsten aller Trauerzustände zu verfallen: in den, in dem die Angehörigen mit aller Kraft die Wahrheit zu leugnen versuchen und sich an jede noch so absurde, Hoffnung schenkende Theorie klammern. Doch sie konnte nicht anders.

Sie schlug auf das Glas, trat mit dem nackten Fuß gegen die Schiebetür, brüllte Lisas Namen, stieß ihre Knie gegen die Scheibe … und erschrak zu Tode, als sich die Vorhänge öffneten.

Und sich dahinter das Gesicht ihrer Tochter zeigte.

64. Kapitel

Shahla war ein Mann?« Elena wirkte von Sekunde zu Sekunde verwirrter. Sie sah Martin an, als wäre ihm eine zweite Nase gewachsen.

Martin antwortete ihr mit Shahlas Worten, die er vom Bildschirm des Notebooks ablas.

»Als ich mich weigerte, das Kondom über meinen Penis zu streifen, schrie sie mich an, dass ich ein Versager wäre. Nutzlos. Sie würde mich nicht lieben, sie hätte sich ohnehin immer ein Mädchen gewünscht und keinen dreckigen Jungen. Sie schlug mir ins Gesicht und ließ mich weinend zurück, nur um am nächsten Abend das Spiel zu wiederholen. Irgendwann ließ ich sie gewähren, legte das Kondom an, und mit den Jahren schlief ich auch mit ihr. Die ganze Zeit dachte ich dabei immer nur das eine: *Ich wünschte, ich wäre ein Mädchen. Ich wünschte, ich wäre ein Mädchen.*

Während des Sex, während meiner Vergewaltigung (es dauerte Jahre, bis ich begriff, was sie mir angetan hatte), spaltete sich meine Persönlichkeit ab. Mein Geist floh in einen Mädchenkörper, und irgendwann blieb er in ihm, lange nachdem Mutter von mir abgelassen hatte. Ich wollte nicht länger der geschändete Junge sein, sondern das Mädchen, das sich meine Mutter ohnehin gewünscht hatte und dem all das erspart geblieben wäre, wenn ich doch nur im richtigen Körper zur Welt gekommen wäre.

Vier Tage nach meinem achtzehnten Geburtstag verkaufte

mein Vater seine Firma, und wenig später starben er und meine Mutter beim Absturz ihres Privatjets.

Mit dem Vermögen, das sie mir hinterließen, bezahlte ich als Erstes meine Geschlechtsumwandlung, die kein verantwortungsvoller Chirurg jemals hätte durchführen dürfen. Doch ich bestach den begutachtenden Psychiater, der mir einen völlig gesunden Geisteszustand attestierte. Wie du dir denken kannst, linderte der Wechsel meines Körpers nicht mein seelisches Leid. Ohne Penis, mit zertrümmerten und wieder gerichteten Wangenknochen, einer feminineren Nase und mit kleinen Brüsten ausgestattet, fühlte ich mich noch schmutziger als in den Armen meiner Mutter.

Durch einen Zufall traf ich in einem Selbstmordchat, in dem ich nach geeigneten Suizidmethoden forschte, auf ein dreizehnjähriges Mädchen, dem Ähnliches wie mir widerfuhr und deren Leid noch andauerte. Ihre Mutter zwang sie dazu, vor ihren Augen zu masturbieren.

Sie schrieb mir, dass sie demnächst auf eine Kreuzfahrt gehen würde und plane, sich dort das Leben zu nehmen. Erst durch dieses Mädchen erkannte ich unseren Irrtum.

Wieso sollten wir Opfer uns umbringen, und die eigentlichen Täter kamen mit dem Leben davon?

Das war vor zehn Jahren.

Ich heuerte als Zimmermädchen auf dem Schiff an, auf dem das Mädchen sich in den Tod stürzen wollte, und sorgte dafür, dass sie die Fahrt überlebte. Im Gegensatz zu ihrer Mutter. Mein erstes Opfer einer kleinen Serie.«

Elena legte Martin beruhigend die Hand auf den Unterarm und bat ihn, langsamer zu sprechen. Unbewusst war er von Zeile zu Zeile immer schneller geworden.

»Anfangs begnügte ich mich damit, meine Opfer zu betäuben und über Bord zu werfen. Doch mit den Jahren lernte ich mein System zu perfektionieren. Mit gesunder Intelligenz und überdurchschnittlicher Finanzkraft ausgestattet kaufte ich das Selbstmordforum namens Easyexit, das mich – wenn auch zufällig – auf den richtigen Weg gebracht hatte. Es hat mittlerweile Ableger in aller Welt, die Seite findet sich in zweiunddreißig Ländern. Unglaublich, wie viele es auf diesem Planeten nicht mehr aushalten. Es sind Millionen.

Und unter ihnen finde ich meine Fälle. Ich gehe sehr behutsam vor. Wenn ich davon höre, dass ein Kind von seinen Eltern missbraucht wurde (egal ob Junge oder Mädchen), buche ich über eine mir selbst gehörende Reisebürokette, die sich Querky-Travel nennt, die Passage für das Kind und die Eltern, die natürlich nichts von ihrem ›Glück‹ wissen. Also tarne ich die Reise als Gewinn einer Lotterie. Das klappt in den wenigsten Fällen, die meisten reagieren mittlerweile misstrauisch, wenn ihnen jemand etwas schenken will, weswegen meine Erfolgsquote bislang sehr überschaubar ist.

Einmal, in dem Fall einer deutschen Familie, half mir jedoch der Zufall.«

Martin hielt inne. Scrollte zurück und dann wieder vor, aber er fand keine weiteren Hinweise darauf, wie dieser Satz zu verstehen war.

»Wieso hören Sie auf?«, fragte Elena. »Steht dort etwas über Ihre Frau und Ihren Sohn?«

»Leider nein«, flüsterte Martin.

Oder zum Glück.

Er räusperte sich und las weiter:

»Mittlerweile scheint es sich bei Easyexit herumgesprochen zu haben, dass es ein Reisebüro gibt, das die letzte Passage für Menschen organisiert, die es nicht besser verdient haben. Aus diesem Grund wohl hat Justin Lamar Kontakt zu mir aufgenommen. Dein Schwiegervater scheint dich nicht sehr zu mögen, hab ich recht? Er hat die Kosten für eure Reise übernommen. Und er legte noch eine Provision obendrauf, wenn ich bei dir nicht das normale Programm abspule, sondern dich für deine Taten leiden lasse. Was mir hier auf der *Sultan,* wo es mit dem blauen Regal die geeigneten Räumlichkeiten gibt, problemlos möglich ist.

Aber nicht dass wir uns falsch verstehen, Naomi.

Ich habe dir niemals einen Bandwurm ins Essen gerührt. Und das, was du für Bettwanzen hieltest, waren harmlose Schaben. Ich wollte dich nicht körperlich vergiften. Sondern seelisch. So wie meine Mutter es mit mir machte, indem sie mich nicht schlug, mir nicht einmal Gegenstände einführte. Aber mich dennoch mit einem Virus infizierte, der mich von innen heraus zerfraß. So wie Anouk, der ich die letzten Wochen eine Mutter war, noch immer innerlich zerfressen wird durch das, was du ihr angetan hast. Und jetzt gestehen wirst.«

Er sah vom Bildschirm auf. Elena starrte ihn mit offenem Mund an.

»Anouk wurde ...«

Jetzt schließt sich der Kreis. Jetzt ergibt der Wahnsinn einen Sinn.

Martin nickte energisch mit dem Kopf und sprang an das Ende des Textdokuments. Zu Naomis Geständnis.

65. Kapitel

Julias größte Angst war, den Verstand verloren zu haben. Oder, noch schlimmer, nur zu träumen, dass Lisa ihr die Balkontür geöffnet hatte und nun vor ihr stand. Sollte sie gleich in Daniels Kabine erwachen, noch sediert von den Mitteln, die er ihr aufgedrängt hatte, und sollte sich ihre Tochter ein zweites Mal in Luft aufgelöst haben, wäre der Schmerz, den sie beim Aufwachen spüren würde, endgültig nicht mehr zu ertragen. Dessen war sie sich sicher.

Bei der Beerdigung ihrer Mutter hatte der Pfarrer gesagt, die Eltern würden erst dann sterben, wenn die Kinder nicht mehr an sie dachten. Er vergaß den umgekehrten Fall zu erwähnen, in dem die Eltern innerlich starben, wenn ihnen nichts weiter als der Gedanke an ihre Kinder blieb.

Allerdings schien Lisa alles andere als ein Trugbild zu sein. Und wenn, war die Fata Morgana, die ihr befahl, in die Kabine zu kommen und sich in den Lesesessel neben das Bett zu setzen, von erstaunlich realistischer Qualität.

»Da bist du ja endlich. Ich warte schon den ganzen Tag.« Lisa trug ein schwarzes Schnürkleid und stand in einigem Abstand vor dem Fernseher, genau dort, wo die aus dem Mund blutende Putzfrau gekauert hatte. Der Anblick hatte ihr weitaus weniger Furcht bereitet als jetzt der ihrer Tochter. Lisa sah aus, als hätte sie sich bei heftigem Seegang im Dunklen geschminkt. Verlaufenes Kajal und viel zu dick aufgetragener Mascara verschandelten ihr blasses Gesicht. In ihrer Hand hielt sie einen langen Schraubendreher.

Julia sah ihre Tochter an wie einen Geist, der sie im Grunde ja war, und brachte nur ein einziges Wort heraus:

»Wieso?«

Wieso bist du noch am Leben?

Wieso hast du mir das angetan?

In Lisas Gesicht verunglückte ein Lächeln.

»Das weißt du nicht?« Ihre Stimme war kalt. Unbarmherzig. Sie passte zu ihrem Blick.

»Du hast es zerstört«, sagte sie.

»Was, Liebling. Was habe ich zerstört?«

Lisa herrschte sie an: »Er gehörte mir. Ich hatte ihn zuerst.«

Er? Von wem sprach sie?

»Ich … es tut mir leid, ich verstehe nicht, was …«

Ihre Tochter unterbrach Julias hilfloses Gestammel und schrie: »Bei uns war es Liebe. Aber du … du wolltest Tom doch nur FICKEN!«

»Tom?«

Julia erfüllte in diesem Moment ein Klischee. Ihre Kinnlade klappte herunter. Und sie fühlte sich unfähig, sie wieder zu schließen.

»Schau nicht so dumm. Er war mein Erster.« Lisa griff sich mit einer vulgären Geste in den Schritt. »Er hat mich entjungfert, Mami. Wir wollten für immer zusammenbleiben. Doch dann kamst du.«

»Tom?«

Tom Schiwy?

»Hat es dir nicht gereicht, mir den Vater zu nehmen? Musstest du mir auch die Liebe meines Lebens stehlen?«

»Dein Vertrauenslehrer … *der Mann, mit dem ich eine Affäre hatte,* Tom Schiwy hat dich …?«

… missbraucht?

Lisa trat einen Schritt näher. Im Spiegel sah Julia, dass ihre

Springerstiefel nicht zugebunden waren. Die Senkel schlackerten lose.

»Geliebt. O ja. Wir wollten heiraten. Er hat mir gesagt, ich wäre viel reifer als all die anderen.«

»Aber Süße, Kleine ...« Julia wollte sich aus dem Sessel drücken, doch Lisa drohte ihr mit dem Schraubendreher, sich wieder hinzusetzen.

»Erzähl mir nicht, es wäre nicht deine Schuld. Ich hab genau gesehen, wie du dich aufgemotzt hast. Wie eine billige Nutte bist du zur Elternsprechstunde gegangen, um dich ihm an den Hals zu werfen. Am liebsten wärst du gleich in Unterwäsche in die Schule gegangen, was?« Sie musterte Julia verächtlich und deutete erst auf ihren Slip, dann auf ihren BH. »Verdammt, weißt du eigentlich, wie unglücklich ich war?«

Lisa pustete sich eine Haarsträhne aus der Stirn.

»Hast du nicht mitbekommen, dass ich nichts mehr essen konnte? Dass ich nur noch schwarze Klamotten trug? Und mit meinen neuen Freunden die Schule schwänzte? Nein, hast du nicht. Du hattest nur Augen und Ohren für deinen Tom.«

Du irrst dich. O Gott, Liebling. Du irrst dich.

»Hör mir zu, Lisa«, setzte Julia an. »Ich verstehe deine Wut. Aber das, was dein Vertrauenslehrer mit dir gemacht hat ...«

»Scheiß mich nicht mit deinen Rechtfertigungen zu«, wurde sie schon wieder unterbrochen. »Querky hat gesagt, dass du mich volllabern würdest.«

Querky?

»Moment mal, ich dachte, *das* wäre dein Freund?«

Diesmal gelang Lisa ein ehrliches Lachen. Abwertend und höhnisch.

»Querky ist eine Sie. Ja, da schaust du, was, Mami? Hab ich

auch nicht gewusst. Ich hab sie im Internet kennengelernt. In einem Selbstmordforum.«

»Gütiger Himmel, Lisa …«

»Scheiße, ich wollte mir das Leben nehmen, als Tom deinetwegen mit mir Schluss machte.«

Bei diesem Geständnis schossen Julia die Tränen in die Augen. »Das tut mir so leid, ich wusste nicht …«

»Aber Querky hat mir die Augen geöffnet.« Lisa stach mit dem Schraubendreher in Julias Richtung. »Nicht ich muss bestraft werden, sondern du.«

»Und deshalb hast du deinen Selbstmord inszeniert?«

Um mich in Todesangst zu versetzen?

»Du solltest am eigenen Leibe spüren, was ich durchmachen musste. Was es heißt, das Liebste im Leben zu verlieren.«

Lisa grinste selbstzufrieden. »Das war Teil eins meines Plans. Ich hab ihn mit Querky gemeinsam ausgearbeitet. O Mann, die Frau ist so cool. Sie arbeitet hier auf dem Schiff. Sie hat mir eine Zimmermädchenuniform in den Schrank gehängt und meinen Schlüssel so programmiert, dass ich mich überall im Schiff frei bewegen konnte, sogar auf dem Mannschaftsdeck, wo ich mich die letzte Nacht über versteckt hielt.«

Deshalb also hat dieser Martin Schwartz sie da unten gesehen, erinnerte sich Julia. Bestimmt, als Lisa sich in Vorbereitung dieses Irrsinns nach einem Unterschlupf umgesehen hatte.

»Mann, Querky hat echt an alles gedacht. Sogar die Fahrtkosten hat sie übernommen, damit wir dich an Bord locken können.«

Herr im Himmel!

Julia hielt es trotz Lisas Drohgebärden nicht länger in ihrem Sitz. Sie stand auf und ging einen Schritt auf ihre Tochter zu, die den spitzen Schraubendreher jetzt wie einen Dolch hielt.

»Was hast du vor?«, fragte sie und sah Lisa direkt ins Gesicht. Mühelos hielt ihre Tochter dem Blick stand.

»Das wirst du schon sehen, Mami.« Sie lächelte schief. »Das wirst du schon sehen.«

66. Kapitel

Naomi Lamars letztes Geständnis bestand nur aus vier Sätzen:

»Das Schlimmste, was ich in meinem Leben jemals getan habe, war, meine Tochter zu zwingen, mit erwachsenen Männern Sex zu haben.«

Martin hörte, wie Elena keuchend die Luft einsog.

»Es gibt keine Entschuldigung für das, was ich getan habe«, las er weiter ab, »nicht einmal die Tatsache, dass ich zu dem Zeitpunkt, als es anfing, harte Drogen konsumiert habe, die meine ohnehin labile Psyche ruinierten. Und auch nicht, dass ich damit aufhörte, als eine der Männergruppen, denen ich sie überließ, so gewalttätig wurde, dass sie vermutlich bleibende körperliche Schäden davontragen wird. Ich habe den Tod verdient.«

»Großer Gott, daher Anouks Verletzungen!«, krächzte Elena, nachdem er den letzten Satz vorgetragen hatte.
Martin nickte. Sie hatten gedacht, der Vergewaltiger befände sich noch an Bord. Dabei war Anouk bereits vor der Abreise missbraucht worden – und das auf Veranlassung ihrer Mutter! Die Wunden waren ihr nicht auf dem Schiff, sondern schon zu Hause beigebracht worden.
»Jetzt ergibt alles einen Sinn«, flüsterte Martin.

Er sah Elena in die Augen. Jähzorn flackerte auf. Auch sie hatte verstanden, weshalb Anouk ihrer Mutter den Stoß verpasst hatte.

Nein, nicht ihrer Mutter. *Ihrer Vergewaltigerin!*

Sie hatte es nicht direkt niedergeschrieben, aber alles sprach dafür, dass Shahla Anouk nicht *entführen,* sondern von ihrer Mutter *befreien* wollte. Vermutlich würden sie ein Lager im Unterdeck finden, nicht weit entfernt vom blauen Regal, an einem Ort, an dem sich Anouk die letzten zwei Monate mehr oder weniger frei bewegen durfte. Noch verstand er nicht, was Anouk und Shahla in jener Nacht, als der Kapitän sie entdeckte, auf dem Gang in der Nähe des »Nests« verloren hatten, wo Gerlinde sie fotografierte. Dafür war jetzt völlig klar, weshalb Anouk die ganze Zeit über kein Wort sprechen wollte, obwohl sie doch ganz genau wusste, wer sie verschleppt hatte und wo sich ihre Mutter befand. Weshalb sie die UV-Lichtlampe brauchte, damit sie anhand unsichtbarer Markierungen auch ohne das Zimmermädchen den Weg zu Naomi fand. Um sie zu quälen, zu beobachten, sich einfach nur an ihrem Leid zu erfreuen. *Oder um sie zu töten,* so, wie sie es schließlich getan hatte.

»Wir müssen Daniel informieren«, sagte Elena und griff nach Martins Handy auf dem Tisch.

Sie hatte es gerade in der Hand, als es zu vibrieren begann.

67. Kapitel

Martin nahm das Gespräch mit einem Druck auf den Touchscreen seines Smartphones entgegen, und das Bild von Stalin verschwand vom Bildschirm.

»Diesel?«, fragte er.

»Du kannst mich auch Edward Snowden nennen.«

Martins Finger schwebte bereits über dem Symbol, mit dem sich das Gespräch wieder beenden ließ.

»Pass auf, ich kann jetzt nicht. Hier ist gerade die Hölle los, und ...«

»Ich habe Lisas Facebook-Profil gehackt«, unterbrach Diesel ihn ungerührt.

Martin verplemperte erst gar keine Zeit zu fragen, wie er das geschafft hatte. Er wusste, dass der Chefredakteur nicht nur Tätowierer und Pyromanen zu seinem Freundeskreis zählte, sondern auch zahlreiche Technikfreaks, die ihn mit den neusten Versionen gecrackter Computerspiele versorgten.

»Und?«

»Und ich bin da auf einen interessanten Schriftwechsel mit einem Mann namens Tom Schiwy gestoßen.«

»Wer ist das?«, wollte Martin wissen. Er hatte laut gestellt, damit Elena mithören konnte.

»Ihr Vertrauenslehrer. Offenbar hatte sie ein Verhältnis mit ihm.«

Die Ärztin runzelte die Stirn. Die entstellte Gesichtshälfte blieb dabei völlig unbewegt.

»Ist diese Lisa nicht erst fünfzehn?«, fragte Martin.

»Ganz genau. Aber es kommt noch besser! Dieser Vertrauenslehrer hatte auch was mit der Mutter.«

Martin und Elena warfen einander einen erstaunten Blick zu.

»Mit Julia Stiller?«, fragte Martin.

»Wie viele Mütter hat sie denn sonst noch?« Diesel schien einen Kaugummi zu kauen, denn seine Worte wurden von unangenehmen Schmatzgeräuschen begleitet. »Und jetzt kommt der Hammer. Bist du angeschnallt?«

»Was?«

»Das Video, nach dem ich auf isharerumors suchen sollte ...«

»Ist es echt?« Martin starrte auf das Telefon, als könnte er die Antwort mit seinem Blick aus ihm herauspressen.

»Ja. Sieht ganz so aus. Dreimal darfst du raten, wer der Mann darauf ist.«

Martin zögerte. Er traute sich kaum, seinen Verdacht laut auszusprechen. »Etwa dieser Schiwy?«

Diesel imitierte eine Trompetenfanfare und ließ gleich noch eine Bombe platzen »Bingo. Lisa ist krankhaft verliebt in dieses Arschloch. In ihren Augen ist ihre Mutter eine billige Nutte, die ihr den Traumprinzen ausgespannt hat. Um Tom wieder für sich zu gewinnen, hat sie dem Penner angeboten, sich auch wie eine Hure zu benehmen, wenn es das ist, was er will. Und der Drecksack ist glatt darauf eingegangen. Hat mit der Kleinen ein perverses Rollenspiel durchgezogen, für das sie sich auf den Babystrich an der Frobenstraße stellen und zu ihm ins Auto steigen musste.«

»Und wie ist das Video ins Netz gekommen?«, fragte Martin.

»Halt dich fest, denn jetzt kommt's ganz dick: Lisa hat es selbst hochgeladen. Ja, kein Witz. Auch das geht aus ihrem E-Mail-Verkehr hervor. Als Tom trotz der Babystrich-Aktion nicht zu ihr zurückwollte, lud sie es in einer Kurzschlussreaktion hoch und drohte ihm damit, ihn auffliegen zu lassen. Aber das ließ den Schweinehund kalt, denn er selbst war ja auf der Aufnahme nicht zu sehen. Als dann die bösen Kommentare kamen, änderte Lisa ihre Strategie und versuchte, das Arschloch mit ihrem Selbstmord zu erpressen. Kurz vor Antritt der Kreuzfahrt schickte sie Tom eine letzte Mail, in der sie drohte, sich in die Fluten zu stürzen, sollte er nicht zu ihr zurückkommen Offenbar bekam Schiwy Muffensausen. In seinem Postausgang findet sich eine Mail, in der er das Video an Julia weiterleitete, vermutlich, um sie zu warnen. Schuld an ihrem Tod wollte er dann wohl doch nicht sein. Aber das macht die ganze Sache nicht besser, wenn du mich fragst.«

Diesel senkte seine Stimme, als würde er nicht alleine in seinem Büro sitzen, und sagte verschwörerisch: »Wenn du jemanden kennst, der keine Probleme damit hat, männliche Genitalien anzufassen, sollte man den vielleicht mit einem Akkuschrauber zu Schiwy nach Hause schicken. Nur so ein Vorschlag.«

Martin beobachtete Elena dabei, wie sie das Telefon auf dem Tisch näher zu sich heranzog.

»Und Sie sind sich hundertprozentig sicher?«, fragte sie.

»Wer ist da noch bei dir?«, wollte Diesel. »Klingt wie ein Drache im Stimmbruch.«

»Ich bin Elena Beck, die behandelnde Ärztin von Anouk Lamar.« Elena sprach so deutlich, wie sie nur konnte. »Hören Sie, es ist extrem wichtig, dass Sie meine Frage beantworten: Wie sicher ist das mit Lisas Vertrauenslehrer?«

»So sicher wie Präser und Pille gemeinsam, Schätzchen.«

Die Ärztin sprang vom Stuhl auf. Jegliche Erschöpfung schien wie weggeblasen.

»Wir müssen gehen«, sagte sie hektisch und fuchtelte mit ihrer Hand. Martin stand ebenfalls auf.

»Wohin?«

»Zu Julia Stiller. Wir müssen sie suchen.«

Er schüttelte den Kopf. »Wozu? Um ihr zu sagen, dass Lisa nicht nur tot ist, sondern zuvor von ihrem Lehrer zum Sex gezwungen wurde?«

Elena sah ihn an, als wäre er begriffsstutzig. »Denken Sie nach, Martin. Eine Tochter wurde missbraucht, bevor sie verschwand. Woran erinnert Sie das?«

An Shahla!

Und daran, dass es immer die Mütter waren, auf die sie es abgesehen hatte.

Julia!

Hatte Shahla ihr noch zu Lebzeiten eine tödliche Falle gestellt, die gerade zuschnappte?

Martin drückte Diesel weg, ohne sich von ihm zu verabschieden. Während er Elena hinterherstürmte, versuchte er noch einmal Bonhoeffer zu erreichen.

68. Kapitel

Lisa schwitzte.

Von der offen stehenden Balkontür wehte eine frische Brise, doch ihre Tochter sah aus, als stünde sie im Scheinwerferlicht. Ihr Körper reagierte auf die Flamme des Irrsinns, die tief in ihrem Innersten köchelte. Schweiß lief ihr in einem dünnen Rinnsal die Wange herab und sammelte sich oberhalb ihres T-Shirt-Kragens.

»Ich habe versucht, Tom wiederzubekommen«, erklärte sie ihrer Mutter. »Hab ihn angerufen, ihm gemailt, ihn über Facebook und WhatsApp bombardiert. Sogar in seine Schülersprechstunde bin ich gegangen, als er sich von einem Tag auf den anderen nicht mehr mit mir treffen wollte. Einmal noch habe ich ihn ins Bett bekommen.«

Lisas versonnenes Lächeln am Ende erschütterte Julia genauso wie der Inhalt des Satzes.

»Du redest von der Zeit, in der ich … *mit Tom eine Beziehung hatte?*«

Das Lächeln ihrer Tochter wich einem versteinerten Gesichtsausdruck. »Aber es bedeutete Tom nichts mehr. Er sagte, mit mir sei der Sex zwar besser, aber nur mit dir könne er sich eine Beziehung vorstellen.«

Großer Gott. Julia schloss für eine Weile die Augen.

Lisas vorgetäuschter Selbstmord. Ihre Wiederauferstehung. Der Hass in ihrer Stimme.

Sie war sich nicht sicher, wie viel sie noch zu ertragen imstande war. Julia sah auf die Hand ihrer Tochter, die den

Schraubendreher fest umschlossen hielt, beobachtete auf dem silbernen Metall die Lichtreflexionen der niedrig über dem Wasser stehenden, langsam untergehenden Sonne und fragte Lisa mit leiser Stimme: »Was willst du jetzt tun, Liebling?«

»Mir Tom zurückholen.«

Lisa spuckte ihr die Worte förmlich vor die nackten Füße. Spätestens zu diesem Zeitpunkt kamen Julia Zweifel daran, mit wem sie sich gerade unterhielt.

Das Mädchen vor ihr, mit dem gehetzten Blick und den zitternden Mundwinkeln, war nicht länger ihre Tochter. Lisa war im wahrsten Sinne des Wortes *entrückt*.

Julia hatte einmal gelesen, dass Liebeskummer neben der Trauer für die schwersten seelischen Wunden sorgen konnte. Offenbar auch für solche, die nicht wieder von alleine heilten.

»Lisa, wenn einer Schuld an deinem Kummer hat, dann ist es Tom. Er hätte niemals …«

»Bla, bla, bla … Erzähl doch keinen Scheiß. Jetzt willst du es also auf ihn schieben, ja?«

Julia hätte am liebsten »Ja!« geschrien und den Mistkerl, wäre er in ihrer Nähe, an den Eiern gepackt und über Bord geworfen, doch da Tom Schiwy so weit von ihr entfernt war wie ein klarer Gedanke von Lisas Verstand, schüttelte sie nur den Kopf. »Nein, es ist nicht seine Schuld allein«, sagte sie beschwichtigend.

Sie war keine Psychologin, aber sie wusste, dass in ihrer Tochter etwas zerbrochen war, das sich mit Logik nicht würde kitten lassen.

»Dann gibst du also zu, dass du meinen Plan verdient hast?«, fragte Lisa triumphierend.

»Welchen Plan?«

»Den, den ich zusammen mit Querky ausgetüftelt habe.«
Eine dunkle Wolke verschleierte Lisas Blick. Es schien, als
sei ihr gerade ein unangenehmer Gedanke gekommen.
»Hast du den Zettel aus dem Tresor gestohlen?«, fragte sie
drohend.
»Was?« Julia verstand kein Wort. Aus dem Mund ihrer
Tochter hätte genauso gut ein Pfeifton kommen können.
»Wovon sprichst du?«
Lisa winkte ab, als sei das, was sie gesagt hatte, ohnehin nicht
mehr von Belang. »Ich habe Querky erzählt, dass du mich
gezwungen hast, auf den Strich zu gehen«, lachte sie dreckig.
Wumm.
Eine weitere Handgranate des Wahnsinns, die ihre Tochter
in ihre Richtung geworfen hatte. Und sie zielte immer bes-
ser.
»Was? Um Himmels willen, wieso denn nur?«, fragte Julia.
»Weil sie mir sonst nicht geholfen hätte. Sie kümmert sich
nur um vergewaltigte und missbrauchte Kinder. Daher hab
ich Querky etwas vorgeflunkert. Hab ihr zum Beweis, dass
ich gegen meinen Willen mit fremden Männern Sex haben
musste, das Video geschickt.«
Julia blinzelte. In den Bruchteilen von Sekunden, die ihre
Augen sich schlossen, blitzten Erinnerungsfetzen auf, in
denen sie den Hinterkopf ihrer Tochter sah, vergraben im
Schoß eines stöhnenden Mannes, der jetzt einen Namen
hatte: *Tom!*
»Das Video, als ich ihm den Gefallen getan habe, dich zu
spielen.«
»Mich?«
»Eine Nutte.«
Vor ihrem geistigen Auge sah Julia Lisa nach dem Geld
greifen.

Okay. Stopp. Genug. So konnte es nicht weitergehen.

Sie machte einen Schritt auf Lisa zu. Von ihrer Tochter trennten sie nur noch zwei Armlängen. »Sieh mich an, Lisa. Ich weiß, ich habe Fehler gemacht. Ich war nicht für dich da, als dein Vater uns verlassen hat. Ich hab mich zu schlecht um dich gekümmert, als du in die Pubertät kamst. Und ja, ich hatte ein Verhältnis mit deinem Lehrer. Aber ich habe es beendet.«

»Du lügst.« Lisa zeigte ihr einen Vogel.

»Nein. Das ist die Wahrheit, Kleines. Ohne dass ich wusste, was zwischen euch war …«

»Ist. Was zwischen uns IST!«

»Schon gut, schon gut, schon gut!« Julia hob beschwichtigend beide Hände. »Ohne zu wissen, was zwischen euch ist, habe ich gemerkt, dass Tom …«

»Nimm seinen Namen nicht mehr in den Mund!«

»… dass er nicht der Richtige für mich ist.«

»Ha!«, spuckte Lisa verächtlich in ihre Richtung. Der Schweiß perlte jetzt auch von ihren Augenbrauen. »Du hältst dich also für etwas Besseres? Er war also nur ein Wegwerfprodukt für dich?«

Julia schloss die Augen. Das führte zu nichts. Ebenso gut hätte sie das Meer bitten können, nicht länger zu rauschen. Sie wurde wütend. Nicht auf Lisa, die erkennbar nicht mehr Herrin ihrer Sinne war und dringend in professionelle Hände musste. Sondern auf Tom, der seine Machtposition als Vertrauenslehrer missbraucht, die empfindliche Seele eines pubertierenden Teenagers zerstört und auch sie selbst hintergangen hatte. Ihre zügellose Wut brach sich so schnell Bann, dass sie ihre Worte nicht mehr unter Kontrolle bekam. »Also schön, ja. Ich bin schuld!«, brüllte sie Lisa an. »Ich habe dir Tom ausgespannt. Ich habe es verdient, dass du mir die schlimmsten Ängste meines Lebens zugefügt hast. Aber das alles bringt dir diesen widerlichen Dreckskerl nicht zurück, der dich nur benutzt ...«

»Haaaaaahaaaaaaaa ...«

An Kriegsgeheul erinnernde Laute brüllend, sprang Lisa wie von Sinnen mit dem Schraubendreher nach vorne.

Und stach zu.

69. Kapitel

Bitte, ich flehe Sie an. Noch ist es vielleicht nicht zu spät.«

Bonhoeffer faltete die Hände, als wäre Tiago ein Gott, den er darum bat, seine Gebete zu erhören.

»Wenn es stimmt, was Lisa da aufgeschrieben hat, dann befindet sich das Mädchen noch auf dem Schiff. Womöglich ist sie gerade in dieser Sekunde dabei, den letzten Teil ihres Plans auszuführen.«

Tiago, der sich seit zwanzig Minuten nicht hatte erweichen lassen, kratzte sich den dichten Schopf und schüttelte resigniert den Kopf. »Ich wär schon einmal fast draufgegangen. Mein Bauch sagt mir, wenn ich Sie jetzt gehen lasse, bin ich endgültig geliefert.«

Der Kapitän hieb wütend mit der flachen Hand auf seinen Schreibtisch, an dem er gezwungenermaßen immer noch saß. »Aber was um Himmels willen wollen Sie denn von mir? Mich hier bis zum Einlauf in New York festhalten?«

»Nein.« Tiago starrte Bonhoeffer an, als wäre ihm gerade eine Idee gekommen. »Rufen Sie die Küstenwache der Vereinigten Staaten an. Den Grenzschutz oder das FBI. Mir egal. Ich will mit denen sprechen und denen meine Lage schildern.«

Bonhoeffer sah ihn entgeistert an. »Das ist Ihre Forderung? Die ist Ihnen gerade eingefallen?«

Tiago nickte. Sein Blick war schuldbewusst. »Ich habe Angst. Ich kann nicht klar denken, wenn ich Angst habe.«

Bonhoeffer seufzte. Sein Mund war trocken. Er hatte so viel geredet, dass er seinen schlechten Atem riechen konnte. »Okay, gut. Hier ist der Deal, Tiago. Sie lassen mich zwei Telefonate erledigen. Mit dem einen halte ich das Schiff an. Mit dem zweiten versuche ich Julia Stiller zu erreichen. Sobald das geschehen ist, informieren wir beide gemeinsam die Behörden, und dann geben Sie mir endlich Ihre verdammte Waffe. Wie hört sich das für Sie an?«

»Beschissen«, sagte Tiago und deutete auf Bonhoeffers Telefon. »Aber ich habe schon einmal zu lange gezögert.«

Bonhoeffer nickte und griff zum Hörer.

»Beten Sie zu Gott, dass Sie es nicht ein zweites Mal getan haben.«

70. Kapitel

Martin brach förmlich durch die Tür. Er war gerannt. Hatte Elena hinter sich gelassen auf seiner Jagd aus Hell's Kitchen hinaus, durch den Staff-Bereich und die sechs Treppen vom Deck A bis in das fünfte Passagierstockwerk des Ozeanriesen.

Er hatte Frauen angerempelt, Kinder übersprungen, einem Kellner das Tablett mit den Bestellungen des Zimmerservice aus der Hand geschlagen und ihn genötigt, ihm seinen Universalschlüssel auszuhändigen. Und war dennoch zu spät gekommen.

Dachte er zumindest, als er Lisa mit einem Schraubendreher in der Hand auf ihre Mutter zuspringen sah, die aus irgendeinem Grund nackt war, oder zumindest nur sehr spärlich bekleidet. Doch dann stolperte Lisa, verfing sich mit den Schnürsenkeln ihrer Springerstiefel in einem Fuß des Bettes, und das gab Julia Zeit, auf den Balkon zurückzuweichen, auf den auch ihre Tochter stürzte.

»Hey, Lisa«, brüllte Martin mit allerletztem Atem. Die aufschlagende Tür hatte Lisa überhört. Auf ihren Namen aber reagierte sie. Langsam drehte sie sich zu ihm herum.

Das Telefon auf dem Nachttisch klingelte, niemand schenkte ihm Beachtung.

»Wer sind Sie?«, fragte Lisa, ihre Mutter im Augenwinkel behaltend. Der Wind wehte ihre Haare wie eine Kapuze nach vorne.

Martin sah ihren glasigen Blick und realisierte die Situation mit einem Blick. Lisa Stiller war in einer Art Alphamodus, einem Zustand, in dem sie nur noch auf stärkste äußere Reize reagierte. Die Stimme der Vernunft war abgestellt, genauso wie ihre Fähigkeit, Recht und Unrecht zu unterscheiden.

Vermutlich litt sie unter einer dissoziativen Störung. Wenn Diesel recht hatte und der Lehrer sie sexuell ausgenutzt und missbraucht hatte, hatte sich diese negative Erfahrung wie ein glühendes Streichholz in ihr empfindliches Seelengeflecht gebohrt und dort einen Flächenbrand entzündet.

Augenscheinlich gab sie ihrer Mutter die Schuld an den psychischen Qualen, die sie unzweifelhaft erlitt. Hatte sich Julia über Wochen, vielleicht Monate hinweg zum Feindbild aufgebaut. Martin wusste, mit guten Argumenten würde er sie so schnell nicht von ihren Taten abhalten können. Und erst recht nicht mit der Wahrheit. Daher log er sie an und sagte: »Ich bin ein Freund von Querky.«

Treffer!

Er hatte sich an den Namen erinnert, unter dem Shahla über Easyexit mit ihren potenziellen Klienten Kontakt gehalten hatte. Elenas Vermutung bewahrheitete sich. Auch zwischen Lisa und Shahla gab es eine Verbindung. Und indem er sich als Querkys Komplize ausgab, hatte er Lisas Aufmerksamkeit gewonnen. Allerdings auch die ihrer Mutter, die ihn mit weit aufgerissenen Augen anstierte und gerade den Mund öffnen wollte, dann aber glücklicherweise seinen knappen Blick auffing, den sie richtig deutete, ihm jetzt besser nicht dazwischenzufunken.

»Querky hat keine Freunde«, sagte Lisa, etwas aus dem Konzept gebracht.

»Doch, hat sie. Ich bin ihr Assistent.«

»Sie lügen.«

»Nein. Ich komme in ihrem Auftrag. Sie sagt, du sollst aufhören.«

»Bullshit.«

»Nein, wirklich. Der Plan ist gestoppt.«

»Ach ja, ist er das? Und wieso kommt sie dann nicht selbst, um es mir zu sagen?«

»Weil sie …« Martins erster Impuls war, die Wahrheit zu sagen. »*Weil sie tot ist.*« Doch das würde möglicherweise die schlimmste aller Reaktionen provozieren. Nach der passenden Antwort suchend, setzte er an: »Sie ist im Moment …«

»Hier. Hier bin ich.«

Erschrocken fuhr Martin herum. Elena stand in der Kabinentür, atemlos wie er selbst.

»Du?«, hörte Martin Lisa hinter seinem Rücken fragen. Er drehte sich wieder zu dem Mädchen.

»Du bist Querky?«

»Ja«, sagte Elena. »Wir haben uns bei Easyexit kennengelernt.«

»Du, du hörst dich ganz anders an.«

»Weil ich einen Unfall hatte«, sagte Elena und deutete auf ihr entstelltes Gesicht. »Es wird eine Weile dauern, bis ich meine alte Stimme wiederhabe.«

Sie drängte sich an Martin vorbei. »Ich habe eine Nachricht von Tom für dich.«

»Von meinem Freund?« Lisas Miene hellte sich auf.

»Er sagt, er will wieder mit dir zusammen sein.«

»Echt?«

»Ja. Vorausgesetzt, du tust deiner Mutter nichts.«

Misstrauen flackerte in Lisas Augen auf. Damit hatte Elena den Bogen überspannt.

»Du bist nicht Querky.«

»Hey, Lisa, denk nach. Woher sollte ich sonst von Tom und dem Video wissen, wenn du es mir nicht gemailt hättest?«

»Nein, du lügst. Ich wette, du kennst meinen Nickname nicht.«

»Deinen …« Elenas Stimme begann zu flattern. Sie schluckte. Nicht nur Martin sah die sichtbaren Zeichen ihrer Unsicherheit.

»Sag mir, mit welchem Nickname ich bei Easyexit angemeldet bin.«

»Du bist …« Elena drehte sich hilfesuchend nach Martin um. »Dein Nickname ist …« Rote Flecken breiteten sich auf der unverletzten Seite ihres Gesichts aus.

»Vergiss es«, sagte Lisa verächtlich. »Du bist nicht Querky. Und Tom will nichts mehr von mir wissen. Du hast keine Nachricht von ihm.«

Ihre Hand schloss sich wieder fester um den Schraubendreher.

»Lass ihn fallen!«, sagte Martin, nur noch zwei Schritte von ihr entfernt.

Sie sah ihn wütend an. »Schätze, gegen dich habe ich keine Chance, was?«

»Wenn du damit auf deine Mutter losgehen willst …« Martin schüttelte den Kopf.

Eine Minute früher noch hätte sie Julia empfindlich verletzen können, so stark vielleicht, dass sie in der Lage gewesen wäre, ihre Mutter über Bord zu werfen.

Aber jetzt konnte sie Julia damit allenfalls einen Kratzer zufügen, bevor Martin ihr den Schraubendreher aus der Hand gerissen hätte.

»Nun denn, ist der Plan also gescheitert«, meinte Lisa achselzuckend.

Sie drehte sich zu ihrer weinenden Mutter.

»Ach, werd halt glücklich mit Tom«, sagte sie und warf das Werkzeug über Bord.

Dann lehnte sie sich an das Geländer, und gemeinsam mit der Brüstung, die sie in den Stunden, die sie auf ihre Mutter gewartet hatte, mit dem Schraubendreher gelockert hatte, stürzte sie wie ein Fallbeil in die Tiefe.

71. Kapitel

Der Ventilator der Klimaanlage, die in diesen Tagen auf Heizfunktion geschaltet war, knisterte, als hätte sich ein Laubblatt in ihm verfangen, was angesichts der Tatsache, dass sich das Vernehmungszimmer mindestens zwei Kilometer von dem nächsten Baum entfernt in einem abhörsicheren Keller befand, einigermaßen bemerkenswert gewesen wäre. Sehr viel wahrscheinlicher war, dass der brummende Kasten kurz davor stand, seinen Geist aufzugeben.

Martin rechnete jeden Moment mit einem lauten Knall, bevor das altersschwache Ding unter der Decke endgültig den Dienst quittierte.

In den letzten Stunden, die er an den Lügendetektor angeschlossen gewesen war, hatte die Anlage das kleine Zimmer mehr schlecht als recht mit warmer Luft versorgt, die zudem nach verbranntem Gummi stank.

»Wollen wir eine Pause machen?«, fragte seine Interviewerin und lehnte sich in ihrem Drehstuhl zurück. Sie war ihm als Dr. Elizabeth Klein vorgestellt worden. Angeblich hatte sie lange Zeit beim Bundesnachrichtendienst gearbeitet und sich dort einen Ruf als Vernehmungsexpertin erarbeitet, spezialisiert auf psychopathische Serientäter. Auf den ersten Blick sah sie allerdings eher so aus wie die spirituelle Kursleiterin einer Esoterik-Selbsthilfegruppe: Sämtliche Kleidungsstücke changierten in allen nur erdenklichen Orangetönen, von dem selbst gehäkelten Strickjäckchen bis zum wallenden Hosenrock.

»Nein«, antwortete Martin und entfernte die Manschetten von Arm und Brust. »Wir machen keine Pause, sondern Schluss.«

Wider Erwarten nickte Dr. Klein. »Sie haben uns also nichts mehr zu sagen?«

»Außer dass jeder, der meiner Darstellung widerspricht, mich am Arsch lecken kann?« Martin legte einen Finger an den Mundwinkel und tat so, als würde er nachdenken. »Nein.« Er schüttelte den Kopf.

Dr. Klein sah auf einen der vielen Armreife an ihrem rechten Handgelenk, drehte an dem größten davon und nickte. Als sie zu ihm aufsah, lag ein verständiger Blick in ihren Augen.

Bitte kein Mitleid. Mit Mitleid werde ich jetzt nicht fertig.

Martin räusperte sich und fragte, ob er jetzt aufstehen dürfe.

Dr. Klein seufzte. »Na gut. Die internen Ermittlungsuntersuchungen sind natürlich noch lange nicht abgeschlossen. Sie wissen ja, wie lange sich das hinzieht, wenn ein Beamter in ein Tötungsdelikt verwickelt ist.«

Sie schenkte ihm die Andeutung eines Lächelns.

»Aber ich kann jetzt schon sagen, dass sich Ihre Aussagen größtenteils mit den Angaben decken, die wir von dem Kapitän, der Ärztin, diesem …« Sie blätterte in einer schmalen Akte vor sich. »… diesem Tiago Álvarez und Gerlinde Dobkowitz erhalten haben.«

»Na bestens.« Martin rieb sich die kalten Hände. »Und die Technik konnte ich auch überzeugen?«

Er zeigte erst auf die Kamera in der Zimmerecke, dann auf das Notebook zwischen ihnen, auf dem der Lügendetektor seine Vitalfunktionen während seiner Aussage aufgezeichnet hatte.

Die Vernehmungsleiterin machte eine abwägende Handbewegung.

»Laut dem Polygraphen scheinen Sie die Wahrheit zu sagen. Bis auf …«

Martin zuckte mit den Augenbrauen. »Bis auf was?«

Sie sah ihn lange an. Dann zog sie ein Taschentuch aus einer der vielen Taschen eines Kleidungsstücks, bei dem Martin sich nicht mehr sicher war, ob es wirklich einen Hosenrock oder ein schief gebundenes Wickelkleid darstellen sollte.

Sie schneuzte sich die Nase, stand auf und ging zu der Überwachungskamera, an der sie ein Kabel löste, das aus der Zimmerwand direkt in das Gerät führte.

»Lassen Sie uns privat reden, Herr Schwartz.«

Sie sah von oben auf ihn herab, wie ein Geier, der seine Beute ins Visier nimmt. Martin beobachtete sie skeptisch, während sie zu dem Tisch zurückging.

»Der Apparat hat keine auffälligen Ausschläge gezeigt«, sagte sie. »Vieles, bei dem Sie ohnehin nicht dabei waren, haben Sie sich ja vom Hörensagen zusammengereimt, so dass hier eine polygraphische Bewertung ohnehin keinen Sinn ergibt. Allerdings an einer Stelle …«

Sie drehte das Notebook in seine Richtung. »Hier fangen Sie an zu schwitzen, und Ihr Puls geht hoch. Zudem habe ich selbst ohne Kamera verschiedenste Mikroexpressionen erkannt, die mir eine Unwahrheit signalisieren.« Sie zeigte auf einen Abschnitt der Aufzeichnungen, in dem die Wellen so aussahen wie das EKG eines Menschen kurz vor dem Herzinfarkt.

»Was habe ich an dieser Stelle gesagt?«, wollte Martin wissen, obwohl er eine sehr konkrete Ahnung hatte.

»Sie sagten sinngemäß zu Dr. Beck, dass Sie in Shahla Afridis Aufzeichnungen nichts über das Schicksal Ihres Sohnes gelesen hätten.«

Martin nickte.

»Das war eine Lüge, richtig?«

Er schluckte schwer, sagte aber kein Wort.

»Herr Schwartz, es ändert nichts an meiner Bewertung. So wie es aussieht, haben Sie sich nichts außer unerlaubtem Fernbleiben vom Dienst zuschulden kommen lassen. Es interessiert mich einfach nur ganz privat, was Sie über Timmy und Nadja erfahren haben.«

Ach ja? Tut es das? Wieso? Aus Sensationsgier vielleicht?

Er sah in ihre gutmütigen, offenen Augen und wusste, dass er ihr unrecht tat.

»Das Video, das Ihnen Bonhoeffer gezeigt hat. Auf dem zu sehen ist, wie sie von Bord sprangen«, insistierte sie. »Sie wissen jetzt, weshalb erst die große, dann die kleine Wolke zu sehen war, richtig?«

Martin nickte knapp. Er hatte die Wahrheit drei Tage nach Shahlas Tod erfahren, nachdem die *Sultan* in New York angelegt und das FBI die Ermittlungen aufgenommen hatte. Zu diesem Zeitpunkt hatten Daniels Männer in der Nähe des blauen Regals bereits das geheime Lager entdeckt, in dem das Zimmermädchen Anouk die letzten Wochen über versteckt gehalten hatte und das auch der Aufenthaltsort von Lisa gewesen war, in der Nacht, in der sie ihren Selbstmord vortäuschte. In dem containerartigen, kahlen Raum, der vor der Stilllegung der Verklappungsanlage als Aufbewahrungskammer für wiederverwertbare Metalle und andere Rohstoffe genutzt worden war, hatten sie eine Matratze gefunden, eine Bananenkiste, die als Nachttisch fungiert hatte, und ein in die Wand verschraubtes Metallregal, in dem Bücher, Kinderspiele, Puzzles, Kuscheltiere und sogar ein iPad lagen, mit zahlreichen darauf abgespeicherten Kinofilmen, E-Books und Videospielen.

Neben den Multimedia-Inhalten fanden die FBI-Techniker im Browser einen Link zu einem Cloud-Server, auf dem Shahla persönliche Dokumente hinterlegt hatte. Nachdem es ihnen gelungen war, die Verschlüsselung zu decodieren, stießen sie auf einen Tagebucheintrag, der sich mit dem Todestag von Timmy und Nadja beschäftigte. Der leitende Ermittlungsbeamte des FBI hatte Martin in einer Vernehmungspause mit einem Auszug aus dem Tagebuch allein gelassen.

Wie jetzt die interne Ermittlung durch Dr. Klein war auch das FBI schnell zu der Erkenntnis gekommen, dass Schwartz zwar ein wichtiger Zeuge war, aber kein Verdächtiger, und daher ebenso wie Julia und Lisa Stiller nach Deutschland zurückkehren durfte, unter der Auflage, sich dort für weitere Befragungen zur Verfügung zu halten. Der Blick auf den Tagebuchauszug war vermutlich ein Entgegenkommen des FBI-Ermittlers dafür, dass Martin Schwartz nicht nur ein Kollege war, sondern sich die gesamte Befragung über sehr kooperativ gezeigt hatte.

Fünf Minuten lang hatte Martin wieder und wieder die wenigen Absätze von Shahla gelesen, so oft, bis sie sich wie Kletten in seiner Erinnerung festgesetzt hatten, so dass er die Worte heute auswendig vor seinem geistigen Auge zitieren konnte:

Ich denke oft darüber nach, ob es Zufall war oder Schicksal, der mir bei dieser deutschen Familie half. Ich wollte während des Abendessens den Aufdeckservice erledigen, dabei erwischte ich die Mutter in ihrer Kabine, die sich gerade an ihrem Sohn verging. Sie lag nackt auf ihm und schaffte es nicht mehr, sich schnell genug von ihm herunterzudrehen.

Das war vor fünf Jahren, ihr Name war Nadja Schwartz.

Als Martin diese Stelle zum ersten Mal las, hatte er lachen müssen. Eine paradoxe Reaktion seines Verstands, der ihn eigentlich zum Schreien hätte bringen müssen. Er wusste noch, wie er das Gefühl hatte, heftiges Nasenbluten zu bekommen, aber seine Nase blieb trocken, stattdessen hörte er ein lautes Fiepen in seinem Kopf, das diesmal keine Kopfschmerzen ankündigte, sondern sich in zwei Stimmen aufspaltete. Eine davon, eine tiefe, ruhige und angenehme, flüsterte ihm vertraulich ins Ohr, er solle nicht glauben, was er gerade las. Dass Shahla eine Lügnerin sei. Die andere Stimme brüllte schrill und heiser nur ein einziges Wort: *Kondom!*

Sie brachte Martin dazu, sich an den Tag vor fünf Jahren zu erinnern, vor der Kreuzfahrt, vor seinem letzten Einsatz, als er zu früh von der Besprechung nach Hause gekommen war. Er hatte nie erfahren, wer der Liebhaber seiner Frau gewesen war, der das Präservativ im Ehebett vergessen hatte.

Abgestreift, aber ungenutzt.

Doch jetzt ergab alles einen ganz anderen Sinn, wenn er daran dachte, wie er Nadja kennengelernt hatte. Auf der Notaufnahme mit dem blauen Auge, das ihr Freund ihr verpasst hatte. Nicht aus Eifersucht, wie sie es dargestellt hatte. Sondern weil sie seinem Sohn tatsächlich zu nahe gekommen war.

Martin musste auch an die letzte Unterhaltung mit Timmy zurückdenken: *»Du willst nicht darüber reden?«*

Die letzte Unterredung von Vater und Sohn, in der es primär nicht um die Fünf in Mathe gegangen war, auch nicht um sein ungewöhnlich gesteigertes Schlafbedürfnis und wieso er von einem Tag auf den anderen nicht mehr zum Tennis wollte.

Die Zeichen des Missbrauchs.

Was hatte Timmy ihm damals geantwortet?

»Es ist wegen dir. Weil du so oft weg bist, und mit Mama ...«

... mit Mama, die in ihrem kleinen Sohn einen Partnerersatz sah? So, wie Shahlas Mutter es getan hatte?

Die tiefe Stimme flüsterte, er würde sich irren, doch sie wurde immer leiser.

Und nachdem Martin sich zum dritten Mal übergeben hatte, musste auch die heisere Stimme nicht mehr so laut brüllen, um ihn davon zu überzeugen, dass es keinen Sinn ergab, weshalb Shahla, die niemals davon ausgehen konnte, dass ihre Worte ausgerechnet ihm in die Hände fielen, ihr Tagebuch angelogen haben sollte. Zumal diese Zeilen Licht in das Dunkel brachten, wie es sein konnte, dass erst Nadja über Bord gefallen war.

Und dann Timmy!

Denn Shahla schrieb:

Ich rastete aus, als ich die Mutter mit ihrem Sohn erwischte. Blind vor Wut griff ich nach dem nächstbesten Gegenstand, und das war eine schwere Schreibtischlampe, die ich der Frau über den Kopf zog. Sie war sofort bewusstlos, womöglich sogar tot. Ihr Sohn rannte ins Badezimmer und schloss sich ein. Was sollte ich tun? Es war eine verfahrene Situation. Wären die Pferde nicht mit mir durchgegangen, hätte ich die Bestrafung zu einer anderen Zeit sehr viel sauberer durchführen können. So aber war ich gezwungen, den Körper der Mutter sofort zu entsorgen. Glücklicherweise herrschten in dieser

Nacht schlechtes Wetter und hoher Seegang. Außerdem würde die Reederei kein Interesse daran haben, durch eine Videoauswertung eine Gewalttat beweisen zu wollen. Selbstmord ist für das Image einer Schifffahrtsgesellschaft besser als ein Serienkiller an Bord, weswegen ich nicht lange zögerte und Frau Schwartz über Bord warf. Leider hatte ihr Sohn mittlerweile das Badezimmer wieder verlassen und mich dabei beobachtet. Als er sah, wie seine Mutter über die Reling fiel, rannte er zum Balkon, an mir vorbei, stieg über die Brüstung ... und sprang ihr hinterher.

Erst der große Schatten.
Dann der kleine.
Hier im Vernehmungszimmer hatte Martin Mühe, nicht in einen ähnlichen Heulkrampf auszubrechen wie damals, als ihm beim Lesen des Tagebuchauszugs zum ersten Mal die gesamte Bedeutung von Shahlas Schilderungen bewusst geworden war.
Timmy hat seine Mutter geliebt. Trotz allem.
So, wie die geprügelte Ehefrau die Polizei davon abhält, ihren schlagenden Ehemann zu verhaften, war auch Timmys Liebe zu seiner Mutter und die Angst, sie zu verlieren, so viel größer und stärker gewesen als der Ekel vor weiterem Missbrauch.
Martin schossen die Tränen in die Augen, was Dr. Klein nicht verborgen blieb.
»Sie wollen nicht darüber reden?«, fragte sie.
Reden worüber?, dachte er.
Dass es Mütter gibt, die ihre Kinder missbrauchen? Und Kinder, die ihre Eltern trotz allem lieben?
Bis in den Tod hinein.
»Lassen Sie mich raten«, sagte die Vernehmungsleiterin.

»Die Wahrheit, die Sie jetzt kennen, ist so grauenhaft, dass Ihnen Ihr eigenes Leben gleichgültig ist.«

»Das war es schon davor.«

»Und war das der Grund?«

»Der Grund wofür?«

»Dass Sie Lisa hinterhergesprungen sind.«

Martin schloss die Augen.

Für einen kurzen Moment spürte er wieder den Aufprall, zwanzig Meter tief, bei dem er sich den Fuß angebrochen hatte. Er war von Elena mit einem elastischen Verband geschient worden, weswegen er jetzt humpelte.

Es hatte sich angefühlt, als wäre er in einen Kochtopf gesprungen, nur dass das schäumende Wasser, das über seinem Kopf zusammenschlug, wie tausend Stecknadeln gebrannt hatte. Stecknadeln aus Eis, die ihm jegliche Kraft aus dem Körper saugten, kaum dass der Atlantik ihn in seinen Fängen hatte.

»Ich habe nicht darüber nachgedacht«, sagte Martin, und wäre er noch am Lügendetektor festgeschnallt gewesen, hätte dieser registriert, dass er die Wahrheit sprach. Er war einfach gesprungen, ein Reflex, ohne bewusste Entscheidung.

Lisa hatte es schlimmer erwischt. Sie brach sich beim Aufschlag auf dem Wasser die Hüfte, und die linke Schulter kugelte aus. Zum Glück, denn deshalb schrie sie wie am Spieß, als ihr Kopf wieder durch die Wasserdecke stach. Die glatte Meeresoberfläche und der glückliche Umstand, dass der Kapitän das Schiff zuvor schon gestoppt hatte, hatten ihre Rettung möglich gemacht.

»Sie bekommen vermutlich eine Auszeichnung«, sagte Dr. Klein.

»Hoffentlich eine Medaille, die kann man wenigstens als

Untersetzer benutzen«, brummte Martin. »Ich hab nichts getan.«

In Gedanken schmeckte er wieder das Salzwasser, das er literweise geschluckt und später erbrochen hatte.

»Sie haben das abgetrennte Geländer in Lisas Richtung geschoben, damit sie sich an ihm festhalten konnte, bis die Tenderboote bei Ihnen waren.«

Dr. Klein griff nach Martins Hand und drückte sie. Er wusste nicht, ob diese Geste ihm unangenehm war oder ihn freuen sollte.

»Ich weiß nicht, ob Lisa Stiller darüber so glücklich ist«, sagte er und zog seine Finger zurück.

Wenn Martin richtig unterrichtet war, befanden sich sowohl Anouk als auch Lisa momentan in psychiatrischen Einrichtungen; die eine in Manhattan, die andere am Rande Berlins, wo auch Julia Stiller professionelle Hilfe in Anspruch nahm, um die schrecklichen Erlebnisse verarbeiten zu können. Martin hoffte, sie würden die Ärztewelt nicht allzu schnell mit Fragen und Pillen auf die Kinder loslassen, aber nicht jeder teilte seine Vorliebe für Fernseher und Gameboys, wenn es darum ging, traumatisierte und psychisch kranke Menschen aus ihrer Schein- und Schattenwelt zu befreien.

»Darf ich jetzt gehen?«, fragte er und stand auf.

Dr. Klein nickte. Sie zog ein Handy aus einer Hosentasche.

»Ja, sicher. Sollen wir Ihnen einen Wagen rufen?«

Martin zwang sich zu einem unverdächtigen Lächeln und lehnte dankend ab.

Welche Adresse hätte er dem Taxifahrer nennen sollen? Für ihn gab es keine Ziele mehr.

72. Kapitel

Vier Wochen später

Die Tachonadel des schwarzen Vans hing wie festgenagelt bei Tempo hundertvierzig. Man hätte meinen können, Kramer habe den Tempomaten eingeschaltet, aber Martin wusste, dass der Einsatzleiter derartige Hilfsmittel für »Rentnerzubehör« hielt. In den Achtzigern hatte er bestimmt auch über Servolenkung und Automatik gespottet, und wenn er jemals auf einer Demonstration gewesen sein sollte, dann auf einer gegen die Gurtpflicht.

»Wie wär's mit einem Kaffee?«, fragte Martin, als am Autobahnrand das Hinweisschild der Raststätte Michendorf auftauchte. Sie fuhren mit dem Wagen, in dem er zuletzt im Westend vor der Pryga-Villa gehockt und sich einen Zahn gezogen hatte, wegen dem er längst zum Arzt hätte gehen müssen. Die niedliche Zahnärztin aus der Notaufnahme hatte ihm sogar eine besorgte Nachricht auf dem Anrufbeantworter hinterlassen, er dürfe nicht vergessen, das Provisorium zu ersetzen. Aber das hatte Zeit. Das Pochen im Kiefer war zu ertragen, mit drei Ibuprofen konnte er gut schlafen, manchmal sogar vier Stunden am Stück. Die Schmerzmittel halfen auch gegen die Kopfschmerzen. Immerhin waren die Attacken, die ihn auf dem Schiff heimgesucht hatten, seltener geworden, seitdem er die PEP-Pillen vorzeitig abgesetzt hatte.

»Kein Kaffee. Wir sind spät dran«, entschied Kramer, dabei hatten sie noch gut drei Stunden bis zu ihrem Treffen auf dem Autobahnparkplatz kurz vor Jena.

Martin gähnte und drehte das Handgelenk nach außen, damit er seine Pulsadern sehen konnte. Und die Tätowierung. Eine Rose mit achtzehn winzigen Dornen. Ein russisches Knast-Tattoo. Das Zeichen dafür, dass man im Gefängnis volljährig geworden war. Er hatte es sich vor zehn Tagen für diesen Einsatz stechen lassen. Sie wollten eine kroatische Rockerbande unterwandern, die das Berliner Türstehergeschäft übernehmen wollte. Wer die Tür der Clubs und Diskotheken kontrollierte, kontrollierte auch den Drogenfluss. Ein hart umkämpftes, lukratives Geschäft. Die kroatische Gang plante in der kommenden Woche einige Türsteher zu eliminieren, und Martin sollte sich ihnen als Auftragskiller anbieten.

»Sieht das Tattoo nicht zu frisch aus?«, fragte Kramer, der den Blick wieder auf die nahezu menschenleere Straße heftete, nachdem er kurz zuvor einen Blick auf die Rose geworfen hatte.

»Ich sag, ich hab es zur Feier des Tages aufhübschen lassen«, antwortete Martin. Er gähnte wieder. Gestern war keine Vier-Stunden-Nacht gewesen. Eher vier Minuten.

Sie passierten die Raststätte und damit die Chance auf einen Kaffee. Martin schloss die Augen und lehnte den Kopf an die vibrierende Scheibe.

»Hey, Walefach alefaulefuf dulefu Ilefidilefiolefot!«, hörte er Kramer plötzlich neben sich sagen. Er drehte sich zu ihm und sah, wie sein Vorgesetzter in sein Doppelkinn kicherte. Martin, der sich keinen Reim auf dieses Kauderwelsch machen konnte, fragte Kramer, ob er gerade einen Schlaganfall bekam. »Dann lass mich besser fahren.«

»Quatsch, mir geht's gut. So redet meine Tochter gerade.« Der Einsatzleiter lachte das Lächeln eines stolzen Vaters. »*Halefallolefo* zum Beispiel bedeutet *Hallo*.«

Er setzte einen Blinker, um eine weiße Rostlaube, die in der mittleren Spur hing, zu überholen.

»Das ist Löffelisch«, erklärte er Martin, als wäre der an der albernen Geheimsprache interessiert, die sich Kramers Tochter ausgedacht hatte.

»Lottie hat sie mit ihrer Freundin die ganzen Herbstferien über geübt und treibt jetzt auch ihre Lehrer damit in den Wahnsinn. Dabei ist das Prinzip ganz einfach. Willst du es wissen?«

Martin schüttelte den Kopf, was ihm Kramers Erklärungen aber nicht ersparte.

»Hinter jedem Vokal wird die Silbe *lef* eingefügt, dann wird der Vokal noch einmal wiederholt. *Walefach alefaulefuf dulefu Ilefidilefiolefot!* bedeutete: *Wach auf, du Idiot!*« Kramer schlug lachend auf das Lenkrad, als hätte er den besten Witz des Jahres gerissen.

»Hab ich verstanden«, sagte Martin und schob ein »Alefarschlolefoch« hinterher. Kramer hörte auf zu lachen und sah eingeschnappt nach vorne.

Martins Handy klingelte. Die Rufnummer gehörte zu keinem seiner Kontakte, dennoch kam sie ihm bekannt vor, weshalb er das Gespräch annahm.

»Martin?«, begann Gerlinde Dobkowitz das Gespräch mit vorwurfsvoller Stimme. »Was ist denn das für eine Art? Ich meine, ich hab ja Verständnis dafür, dass Sie mir keinen Heiratsantrag gemacht haben, obwohl ich immer noch eine ganz knackige Partie bin, aber so sang- und klanglos von Bord zu hopsen, und danach nicht mal ein einziger Anruf, dass Sie wieder trocken und an Land sind, das ist schon ein starkes Stück.«

Er wollte ihr sagen, dass er mit Absicht zu nichts und niemandem mehr Kontakt haben wollte, der ihn an die *Sultan* und damit an Timmy erinnerte, und dass er aus diesem Grunde gleich auflegen würde, aber sie ließ ihn wie immer nicht zu Wort kommen.

»Wie dem auch sei, ich wollte nur kurz durchbimmeln, um Ihnen zu zwitschern, dass ich meinen Roman fertig habe. Sie wissen schon, *Cruise-Killer.*«

»Schöner Titel«, sagte Martin und suchte nach einem höflichen Weg, das Gespräch wieder zu beenden.

»Ja, nicht wahr?«, stimmte sie selbstbewusst zu. »Obwohl ich *Das Bermuda-Deck* ja noch besser fand. Doch wie es scheint, hat sich meine zweite Theorie mit dem geheimen Deck und den Menschenversuchen nicht bewahrheitet, obwohl ich die Suche nach einem Geheimzugang noch immer nicht ganz aufgegeben habe. Allerdings ist ein weiblicher Serienkiller im Schiffskeller ja auch nicht zu verachten, nicht wahr?«

»Sie hatten den richtigen Riecher, Frau Dobkowitz, aber …«

»Wenn Sie mögen, schicke ich Ihnen ein Exemplar. Oder ich bringe es Ihnen persönlich vorbei. Nächsten Monat bin ich in Berlin.«

»Sie verlassen das Schiff?« Das erstaunte Martin nun doch.

»Natürlich, was denken Sie denn? Sobald mein Bestseller erscheint, hätten die mich als Nestbeschmutzerin hier eh vom Kahn geschmissen. Außerdem reicht es mir jetzt auch langsam hier. Mein Bedarf an Toten und Gewalt ist gedeckt. Wenn ich nicht aufpasse, mache ich bei all der Aufregung noch selbst die Flatter. Mit achtundsiebzig plus fünf muss man die Dinge langsam etwas ruhiger angehen lassen.«

»Achtundsiebzig plus fünf?«, fragte Martin und blinzelte nervös. Ihm wurde kalt. Gerlinde kicherte in sich hinein.

»In meinem Alter zählt man nicht nur die Jahre, sondern auch die Monate, am besten sogar die Tage, wenn die kalte

Abreise bevorsteht. Ich meine, es ist ja nun nicht so, dass schon die Würmer anfangen zu schmatzen, wenn ich mich im Rolli über die Wiese schiebe, aber …«

Martin murmelte eine Verabschiedung und legte auf, bevor Gerlinde ihren Satz beendet hatte.

»Hey, was'n los?«, wollte Kramer wissen, der ihn aus den Augenwinkeln heraus musterte. »Alles okay mit dir?«

Nein, war es nicht.

Martin spürte, wie ihm der Mund offen stand, aber es gab Wichtigeres zu tun, als ihn wieder zu schließen.

Gerlindes Bemerkung über ihr Alter hatte ihn aus der Bahn geworfen. Der schwarze Van hielt die Spur, doch in seinem Kopf war ein Gedanke entgleist, den er unbedingt wieder zu fassen bekommen wollte. Zu fassen bekommen *musste.*

Was hatte Diesel über Anouk gesagt?

»Ihr IQ-Test in der 5. Klasse lag bei 135. (…) Und sie hat den zweiten Platz einer nationalen Gedächtnismeisterschaft gewonnen.«

Achtundsiebzig plus fünf.

Halefallolefo!

»Anhalten!«, schrie er Kramer an, der bereits auf die rechte Spur gewechselt war. »Lass mich aussteigen.«

»Hier?«

»Sofort!« Martin zog die Schiebetür seiner Beifahrerseite auf. Eisiger Wind flutete den Innenraum. Er hörte Kramer wild fluchen, aber der Wagen wurde langsamer, scherte nach rechts und hielt schließlich auf dem Standstreifen.

»Du ruinierst den Einsatz«, schrie Kramer ihm hinterher, da war Martin schon aus dem Van gesprungen. »Wenn du jetzt schon wieder abhaust ohne Erlaubnis, dann war es das, du Psycho.«

Martin sah kurz zurück und nickte.

Er rannte auf die gegenüberliegende Seite der Autobahn, um jemanden zu finden, der ihn auf dem schnellsten Weg zurück nach Berlin brachte, …

78 + 5

… um in Ruhe den Speicher seines Handys durchzugehen, auf dem sich irgendwo versteckt die Wahrheit befand …

73. Kapitel

Er brauchte vier Stunden, bis er zu Hause war. Dreißig Minuten für die Abschrift der Sitzung mit Anouk, die er mit seinem Smartphone auf der *Sultan* aufgezeichnet hatte. Und nach zwei weiteren Stunden spürte er, dass er kurz davor stand, das Rätsel zu knacken.

Martin saß in seiner schlecht gelüfteten Altbauwohnung an einem wackeligen Küchentisch, von dem er erst einen Stapel unbezahlter Rechnungen, Mahnungen und Werbebriefe mit dem Ellbogen zu Boden schieben musste, damit er genügend Platz für seine Arbeit fand.

Vor ihm lagen sein Handy und zwei DIN-A4-Seiten. Auf der einen Seite hatte er die Fragen notiert, die er Anouk bei seinem zweiten Besuch in Hell's Kitchen gestellt hatte. Auf dem anderen Blatt standen die Antworten des Mädchens, jedenfalls soweit er sich an sie erinnern konnte, denn Anouk hatte sie ja nicht laut ausgesprochen, sondern in den Malcomputer geschrieben, der sich jetzt im Besitz des FBI befand, ebenso wie Shahlas Notebook und ihr iPad.

Auf dem linken Blatt, der Fragenseite, hatte Martin Folgendes notiert:

1. Als ich vor gut zwei Stunden mit Dr. Beck bei dir gewesen bin, hast du mir einen Namen genannt, Anouk. Kannst du dich noch daran erinnern, welcher das gewesen ist?

2. Hast du überhaupt eine Ahnung, wo du gerade bist?

3. Wie alt bist du?

Martin griff zu seinem Handy und sprang noch einmal zu der entscheidenden Stelle zurück. Er hatte schon während der Aufzeichnung das Gefühl gehabt, dass mit Anouks Verhalten irgendetwas nicht stimmte, selbst wenn man ihr Trauma berücksichtigte. Ihre Antworten damals schienen einer undurchsichtigen Logik zu folgen. Es war, als habe er einer ihm unbekannten Fremd- oder Geheimsprache gelauscht.

Wie Löffelisch.

Martin hörte sich noch einmal die dritte Frage an.

»Wie alt bist du?«

Auf der Aufnahme hörte er das Signal zur Teilnahme an der Seenotrettungsübung, das er damals ignoriert hatte. Dann dauerte es offenbar eine Weile, bis er seine vierte Frage formulierte.

»Mein Gott, wer hat dir das nur angetan?«

Martin erinnerte sich, wie er die runden Brandnarben von Zigarettenspitzen auf Anouks Bauch entdeckt hatte. Jetzt wusste er, dass diese ihr schon vor der Fahrt von den Männern beigebracht worden waren, die Naomi mit ihrer Tochter alleine gelassen hatte. Damals aber hatte er sie auf den potenziellen Vergewaltiger zurückgeführt, der sich noch auf dem Schiff befand.

Frage Nr. 4 war laut seinen Unterlagen die erste, die Anouk beantwortet hatte, und das, indem sie seinen Namen auf den Bildschirm des Malcomputers schrieb:

Martin.

Er nahm wieder die Fragenseite zur Hand.

4. Mein Gott, wer hat dir das nur angetan?

5. Aber du weißt doch, dass ich kein böser Mensch bin, oder?

Martin konnte es auf der Aufnahme natürlich nicht hören, aber er sah Anouk förmlich vor sich, wie sie angestrengt die Augen schloss und mit den Fingern etwas abzählte. Und dann etwas niederschrieb, das er erst mit einer Rechenaufgabe und dann mit einem Hinweis auf das Ankerdeck verwechselt hatte: 11 + 3.
»Achtundsiebzig plus fünf«, hörte er Gerlinde sagen. Damit hatte sie ihn auf die richtige Spur gebracht.
Martin griff sich das Blatt mit den Fragen. Sprang zu Position drei:

»Wie alt bist du?«

Notierte mit einem Bleistift Anouks dritte Antwort darunter:

»11 + 3«

Atemlos stieß er sich von dem Küchentisch zurück und stand so hektisch auf, dass sein Stuhl nach hinten umkippte.
Das ist es. Das ist die Lösung. Die Struktur.
Martin wusste, dass er dabei war, ein Geheimnis zu entschlüsseln, über dessen Existenz er sich bislang viel zu wenig Gedanken gemacht hatte. All der Wahnsinn, den er auf der *Sultan* erlebt hatte, hatte ihm keine Zeit gelassen, die Dinge zu hinterfragen. Und als er wieder an Land war, hatte

ihm die Trauer, die ihn innerlich zerfraß, den Blick auf das Wesentliche verstellt.

Auf die Wahrheit!

Das Tuch mit dem Chloroform etwa.

Wie war es in Nadjas und Timmys Kabine gelangt, wenn Shahlas Geständnis stimmte?

Wenn das Zimmermädchen sie nur »zufällig« erwischt haben soll, wieso hatte sie dann Chloroform dabei?

Plötzlich sah Martin einige Lücken in der ganzen Geschichte, die Unstimmigkeiten, die er in seinem Hass auf sich und sein Schicksal nicht in Zweifel gezogen hatte.

Er griff zu seinem Handy und wählte die Nummer der New Yorker Klinik, in der Anouk untergebracht war. Elena, die das Mädchen nach Manhattan begleitet hatte, hatte ihn von dort aus angerufen. Er musste nur auf Rückruf drücken, um die Zentrale zu erreichen. Er stellte sich als Dr. Schwartz vor, um als potenzieller Kollege schneller verbunden zu werden, dennoch dauerte es eine gute Viertelstunde, bis er den zuständigen Arzt Dr. Silva in der Leitung hatte.

»Anouk ist nicht die, für die wir sie halten«, erklärte er dem erkältet klingenden älteren Herrn.

»Was wollen Sie damit sagen?«, wollte Silva wissen.

Martin lief in seiner Küche im Kreis. Er war viel zu aufgeregt, um stillzustehen.

»Sie ist nicht traumatisiert, zumindest nicht in dem Ausmaß, wie es den Anschein hat.«

»Nicht traumatisiert?« Silva war empört. »Das Mädchen wurde erst vergewaltigt und dann verschleppt.«

Martin hielt kurz inne, um seine Gedanken zu sortieren und nicht selbst wie einer der verwirrten Patienten zu klingen, die sein Kollege zu behandeln hatte.

»Haben Sie schon mal mit hochbegabten Kindern zusammengearbeitet, Doktor?«, wollte er von dem Arzt wissen.

»Sie wissen doch, was passiert, wenn man sie unterfordert. Derart intelligente Kinder werden verhaltensauffällig. Einige sind still, andere essen nicht mehr, flüchten sich in Depressionen, andere wiederum werden laut, aggressiv und hin und wieder sogar gewalttätig. Fremden oder sich selbst gegenüber.«

»Ich höre Ihnen weiter zu«, sagte Dr. Silva, als Martin eine kurze Pause machte.

»Worauf ich hinauswill: Ich glaube, Anouk befand sich in einem monatelangen Unterforderungsstress. Natürlich ist sie durch den massiven Missbrauch schwerst traumatisiert. Aber das hat sie nicht verstummen lassen oder dazu geführt, dass sie sich die Haut ritzte.«

»Sondern?«, fragte Silva.

»Salopp gesagt hat Anouk sich gelangweilt.«

»Wie bitte?«

»Monatelang auf einem Schiff eingesperrt, erst in einem fensterlosen Verlies, später auf einer Isolierstation, ohne eine Möglichkeit, sich angemessen zu entfalten. Selbst psychisch gesunde Menschen halten das nur schwer durch. Wie muss sich dann erst ein hyperaktives, hochintelligentes Kind fühlen? Dass sie sich geritzt hat, war ein Ausdruck ihrer Unterforderung.«

»Was deutet noch drauf hin?«, fragte Silva.

»Der Code«, antwortete Martin. »Anouk hat das lange Stillsitzen und Shahlas Anweisung, sich mit niemandem zu unterhalten, nicht länger ausgehalten. Deshalb hat sie ein Spiel gespielt und mit mir in einer Geheimsprache kommuniziert. Ein hochintelligentes Spiel. Anouks Code ist nur schwer zu entschlüsseln. Man muss schon eine Gedächtnismeisterin wie sie sein, um ihn zu beherrschen.«

»Und wie soll diese Geheimsprache funktionieren?« Silva klang leicht genervt. Martin konnte ihn verstehen. Er hätte nicht weniger misstrauisch reagiert, wenn ihn ein angeblicher Kollege aus Übersee aus dem Blauen heraus angerufen und ihm einen Vortrag gehalten hätte.

»Ist Ihnen auch schon aufgefallen, dass Anouk die ersten drei Fragen nie beantwortet? Bei keinem einzigen Gespräch?«, fragte er.

Pause. Als Silva sich wieder zu Wort meldete, klang er verblüfft. »Es steht mir leider nicht zu, unsere Behandlungsergebnisse mit Außenstehenden zu diskutieren«, sagte er in einem Duktus, der keinen Zweifel daran ließ, dass Martin ins Schwarze getroffen hatte.

Aufgeregt erklärte er dem Psychiater seine Theorie: »Das ist Anouks System. Sie antwortet zeitversetzt in einem Dreierabstand. Konkret bedeutet es …«

»Dass sie erst nach der vierten Frage die Antwort auf die erstgestellte gibt?«

»Und nach der fünften die zweite beantwortet, und so weiter. Sie müssen alles um drei Fragepositionen verschieben.« Martin sah triumphierend erst auf sein Fragen- und dann auf das Antwortblatt. Alles ergab jetzt einen sehr viel klareren Sinn, wenn man Anouks erste Antwort hinter die erste Frage schob, ihre zweite Antwort hinter die zweite Frage, und immer so weiter. Das Ergebnis las sich so:

1. Frage: Als ich vor gut zwei Stunden mit Dr. Beck bei dir gewesen bin, hast du mir einen Namen genannt, Anouk. Kannst du dich noch daran erinnern, welcher das gewesen ist?

1. Antwort: Martin

2. Frage: Hast du überhaupt eine Ahnung, wo du gerade bist?
2. Antwort: Anouk malt ein Schiff.

3. Frage: Wie alt bist du?
3. Antwort: 11 + 3

4. Frage: Mein Gott, wer hat dir das nur angetan?
4. Antwort: Meine Mama.

5. Frage: Aber du weißt doch, dass ich kein böser Mensch bin, oder?
5. Antwort: ??? (Vermutlich zustimmendes Nicken.)

Alles war so eindeutig, so logisch. Und spielend leicht, wenn man das System kannte. Und dennoch, als Martin während des Telefonats mit Silva bei der sechsten Frage angekommen war, hatte er das Gefühl, als hätte er schon wieder etwas Elementares übersehen.

»Das ist eine höchst bemerkenswerte Information, verehrter Kollege«, hörte er den Psychiater sagen. Darauf folgten noch zwei weitere Sätze, bei denen Martin aber schon nicht mehr bei der Sache war.

Er griff nach seinem Bleistift und steckte ihn sich mit dem Radiergummiende in den Mund.

Neun Fragen hatte er in dieser Therapiesitzung gestellt. Fünf davon hatte Anouk mit ihrem System beantwortet. Ausgerechnet die sechste war offengeblieben.

»Kannst du mir den Namen desjenigen sagen, bei dem du die ganze Zeit über gewesen bist?«

Martin setzte sich wieder an den Küchentisch und schrieb Nr. 6 auf den Antwortzettel. Ein Kribbeln wanderte von seinem Nacken den Rücken hinab bis zum Steißbein. »Würden Sie mir da zustimmen?«, hörte er Silva sagen. Er bejahte, obwohl er keine Ahnung hatte, was die Frage gewesen war.

Frage 6.

In seiner ersten Erinnerung hatte er angenommen, Anouk habe nach »Meine Mama« nichts mehr geschrieben. Doch nun war er sich dessen nicht mehr so sicher.

Martin schloss die Augen, ging in Gedanken noch einmal zurück an Bord des verhassten Schiffes. War wieder in Hell's Kitchen. Sagte zu der erschöpft dreinblickenden Anouk: *»Gibt es irgendetwas, was ich dir bringen kann?«*

Er erinnerte sich an den Alarm für die Seenotrettungsübung. *Siebenmal kurz, einmal lang.*

Und dann fiel es ihm wieder ein.

Wie Anouk ein letztes Mal zum Malcomputer gegriffen hatte.

»Kannst du mir den Namen desjenigen sagen, bei dem du die ganze Zeit über gewesen bist?«

Und welchen Namen sie auf den Bildschirm geschrieben hatte, bevor sie sich wieder abwandte und den Daumen in den Mund steckte.

Das gibt es nicht.

Die Wahrheit traf ihn wie ein Messerstich, der ihn nicht tötete, aber langsam ausbluten ließ.

»Hallo, Kollege? Sind Sie noch dran?«, sagte Dr. Silva einige tausend Kilometer weit entfernt, doch Martin konnte ihn längst nicht mehr hören.

Er hatte das Telefon auf dem Küchentisch liegen lassen, um seine Sachen zu packen. Eine weitere Reise stand ihm bevor. Er musste sich beeilen. Er hatte schon viel zu viel Zeit vergeudet.

74. Kapitel

35 Stunden später
Dominikanische Republik

Die zweistöckige, lehmfarbene Finca lag nur einen Steinwurf von den Polofeldern Casa de Campos entfernt, in einer von Stechpalmen gesäumten Sackgasse, mit einem braunen Schindeldach, das sich wie eine Schirmmütze über den Eingang schob und dort von zwei weißen Säulen getragen wurde.

Es unterschied sich kaum von den anderen gepflegten Ferienhäusern, die hier fast ausschließlich Ausländern gehörten, nur dass es deutlich kleiner war als die Villen der Prominenten, die sich fünf Minuten von La Romana entfernt die besten Plätze direkt am Strand oder rund um den Golfplatz gesichert hatten.

Es war vierzehn Uhr, die heißeste Zeit des Tages. Keine Wolke am Himmel, die die Sonne daran hindern konnte, die feuchtschwüle Luft am Boden auf sechsunddreißig Grad zu treiben.

Martin stieg aus seinem klimatisierten Kleinwagen, den er am Vormittag am Flughafen gemietet hatte, und schwitzte. Er trug kurze Khakihosen und ein weites Leinenhemd, dazu eine dunkle Sonnenbrille, und mit seiner kalkweißen Haut sah er aus wie ein typischer Tourist in der ersten Urlaubswoche. Seinen mittlerweile wieder mit kurzen Stoppeln behaarten Kopf schützte er mit einer auf alt getrimmten Baseballkappe.

Er sah sich um und zog das Hemd an der Knopfleiste von

seiner Brust. Keine zwanzig Sekunden, und es klebte ihm schon wie ein Gummihandschuh an der Haut.

Um diese Zeit gab es keinen klar denkenden Menschen, der freiwillig seine klimatisierte Behausung verließ.

Niemand, der ihn beobachtete, wie er über den frisch ge-schnittenen Rasen humpelte (der Langstreckenflug hatte seinen Fuß wieder anschwellen lassen) um die Finca herum zur Rückseite, wo sich der obligatorische Swimmingpool befand, auf dessen Oberfläche Piniennadeln schwammen.

An das Grundstück grenzte ein noch nicht erschlossenes Neubaugebiet, so dass es auch hier niemanden gab, der Martin dabei beobachten konnte, wie er die Hintertür nach versteckten Kabeln und Kameras absuchte und das Schloss mit einem Taschenmesser aufhebelte, nachdem er sich si-cher war, keinen Alarm auszulösen.

Martin hatte gedacht, es würde länger dauern, die Adresse ausfindig zu machen, aber schon nach einer Stunde hatte er am Hafen einen Taxifahrer gefunden, der das Foto wieder-erkannt hatte. Und der ihm gegen die Zahlung von zwei-hundert US-Dollar verriet, wohin er diese Person regelmä-ßig fuhr, wann immer das Schiff in La Romana anlegte.

Er schloss die Hintertür und ging über sandsteinfarbene Fliesen in das geräumige Wohnzimmer.

In der Finca war es nur unwesentlich kühler als draußen, ein sicheres Zeichen dafür, dass hier ein Europäer lebte, der noch Skrupel hatte, die Klimaanlage auch während der Tage und Wochen seiner Abwesenheit laufen zu lassen.

Die Inneneinrichtung war typisch amerikanisch. Eine offe-ne Küche, eine U-förmige Sofalandschaft vor dem Famili-enaltar an der Wand, dem gewaltigen Plasmafernseher di-rekt über einer Kaminattrappe.

Martin schaltete die Klimaanlage an, nahm sich ein Bier aus

dem Kühlschrank, zog die Pistole, die er in La Romana gekauft hatte, aus seiner Hosentasche, legte sie auf den Couchtisch und setzte sich aufs Sofa. Jetzt erst nahm er Kappe und Sonnenbrille ab.

Er wusste nicht, wie lange er warten musste, aber er hatte sich auf eine lange Zeit eingestellt. In dem Mietwagen lag sein Seesack. Diesmal hatte er sich etwas mehr Wechselwäsche mitgenommen als für seinen Ausflug auf die *Sultan*. Zur Not würde er hier überwintern.

Dass das nicht notwendig war, klärte sich in der Sekunde, in der er nach einer schlagstockgroßen Fernbedienung auf dem Couchtisch griff, der Fernseher aber von ganz alleine anging.

Die Farbe des Bildschirms wechselte von Schwarz zu Türkis. In seiner Mitte zeigte sich das Skype-Symbol, darunter der Text: *Eingehender Anruf.*

Daher also keine von außen sichtbare Alarmanlage. Das Haus war über Webcams gesichert, die jede Bewegung im Inneren registrierten und den Eigentümer anriefen, sobald etwas Ungewöhnliches geschah.

Soll mir recht sein.

Martin drückte eine kreisrunde Taste, die mit OK beschriftet war.

Er hörte ein elektronisches Geräusch, das an einen ploppenden Wassertropfen in einer Tropfsteinhöhle erinnerte, und eine Computergrafik zweier sich schüttelnder Hände signalisierte die aufgebaute Verbindung.

»Das hat aber lange gedauert«, hörte er eine Stimme sagen.

Das passende Gesicht zeigte sich nicht auf dem Bildschirm, aber Martin war sich ziemlich sicher, dass die TV-Kamera sein Bild übertrug.

»Ich habe schon viel früher mit dir gerechnet.«

Martin legte die Fernbedienung neben sein Bier, zuckte mit den Achseln und sagte: »Wie heißt es so schön? Zeit ist der Steigbügel der Wahrheit. Sie hilft ihr immer nach oben, nicht wahr, *Querky*? Oder willst du lieber Elena genannt werden?«

75. Kapitel

Er hörte ein amüsiertes Lachen.

Martin konnte förmlich sehen, wie die Hand der Bordärztin zu dem Eichenlaubanhänger an ihrer Halskette wanderte.

Eiche, lateinisch *quercus.*

»Ich denke eher, die Zeit gibt den Bösen die Gelegenheit, sich in Sicherheit zu bringen.«

Martin schüttelte den Kopf. »Du bist nirgendwo vor mir sicher, Elena. Wie du siehst, werde ich dich überall finden.«

Die Bordärztin gluckste. »O bitte. Das war ja nun wirklich nicht schwer, nachdem ich dir meine Adresse quasi frei Haus geliefert habe.«

Martin nickte. Es war ein Fehler gewesen, dass sie ihm im Gang von Hell's Kitchen von ihrem früheren Leben erzählt hatte.

»Ich habe drei Jahre in der Dominikanischen Republik gelebt und im städtischen Krankenhaus mehr vergewaltigte Flüchtlingskinder aus Haiti behandelt, als der Leiter der Hamburger Frauenklinik in seinem ganzen Leben gesehen haben dürfte ...«

»Jeder, der schon mal hier Urlaub gemacht hat, weiß, wie lasch die Kontrollen bei der Einwanderung früher waren. Gerade wenn man von einem Schiff kam. Ich hätte dich nicht darauf stoßen sollen, auf einer Insel gelebt zu haben, auf der man bis vor einigen Jahren noch mit Schmiergeldern fast alles bewerkstelligen konnte, wenn man nur die richtigen Leute kannte. Am leichtesten einen Wohnsitz unter fremdem Namen.«

Das Lamellengebläse der Klimaanlage veränderte in steter Gleichmäßigkeit die Richtung des Luftstrahls. Im Moment blies sie ihm direkt ins Gesicht.

»Ich bin nicht gekommen, um mit dir über deine Taschenspielertricks zu reden«, sagte Martin.

»Ich weiß. Du willst mich töten, weil ich deine Familie umgebracht habe.«

»Ganz genau.«

»Aber dazu wird es nicht kommen, Martin.«

»Mag sein, dass ich dich hier nicht erwischt habe. Aber glaube mir, ich jage dich um den ganzen Globus. Ich werde dich finden und zur Rechenschaft ziehen, und wenn es das Letzte ist, was ich tue.«

»Das wäre ein Fehler.«

»Ich glaube kaum. Anouk selbst hat mir gesagt, dass du sie verschleppt hast.«

Kannst du mir den Namen desjenigen sagen, bei dem du die ganze Zeit über gewesen bist?

»Ich habe ihre Geheimsprache analysiert. Sie hat deinen Namen aufgeschrieben, als ich sie nach dem Täter fragte.«

Martin hörte, wie Elena in die Hände klatschte.

»Bravo. Aber du irrst dich in einem wesentlichen Punkt. Ich habe Anouk nicht verschleppt. Sie ist freiwillig mit mir mitgegangen. Ich habe mich um sie gekümmert.«

»Und nebenbei ihre Mutter gefoltert und ermordet.«

»Nein, das war Shahla.«

»Erzähl keinen Mist. Shahla ist nur dein Bauernopfer. Du steckst doch hinter all den Morden, die du ihr in die Schuhe geschoben hast.«

Elena pustete entnervt Luft aus ihren gepressten Lippen,

wodurch sie sich wie ein schnaubendes Pferd anhörte. »Für einen Ermittler hast du eine ziemlich lange Leitung. Shahla ist alles andere als unschuldig.«

»Ich glaube dir kein Wort«, widersprach Martin. »Die Texte im Computer, die Unterhaltung mit Naomi, das hast du doch zusammengeschustert.«

»Zum Teil, ja. Aber ich habe nur die Wahrheit geschrieben.« Das kalte Gebläse der Klimaanlage wanderte erneut über sein Gesicht und ließ Martin frösteln. Draußen, vor dem Vordereingang, glaubte er ein Kratzen zu hören. *Oder Schritte?* Martin stand vom Sofa auf und griff sich seine Waffe.

»Shahla war wirklich ein Junge, der von seiner Mutter missbraucht wurde«, sagte Elena. »Ich wurde nie vergewaltigt, ich bin kein wahnsinniges, verblendetes Opfer, das Menschen leiden lässt. Ich habe ganz andere Interessen.«

»Welche?«

Martin ging zur Tür und sah durch den Spion. Nichts zu sehen.

»Geld. Ich verdiene meinen Lohn als Auftragskillerin. Schiffe sind mein Arbeitsplatz. Nirgendwo kann ich schneller und sicherer töten, besser die Leichen verschwinden lassen, und am Ende hilft mir die Reederei sogar aktiv dabei, die Straftaten zu vertuschen. Besser geht es nicht. Ich arbeite auf zwölf verschiedenen Ozeanriesen. Mal als Angestellte, mal als Passagier. In letzter Zeit war ich häufiger auf der *Sultan*, weil ich mich wirklich in Daniel verliebt hatte. Aber das ist jetzt leider auch vorbei, wie du dir denken kannst.«

Martin hatte das Gefühl, dass seine Sinne ihm einen Streich spielten, fast so, als würde er immer noch die PEP-Pillen nehmen. Sein Mund war trocken. Die Kratzgeräusche schienen jetzt vom Hintereingang zu kommen, durch den er ins Haus gelangt war.

»Du findest deine Kunden übers Internet?«, fragte er Elena, während er nun zur Gartentür ging.

»Ja«, bestätigte sie. Ihre Stimme wurde leiser, blieb aber glasklar, als stünde sie im Nachbarraum. »Hier habe ich tatsächlich geflunkert. Nicht Shahla, sondern mir gehört das als Reisebüro getarnte Unternehmen. Es ist ein geniales System, auch wenn ich es jetzt vermutlich etwas variieren muss, aber bisher buchten meine Auftraggeber einfach eine Passage für denjenigen, den sie aus dem Weg haben wollten, und ich kümmerte mich dann an Bord um die Zielperson.«

Martin wunderte sich, weshalb sie so redselig war. Er spürte, dass sie Zeit überbrücken wollte, aber wozu? Was führte sie im Schilde?

»Bei Naomi Lamar wurde ich von Anouks Großvater bezahlt, der hinter die Grausamkeiten der Mutter gekommen war.«

»Und der dich für ein zweimonatiges Martyrium buchte?«, hakte Martin nach. Er musste lauter reden, damit Elena ihn verstehen konnte, die sich anscheinend nicht daran störte, dass er für eine Weile aus ihrem Sichtfenster getreten war.

Er blickte durch ein Seitenfenster neben der Tür in den Garten. Ein streunender Hund schlich träge um den Pool. Hatte der an der Tür gekratzt?

»Der Opa wollte Naomi am eigenen Leib erfahren lassen, was sie ihrer Tochter angetan hatte, bevor sie stirbt. Aber das ist nicht mein Ding. Das hat Shahla übernommen. Ich habe keine Lust am Quälen. Wie gesagt, mir geht es nur ums Geld.«

»Und wer hat dich dafür bezahlt, meine Frau zu töten?«, fragte Martin, wieder auf seinem Rückweg zum Fernseher.

»Niemand«, sagte Elena. »Es ist genauso abgelaufen, wie du es gelesen hast. Shahla hat Nadja zufällig erwischt, während sie sich an deinem Sohn vergehen wollte. Der Anblick riss in ihr die Wunden auf, die ihre eigene Mutter ihr zugefügt hatte. Sie rastete aus, als sie sah, was deine Frau mit Timmy tat.«

Martin hörte leises Stimmengewirr im Hintergrund. Elena telefonierte von einem öffentlichen Raum aus. Vermutlich saß sie in einem anonymen Internetcafé.

»Du weißt, dass ich die Wahrheit sage, Martin. Du hast die Anzeichen des Missbrauchs bei deinem Sohn sicher gespürt, richtig?«

Martin konnte nichts dagegen tun. Ihm traten die Tränen in die Augen.

»Siehst du«, sagte Elena, die damit bewies, dass sie ihn sehen konnte. »Shahla war damals für die Reinigung meiner Klinik eingeteilt, und mit der Zeit freundeten wir uns an. Ich erfuhr von ihrem schweren Schicksal. Nadjas Tod war eine Überreaktion, ein Unfall, wenn man so will. Und als er passiert war, also nachdem sie Nadja erschlagen hatte, stürmte sie in meine Praxis und bat mich um Hilfe. Sie wusste nicht, was sie tun sollte.«

»Also hast du mit ihr gemeinsam meine Frau über Bord geworfen und das Tuch mit dem Chloroform plaziert?«

»Ganz genau«, sagte Elena. »Von diesem Zeitpunkt an schuldete Shahla mir einen Gefallen, den ich für die Bestrafung von Naomi einlöste. Ich wusste, welchen Spaß es ihr machen würde, Rache zu nehmen.«

»Anouk war also die ganze Zeit bei dir?«

»Bei Shahla«, antwortete Elena. »Sie hat ihr in der Nähe des blauen Regals einen Verschlag eingerichtet, in dem sie bleiben sollte, bis wir in Oslo anlegten.«

Martin hatte sie nie gesehen, und dennoch leuchteten die fluoreszierenden Markierungen vor seinem geistigen Auge auf, denen Anouk in der Dunkelheit des Unterdecks mit ihrer UV-Lampe folgte, wenn sie Kontakt mit Shahla, Elena oder vielleicht auch mit ihrer Mutter haben wollte.

»Ihr Großvater hat Freunde in Norwegen, bei denen Anouk unterkommen sollte.«

Es pfiff in der Leitung, doch Elenas Stimme war weiterhin gut zu verstehen. »Wir wollten sie von Bord schaffen, und Shahla brachte sie ins Nest, wo sie die letzte Nacht verbringen sollte.« Elena klang zerknirscht. »Dummerweise war Anouk an dem Tag bockig. Sie war komplett unterfordert, nervös, überdreht. Sie wollte nicht länger eingesperrt sein und schaffte es, Shahla davonzulaufen, bewaffnet mit ihrem Lieblingsteddy und einer Taschenlampe, mit der sie ihrer Mutter einen letzten Besuch abstatten wollte.«

»Wobei sie dem Kapitän in die Arme lief!« Martin schüttelte den Kopf. Bonhoeffer hatte tatsächlich von Anfang an die Wahrheit gesagt. Nachdem Anouk aus dem Nest gelaufen war, musste sich das Zimmermädchen schnell mit Handtüchern bewaffnet haben, um einen Grund vorspielen zu können, was sie um die Uhrzeit hier verloren hatte, sollte sie auf der Suche nach Anouk auf Dritte im Gang treffen. Für Gerlinde hatte es daher so ausgesehen, als wäre das Zimmermädchen nur zufällig auf das Mädchen gestoßen, dabei war Anouk in Wahrheit vor Shahla davongelaufen.

Martin konnte seine Wut nicht mehr länger im Zaum halten. Er schnellte zum Couchtisch zurück, griff sich das Bier und schleuderte es gegen den Fernseher.

Eine Weile dachte er, die Verbindung wäre abgerissen, doch dann hörte er Elena ganz ruhig sagen: »Dein Zorn richtet sich gegen den Falschen.«

Martin blieben die Worte beinahe im Hals stecken. »Du willst mir weismachen, der Tod von Nadja und Timmy wäre nicht deine Schuld, sondern Shahlas?«

»Ich finde es müßig, in meinem Beruf über Schuldfragen zu diskutieren. Aber wenn du auf ausgleichende Gerechtigkeit stehst, musst du dich bei mir bedanken. Immerhin habe ich Shahla getötet.«

»Weil du dir das perfekte Alibi verschaffen wolltest. Eine Killerin, in flagranti erwischt und nicht mehr in der Lage, ihre Komplizin zu verpfeifen. Nein, du wirst es nicht schaffen, deine Schuld auf andere abzuwälzen. Oder war es etwa Shahla, die Anouk den Teddy gegeben hat, damit ich an Bord komme? Oder ihr sagte, sie sollte in der ersten Sitzung meinen Namen sagen, damit ich verunsichert werde?«

Er trat so heftig gegen den Couchtisch, dass die Waffe zu Boden fiel.

»Das mit dem Teddy war Shahla«, gestand Elena unbekümmert. »Sie hat ihn als Andenken an Timmy behalten und Anouk wirklich nur gegeben, damit sie etwas zum Spielen hat. Da steckte keine tiefer gehende Absicht dahinter. Allerdings brachte es Daniel auf die Idee, dich anzurufen. Ich war dagegen. Ich wusste, welchen Ruf du als Ermittler genießt, und wollte nicht, dass du mir in die Quere kommst. Daher habe ich dir den Bericht über die Vergewaltigungswunden gezeigt, weil ich wusste, du würdest von da an nur nach einem Mann suchen.«

»Und zur Sicherheit hast du dich auch selbst verletzt?« Martin hob die Pistole wieder auf.

»Ich bin allergisch gegen Erdnussöl und hab es mir im Ankerraum, als ich auf dem Boden herumkroch, auf die Wange geschmiert«, gab Elena zu. »Ich wollte nicht länger in deiner

Nähe sein, sondern mich ungehindert um Anouk kümmern können. Das konnte ich, als ich in Hell's Kitchen quasi neben ihr lag.«

Ihre Stimme wurde fester.

»Aber noch mal: Ich bin keine Irre. Töten ist mein Beruf. Nicht meine Berufung.«

Martin sah auf die Waffe in seiner Hand, drehte sie und beobachtete, wie sich sein verzerrtes Spiegelbild im Chromlauf veränderte.

»Du wolltest Lisa benutzen, um ihre Mutter zu töten.«

»Ja, das war falsch.«

Wäre sie nicht eine so verdammt gute Schauspielerin, hätte Martin angenommen, in Elenas Stimme ehrliche Reue zu hören.

»Lisa ist Daniels Patentochter. Sie hat ihm in einer E-Mail geschrieben, dass sie Liebeskummer hatte, die Daniel an mich weiterleitete, weil er dachte, ich als Frau könnte einem jungen Mädchen in dieser Angelegenheit besser helfen. Er wusste nicht, was sich hinter dem Wort ›Liebeskummer‹ tatsächlich verbarg.«

Elenas Stimme klang belegt. Sie räusperte sich.

»Und Lisa wusste nicht, wer ich bin, als ich sie in den Chat bei Easyexit einlud, doch sie öffnete mir schnell ihr Herz. Im Rückblick hätte ich wissen müssen, dass sie mich anlog. Ihre Geschichten wurden immer wilder. Erst sprach sie nur vage von Missbrauch, dann sagte sie mir, dass sie Sex mit einem alten Mann habe, schließlich, dass ihre Mutter sie dazu zwingen würde. Ich begann zu zweifeln, aber als sie mir das Video schickte, war ich mir wieder sicher und engagierte für sie und ihre Mutter eine Überfahrt, um die Dinge zu regeln.«

Das also war der Grund, dachte Martin.

Deshalb war sie so aufgeregt, als Diesel anrief und von der Manipulation der Aufnahme berichtete.

»Ich ahnte nicht, dass Lisa mich anlog. Ich wusste nichts von ihrem krankhaften Liebeskummer. Hätte Julia Stiller ihre Tochter zum Sex mit diesem Tom gezwungen, hätte sie den Tod verdient.«

Martin lachte sarkastisch. »Und nach Naomi warst du ja in Übung.«

»Ich habe meinen Fehler rechtzeitig korrigiert.«

»Wir wären beinahe gestorben!«

Martin erinnerte sich an die Szene in Lisas Kabine. Die Ironie des Schicksals wollte es, dass Elena die Wahrheit gesprochen hatte, als sie Lisa erzählte, sie wäre Querky. Sie hätte Lisas Test bestehen und ihr den Chat-Nickname sagen können. Elena hatte nur gezögert, weil dadurch alles aufgeflogen wäre.

»Und du hältst dich nicht für wahnsinnig, Elena?«, fragte Martin. »Du bist komplett durchgedreht.«

Der Benzinrasenmäher röhrte jetzt im Vordergarten des Nachbarhauses. Martin fragte sich, ob er andere Geräusche übertönte. Geräusche, die Elenas wahre Absichten entlarvten …

»Wo bist du?«, fragte er sie.

Wie erwartet ging Elena nicht darauf ein, stattdessen stellte sie ihm eine eigentümliche Gegenfrage.

»Hast du noch Kontakt zu Lisas Mutter?«

»Was? Ja, wieso?« Martin hatte einmal mit Julia Stiller telefoniert, da hatte sie gerade ihre Tochter auf der geschlossenen Abteilung in der Psychiatrie besucht und wollte sich bei ihm für die Rettung bedanken. Zum bestimmt zehnten Mal. Vermutlich war er der Einzige, mit dem sie über den schleppenden Fortschritt bei Lisas Behandlung reden konnte.

»Sag Julia, ich mache meinen Fehler wieder gut«, sagte Elena. Sie klang so, als würde sie gleich auflegen.

»Deinen Fehler wieder gut? Hast du sie noch alle? Du bist eine Mörderin. Da gibt es nichts wiedergutzumachen.«

Martin richtete seine Waffe auf den Fernseher. Stellte sich vor, sie würde vor ihm stehen.

»Du wirst schon sehen«, entgegnete Elena.

»Ich werde *dich* sehen«, sagte Martin mit tödlicher Ruhe. »Und dann werde ich dich töten.«

Er hörte förmlich, wie sie ihren gut frisierten Kopf schüttelte.

»Das wirst du nicht«, sagte sie.

Wütend kniff er die Augen zusammen. »Du weißt, wozu ich fähig bin, wenn ich mir etwas in den Kopf gesetzt habe«, drohte er ihr.

»Ja. Daran habe ich keinen Zweifel. Doch du wirst mir kein Haar krümmen, wenn du vor mir stehst. Du wirst noch nicht einmal mit irgendeinem Menschen über unsere Unterhaltung heute reden.«

Er lachte laut auf. »Und woher nimmst du dieses Selbstbewusstsein?«

Martin fuhr erneut zusammen. Der Rasenmäher war verstummt. Dafür hörte er wieder kratzende Geräusche an der Haustür, und diesmal war es mit Sicherheit kein Hund. Jemand machte sich am Schloss zu schaffen. Er sah sich um. Wegen der offenen Bauweise gab es im Erdgeschoss keine Möglichkeit, sich zu verstecken, zumal Elena ihn über die Kamera beobachten würde. Allerdings glaubte er nicht, dass sie es war, die sich Zutritt zu der Finca verschaffte, und wenn doch, wusste sie, dass er bewaffnet war. Er richtete die Waffe auf die Tür, dann überlegte er es sich anders. Mit zwei schnellen Schritten gelangte er zur Treppe und rannte ins Obergeschoss, die Pistole im Anschlag, sollte ihm jemand dort oben auflauern.

Sein Handy klingelte in der Hosentasche.

Unbekannter Anrufer.

Er nahm ab, während er in das erstbeste Zimmer gleich hinter dem Treppenabsatz ging und die Tür schloss.

»Du wirst mich nicht töten«, hörte er Elena das Gespräch fortsetzen, während Martin sich erstaunt in dem unaufgeräumten Zimmer umsah. Das Bett war nicht gemacht, dreckige Socken lagen auf dem Boden. Die Wände waren mit grellen, aber erstaunlich talentierten Graffiti-Tattoos besprüht, ein mit dem Sticker einer Metal-Band beklebtes Notebook stand auf einem Glastisch, der von zwei Bierfässern getragen wurde.

»Wieso bist du dir so sicher?«, hörte er sich selbst fragen.

Von unten her drangen Schritte aus dem Wohnzimmer.

Martin nahm einen Tennisschläger in die Hand, der an einem geöffneten Kleiderschrank gelehnt hatte. Die Schritte kamen die Treppe hoch.

»Weil du nicht die Frau erschießen willst, die deinem Sohn jetzt die Mutter ersetzt«, sagte Elena, und dann hörte Martin eine zweite Stimme im Flur hinter der Tür. Die eines jungen Mannes, etwa fünfzehn Jahre alt.

»Mama? Bist du da drin?«, fragte er. »Ich dachte, du kommst erst in zwei Wochen zurück.«

Die Tür öffnete sich, und zwei Männer, die einander wie Vater und Sohn ähnelten, standen sich in Schockstarre gegenüber.

76. Kapitel

Elena legte auf.

Sie hatte Timmy auf diesen Moment vorbereitet. Vor zwei Wochen, als sie ihn kurz nach ihrem New-York-Aufenthalt besucht hatte, hatte er wieder einmal nach seinem Vater gefragt (nach seiner Mutter erkundigte er sich nie), und sie zeigte ihm das Foto, das die polnischen Zeitungen kurz nach seiner Verhaftung veröffentlicht hatten.

Shahla hatte Nadja erwischt.

Aber Timmy war nicht gesprungen.

Er hatte das Badezimmer nie verlassen.

Das war die Lüge, die sie Martin aufgetischt hatte, damit er die Suche nach seinem Sohn aufgab. Vergeblich. Sie hatte geahnt, dass er irgendwann hinter die wahren Zusammenhänge kommen würde.

Nachdem Shahla die Mutter mit der Schreibtischlampe erschlagen hatte und Timmy im Badezimmer einschloss, hatte Elena ihr dabei geholfen, die Leiche in ein Bettlaken zu wickeln und über Bord zu werfen. Nadjas Koffer hatten sie hinterhergeworfen. Die Überwachungskameras brauchten zwei Opfer. Dummerweise fiel es auf, dass der Koffer kleiner war als der Körper der Mutter. Sie hätten erst den Koffer und dann die Leiche entsorgen sollen. Ein gewaltiger Fehler, aber zum Glück hatte die Reederei die Bänder verschwinden lassen, um die Sache in stiller Beihilfe zu vertuschen.

Elena hatte sich umgehend des Jungen angenommen. Timmy,

völlig verängstigt und verstört, hatte keine Ahnung gehabt, wo sein Vater zu erreichen war.

Sie recherchierte und fand heraus, dass sein Vater als Schwerverbrecher mit Kontakten zur Mafia in Warschau im Gefängnis saß.

Die perverse Mutter tot, der Vater ein Mörder. Die Verwandten mochten nicht viel besser sein. Sie wollte den traumatisierten Jungen unter keinen Umständen in diese elenden Familienverhältnisse zurückschicken. Elena wusste zu diesem Zeitpunkt nicht, dass Martin als verdeckter Ermittler arbeitete, das erfuhr sie erst Jahre später, als Daniel ihr von dem Prozess erzählte, den Schwartz gegen ihn angestrengt hatte. Also entschloss sie sich damals, Timmy in ihre Obhut zu nehmen. Sie versteckte ihn eine Zeitlang auf dem Schiff, brachte ihn in ihr Haus nach Casa de Campo und steckte ihn dort in ein Internat. Mehrmals im Jahr besuchte sie ihn in der Dominikanischen Republik, so lange und so oft sie nur konnte.

Später, als sie herausgefunden hatte, wer Timmys Vater in Wirklichkeit war, hatte sie kurz überlegt, ob sie die beiden zusammenbringen sollte, den Gedanken dann aber verworfen. Martin war Ermittler. Einer der besten. Zu groß war die Gefahr, dass er sich an ihre Fersen heften und sie zur Strecke bringen würde. So wie er es jetzt ganz sicher überlegte. Ab jetzt war sie auf der Flucht, und sie hatte alles getan, um diesen Zeitpunkt so weit wie möglich hinauszuzögern.

Mit den Jahren, in denen sie Timmy vor seinem Vater versteckt hielt, war er zu einem stattlichen Teenager herangewachsen, der das Leben in der Karibik genoss und mittlerweile so gut Tennis spielte, dass er bis ins Finale der karibischen Juniorenmeisterschaften gelangt war.

Vor zwei Wochen hatte Elena ihm dann gesagt, wer sein Vater in Wirklichkeit war und dass dieser ihn sicher suchen würde. Er war also vorgewarnt. Den Schock, den Timmy gerade durchlitt, wollte sie sich dennoch nicht ausmalen.

Elena seufzte und steckte das Handy in ihre Louis-Vuitton-Handtasche, öffnete einen kleinen Schminkspiegel, zog ihren Lippenstift noch einmal nach und das Dekolleté ihres kleinen Schwarzen etwas tiefer. Dann erhob sie sich aus dem Loungesessel bei den Fenstern.

Der Seegang im Ari-Atoll war angenehm ruhig, die *MS Aquarion* lag wie ein Brett auf dem Indischen Ozean, und sie hatte kaum Mühe, auf ihren zehn Zentimeter hohen Absätzen die Bordbar zu erreichen.

»Einen Gin Tonic«, sagte sie zu dem Barkeeper des kleinen, aber eleganten Kreuzfahrtschiffs, auf dem etwas weniger als tausend Passagiere Platz fanden. Einem von ihnen, einem Mann mit unendlich tiefgründigen Augen, der sich an einem Bier festhielt, schenkte sie ein Lächeln, das seine Wirkung nicht verfehlte.

»Darf ich Sie einladen?«, fragte der gutaussehende Deutsche, den sie seit der Abreise in Sri Lanka nicht aus den Augen gelassen hatte.

»Aber gerne, Herr …«

»Schiwy«, stellte sich der Mann vor, dessen Name Elena natürlich kannte. »Aber Sie können mich Tom nennen.«

Sie lächelte und nannte ihm den Namen, unter dem sie auf dieser Reise eingecheckt hatte.

»*Sag Julia, ich mache meinen Fehler wieder gut!*«

»Und, was führt Sie an Bord, Tom?«

»Puh.« Er tat so, als müsse er sich Schweiß von der Stirn wischen. »Das ist eine lange Geschichte.«

»Wir haben eine lange Fahrt vor uns«, lächelte Elena noch

offener und berührte wie unbeabsichtigt mit der Fingerspitze Toms Hand auf dem Tresen.

»Na schön, wenn Sie die Kurzform hören wollen: Ich bin geflüchtet.«

»Etwa vor der Liebe?«

Er nickte selbstgefällig. »Wenn Sie so wollen, ja. Können Sie sich vorstellen, wie es ist, wenn sich Mutter und Tochter gleichzeitig in einen verlieben?«

Elena blinzelte kokett. »Bei Ihnen schon, Tom.«

Er winkte ab.

»Ja, ja, hört sich lustig an, aber glauben Sie mir, es ist die Hölle. Zwei eifersüchtige Dinger, die zudem noch verwandt sind. Die eine wollte sich sprichwörtlich umbringen vor Liebe und hätte es fast getan, wenn ich die Mutter nicht rechtzeitig gewarnt hätte.« Er grinste lüstern. Offenbar dachte er, die frivole Geschichte würde seine Attraktivität steigern.

»Und da haben Sie einfach eine Reise gebucht, um den wilden Weibern zu entfliehen?«, fragte Elena scheinheilig.

»Nein, hier hatte ich Glück im Unglück. Ich hab die Reise bei einem Online-Gewinnspiel gewonnen. Ich meine, ich hab schon oft Post bekommen, ich wäre der hunderttausendste Besucher irgendeiner Website, aber diesmal hat es tatsächlich gestimmt. Die Tickets wurden mir direkt zugestellt.« Er grinste über beide Ohren. »Sie kamen wie gerufen.«

»Das tun Sie auch, Tom.« Elena ergriff seine Hand und drückte sie sanft. »Also haben Sie Glück im Spiel?«

»Und Spaß bei der Liebe«, grinste er zurück.

»Das hört sich gut an«, sagte Elena und stieg von ihrem Barhocker.

»Was meinen Sie …?« Sie nickte mit dem Kopf in Richtung

der Fahrstühle. »Ich kenne mich hier etwas aus. Haben Sie Lust auf eine Führung hinter die Kulissen dieses Schiffes?«

Tom Schiwy trank sein Bier in einem Zug leer, reichte dem Barkeeper seine Zimmerkarte, um die Getränke auf die Rechnung zu buchen, und gab dem Mann viel zu viel Trinkgeld, bevor er der eleganten Blondine hinterhereilte.

In erregter Erwartung auf den Abend und alles, was dieser mit sich bringen würde.

In Erinnerung an meine Mutter Christa Fitzek
Coffee later!

Zum Buch & Danksagung

Bevor dieses Buch am Ende ab Seite 417 noch eine kleine Überraschung für Sie bereithält (zu der Sie natürlich sofort springen dürfen, wenn Sie an meinem Geschwafel zur Entstehungsgeschichte von »Passagier 23« nicht interessiert sind), will ich mich an dieser Stelle in guter Tradition zuerst bei Ihnen bedanken: dafür, dass Sie aus der Flut von fast hunderttausend Neuerscheinungen pro Jahr ausgerechnet mein Werk herausgefischt haben. Vermutlich haben Sie jetzt, nach Ende der Lektüre, ein völlig falsches Bild von mir.

Ob Sie es glauben oder nicht: Ich mag Kreuzfahrten. Ja, wirklich! Als kleines Kind spielte ich sogar einmal mit dem Gedanken, Kapitän zu werden, ließ ihn dann aber sehr schnell wieder fallen, als ich mir im zarten Alter von elf Jahren bei der Überquerung des Ärmelkanals mit meiner Mutter einen Wettstreit darin lieferte, wer von uns am Ende die meisten Fische gefüttert hatte. Heute trage ich bei Schiffsfahrten stets ein Scopolaminpflaster hinter dem Ohr, das Erkennungszeichen der Weicheier unter den Hochseetouristen, aber das milde Lächeln erfahrener Seebären nehme ich gerne in Kauf, solange ich den Aufenthaltsort meiner verspeisten Nahrung kontrolliere und nicht umgekehrt.

Obwohl ich also gerne auf dem Wasser bin, ist »Passagier 23« kein Ausdruck meines – zugegeben – manchmal etwas merkwürdigen Sinns für Humor. Kreuzfahrtschiffe zu mögen und sie gleichzeitig zum Schauplatz grausiger Verbrechen zu machen ist für mich kein Widerspruch. Ich liebe ja auch Berlin und habe keine Skrupel, meine Heimatstadt mit Augensammlern und Seelenbrechern zu bevölkern.

Wenn ich sage, dass mir Kreuzfahrten gefallen, meine ich dabei nicht die Zwangsbespaßung auf dem Sonnendeck oder das straff organisierte Ausflugsprogramm, dessen Ankündigung im Bordmagazin stark an Parteienwerbung erinnert, die einem ja auch immer wieder erstaunliche Wunder verspricht. Hier zwar nicht »Mehr Geld für weniger Arbeit«, wohl aber beispielsweise »ein idyllisches Robinson-Crusoe-Feeling« bei dem Besuch einer bonsaigroßen Badebucht mit nur achthundert Gleichgesinnten!

Mir gefällt einfach die Vorstellung, mit seinem Hotelzimmer unter dem Hintern in fremde Länder zu schaukeln, ohne ständig den Koffer ein- und auspacken zu müssen. Außerdem liebe ich das Meer (ich habe mir von einer Astrologin sagen lassen, das wäre typisch für im Oktober geborene Waage-Kinder), allerdings bin ich im Strandurlaub meistens zu faul, um mich von der Liege zu bewegen, ins Wasser zu gehen, mich dann abzutrocknen, noch mal einzucremen (denn man weiß ja nie, ob die Schmiere wirklich wasserfest ist, nur weil's auf der Flasche steht) – und den ganzen Stress für nur drei Schwimmzüge, denn Schwimmen ist auch nicht so mein Ding, … wie auch immer, ich schweife ab. Was ich sagen wollte: Für Nur-ins-Wasser-gucken-Woller wie mich sind lange Seetage ideal, denn auf so einem Riesenschiff ernte ich keine bösen Blicke meiner Frau, nur weil ich mit den Kindern nicht zum Spielen ins Meer springen will. Womit wir beim Thema wären:

»Passagier 23« ist ein Roman. Soll heißen: Ich habe Sie angelogen. Das ist alles so gar nicht passiert. Aber wie ich schon einmal an anderer Stelle sagte: Jede gute Lüge hat einen wahren Kern. Und »Passagier 23« hat in dieser Hinsicht mehr Kerne als eine Wassermelone: Die Grundaussage nämlich, dass jährlich einige Dutzend Passagiere spurlos von Kreuzfahrtschiffen verschwinden, ist ebenso korrekt wie die von Kapitän Daniel Bonhoeffer im Buch aufgestellte Behauptung, dass sich in den USA mittlerweile große Anwaltsfirmen darauf spezialisiert haben, die Angehörigen von *Cruise Victims* zu vertreten. Überhaupt sind alle mysteriösen Vermisstenfälle, die Bonhoeffer im zwölften Kapitel aufzählt, leider tatsächlich so passiert. Ich habe lediglich die Namen der Betroffenen und den der Schiffe verändert.

2011 und 2012 gab es sogar einen neuen traurigen Rekord: 55 Menschen verschwanden. Würde sich der Roman nur auf diese beiden Jahre beziehen, hätte er »Passagier 27,5« heißen müssen.

Auf die Idee zum Buch kam ich bereits im Jahr 2008, als ich in der *Park Avenue* (einem Magazin, das mittlerweile selbst im Meer des Zeitschriftenmarktes verschwunden ist) eine Reportage las, die das Phänomen vermisster Passagiere auf Kreuzfahrten behandelte.

Dass es so viele Jahre dauerte, bis ich im März 2013 endlich mit der ersten Fassung begann, liegt schlicht und ergreifend daran, dass mir die zündende Idee erst sehr viel später kam – die Idee nämlich, statt einer verschwundenen Person einen wieder aufgetauchten Passagier in den Mittelpunkt zu stellen, der allein durch sein Erscheinen die oft reflexartig geäußerte Selbstmordtheorie der Reedereien widerlegt. Denn auch das ist wahr: Die boomende Kreuzfahrtindustrie hat kein Interesse daran, in ihren Hochglanzprospekten davor zu warnen, was sich jedem Reisenden alleine mit dem gesunden Menschenverstand erschließt: Wenn auf einem engen Raum mehrere tausend Menschen zusammenkommen, sind Konflikte vorprogrammiert. Und unter den Millionen von Menschen, die sich mittlerweile für diese Form des Urlaubs entscheiden, sind sicher nicht nur angenehme Zeitgenossen.

Verbrechen auf hoher See sind keineswegs Einzelfälle, und die im Buch zitierten Websites, auf denen sich Opfer, Angehörige und Anwälte organisieren, gibt es wirklich. Die auf ihnen dokumentierten Zwischenfälle haben in der Tat ein solches Ausmaß angenommen, dass die International Cruise Victims Association (ICV) »Sky Marshals zur See« fordert, die es – anders als die Sky Marshals im Flugzeug – noch nicht gibt. Die schwimmenden Hotelburgen sind Kleinstädte ohne Polizeirevier. Wenn es überhaupt Sicherheitspersonal gibt, dann ist dies finanziell abhängig von den Reedereien; eine Überprüfung des eigenen Personals ist im Ernstfall also eher unwahrscheinlich.

Wobei man ehrlicherweise – auch hier stimmen die Fakten im Buch – sagen muss, dass selbst ein »Sea Marshal« bei einem Vermisstenfall wenig ausrichten dürfte. Allein der kilometerlange »Bremsweg« eines Kreuzfahrtschiffs verhindert in der Regel eine aussichtsreiche Rettungsaktion; erst recht, wenn der Zeitpunkt, an dem das potenzielle Opfer zum letzten Mal gesehen wurde, schon Stunden zurückliegt. Und das Schiff selbst ist, wie hinlänglich beschrieben, zu groß, um es gründlich und schnell durchsuchen zu können.

Zudem gibt es keine weltweit einheitlichen Regeln für derartige Fälle. Wie von Martin Schwartz im Roman kritisiert, betreten die Passagiere ausländischen Boden, sobald sie an Bord gehen, und sind dann den »Behörden des Landes ausgeliefert, in dem das Schiff registriert ist«, um Kendall Carver von der ICV zu zitieren. Deshalb erließen die USA im Jahr 2010 ein Gesetz, das dem FBI und der US-Küstenwache weitreichende Vollmachten ausstellt – seitdem können die Beamten auch auf im Ausland registrierten Schiffen Ermittlungen anstellen. Allerdings nur nach dem Verschwinden eines *amerikanischen* Staatsbürgers!

Die Recherche zu dem Thema war übrigens sehr einfach, solange sie sich auf die Bereiche oberhalb der Wasserlinie bezog. Deck- und Kabinenpläne, Videodokumentationen von der Brücke, TV-Reportagen – all das ist nur einen Mausklick entfernt. Bei den Mannschaftsunterkünften, dem Ankerraum und der Küche wird es schon schwieriger, doch hier durfte ich während einer Recherchereise an einer Führung teilnehmen (als die Verantwortlichen noch nicht wussten, wovon mein Buch am Ende handeln würde).

Fast unmöglich ist es (mit dem Hinweis auf sicherheitsrelevante Aspekte), an die kompletten Pläne für das Unterdeck, inklusive Maschinen- und Frachtraum, oder der Müllverbrennungsanlage zu gelangen.

An dieser Stelle möchte ich damit den offiziellen Teil der Danksagung einleiten und beginne mit einem ganz herzlichen Dankeschön für die fachliche Beratung von Kapitän a.D. Volker Bernhard, der sich die Mühe machte, den gesamten Roman vorab zu lesen, und der mir wertvolle Einsichten in die Bereiche gab, die einem Otto Normalkreuzfahrer wie mir gewöhnlich verschlossen bleiben.

Alle Fehler, die jetzt noch drin sind, gehen allein auf meine Matrosenkappe und werden wie immer mit der Standardausrede kreativer Menschen abgebügelt: »Na und, das ist künstlerische Freiheit!«

Mit den nachfolgenden Personen vom Droemer Knaur Verlag würde ich allesamt eine Kreuzfahrt antreten und hoffen, dass keiner von ihnen verlorengeht, denn ohne deren wunderbare Arbeit läge »Passagier 23« jetzt nicht in Ihrer Hand: Hans-Peter Übleis, Christian Tesch, Theresa Schenkel, Monika Neudeck, Sibylle Dietzel, Carsten Sommerfeldt, Iris Haas, Hanna Pfaffenwimmer und – wie immer auf einem Ehrenplatz: meine wunderbaren Lektorinnen Carolin Graehl und Regine Weisbrod, die – um im Bild zu bleiben – mit ihren klugen Fragen und Anmerkungen mal wieder dafür gesorgt haben, dass meine Geschichte nicht Schlagseite bekommen hat oder auf halber Strecke auf ein Riff gelaufen ist.

Seit 2006 sorgt er mit seiner Agentur Zero dafür, dass meine Werke nicht nackt in den Regalen stehen. Und seit 2006 habe ich ihn konsequent in meinen Danksagungen vergessen, aber hey, das ist ja wohl auch ein verdammt schwieriger Name, den du dir da ausgesucht hast, lieber Helmut Henkensiefken. Vielen Dank fürs Cover!

Viele halten ja den Autor für den Kapitän, bei mir aber hat die Mütze Manuela Raschke auf. Die Superfrau organisiert meine gesamte berufliche Existenz – und mittlerweile sogar Teile meines Privatlebens; zum Beispiel schneidet sie seit kurzem die Haare meiner Kinder! Danke, Manu, und ach, bevor ich's vergesse, die gelben Säcke werden jetzt immer donnerstags abgeholt ;).

Schreiben ist ein einsamer Prozess, die Arbeit rund um das Buch zum Glück nicht, und ich bin froh, dass sich über die Jahre so etwas wie ein »Familienbetrieb« herauskristallisiert hat, wodurch ich das Privileg genieße, nur mit guten Freunden und Verwandten zusammenarbeiten zu können. Zumindest sind die nachfolgenden Personen sehr geschickt darin, mir vorzuspielen, dass sie mich mögen:

Barbara Herrmann, Achim Behrend, Sally Raschke, Ela und Micha, Petra Rode, Patrick Hocke und Mark Ryan Balthasar.

Sabrina Rabow danke ich mal wieder für die hervorragende Pressearbeit und dafür, dass sie mir bei Fototerminen trotz meiner Proteste immer etwas von ihrem Puder ins Gesicht klatscht. Ich kann das zwar nicht leiden, muss aber gestehen, dass meine Fotos sonst nur als Vorherbilder für Botoxwerbung tauglich wären.

Googeln kann das Leben verändern. Zum Beispiel meins: 2001 tippte ich »Literaturagent« in das Suchfeld, und der Algorithmus spuckte den Namen des besten der Welt aus: Roman Hocke. Danke an ihn und den Rest des wunderbaren AVA International Teams, Claudia von Hornstein, Claudia Bachmann, Gudrun Strutzenberger und Markus Michalek.

Danke auch an den Mann, ohne den ich niemals fünfzig Lesungen in einer Woche geschafft hätte und auch zu all meinen anderen Terminen zu spät oder gar nicht erscheinen würde: Christian Meyer von C&M Sicherheit.

Ich danke allen Buchhändlerinnen und Buchhändlern, Bibliothekaren, Buchbindern und Veranstalterinnen und Veranstaltern von Lesungen und Literaturfestivals: Ihr alle haltet das wichtigste Medium der Welt am Leben und ermöglicht uns Autoren, unseren Traum zu leben.

»Passagier 23« stand kurz vor der Vollendung, da ereilte mich die traurige Nachricht, dass einer meiner Freunde, dem ich zu so unendlich viel Dank verpflichtet bin, nicht mehr unter uns ist. Ich weiß ja, dass die Guten immer zu früh gehen, aber so früh? Wo immer du jetzt bist, Peter Hetzel, sei gedanklich umarmt. Wir vermissen dich alle!

Wie Peter haben mich folgende Freunde von Anfang an unterstützt: Karl »Kalle« Raschke (danke für die vielen Inspirationen, die mir deine »Alltags«-Erlebnisse immer wieder bieten), Gerlinde Jänicke (Danke für deinen Vornamen!)

Arno Müller, Thomas Koschwitz, Jochen Trus, Stephan Schmitter, Michael Treutler und Simon Jäger.

Danke auch an Michael Tsokos. Es ist immer gut, einen Rechtsmediziner zu kennen, der auch nach Mitternacht noch an sein Handy geht, wenn man mal eine Frage bezüglich der konkreten Formulierung von Folterspuren in einer medizinischen Krankenakte hat.

Die zahnmedizinische Beratung ging auf das Konto der wunderbaren Dr. Ulrike Heintzenberg. (Ja, ja, ich komm ja bald zur Prophylaxe.)

Die meisten halten es für einen Witz, wenn ich sage, ich schreibe eigentlich keine Psychothriller, sondern Familiengeschichten, aber es stimmt. Alles, das Gute wie das Böse, findet seinen Ursprung in der Familie, und ich habe das unbezahlbare Glück, eine so wunderbare Gemeinschaft um mich herum zu wissen: allen voran mein Vater Freimut sowie Clemens und Sabine, die mir auch bei diesem Buch wieder als medizinische Berater zur Seite standen.

Ach ja, und natürlich danke ich meiner Frau Sandra, deren Name bei Word in der Thesaurus-Suchleiste mittlerweile als Synonym für »geduldig« und »verständnisvoll« aufgelistet wird und die ich hiermit vorwarne: Wir sehen uns gleich wieder, Schatz, ich bin schon bei der Danksagung! Bitte bereite auch unsere Kinder auf meine Rückkehr ins Leben vor; nicht dass alle drei wieder anfangen zu weinen, weil der fremde Mann aus dem Keller kommt.

Falls Sie sich gerade mit dem Gedanken an eine Kreuzfahrt tragen oder sich womöglich in diesem Augenblick sogar auf einem Schiff befinden, hoffe ich sehr, dass ich Ihnen mit diesem Buch nicht die Lust verdorben habe. Ich bin alles andere als ein missionarischer Autor. Ich will Sie unterhalten, nicht bekehren, auch nicht mit den im Buch getätigten, ebenfalls korrekten Angaben zum Müllaufkommen und Energieverbrauch der Kreuzfahrtgiganten.

Wahrscheinlich habe ich es mir mit diesem Thriller nun auf ewig mit den etablierten Reedereien versaut. Zu einer Autorenlesung auf eine Kreuzfahrt eingeladen zu werden ist nach »Passagier 23« ungefähr so wahrscheinlich wie der große »Titanic«-Filmabend im Bordkino; aber man kann ja nie wissen. Während einer Transatlantikpassage, die ich im November 2005 mit meiner Mutter unternahm, kam einen Tag vor New York die Durchsage, man befände sich mit dem Schiff nun exakt an der Stelle, an der die »Titanic« gesunken wäre. Die Menschen strömten an Deck. Nicht in Panik, sondern – kein Witz – um das Wasser zu fotografieren!

Das Leben schreibt die skurrilsten Geschichten – und Sie die schönsten Leserbriefe.

Wenn Sie mögen, erreichen Sie mich wie immer über www.sebastianfitzek.de, www.facebook.de/sebastianfitzek.de oder via Mail: fitzek@sebastianfitzek.de.

Es kann allerdings mit einer Antwort hin und wieder etwas dauern, manchmal bin ich abgetaucht. Meistens allerdings nur zum Schreiben …

Vielen Dank und auf Wiederlesen
Ihr

Sebastian Fitzek
Berlin, am Stresstag der Standesbeamten
(7.7.2014)

PS. Ach ja, und für alle, die sich gefragt haben, was eigentlich mit dem Doktor im Prolog geschehen ist … Da war doch noch was …

Epilog

Wollen wir sie verschwinden lassen?«

Yegors Frage war ernst gemeint, doch der Chirurg lachte nur müde. Sie beobachteten Gerlinde nun schon seit etwa zwanzig Minuten über einen Überwachsungsmonitor, der den Backbordgang von Deck 3 einfing, unweit von der Stelle, an der sie Anouk damals aufgegriffen hatten. Die Alte, die ausgerechnet heute im Morgengrauen unterwegs war, tastete mit ihren knochigen Fingern bestimmt schon zum zehnten Mal die Verfugung in der Kabinenwand ab, dort, wo die Tapete ungenau gearbeitet war.

»Es ist fünf Uhr morgens, hat die Schrulle nichts Besseres zu tun?«, fragte Yegor, während Konradin Franz sich neben ihm über den Monitor beugte und dem Reeder ein Atemluftgemisch aus Gin und Pfefferminzbonbon in den Nacken pustete. Der sechsundfünfzigjährige Chirurg, der sich selbst gerne als *Doktor* anreden ließ, obwohl er nicht promoviert hatte, wischte sich mit dem Handrücken über seine verschwitzte Stirn. »Wenn die da nicht bald abhaut, hol ich sie mir auch auf meinen Tisch«, tönte er, obwohl offensichtlich war, dass er zu einer Operation heute niemals mehr in der Lage wäre. Selbst dann nicht, wenn er sich seinen Pegel antrank.

»Wann wollten wir Tayo auschecken?«, fragte Yegor, obwohl er die Antwort kannte. Der *Mandant,* wie der Chirurg alle Patienten nannte, die er auf der *Sultan* operierte, sollte mit der üblichen Prozedur in Barbados von Bord gebracht werden. Um sechs Uhr früh, also in knapp einer Stunde, direkt nach dem Einlaufen. In Laken gehüllt, in einem Schmutzwäschecontainer der Krankenstation, beschriftet mit dem viersprachigen Warnhinweis: *Kontaminiert, Ansteckungsgefahr.*

Das und die Schmiergeldzahlungen an den Mitarbeiter der Hafenbehörde würden sicherstellen, dass niemand auf die Idee käme, einen Blick in den Rollcontainer zu werfen, in dem der schwarze Ausnahmeathlet ohnehin nur mit allergrößten Anstrengungen Platz finden würde. Die anderen Mandanten vor ihm waren wesentlich kleiner und weniger muskulös gewesen, da hatte es keine Transportprobleme gegeben.

Tayo jedoch hatte nicht ohne Grund dreimal den Weltrekord im Vierhundertmeterlauf aufgestellt. Er rannte die Strecke unter 43,20 Sekunden, was leider nicht schnell genug war, um den Männern der nigerianischen Wettmafia zu entkommen, denen er versprochen hatte, die Läufe der Olympischen Sommerspiele zu manipulieren. Tayo hatte versprochen, kurz vor dem Ziel zu stolpern. Eine entscheidende Kleinigkeit, die er in der Hitze des Rennens jedoch vergessen hatte, weswegen der Clan mit der Wette auf das falsche Pferd sehr viel Geld verlor. Geld, das sie sich nun von Tayo zurückholen wollten. Es gab fotografische Belege dafür, dass sie beim Eintreiben nicht zimperlich vorgingen. Einem Drogendealer hatten sie das rechte Auge mit einem Korkenzieher entfernt, weil er zwölf Dollar veruntreut hatte. Tayo würde nicht so glimpflich davonkommen. Er schuldete ihnen zwölf Millionen.

Nach dem Verkauf all seiner Autos, seiner Eigentumswohnung und nach der Auflösung aller Bargeldkonten (Tayo hatte nicht zuletzt durch Sponsorenverträge sehr gut verdient) hatte er genug auf dem Konto, um der Mafia ein gutes Drittel des verlorenen Geldes zurückzugeben. Oder um sich mit vier Millionen Dollar aus dem Staub zu machen.

Tayo entschloss sich für Letzteres und checkte auf der *Sultan* ein.

»Es wird Zeit, dass wir ihn mit seinem neuen Namen anreden«, sagte der Chirurg. Yegor nickte, wenn auch widerwillig. Von all den Vorschlägen auf der Liste hatte ihr Kunde sich ausgerechnet für den Namen *Sandy* entschieden.

Sandy? Ein Vorname, von dem Yegor nicht gewusst hatte, dass ihn in den USA auch Männer trugen. Aber was ging ihn das Leben dieses Mannes an? Genauer gesagt: Was kümmerte ihn dessen *neues Leben?*

Seine Arbeit war getan. Er hatte Martin Schwartz an Bord geholt und dafür gesorgt, dass die Krise abgewendet wurde. Dabei war ihm Anouks Schicksal im Grunde egal gewesen. Es war Yegor nie um die Aufklärung des Falles gegangen. Ehrlich gesagt hätte er niemals damit gerechnet, dass dieser zerrüttete Ermittler tatsächlich irgendetwas von Wert ans Tageslicht befördern würde. Eigentlich hatte Schwartz nur als Sündenbock herhalten sollen. Er oder Bonhoeffer, die ahnungslose Wurst, die immer noch nicht mitbekommen hatte, was sich in Wahrheit auf seinem Schiff abspielte. Der Kapitän glaubte nach wie vor daran, dass es darum gegangen war, einen Deal mit einem chilenischen Investor zu retten, dabei hatte Yegor nie vorgehabt, sein Schiff zu verkaufen. Vicente Rojas und seine nichtsnutzigen Anwälte waren nur an Bord gewesen, um die Übernahmegerüchte an der Börse anzuheizen und den Börsenkurs des Unternehmens in die Höhe zu treiben.

»Es ist doch zum Verrücktwerden«, riss Yegor das Schimpfen des Doktors aus den Gedanken. Der Chirurg haute auf den Tisch, dass der Monitor wackelte.

»Schnauze halten!«, befahl Yegor, obwohl es unmöglich war, dass Gerlinde sie hören konnte. Sie stand zwar nur zehn Meter entfernt, aber die Räume des Zwischendecks waren komplett schallisoliert.

Im Grunde aber konnte er Konradins Gebrüll nachvollziehen. Es war ja auch zum Verzweifeln.

Da hatten sie es mit aller Anstrengung und in letzter Sekunde geschafft, die Enttarnung ihres Unternehmens zu verhindern, und jetzt sollte die alte Hexe schon wieder Probleme bereiten und die Ausschiffung ihres Mandanten verhindern?

Als Anouk Lamar vor Monaten völlig unerwartet wieder aufgetaucht war, hatte Yegor wirklich gedacht, sie wären geliefert. Ein verschwundener Passagier 23 war kein Problem. Das kam häufiger vor, deswegen durchsuchte niemand ein ganzes Kreuzfahrtschiff. Aber ein Passagier 23, der von den Toten wiederauferstand? Das war ein anderes Kaliber. Sobald die Öffentlichkeit von dem kleinen Mädchen erfahren hätte, wäre der Teufel los gewesen und ihr Unternehmen beendet. Der Super-GAU. Das FBI hätte das Schiff festgesetzt und mit einer Heerschar an Agenten monatelang unter die Lupe genommen. Etwas, was unter gar keinen Umständen passieren durfte. Selbstmord? Schön! Ein Serienkiller an Bord? Meinetwegen! All das konnte die PR-Abteilung irgendwie ausbügeln. Aber wenn man bei der Schiffsdurchsuchung den Ort fand, an dem die Reederei ihre eigentlichen Millionen verdiente – das Zwischendeck –, würden sie auf Lebenszeit in den Knast wandern. Er selbst, der Chirurg – einfach alle, die sich an dem privaten Zeugen- und Opferschutzprogramm eine goldene Nase verdienten.

Ein Programm, genutzt von den Reichen und Verzweifelten dieser Welt, die aus meist illegalen Gründen für immer von der Erdoberfläche verschwinden wollten. Sei es, um einer Haftstrafe, der Steuer oder – wie in Tayos Fall – der nigerianischen Wettmafia zu entkommen. Und wo gelang das besser als auf einem Luxusliner dieser Größenordnung? Ein Ort ohne Polizei, mit unzähligen Möglichkeiten, sich zu verstecken. Eine Welt für sich, in der man ganze Familien problemlos auf das neue Leben vorbereiten konnte, auf das sie im wörtlichen Sinne zusteuerten.

Dabei war das Zwischendeck kein Deck im eigentlichen Sinne. Es bestand aus vielen verschachtelten und verwinkelten Räumen, die sich über mehrere Ebenen verteilten, geschickt konstruiert, damit die Aussparungen für einen Laien von außen nicht erkennbar waren.

Yegor und Konradin saßen vor der Transportschleuse, einer Geheimtür, durch die der Container mit Sandy hinausgerollt werden sollte. Sobald die alte Dobkowitz, die nur wenige Schritte entfernt auf der anderen Seite der Wand stand, endlich verschwinden würde.

»Wie geht's unserem Patienten eigentlich an seinem großen Tag?«, murmelte Yegor, ohne den Monitor aus den Augen zu lassen. Gerlinde rollte gerade einen Meter mit dem Rollstuhl zurück, als wollte sie sich mit etwas Abstand ein besseres Bild von der Lage machen.

»Bestens. Guter Heilungsprozess. Wie so oft bei durchtrainierten Mandanten«, antwortete Konradin.

Tayos Behandlung hatte über ein Jahr gedauert. Ein fingierter Absturz mit einer Privatmaschine über dem Golf von Guinea, die Einschiffung in Praia, monatelanges psychologisches Training, Legendenbildung, dann die operativen Eingriffe. Er hatte das volle Programm gebucht, was ihn knapp zwei Millionen gekostet hatte, die Hälfte seines Ersparten. Aber das war gut angelegtes Geld. Bei ihm war es mit den üblichen kosmetischen Korrekturen nämlich nicht getan. Tayo war ein international bekannter Prominenter, seine Jäger weltweit vernetzt. Sein Äußeres hatte drastisch verändert werden müssen, wenn er in seiner neuen Heimat nicht sofort wiedererkannt werden sollte. Schließlich hatte der Chirurg ihn nicht nur zu einer Kinn-, Lippen- und Nasenkorrektur, sondern sogar zu einer Beinamputation überreden können. Eine martialische Maßnahme, die bei längerer Überlegung aber ganz sicher Sandys neues Leben retten würde. Es gab eine unumstößliche Wahrheit in ihrem Geschäft: Wollte man Menschen unsichtbar machen, mussten diese auf Dauer mit ihren alten Gewohnheiten brechen. Ein Spieler durfte nie wieder im Kasino gesehen werden, ein Musiker nie wieder zur Gitarre greifen, ein Sportler nie wieder laufen. Als sie Tayos Fall annahmen, wussten sie, dass es in seinem Fall ein besonderes Problem geben würde. Ein Mann, den die Presse als »Mr. Ultraschall« gefeiert hatte, würde sich nicht lange von den Tartanbahnen seines neues Wohnsitzes in der Karibik fernhalten können. Wie ein Junkie nach der Droge war Tayo süchtig nach Sport. Sein Laufstil war unverkennbar, nach einigen Trainingseinheiten, selbst wenn er sich einen Stein in den Schuh legte, um sich zu bremsen, würden die Gespräche beginnen. Und das Getuschel über den unbekannten Blitz, der nachts seine Kreise auf dem Sportplatz zog, würde bald auf die falschen Ohren stoßen.

Um ganz sicher zu verhindern, dass Tayo entdeckt und qualvoll zu Tode gefoltert werden würde, gab es nur eine Möglichkeit: Man musste sicherstellen, dass er nie wieder rennen würde. Weil er es nicht mehr *konnte*.

Es gab endlose Diskussionen; bis kurz vor dem Eingriff noch hatte Tayo es sich immer wieder anders überlegt. Das ewige Hin und Her hatte den Chirurgen am Ende so wütend gemacht, dass der beschwipste Hitzkopf direkt nach der Operation nach oben auf Deck 8½ gegangen war und hier, an einer von Kameras nicht einsehbaren Stelle, in einer dunklen, stürmischen Nacht das amputierte Bein über Bord warf. Eine unentschuldbare Verfehlung, die ihn eigentlich den Job hätte kosten müssen; allerdings war »*Schönheitschirurg im privaten Opferschutz auf einem geheimen Zwischendeck eines Kreuzfahrtschiffes*« nicht gerade ein Job, für den Bewerber Schlange standen. Da tolerierte er sogar Konradins immer sichtbarer werdenden Alkoholmissbrauch. Außerdem hatte der Chirurg sich keine weitere Verfehlung dieser Art zuschulden kommen lassen. Der Ausflug auf Deck 8½ hatte ihm selbst einen gehörigen Schreck eingejagt, war er doch beinahe entdeckt worden, wie er den Schenkel im Indischen Ozean entsorgen wollte. Ausgerechnet von Anouk Lamar, die sich dort zum Malen zurückgezogen hatte.

Konradin hatte sie in jener Nacht zurück zu ihrer Mutter gebracht. Als sie nur wenige Tage später verschwand, hatte er Yegor davon berichtet, wie er damals den Widerwillen des Mädchens gespürt hatte und dass er sicher war, sie wäre eigentlich viel lieber alleine draußen auf dem Deck sitzen geblieben, trotz des ungemütlichen Wetters und trotz der Dunkelheit. Damals, als sie alle noch von einem erweiterten Suizid ausgegangen waren, dachte Konradin, Anouk hätte die selbstmörderischen Pläne ihrer Mutter vorhergesehen. Heute kannten sie den wahren Grund dafür, wieso sie in jener Nacht nicht zu ihrer Mutter zurückgebracht werden wollte.

»Wie kann es eigentlich sein, dass die Oma uns da draußen auf die Schliche gekommen ist?«, fragte der Chirurg.

Yegor stöhnte. »Ist sie doch gar nicht. Sie hat nur durch Zufall ins Schwarze getroffen. Deshalb sucht sie ja auch nicht an der richtigen Stelle, sondern nur in der Nähe.«

Dort, wo sie auf Anouk getroffen war.

Was für ein Irrsinn mit dieser Alten!

Martins Ermittlungen hatten dem FBI Täter und Ort des Verbrechens, sogar Anouks Versteck geliefert, weswegen das Schiff am Ende nicht mehr gefilzt werden musste. Die Fragen der FBI-Agenten waren beantwortet.

Nicht aber die von Gerlinde.

»Wollte die Alte nicht längst von Bord sein?«, fragte Konradin.

»Nein, erst in vierzehn Tagen, auf Mallorca. Sobald wir wieder in Europa sind.«

»Schöne Scheiße!« Der Chirurg sah auf die Uhr an seinem Handgelenk. »Wir bekommen den Container nicht hinten raus.«

Yegor nickte. Es gab noch diesen umständlichen Treppenausgang, den der Chirurg genutzt hatte, um das Bein über die Reling zu werfen. Aber Tayo bekamen sie auf diese Art nicht von Bord.

»Wir müssen bis nach dem Ankern warten. Irgendwann wird die Verrückte da draußen schon die Segel streichen. Wir können ...« Konradin unterbrach sich mitten im Satz und lachte dann. »Da! Sie haut ab.«

Tatsächlich. Gerlinde hatte aufgegeben. Ihr Rollstuhl entfernte sich aus dem Sichtfenster.

Yegor verfolgte sie noch eine Weile mit der beweglichen Kamera und grunzte dann zufrieden, als sie in einem geöffneten Fahrstuhl verschwand.

»Es kann losgehen«, sagte er. »Ist Ta... äh ... Sandy start-
klar?«

Der Chirurg nickte. Dann schickte er sich an, den Mandanten zu holen, damit Yegor sich von ihm verabschieden
konnte. Ein Spaß, den der Reeder sich nie entgehen ließ.
Yegor liebte den Vorher-nachher-Vergleich und die Macht,
Menschen in ein neues Leben zu entlassen, das er mitgestal-
tet hatte.

Er öffnete den Sekt, den er für diesen Anlass kalt gestellt
hatte, und goss drei bereitstehende Gläser ein. Eins für sich.
Eins für den Chirurgen. Und das letzte für den hochgewachsenen schwarzen Mann, der sich ducken musste, um
mit dem Kopf nicht gegen die Kabinendecke zu stoßen,
während er auf Krücken in die Schleuse humpelte.

Zur gleichen Zeit betrachtete Gerlinde enttäuscht ihr
Spiegelbild in der Fahrstuhlkabine und beschloss, die Suche
nach dem Bermuda-Deck ein für alle Mal aufzugeben.
Heute war sie sogar bis Sonnenaufgang unterwegs gewesen,
länger als sonst. Und was hatte es ihr gebracht?

Nichts außer einem gottverdammten Brummschädel.

Sie beschloss, ihre letzten Tage an Bord der *Sultan* einzig
und allein zur Entspannung zu nutzen.

»Verdammtes Bermuda-Deck, ich hab mich verrannt«, gestand sie sich ein und schimpfte noch eine Weile stumm vor
sich hin, so lange, bis sich die Fahrstuhltüren wieder öffneten. Als sie herausrollte, wunderte sie sich über die unerwartete Veränderung.

Gerlinde brauchte eine Weile, bis sie merkte, dass es die
Farbe des Teppichs war, die sie irritierte. Bei ihr, auf Deck 12,
war er wesentlich dunkler. Und dicker.

Ich bin hier falsch, war ihr erster Gedanke. Dann erkannte sie, was geschehen war. Der Fahrstuhl musste kaputt sein. Jedenfalls hatte er sich nicht von der Stelle bewegt. Sie war immer noch auf der Ebene, auf der sie eingestiegen war.

»Heute klappt aber auch gar nichts.« Sie rollte schimpfend aus der Kabine heraus, um es mit dem Nachbarfahrstuhl zu versuchen.

Beim Warten betrachtete sie erneut ihr Spiegelbild, dieses Mal in dem auf Hochglanz polierten Messing der Verkleidung, in dessen Widerschein alles etwas freundlicher aussah. Ihre Augen schienen nicht mehr so müde, sie wirkte schlanker, ihre Frisur nicht ganz so platt gedrückt. Alles war netter, schöner, weicher und harmonischer.

Bis auf die Tür.

Die Tür schräg hinter ihr, die sich in der Wand wie von Geisterhand öffnete. Und aus der in dem Augenblick, in dem Gerlinde sich zu ihr umdrehte, ein mannshoher Wäschecontainer gerollt wurde …

10 BÜCHER
10 BESTSELLER
10 JAHRE SEBASTIAN FITZEK

BEST OF
SEBASTIAN FITZEK

SOUNDTRACKLESUNG MIT DER LIVEBAND „BUFFER UNDERRUN"

DIE TOUR 2016:
20 Termine in 20 Städten
Premiere am 26. Oktober 2016 in Berlin
Vorverkaufsstart am 1. Dezember 2015

INFORMATIONEN UNTER
WWW.SEBASTIANFITZEK.DE/10JAHRETOUR

Sebastian Fitzek und Michael Tsokos

ABGESCHNITTEN

Thriller

Rechtsmediziner Paul Herzfeld findet im Kopf einer monströs zugerichteten Leiche die Telefonnummer seiner Tochter. Hannah wurde verschleppt – und für Herzfeld beginnt eine perverse Schnitzeljagd. Denn der psychopathische Entführer hat eine weitere Leiche auf Helgoland mit Hinweisen präpariert.

Herzfeld hat jedoch keine Chance, an die Informationen zu kommen. Die Hochseeinsel ist durch einen Orkan vom Festland abgeschnitten, die Bevölkerung bereits evakuiert. Unter den wenigen Menschen, die geblieben sind, ist die Comiczeichnerin Linda, die den Toten am Strand gefunden hat. Verzweifelt versucht Herzfeld sie zu überreden, die Obduktion nach seinen telefonischen Anweisungen durchzuführen. Doch Linda hat noch nie ein Skalpell berührt. Geschweige denn einen Menschen seziert …